KB166733

빌레트 2

Villette

빌레트 2

Villette

샬럿 브론테 지음 | **안진이** 옮김

23. 와스디

내가 은근히 슬퍼졌다고 이야기했던가? 실은 그렇지 않았다. 내 인생에 새로운 힘이 작용하기 시작했고 어떤 영역에서는 슬픔이 궁지에 몰리기도 했다. 숲에 가려져 있는 푹 꺼진 골짜기를 상상해 보라. 안개가 끼어 흐릿한데다 축축한 풀과 누렇고 눅눅한 잡초가 자라는 골짜기를. 폭풍이 불어서인지 도끼로 내리쳐서인지 몰라도 참나무 사이에 넓은 빈터가 생겨났다. 산들바람이 골짜기 안으로 불어오고 위에서는 햇살이 내려왔다. 춥고 슬픈 골짜기는 빛이 담긴 깊숙한 잔으로 변했다. 한여름의 하늘은 그 굶주린 골짜기가 일찍이 보지 못했던 푸른 영광과 황금색 빛을 쏟아냈다.

내게 새로운 신조가 생겼다. 행복에 대한 믿음이었다.

다락방의 모험 이후 3주가 지났다. 나는 2층 서랍에 든 상자 속의 서류철에 그 첫 번째 편지와 함께 비슷한 편지를 네 통 더 간직하고 있었다. 똑같이 확고한 필체로 쓰였고 선명한 봉인이 있었으며 내게 꼭 필요한 위안으로 가득 찬 편지들이었다. 당시에는 그게 내게 꼭 필요한 위안이라고 여겼다. 몇 년 후에 다시 읽어도 그 편지들은 무척 다정했다. 유쾌한 사람이 썼기 때문에 유쾌하기도 했다. 마지막 두 통은 '마음이 움직였으나 정복당하지는 않은 사람'이 장난스럽고도 다정하게 쓴 서너 줄로 마무리되고 있었다.

사랑하는 독자여, 시간은 이 편지들을 숙성시켜 너무나 순한 맛의 음료로 바꿔버렸다. 하지만 내가 그 위대한 샘에서 갓 떠온 불로장생의 약을 처음 입에 댔을 때는 신성한 포도즙이나 다름없었다. 헤베 여신(그리스 신화에 나오는 청춘의 여신으로 다른 신들의 잔에 술을 따라준다—옮긴이)이 따라주고 신들이 받아 마시는 감로주 같았다.

혹시 독자 여러분은 앞에서 내가 한 말을 떠올리면서 답장을 어떻게 썼는지 궁금해 하고 있는가? 딱딱하고 인색한 '이성'의 견제를 받으며 썼는지, 아니면 충만하고 자유로운 '감정'의 충동에 이끌려 썼는지? 솔직히 말하자면 나는 절충을 택했다. 나는 두 주인을 섬겼다(마태복음 6 : 24 '한 사람이 두 주인을 섬기지 못할 것이니' 참조—옮긴이). 림몬(열왕기하 5 : 18에 나오는 시리아 왕이 섬기는 신—옮긴이)의 신전에 절을 하고 나서 다른 신전에 기도를 올렸다. 나는 두 가지 답장을 썼다. 하나는 나 자신을 위로하기 위해서, 다른 하나는 그레이엄에게 읽히기 위해서 썼다.

우선 '감정'과 나는 '이성'을 문밖으로 몰아내고 빗장과 자물쇠를 채웠다. 그러고는 편지지를 펼쳐놓고 앉아서 펜에 잉크를 묻혀 열렬한 진심을 쏟아내며 무척 즐거운 시간을 보냈다. 일을 끝마쳤을 때는 편지지 두 장이 강렬한 애착과 적극적이고 깊은 감사의 말로 가득 찼다. (이른바 '뜨거운 감정'이 있었던 게 아니냐는 의심을 받는다면 이 괄호 속에서만큼은 그런 의심을 한껏 경멸하며 부인하겠다. 여자들은 결코 이런 식으로 '뜨거운 마음'을 품지 않는다. 관계가 시작될 때나 유지될 때나 그런 마음을 품는 게 지극히 어리석은 일이라는 믿음을 쉽게 버리지 않는다. '사랑'의 험한 물살 위에 '희망'의 별이 떠 있는 광경을 보거나 꿈꾸지 않는 한 누구도 그 물에 뛰어들지 않는다)

나는 끈끈한 애착과 깊은 존경의 마음을 표현했다. 상대방의 운명에 포함된 모든 고통을 모두 나에게로 끌어들여 대신 감당하고 싶은 애정, 만약 할 수만 있다면 내가 좋아하고 아끼는 상대를 덮치는 모든 폭풍과 번개를 내가 흡수하거나 물리치고 싶은 그런 애정을 표현했다. 바로 그 순간 내 마음의 문이 흔들리더니 자물쇠와 빗장이 열렸다. 복수심에 불타는 '이성'은 기세등등하게 들어와 다 쓴 편지를 빼앗아 읽으며 비웃고, 지우고, 찢어버리고, 짤막하고 간결한 한 장짜리 편지를 다시 쓰고, 접고, 봉인을 찍고, 겉봉을 써서 보냈다. 그건 옳은 일이었다.

나는 편지만 먹고 살지는 않았다. 나를 찾아오고 보살펴주는 사람들이 있었다. 일주일에 한 번씩은 라 테라스로 불려갔고 언제나 애정을 듬뿍 받았다. 존 선생은 나에게 그런 친절을 베푸는 이유를 꼬박꼬박 밝혔다.

"수녀 유령을 쫓아버리려는 거요. 싸움을 벌여서라도 그녀의 먹잇감을 빼앗기로 결심했거든. 난 그녀가 아주 싫어요. 흰 베일과 차가운 회색 눈 때문이라오. 그 혐오스러운 이야기를 듣는 순간부터 아주 불쾌해져서 그녀에게 대항하고 싶어졌소. 둘 중에 누가 더 영리한지 시험해볼 작정이오. 내가 있을 때 그 수녀가 한번 들러주기를 바랄 뿐이오."

하지만 수녀 유령은 다시 나타나지 않았다. 요컨대 존 선생은 나를 환자로 보고 연구하고 있었으므로 의학 지식을 동원해 나를 성의껏 돌봐주고 치료하면서 타고난 자비심을 충족했던 것이다.

12월의 첫째 날 저녁, 나는 혼자서 홀을 거닐고 있었다. 저녁 6시였고 교실 문은 닫혀 있었다. 하지만 교실 안에서는 저녁 오락 시간을 맞이해 신이 난 학생들이 가히 천지창조 이전의 혼돈을 연출하고 있었다. 홀은 어둑어둑했고 빛이라고는 난롯가와 난로 아래의 붉은 빛이 전부였다. 커다란 유리문과 길쭉한 창문에는 서리가 껴 있었다. 이 새하얀 겨울의 면사포가 수정처럼 반짝이는 별빛으로 군데군데 장식돼 있었고 하얗게 수놓인 부분에도 별빛의 광채가 흩뿌려져 있었으니 비록 달은 뜨지 않았어도 날씨가 맑은 밤이었다. 내가 어두운 홀에 홀로 남아 있었다는 건 신경이 다시 건강해지고 있다는 증거였다. 바로 뒤쪽에 계단이 있었고, 깜깜한 밤을 뚫고 계단참에서 계단참으로 올라가면 그 으스스한 다락방이 나올 터였지만 수녀 유령 생각을 해도 겁이 나지는 않았다.

별안간 숨소리와 바스락 소리가 들렸다. 뒤를 돌아보니 계단의 어두운 그림자 속에 더 어두운 그림자가 있었다. 가슴이 두근거리고 맥박이 빨라졌다. 어떤 형체가 움직이며 계단을 내려왔다. 그 형체는 교실 문에서 잠시 멈춘 뒤 내 앞을 스쳐갔다. 동시에 멀리 현관 쪽에서 초인종 소리가 들렸다. 실생활의 소리를 들으니 비로소 살아 있는 느낌이 들었다. 그리고 내 눈앞에 있는 형체는 전에 봤던 수척한 수녀 유령에 비해 한결 통통하고 키가 작았다. 알고 보니 순찰을 돌고 있는 베크 부인이었다.

램프를 손에 든 로젠이 복도에서 뛰어 들어와 소리쳤다.

"루시 양! 거실에 손님이 와 있어요."

그러자 베크 부인이 나를 쳐다보았다. 나도 부인을 쳐다보았고 로젠은 우리 둘을 한꺼번에 쳐다보았지만 서로 인사를 주고받지는 않았다. 거실로 곧장 갔더니 내가 예상했던 대로 존 선생이 기다리고 있었다. 그런데 그는 야회복 차림이었다.

"현관에 마차를 세워뒀소. 어머니가 당신을 극장에 데려가라고 마차를 보내셨소. 원래 어머니가 가려고 하셨는데 손님이 와서 못 가게 되자 '나 대신 루시를 데려가렴'이라고 하셨다오. 같이 가겠소?"

나는 칙칙한 메리노 양모 옷을 절망적으로 응시하며 소리쳤다.

"지금 당장이요? 옷도 갈아입지 않았는걸요."

"30분 정도 옷을 갈아입을 시간은 있소. 미리 알려줬어야 했는데, 나도 5시가 지난 다음에야 가기로 결정해서 그렇소. 유명한 여배우가 나와서 볼만한 공연을 펼친다는 이야기를 들었다오."

그가 여배우의 이름을 말하자 몸에 전율이 느껴졌다. 당시에 그 이름은 전 유럽에 전율을 일으키고도 남았다. 지금은 그렇지 않다. 한때 끊임없이 울려 퍼지던 그 이름도 이제는 잠잠해졌고, 그 여배우는 수년 전에 영원히 잠들어 오랜 어둠과 망각에 묻혔다. 하지만 그 무렵 그녀는 전성기를 구가하며 시리우스(가장 밝은 별로 손꼽히는 큰개자리의 청백색 별—옮긴이)처럼 가장 높은 곳에서 빛을 내고 열기를 뿜고 있었다.

"갈래요. 10분 내에 준비할게요."

나는 서둘러 거실을 빠져나왔다. 이 대목에서 독자 여러분은 멈칫했을지 모르지만 나는 잠시도 주저하지 않았다. 브레튼 부인 없이 그레이엄과 단둘이 어디를 간다는 것이 과연 적절한 행동이냐고? 나는 그런 의문을 가질 수도 없었고 그레이엄에게 그런 뜻을 내비치는 건 더욱 못할 짓이었다. 내가 그런 이유로 주저했다면 나는 심한 자기모멸에 휩싸였거나 도저히 억누를 수 없는 내면의 강렬한 수치심에 불이 붙어 내 핏줄 속의 생명을 다 태워버렸을 것이다. 더욱이 나의 대모님은 자기 아들을 잘 알고 나를 잘 아는 분이었다. 그녀는 우리가 함께 외출하는 걸 걱정스러운 눈길로 지켜보기보다는 남자 형제가 보호자로서 누이를 데리고 다니는 걸로 여겼다.

그날은 화려하게 치장할 계제가 아니었다. 회색 크레이프 드레스를 입으면 충분하리라고 생각한 나는 그 옷을 찾으려고 마흔 벌은 족히 되는 옷이 걸려 있는 기숙사의 커다란 참나무 옷장을 뒤졌다. 그동안 몇 차례 옷장을 정리하고 옷을 바꿔 걸었는데 누군가가 비좁아진 옷장에서 몇 벌을 솎아내 다락방에 옮겨놓는 새로운 시도를 한 모양이었다. 크레이프 드레스도 그중 하나였으므로 다락방에 가서 가져와야 했다. 나는 열쇠를 구해서 별 생각 없이 대담하게 올라가 열쇠로 다락방 문을 열고 안으로 들어갔다.

독자 여러분이 믿어줄지 어떨지 모르겠지만, 내가 들어서는 순간 다락방은 예상과 달리 완전히 어둡지가 않았다. 한쪽 구석에서 별빛과 비슷하지만 더 넓게 퍼지는 장엄한 빛이 나오고 있었다. 빛이 워낙 환해서 색이 바랜 주황색 커튼의 일부와 깊은 반침이 다 드러나 보였다. 그 빛은 내 눈앞에서 소리 없이 순식간에 사라졌다. 커튼과 반침이 보이지 않게 됐고 환하던 구석은 한밤중처럼 깜깜해졌다. 나는 그곳을 살펴볼 엄두도 내지 못했다. 시간도 없었거니와 그러고 싶은 마음도 없었다. 다행히 문과 가까운 벽에 걸려 있던 내 옷을 휙 낚아채 달려나와서 덜덜 떨며 문을 다시 잠그고 기숙사로 쏜살같이 내달렸다.

그러나 몸이 와들와들 떨리는 바람에 혼자서 치장을 하기가 힘들었다. 떨리는 손가락으로 머리를 빗거나 단추를 채울 수가 없어서 로젠을 불러 돈을 주면서 도와달라고 했다. 뇌물을 좋아했던 로젠은 최선을 다해 나를 도와주었다. 내 머리를 미용사의 작품처럼 매끄럽게 빗어 땋고, 레이스가 달린 옷깃을 한 치도 비뚤어지지 않게 달고, 목에도 장식 리본을 정확히 매주었다. 요컨대 원하기만 하면 솜씨 좋은 필리스(밀턴의 유명한 시 '알레그로' (L' Allegro)에 나오는 손재주 좋은 인물—옮긴이)가 될 수도 있을 만한 솜씨로 일을 해냈다. 로젠은 나에게 손수건과 장갑을 건네준 후 내가 계단을 내려가는 동안 촛불을 밝혀주었다. 그러나 내가 숄을 깜박하고 내려오는 바람에 로젠은 얼른 가져오겠다며 올라갔다. 나는 복도에 있었던 존 선생과 함께 서서 기다렸다.

존 선생이 나를 주의 깊게 내려다보며 물었다.

"어찌된 일이오, 루시? 그전처럼 흥분한 얼굴이잖소. 아하! 또 수녀 유령이오?"

나는 두 번이나 환각을 봤다는 의심을 받기 싫어서 아니라고 딱 잡아뗐다. 그러나 그는 선뜻 믿지 않았다.

"수녀 유령이 왔다간 게 틀림없군. 당신 눈에 그녀의 모습이 스치면 이상한 빛과 표정이 뚜렷이 남는단 말이오."

"수녀가 나타난 게 아니에요."

나는 계속 부인했다. 사실 내가 유령을 본 건 아니었으니까.

존 선생은 단정적으로 말했다.

"지난번과 똑같은 증상이 나타나고 있소. 뭔가에 홀린 사람처럼 얼굴이 굉장히 창백하오."

그가 끝까지 고집을 부렸기 때문에 내가 본 걸 사실대로 이야기하는 게 낫겠다고 판단했다. 물론 그는 이번에도 똑같은 이유 때문에 그런 현상이 나타났다면서 모두 환각이고 신경성 질병이라고 했다. 나는 그의 말이 믿기지 않았지만 차마 반박하지는 못했다. 원래 의사들이란 메마른 물질주의적 견해를 절대로 바꾸지 않는 독단적인 사람들이니까! 로젠아 숄을 가져오자 나는 그걸 두르고 마차에 올라탔다.

* * * * *

극장은 꽉 차 있어 발 디딜 틈이 없었다. 왕족과 귀족들이 와 있었고 궁전과 호텔에 사는 사람들이 식구들을 모조리 데려와 각 층의 관람석을 메우고 조용히 앉아 있었다. 무대 바로 앞좌석에 앉은 나는 특혜를 받는 기분이었다. 그 여배우를 보고 싶은 마음이 간절했다. 대단히 박력 있다고 소문이 자자해서 특별한 기대가 생겼다. 과연 이름값을 하는 사람인지 알고 싶기도 했다. 나는 이상한 호기심과 진지하고 엄숙한 관심을 가지고 기다렸다. 지금까지 그런 성격을 지닌 인물을 만난 적이 없었으므로 그녀는 연구 대상이었다. 새롭고 거대한 행성이었다. 어떤 모양의 행성일까? 나는 그 행성이 떠오르기만을 기다렸다.

그녀는 그 12월의 밤 9시에 지평선 위로 떠올랐다. 아직 창백한 위엄과 강한 힘으로 빛나고 있긴 했지만 최후 심판의 날이 얼마 남지 않았다. 가까이서 보니 그 행성은 속이 텅 비고 알맹이는 소진됐으며 반은 용암이고 반은 빛인 혼돈 상태였다. 소멸한 천체, 또는 소멸하고 있는 천체였다.

나는 이 여배우가 '못생겼다'는 소리를 들은 적이 있어서 뼈만 앙상하고 모질고 거친 여자, 창백하고 몸집이 크고 까다로운 여자일 줄로만 알았다. 하지만 내가 본 건 와스디 왕후(구약성경에 나오는 페르시아의 왕비. 앞으로 나와서 아름다운 모습을 보이라는 아하수에로 왕의 명을 거역하였다. 아하수에로 왕은 모든 여인들이 남편을 무시할까봐 걱정해서 조서까지 내렸다—옮긴이)의 그림자였다. 한때는 아름다웠으나 지금은 황혼처럼 창백하고 다 타버린 양초처럼 지친 왕비였다.

얼마 동안, 아니 상당히 긴 시간 동안 나는 그녀가 독특한 여자이긴 하지만 그저 한 사람의 여자일 뿐이라고 생각했다. 수많은 관중 앞에서 힘차고 우아하게 움직이는 여자. 하지만 시간이 가면서 내가 잘못 봤다는 걸 깨달았다. 보라! 그녀에게는 남자도 여자도 아닌 무언가가 있었다. 그녀의 두 눈 속에는 악마가 들어앉아 있었다. 그녀가 미약한 힘을 유지하고 연극이 끝날 때까지 버틴 건 이 사악한 기운 덕택이었다. 그녀도 결국은 연약한 인간에 불과하지 않은가. 그런데 연극이 고조되고 갈등이 깊어지자 사악한 기운이 그녀를 지옥의 열정으로 난폭하게 흔들어대는 게 아닌가! 사악한 기운은 그녀의 오만하고 반듯한 이마에 '지옥'이라는 글씨를 새겼다. 그녀의 목소리를 고통스러운 음성으로 바꿨고, 그녀의 여왕다운 얼굴을 뒤틀어 악마의 가면으로 만들었다. '증오'와 '살인'과 '광기'의 화신이 서 있는 것 같았다.

그것은 경이로운 광경이었고 엄청난 대소동이었다. 저속하고 끔찍하고 부도덕한 광경이었다.

차라리 검투사들이 서로를 칼로 찌르며 원형경기장 바닥을 피로 물들이는 장면이나 소들이 말들을 공격해 창자가 다 삐져나온 장면이 관객들이 보기에는 더 무난했을 것이다. 그런 장면들은 와스디 왕후가 일곱 악마에게 찢기는 광경에 비하면 사람들의 입맛에 잘 맞는 순한 조미료였다. 악마들은 고래고래 소리를 지르고 자신들이 점령한 육체를 갈기갈기 찢으면서도 물러나지 않았다.

고통이 무대 위의 왕후를 강타했다. 그녀는 관객 앞에서 고통에 굴복하지도 않았고 인내하지도 않았으며 적당히 분노를 표하지도 않았다. 그녀는 선 채로 미동도 않고 완강하게 저항하고 투쟁했다. 그녀는 옷을 입지 않고 연한 천을 두르고 있었는데 그 천은 고대 조각상처럼 규칙적으로 주름 잡혀 길게 내려와 있었다. 무대 배경과 주위 환경과 바닥은 새빨간 색이어서 그녀는 하얀 석고상 또는 은으로 만든 조각처럼 두드러져 보였다. '죽음'처럼 보였다고 표현할 수도 있겠다.

'클레오파트라'를 그린 화가는 어디에 있는가? 그를 여기 데려와 앉혀놓고 이런 장면을 그리게 해야 한다. 그가 숭배했던 억센 힘과 근육과 풍부한 혈액과 포동포동한 살집을 여기서 한번 찾아보라고 해야 한다. 물질주의자들을 모두 가까이 불러 이 연극을 보게 해야 한다.

그녀가 고통에 대해 분노하지 않았다고 말했던가? 아니다. 그렇게 약한 표현은 거짓말이나 다름없다. 그녀는 자신의 아픔을 즉각 형상화한다. 그녀는 아픔을 공격할 수 있는 것, 물어뜯을 수 있는 것, 갈기갈기 찢어버릴 수 있는 것으로 여긴다. 꺼져버릴 것 같은 육체로 그녀는 추상적인 관념들과 맞붙어 싸운다. 재난 앞에서는 사나운 암호랑이로 변해서 증오에 차 적들을 찢어놓고 산산이 부순다. 그녀는 고통을 받는다고 해서 선해지지 않으며 눈물을 흘려도 지혜라는 열매에 뿌리지 않는다. 병이나 죽음을 향해서도 반항적인 눈길을 보낸다. 사악하다고 할 수도 있겠지만 강하기도 하다. 그녀의 힘은 '미'를 눌렀고 '우아함'을 압도했으며 끝내는 미와 우아함을 모두 포로로 잡아 그녀의 편에 묶어놓았다. 포로들은 비길 데 없이 아름답고 고분고분하다. 가장 극심한 광기 속에서도 그녀의 열광적인 움직임은 하나하나가 여왕처럼 위엄 있고 당당하다. 그녀의 머리카락은 전쟁터에서도 마치 연회장에서처럼 휘날리며 천사의 머리카락처럼 후광 아래 빛난다. 타락하고 반항한 죄로 천국에서 추방당한 그녀는 여전히 천국을 기억하고 있다. 그녀가 추방된 후 하늘의 빛은 그 경계선을 꿰뚫고 저 멀리서 쓸쓸하게 모습을 드러낸다.

자, 클레오파트라든 다른 어떤 여자든 그녀 앞에 장애물로 갖다 놓아 보라. 그녀는 이집트 술탄 살라딘이 언월도(偃月刀)로 방석을 내리치듯(월터 스콧의 〈부적The Talisman〉 27장에 나오는 장면—옮긴이) 그 포동포동한 살덩어리를 동강낼 것이다. 플랑드르의 화가 루벤스를 죽음에서 깨워 묘지에서 나오게 한 다음 그가 그린 통통한 여자들을 모두 여기로 데려오라. 그녀의 마술 같은 힘과 예언자 같은 능력은 모세의 지팡이가 가진 힘에 비유할 수 있다. 그 지팡이를 한

번만 휘두르면 바다를 쪼갰다가 다시 합칠 수도 있고 바닷물로 쌓은 거대한 성벽을 단번에 무너뜨려 대군을 삼켜버릴 수도 있다.

사람들은 와스디 왕후가 선하지 않다고들 했다. 나 역시 그녀가 선해 보이지 않았다고 말한 바 있다. 그녀는 정령이긴 했지만 도벳(예루살렘 남부의 골짜기 이름으로, 보통 지옥이나 심판의 장소를 이르는 말로 쓰인다—옮긴이)에서 온 정령이었다. 그래도 지옥에서 신성하지 못한 힘이 그렇게 많이 올라온다면, 언젠가는 천국에서도 똑같은 양의 신성한 기운이 내려오지 않을까?

존 선생은 와스디를 어떻게 생각했을까?

한동안 나는 존 선생의 행동을 관찰하거나 그의 의견을 묻는 것도 잊어버리고 있었다. 천재 여배우가 자석처럼 강한 힘으로 나를 끌어당기는 바람에 내 마음은 평상시의 궤도를 이탈한 상태였다. 으레 태양이 있는 남쪽을 향하던 해바라기가 질주하는 혜성의 강렬한 붉은 빛을 좇아 고개를 돌린 셈이었다. 눈이 따갑고 온몸에서 열이 났다. 전에도 연극을 본 적은 있었지만 이런 건 처음이었다. '희망' 을 놀라게 하고 '욕망' 을 잠재우고 '충동' 과 빛바랜 '관념' 을 뛰어넘는 이런 연기를 본 적은 없었다. 실제로는 일어나지도 않을 어떤 일을 연상시키면서 상상력을 자극하고 신경을 돋우기만 하는 연기가 아니었다. 물이 불어나 깊어진 겨울 강이 천둥 같은 소리를 내며 콸콸 흐르다가 가파르고 단단한 길목에서 폭포처럼 아래로 떨어지면서 나뭇잎을 휩쓸고 가는 것처럼 압도적인 힘으로 영혼을 휩쓰는 연기였다.

언제나 성숙한 판단을 내리는 지네브라는 판쇼 양은 존 선생이 진지하고 열정적이지만 너무 심각하고 너무 쉽게 감동을 받는다고 단언한 적이 있었다. 하지만 나는 그런 시각으로 그를 바라본 적이 없었다. 차마 그에게 그런 결점이 있다고 생각할 수가 없었다. 존 선생은 원래 사색적인 사람도 아니고 감상에 젖는 사람도 아니었다. 찰랑거리는 물처럼 감수성이 예민하긴 했다. 하지만 그의 마음 또한 물과 비슷해서, 잔잔한 바람과 태양으로 움직일 수는 있어도 쇠붙이나 불꽃으로 자국을 남길 수는 없었다.

물론 존 선생은 현명하게 생각할 줄 아는 사람이었지만 생각하기보다는 행동하는 사람이었다. 나름대로 생생하게 느낄 줄 아는 사람이었지만 그의 심장은 열정과는 어울리지 않았다. 그의 눈과 입술은 밝고 부드럽고 달콤한 힘에 대해서는 똑같이 밝고 부드럽고 달콤하게 환영했고, 그럴 때 그의 모습은 장밋빛과 은빛과 진줏빛과 자줏빛으로 물드는 여름날의 구름처럼 아름다웠다. 하지만 그는 폭풍을 닮은 거칠고 강하고 위험하고 갑작스럽고 불꽃같은 힘에 대해서는 전혀 공감하거나 교감하지 못했다.

얼마간 시간이 지나고 나서 다시 그를 바라보고 싶어져서 고개를 돌려보니, 불운한 왕후 와스디를 바라보는 그의 시선에는 경이로움이나 감탄이나 당혹감이 아니라 단지 강렬한 호기심이 어려 있을 뿐이었다. 그런 그의 모습을 보면서 재미를 느끼기도 했지만 생각되는 바도 있었다. 존 선생은 그녀의 고통을 보면서도 괴로워하지 않았고 비명보다 더 처절한 그녀의 광기 어린 한탄을 듣고도 별 감흥이 없었다. 그녀가 격노하자 약간 불쾌해 했지만 공포를 느낄 정도는 아니었다. 냉랭한 영국 젊은이 같으니! 그의 조국 영국의 창백한 절벽이 해협의 파도를 내려다보는 모습도 그날 밤 피티아의 신탁(여기서는 와스디가 광란 상태에서 하는 말들을 가리킨다—옮긴이)을 바라보는 존 선생처럼 차분하지는 않았다.

존 선생의 얼굴을 바라보고 있노라니 그의 정확한 의견이 못 견디게 궁금해졌다. 마침내 나는 구체적인 대답을 이끌어내기 위해 질문을 던졌다. 내 목소리를 듣자 그는 꿈에서 깨어나듯 퍼뜩 정신을 차렸다. 자기 방식대로 자기만의 생각에 골몰하고 있었던 것이다.

"와스디를 어떻게 생각해요?"

나는 알고 싶었다.

"흐……음……."

처음에는 알아듣기도 힘들었지만 그의 뜻은 충분히 전달되는 대답이었다. 그러더니 그의 입가에 이상야릇한 미소가 번졌다. 비평가처럼 냉담하기 이를 데 없는 미소가! 그의 동정심은 와스디 같은 성격을 지닌 사람에게는 아예 반응하지 않는 모양이었다. 그는 그 여배우에 대한 의견과 감정을 몇 마디로 짧게 이야기했다. 그녀를 예술가가 아니라 여자로 보고 낙인을 찍듯이 판정했다.

내 인생이 하나의 책이라면 그날 밤은 이미 흰색이 아니라 진홍색 가위표가 그어졌으리라. 하지만 아직 끝은 아니었다. 지워지지 않는 글씨로 써 넣어야만 할 이야기들이 남아 있었다.

자정이 가까워지면서 점점 고조되던 극이 죽음의 장면에 이르렀다. 모두 숨을 죽였다. 존 선생마저도 아랫입술을 깨물고 이맛살을 찌푸린 채 조용히 앉아 충격을 소화하고 있었다. 극장 내부가 완전히 고요해지고 모든 시선이 한 점에 쏠리고 모든 귀가 한쪽을 향했다. 의자에 쓰러져 덜덜 떨면서 가장 역겨운 최후의 적과 싸우는 하얀 여주인공 외에는 아무것도 보이지 않았다. 그녀의 적이 승리를 거두고 있다는 게 명백했다. 여전히 반항적이고 도전적인 그녀의 고통스런 신음소리와 숨을 헐떡이는 소리 외에는 아무것도 들리지 않았다. 그녀는 불굴의 의지로 다 죽어가는 육체를 흔들어대며 운명과 죽음에 맞서 싸웠다. 한 뼘의 땅도 그냥 내주지 않았고 마지막 한 방울의 피를 흘릴 때까지 싸웠다. 신체 기관이 하나하나 망가질 때도 최후의 순간까지 저항하며 보려고 하고, 들으려고 하고, 호흡하려 하고, 살려고 했다. 죽음이 모든 감각과 존재를 향해

"됐어! 그만해!"라고 외치는 순간까지, 아니 그 순간을 넘어서면서까지.

그때 불길한 예감이 드는 소동이 벌어졌다. 무대 뒤에서 바스락거리는 소리가 났다. 누군가 뛰어가는 소리와 말소리도 들렸다. 무슨 일일까? 모든 관객이 설명을 요구했다. 대답 대신 불꽃이 피어오르고 연기 냄새가 났다.

맨 위층 관람석에서 누군가가 소리쳤다.

"불이야!"

"불이야!"라는 외침 소리가 여기저기서 반복되고 메아리쳐 울렸다. 글로 표현하기 어려울 만큼 빠른 속도로 공포가 밀려오고 사람들이 뛰어나가며 서로 밀쳐댔다. 맹목적이고 이기적이고 잔인한 혼란이었다.

존 선생은 어떻게 행동했을까? 독자여, 나는 아직도 그의 매력적이면서도 용감하고 자상하면서도 침착한 얼굴을 또렷하게 기억한다.

그는 자기 어머니와 함께 안락한 난롯가의 의자에 앉아 있을 때와 다름없이 침착하고 선량하며 흔들림 없는 얼굴로 나를 내려다보며 말했다.

"루시, 가만히 앉아 있을 거죠?"

좋아요, 당신이 부탁한다면 그럴게요. 그곳이 무너지는 바위산 아래였더라도 그가 그런 얼굴로 부탁했다면 나는 가만히 앉아 있었을 것이다. 사실 내 직감으로도 그런 상황에서는 가만히 앉아 있는 게 상책이었다. 그래서 설사 나 자신의 생명이 걸려 있다 해도 그를 힘들게 한다거나 그의 뜻을 꺾는다거나 그가 신경을 쓰게 만드는 일이 없도록 움직이지 않을 작정이었다. 우리는 무대 정면 1층 관람석에 있었는데 사람들이 몰려와 몇 분간 끔찍하고 무자비하게 우리를 짓눌렀다.
존 선생이 말했다.
"여자들이 너무 겁을 먹었군 그래! 남자들이라도 조금 정신을 차리면 질서가 유지될 텐데. 참 안타까운 장면이오. 내가 가까이 있었다면 때려눕히고 싶었을, 짐승 같은 인간들이 50명은 족히 보이오. 남자들보다 용감한 여자도 몇 명 있군요. 저쪽에도 하나 있고…… 저런!"
존 선생이 말을 하는 도중에 우리 바로 앞에 있던 신사의 팔에 아주 조용하고 끈기 있게 매달려 있던 소녀가 어떤 덩치 크고 잔인한 방해꾼에게 갑자기 밀려나는 바람에 신사의 팔에서 떨어져 군중의 발밑에 나뒹굴었다. 소녀의 모습이 사라진 지 2초도 채 지나지 않아 존 선생이 앞으로 달려갔다. 그는 우리 앞에 있던 힘은 세지만 머리가 희끗희끗한 신사와 힘을 합쳐 군중을 도로 밀어냈다. 소녀의 얼굴과 긴 머리카락이 그의 어깨 위로 푹 고꾸라졌다. 의식을 잃은 것 같았다.
존 선생이 말했다.
"안심하고 저에게 맡기세요. 저는 의사입니다."
머리가 희끗희끗한 신사가 대답했다.
"다른 숙녀분과 같이 온 게 아니라면 그렇게 해주시오. 그 애를 잠시만 안고 있어주면 내가 길을 뚫겠소. 바람이 통하는 곳으로 데려가야 할 것 같소."
"같이 온 숙녀가 있긴 합니다만 그녀는 짐이 되거나 거치적거리지 않을 겁니다."
존 선생은 이렇게 말한 후 눈짓으로 나를 불렀다. 우리는 조금 떨어져 있었다. 하지만 나는 마음을 단단히 먹고 그와 합류하기 위해 벽처럼 늘어선 사람들을 헤치며 앞으로 나아갔다. 사람들 사이를 통과하거나 위로 넘어갈 수 없는 곳에서는 밑으로 기어갔다.
존 선생이 말했다.
"나를 꽉 잡고 놓치지 마시오."
나는 그가 시키는 대로 했다.
앞장선 신사는 힘이 세고 요령 있는 사람이었다. 그는 빽빽하게 늘어선 사람들 사이에 쐐기를 박듯이 길을 열어냈고, 참을성 있게 노력한 끝에 마침내 그 단단하고 덥고 숨 막히는 바위를 뚫고 나왔다. 그리하여 상쾌하고 차가운 밤공기 속으로 우리를 데려갔다.
우리가 거리로 나오자 신사는 존 선생 쪽으로 고개를 돌리면서 말했다.
"당신은 영국인이시군요!"
존 선생이 대답했다.
"맞습니다. 선생님도 영국인이십니까?"
"그렇소. 마차를 찾는 동안 여기서 잠깐만 기다려주시오."
그때 소녀 같은 목소리가 들렸다.
"아빠, 난 다치지 않았어요. 내가 아빠랑 같이 있는 건가요?"
"당신은 친구와 함께 있어요. 아버지께서도 가까운 곳에 계십니다."
"아빠한테 내가 다치지 않았다고 말해 줘요. 어깨만 빼고요. 아, 내 어깨! 여기를 밟혔구나."
존 선생이 중얼거렸다.
"탈골일 수도 있겠는걸! 더 나쁜 부상이 없기를 바랍시다. 루시, 잠깐만 날 도와주시오."
나는 그가 안고 있는 환자가 편안해지도록 옷을 매만지고 자세를 가다듬는 일을 거들어주었다. 소녀는 신음소리를 꾹 참으며 참을성 있고 얌전하게 그의 팔에 안겨 있었다.
존 선생이 말했다.

"아주 가볍군요. 아이처럼 가벼워!"
그러고는 귓속말로 나에게 물었다.
"어린애인가요, 루시? 나이를 알아보겠소?"
환자가 새침한 말투로 자못 위엄 있게 대답했다.
"난 어린애가 아니에요. 어엿한 17살이라고요."
그녀는 곧이어 이렇게 말했다.
"아빠를 불러줘요. 불안하단 말이에요."
그때 마차가 왔고, 소녀의 아버지가 존 선생에게서 그녀를 받아 안았다. 하지만 아버지의 팔로 옮기는 도중에 다친 데가 아팠는지 그녀는 또다시 신음소리를 냈다.
신사가 다정하게 말했다.
"착하지! 조금만 참아라!"
그는 존 선생을 향해 물었다.
"아까 의사라고 하셨소?"
"그렇습니다. 성은 브레튼이고 라 테라스에 살고 있습니다."
"잘 됐소. 마차에 함께 타겠소?"
"제 마차도 여기 있습니다. 그걸 찾아서 함께 가겠습니다."
그러자 신사는 주소를 알려주었다.
"그럼 뒤따라오시오. 크레시 가의 크레시 호텔이오."
우리는 그 마차를 따라갔다. 나와 존 선생은 빠른 속도로 달리는 마차 안에 말없이 앉아 있었다. 꼭 모험을 하는 기분이었다.
우리는 마차를 찾느라 시간을 약간 지체했기 때문에 이 처음 만난 사람들보다 10분쯤 늦게 크레시 호텔에 도착했다. 그곳은 외국식으로 호텔이라고 불렸지만 숙박업소가 아니라 일종의 집합 주택이었다. 건물이 아주 크고 높았는데 대문은 거대한 아치 모양이었고 둥근 천장이 덮인 길을 통과하니 사방이 둘러싸인 뜰이 나왔다.

마차에서 내린 우리는 널찍하고 근사한 공용계단을 올라가 3층 2호실 앞에서 발걸음을 멈췄다. 존 선생이 가르쳐준 바에 따르면 2층은 무슨 러시아 왕자인가 하는 사람의 거처였다. 3층에 있는 커다란 출입문의 초인종을 누르니 아주 멋진 집의 거실이 나왔다. 안내를 받아 거실에 들어서자 제복을 입은 하인이 우리가 도착했다고 알렸다. 영국식 난로에 불꽃이 활활 타오르고 있었고 벽은 외제 거울들로 반짝였다. 난롯가에 사람들이 몇 명 모여 있었다. 날씬한 아가씨가 푹신한 안락의자에 누워 있고 그 주위에서 여자 두어 명이 분주하게 움직였으며 머리카락이 진회색인 그 신사가 걱정스럽게 내려다보고 있었다.

아까 그 소녀의 힘없는 목소리가 들려왔다.

"해리엇은 어디 있어요? 해리엇이 오면 좋겠는데."

신사는 우리를 안내한 남자 하인에게 조바심을 내며 약간 엄격한 말투로 물었다.

"허스트 부인은 어디 갔지?"

"죄송하지만 읍내에 가고 없습니다. 아가씨가 내일까지 휴가를 주셨거든요."

소녀 같은 아가씨가 끼어들었다.

"아 참, 그랬지. 여동생을 만나러 간다기에 내가 가라고 했죠. 이제야 기억나네. 하지만 너무 아쉽네요. 마농이랑 루이종은 내가 하는 말을 알아듣지 못하기 때문에 악의가 없는데도 날 아프게 하거든요."

존 선생과 신사는 인사를 나누고 있었다. 그들이 잠시 의논하는 동안 나는 안락의자 쪽으로 가서 힘없이 누워 있는 아가씨에게 무엇이 필요한지 알아보고 시중을 들어주었다.

내가 여전히 실내장식에 정신을 팔고 있을 때 존 선생이 가까이 왔다. 내과에 못지않게 외과 치료에도 능한 의사였던 그는 진단을 하고 나서 현재로서는 자신이 치료하는 것만으로 충분하다는 결론을 내렸다. 그는 환자를 침실로 옮기라고 지시한 후 나에게 속삭였다.

"루시, 저 여자들을 따라가봐요. 저 사람들은 우둔해 보이오. 당신이 그들에게 어떻게 움직이라고 지시만 좀 해줘도 환자가 덜 아플 거요. 저 아가씨는 아주 살살 다루어야 하오."

침실은 옅은 푸른색 커튼을 치고 안개 같은 모슬린 휘장을 드리운 어두운 방이었다. 침대는 마치 눈과 안개가 쌓인 것처럼 티 하나 없이 부드럽고 가벼워 보였다. 나는 동작이 서투른 하녀들에게 물러나 있으라고 말한 후 그들의 도움을 받지 않고 혼자 아가씨의 옷을 갈아입혔다. 아주 침착한 상태는 아니었던 터라 내가 벗긴 옷의 세부를 자세히 관찰하지는 못했지만 전반적으로 우아하고 대단히 세련된 옷이라는 인상을 받았다. 시간이 지나고 나서 생각해 보니 그녀의 옷차림은 지네브라 판쇼 양의 옷이나 분위기와 극명한 대조를 이루고 있었다.

그 아가씨는 작고 연약했지만 전형적인 숙녀였다. 내가 그녀의 풍성하면서도 가늘고 반짝반짝 빛나면서도 부드러우며 매우 섬세하게 손질된 머리카락을 빗어 넘기자 피곤해 보이지만 귀족 같은 분위기를 풍기는 어리고 하얀 얼굴이 드러났다. 이마는 반반하고 깨끗했다. 짙으면서도 부드러운 눈썹은 관자놀이 부근에서는 희미한 흔적만 남아 있었다. 눈은 자연의 값진 선물이었다. 예쁘고, 동그랗고, 커다랗고, 깊은 두 눈은 더 가냘픈 다른 부분들을 지배하는 것처럼 보였다. 한밤중이 아니고 부상을 입은 상황이 아니었다면 더욱 아름다웠겠지만 지금 그 눈은 무기력하고 고통스러워 보였다. 피부는 새하얗고 섬세한 핏줄이 보이는 목과 손은 꽃잎 같았다. 자부심이라는 엷은 얼음막이 이 연약한 얼굴을 감싸고 있었다. 입은 약간 치켜올라가 있었는데 타고났거나 무의식적인 게 틀림없었지만, 처음 봤을 때 건강하고 위엄 있는 다른 부분들과 함께 보지 않았다면 이상하다고 여겼을 만한 입매였다. 입만 봐서는 이 작은 아가씨가 인생과 자신의 운명에 대해 비딱한 생각을 가지고 있는 걸로 보일 수도 있었다.

의사의 손길이 닿았을 때 그녀의 행동을 보니 처음에는 웃음이 나왔다. 철없는 행동은 아니었다. 오히려 그녀는 대체로 인내심 있고 굳센 모습을 보였다. 하지만 한두 번인가 갑자기 날카로운 비명을 지르면서 아프니까 살살 하라고 말했다. 그녀는 호기심 많은 예쁜 어린아이처럼 커다란 두 눈으로 존 선생의 얼굴을 뚫어지게 바라보고 있었다. 존 선생이 그걸 알아차렸는지는 잘 모르겠다. 알아차렸다 해도 그녀의 시선을 막거나 방해하지 않기 위해 일부러 마주보지 않았을 것이다. 존 선생은 그녀의 고통을 최대한 덜어주려고 애쓰며 특별히 신경 써서 조심스럽게 치료했다. 치료가 끝나자 그녀도 그의 수고에 걸맞은 감사의 말을 했다.

"고마워요, 의사 선생님. 안녕히 가세요."

그녀는 진심으로 고마워하고 있었지만 그 말을 하면서 다시 한 번 진지한 눈으로 그를 똑바로 쳐다보았다. 나는 그 시선이 너무 엄숙하고 강렬한 게 별나다고 생각했다.

상처가 위험하지는 않은 듯했다. 이 소식을 들은 그녀의 아버지는 아주 기쁘고 흡족했는지 친한 사람에게 하듯이 환한 미소를 지었다. 그러고는 영국인들이 낯선 사람에게 도움을 받았을 때 흔히 그렇듯 최대한 열렬하게 감사의 뜻을 전하고 다음 날 다시 방문해 달라는 부탁도 했다.

휘장이 쳐진 침대에서 아가씨의 목소리가 들렸다.

"아빠. 숙녀 분께도 감사하다고 전해주세요. 그분도 거기 있나요?"

나는 빙그레 웃으며 커튼을 젖히고 들여다보았다. 그녀는 아까보다 편안해 보이는 자세로 누워 있었다. 예쁘지만 창백한 얼굴은 생김새가 오밀조밀했다. 첫인상이 오만해 보이기는 하지만 자주 보면 온화해 보일 수도 있겠다 싶었다.

그녀의 아버지가 말했다.

"아가씨에게도 진심으로 감사하오. 내 딸을 아주 잘 보살펴주신 모양입니다. 허스트 부인에게는 비밀로 해야겠군요. 누가 그녀 대신 일을 썩 잘해냈다고 말하면 부끄러워하고 질투를 느낄 테니 말입니다."

그렇게 해서 우리는 더없이 호의적인 분위기 속에서 작별인사를 나누었다. 신사는 친절하게도 요깃거리를 내오겠다고 했지만 늦은 시각이었으므로 우리는 사양하고 크레시 호텔을 빠져나왔다.

돌아오는 길에 다시 극장을 지나쳤다. 주위가 고요하고 캄캄했다. 소리치며 달려가던 군중은 모두 어디론가 가 버렸다. 조명등도 아까 극장에 났던 불도 다 꺼지고 까맣게 잊혔다. 다음 날 아침 신문에 난 바에 의하면 그 소동은 느슨하게 걸려 있던 휘장에 불꽃이 튀어 확 타올랐다가 금세 진화된 사건에 불과했다.

24. 바송피에르 씨

외진 곳에 사는 사람들, 담장으로 둘러싸인 학교나 주택에 갇혀 사는 사람들은 자유로운 세계에 사는 친구들의 기억에서 갑자기 그리고 오랫동안 사라지곤 한다. 유별나게 자주 교류가 이루어지고, 소통을 두절시키는 게 아니라 응당 소통을 촉진할 걸로 여겨지는 신나는 작은 사건들이 연거푸 일어나던 중, 무슨 까닭인지 조용히 교류가 중단되고 말 없는 침묵과 긴 망각의 공백이 찾아온다. 설명조차 없이 영원히 이어지는 완전한 공백. 곧잘 오던 편지와 전갈이 끊긴다. 정기적이었던 방문은 중단된다. 나를 기억하고 있다는 표시인 책과 신문 따위도 더 이상 오지 않는다.

갑작스런 공백에는 언제나 그럴싸한 이유가 있게 마련이다. 다만 은둔자가 그걸 모를 뿐이다. 은둔자는 감옥에 갇혀 있지만 바깥세상의 친구들은 삶의 거센 물결 속에서 소용돌이치고 있다. 은둔자에게는 공백기가 너무나 지루하게 흘러가서 시간이 멈춘 듯하고 날개 없는 시간들이 이정표마다 쉬곤 하는 지친 발걸음처럼 터벅터벅 걸어가지만, 그의 친구들에게는 그 공백기야말로 이런저런 사건이 많아서 숨이 차도록 바쁜 시간일지도 모른다.

현명한 은둔자라면 마음속의 겨울인 그 몇 주 동안 자기 생각을 억누르고 감정에 자물쇠를 채워둘 것이다. 이 기간에는 겨울잠쥐 흉내를 내면서 지낼 운명임을 받아들이고 편안하게 지낼 것이다. 자기 몸을 작은 공처럼 둥글게 말아 인생의 벽에 난 구멍 속으로 기어들어가 얌전히 물살에 몸을 맡기면 될 일이다. 구멍으로 흘러 들어온 물은 이내 그를 적당한 위치에 고정시키고 겨우내 꽁꽁 얼려 보존할 것이다.

은둔자로 하여금 이렇게 말하게 하자.

"그게 옳아요. 원래 그런 거니까 그렇게 해야죠."

그러면 어느 날 눈으로 만들어진 무덤이 열리고, 부드러운 봄이 돌아오고, 햇살과 남풍이 그를 어루만질지도 모른다. 산울타리에 싹이 트고, 새들이 지저귀고, 녹은 냇물이 졸졸 흐르면 은둔자는 다정한 부름을 받아 부활할 것이다. 아니, 그렇지 않을 수도 있다. 그의 심장으로 들어간 서리가 영영 녹지 않을 수도 있기 때문이다. 봄이 오고 나서 까마귀나 까치가 벽 속에 있던 겨울잠쥐의 뼈다귀를 부리로 끄집어내는 사태가 생길 수도 있다. 뭐, 설사 그렇더라도 별 문제는 없을 것이다. 그는 자기가 유한한 존재이므로 언젠가는 저 세상으로 가야 한다는 사실을 처음부터 알고 있었을 테니까. 어차피 갈 길인데 빠르건 늦건 무슨 상관이겠는가.

극장에서 파란만장한 저녁을 보낸 후 내 삶의 7주는 일곱 장의 백지처럼 무의미한 시간이었다. 일곱 장 모두 아무것도 쓰여 있지 않았다. 찾아오는 사람도 없었고 기억의 징표도 없었다.

그 7주의 중간쯤에는 라 테라스의 친지들에게 무슨 일이라도 생겼나 하고 걱정하기도 했다. 고독한 사람에게 공백의 중간은 항상 혼란스러운 지점이다. 오래도록 기대하고 긴장한 탓에 신경이 약해지고, 그간 억눌렀던 의심은 단단히 뭉쳐 덩어리를 이루고 복수의 색채를 띠는 강력한 힘으로 그에게 되돌아온다. 밤은 불친절한 시간으로 바뀌고, 잠과 그의 성격이 불화를 일으킨다. 잠자리에 들 때마다 이상한 놀라움과 갈등에 시달린다. 완전히 버림받는 데 대한 극심한 불안을 머리에 덮어쓴 사악한 악몽의 무리들이 재앙의 공포와 한편이 되어 그를 공격한다. 불쌍한 은둔자! 최선을 다해 견뎌내려고는 하지만 아무리 발버둥쳐도 핏기를 잃고 쇠약해지며 비참해질 따름이다.

기나긴 7주가 막바지에 달했을 때 나는 지난 6주 동안 강력히 거부했던 것, 즉 이런 공백은 불가피하다는 것을 인정하기에 이르렀다. 공백은 상황의 산물이고, 정해진 운명이고, 내 삶의 일부이며, 무엇보다 이유를 묻지도 말고 고통스러운 결과에 불평하지도 말아야 할 일이었다. 물론 괴로워했다는 이유로 나 자신을 탓하지는 않았다. 내가 지나친 자책감에 빠지는 우를 범하지 않고 공정하고 진실한 판단을 내릴 수 있었다는 데 대해 하나님께 감사드렸다. 침묵하는 친구들을 비난하지도 않았다. 내 이성은 그들을 탓할 이유가 없다는 사실을 잘 알고 있었으며 내 감정도 그 사실을 받아들였다. 하지만 그건 거칠고 힘든 길이었으므로 나는 더 좋은 날들이 어서 오기를 고대했다.

나는 공백 속에서 삶을 유지하고 꽉 채우기 위해 여러 가지 시도를 했다. 정교한 레이스 자수를 시작했고 독일어 공부를 열심히 했으며 도서관에 있는 가장 지루하고 두꺼운 책들을 규칙적으로 읽었다. 내가 아는 한도 내에서 가장 정통적인 방법을 썼던 셈이다. 어딘가 잘못된 데가 있었을까? 그랬던 것 같다. 배를 채우기 위해 쇠줄을 갉아먹었거나 갈증을 해소하기 위해 소금물을 들이킨 것과 같은 결과를 얻었으니까.

우편물이 오는 시간은 고통의 시간이었다. 불행히도 나는 그 시간을 너무나 잘 알고 있었기 때문에 의식하지 못하는 척하려고 열심히 노력했지만 소용이 없었다. 그 익숙한 종소리가 들리기 전의 고통스러운 기대와 종소리가 난 후에 찾아오는 지긋지긋한 절망이 두려웠다.

나는 우리에 갇혀 간신히 굶어죽지 않을 정도로만 먹이를 얻어먹은 동물들이 먹이를 기다리는 심정으로 편지를 기다렸다. 오! 솔직히 말하자. 타고난 성격보다 더 강한 인내심을 발휘하며 차분한 어조를 유지하려 했는데 더는 못하겠다. 나는 지독한 두려움과 고통, 내면의 이상한 시련, 희망을 상실한 비참함, 참을 수 없는 절망의 침투 속에서 그 7주를 보냈다. 특히 '절망'은 너무나 가까이 다가와서 때로는 그녀의 숨결이 내 몸을 뚫고 지나갔다. 그건 해로운 공기 같기도 했고 깊이 뚫고 들어와 내 심장에서 정지했다가 이루 말할 수 없는 압력이 가해져야만 앞으로 나아가는 한숨 같기도 했다. 내가 그렇게도 좋아하던 편지는 오지 않을 듯했다. 그래도 내 삶에서 기대할 만한 달콤함이라고는 그것밖에 없었다.

극도의 결핍 속에서 나는 상자에 든 작은 꾸러미에 의지하고 또 의지했다. 작은 꾸러미란 다름 아닌 다섯 통의 편지였다. 이 다섯 개의 별이 떠 있던 몇 달 동안 하늘은 얼마나 찬란했던가! 나는 밤마다 다섯 별들을 찾아갔다. 저녁마다 부엌에 있는 양초를 달라고 할 용기가 나지 않았으므로 양초와 성냥을 사서 공부 시간에 기숙사로 숨어들어가 바메시드(거지에게 가상의 식사를 대접했다는 천일야화의 등장인물—옮긴이)의 빵 부스러기를 먹었다. 하지만 영양분을 섭취하지는 못했다. 그 빵 부스러기에 집착하는 동안 나는 그림자처럼 야위어 갔지만 아프지는 않았다.

어느 날 저녁 다소 늦은 시간에 기숙사에서 편지를 읽다가 더 이상은 못 읽겠다고 느꼈다. 끊임없이 정독하는 바람에 그 편지들은 생기와 의미를 모두 잃고 있었다. 나의 황금이 눈앞에서 시들어 낙

엽으로 변하고 있었다. 환상에서 깨면서 슬퍼하고 있는데 갑자기 누군가 경쾌하고 빠른 걸음으로 계단을 올라왔다. 지네브라 판쇼 양의 발소리였다. 지네브라는 시내에서 저녁을 먹고 방금 돌아와 옷장에 숄과 옷을 도로 집어넣으려고 올라오는 길이었다.

그랬다. 옅은 비단옷 차림에 어깨에 숄을 걸치고 밤의 습기 때문에 컬이 반쯤 풀린 머리를 목덜미에 치렁치렁 늘어뜨린 지네브라가 들어왔다. 내 보물을 상자와 서랍 속에 넣어 간수하기가 무섭게 그녀가 내 곁에 다가왔다. 기분이 썩 좋지는 않아 보였다.

"따분한 저녁이었어. 바보 같은 사람들."

"누구? 숄몽들레 부인? 그 부인 댁이 근사하다고 늘 그랬잖아?"

"숄몽들레 부인 댁에 갔던 게 아냐."

"그렇군! 새로운 친구를 사귀었니?"

"친척인 바송피에르 아저씨가 오셨거든."

"너희 삼촌 바송피에르 씨가? 반갑지 않니? 그분을 좋아하는 줄 알았는데."

"언니가 잘못 알았던 거야. 나쁜 사람이야. 난 그 아저씨가 싫어."

"외국인이라서 그러니? 아니면 그럴 만한 다른 이유가 있어?"

"삼촌은 외국인이 아니야. 틀림없는 영국인이지. 3~4년 전까지만 해도 영국 이름을 썼다니까. 삼촌의 어머니가 바송피에르라는 성을 지닌 외국인이었는데 외가 친척 몇몇이 세상을 떠나면서 유산과 작위와 바송피에르라는 성을 물려준 거야. 그래서 지금은 지위가 높은 사람이 됐어."

"그래서 그분이 싫다는 거야?"

"엄마한테 들은 이야기가 있어서 그래. 사실 바송피에르 아저씨는 삼촌이 아니라 이모부거든. 엄마는 바송피에르 아저씨를 몹시 싫어해. 지네브라 이모가 그의 냉대 때문에 세상을 떠났다나. 아저씨는 생긴 것도 곰 같아. 우울한 저녁이었지 뭐!"
지네브라는 잠시 입을 다물었다가 말을 계속했다.

"아저씨가 사는 큰 호텔에 다시는 가지 않을 테야. 나 혼자 방에 들어갔는데 쉰 살이나 된 귀족 아저씨가 다가와 몇 분간 이야기를 나누더니 갑자기 등을 홱 돌려 밖으로 나갔다고 생각해봐. 이상한 사람도 다 있지! 양심의 가책을 느껴서 그랬던 게 아닌가 싶어. 왜냐하면 내가 지네브라 이모를 빼닮았다고 우리 식구들이 그랬거든. 엄마는 내가 이모랑 너무 똑같이 생겨서 우스울 지경이라고 했어."

"손님이 너밖에 없었니?"

"나밖에 없었냐고? 그랬지. 내 사촌인 조그만 응석받이 아가씨가 있었고."

"바송피에르 씨한테 딸이 있다고?"

"그래, 그래. 귀찮게 자꾸 묻지 마. 오, 언니! 난 너무 피곤해."

지네브라는 하품을 하면서 양해를 구하지도 않고 내 침대에 몸을 던졌다. 그러고는 이렇게 덧붙였다.

"그 아가씨는 몇 주 전 극장에서 소동이 벌어졌을 때 사람들한테 깔려 젤리처럼 으스러질 뻔했다더라."

"아하! 그렇단 말이지. 혹시 그 사람들이 사는 곳이 크레시 가의 으리으리한 호텔이니?"

"맞아요. 언니가 어떻게 알아?"

"거기 가봤거든."

"오, 언니가? 그게 정말이야? 요즘 언니는 안 가는 곳이 없구나. 대모이신 브레튼 부인이 데려갔겠지? 브레튼 부인과 '아스클레피오스' (그리스 신화에 나오는 치유의 신—옮긴이)는 바송피에르 씨 댁에 드나들 수 있는 사람들이니까. '우리 아가 존' 이 그 아가씨를 돌보는 모양이던데. 그 사고 때문에…… 사고는 무슨! 쳇! 다 꾸며낸 거겠지! 거만하게 굴다가 약간 짓눌렸을 뿐이지 그렇게 심하지는 않았던 것 같은데. 지금은 아주 친밀한 분위기가 감돌던걸. '즐거웠던 옛날' 인가 뭔가 하는 노래가 들렸다니까. 오, 다들 바보 같기는!"

"다들이라니! 손님은 너밖에 없었다면서."

"내가 그랬나? 나이 든 부인과 그녀의 아들을 잊어버렸나 보네."

"오늘 저녁 존 선생과 브레튼 부인이 바송피에르 씨 댁에 있었단 말이니?"

"오, 그렇다니까! 거기 와 있었어. 아가씨는 손님을 접대하고 있었지. 잘난 체하는 인형 같더라니까!"

지네브라는 시큰둥하고 냉담한 태도로 그녀가 타격을 받은 이유를 조금씩 드러내고 있었다. 으레 그녀를 향하던 찬사가 줄어들었고 감탄은 다른 데를 향하거나 아예 없어졌으므로 그녀의 아양이 별로 효과가 없었고 허영심은 굴욕을 겪었던 것이다. 그녀는 몹시 화가 나서 씩씩거리며 누워 있었다.

내가 물었다.

"바송피에르 양은 많이 좋아졌니?"

"언니처럼, 혹은 나처럼 건강해. 하지만 정직하지 않은 아이여서 의사의 주의를 끌려고 아픈 척하더라. 그 미망인 아주머니가 그 애를 침상에 눕혀주지를 않나, '내 아들 존' 이 나서서 흥분하면 안 된다고 하지를 않나…… 흥! 아주 역겨운 장면이던걸."

"관심의 대상이 달랐으면, 그러니까 네가 바송피에르 양의 위치에 있었다면 역겹지 않았겠지."

"아냐! 난 '우리 아가 존' 이 싫어!" (여기서 '우리 아가 존' 은 Diddle, diddle, dumpling, my son John이라는 중세 영국의 자장가에서 따온 말이다—옮긴이)

"'우리 아가 존' 이라니 그건 대체 누구를 두고 하는 말이지? 존 선생의 어머니는 절대 그를 그렇게 부르지 않는데."

"그럼 그렇게 부르라고 해. 존은 아둔한 촌뜨기니까."

"지금 넌 사실을 왜곡하고 있어. 그리고 내 인내심이 곧 바닥나려고 하니까 내 침대에 있지 말고 나가렴."

"성질이 급하기도 하셔라! 언니 얼굴이 양귀비처럼 새빨개졌네. 그 대단한 존 이야기만 나오면 까다롭게 구는 이유가 뭐야? '존 앤더슨, 나의 조, 존!' 오, 그 이름도 유명해라!" ('존 앤더슨, 나의 조' John Anderson, My Jo는 종교개혁운동 시기에 불리던 반가톨릭 성향의 노래 가사의 일부—옮긴이)

나는 화가 머리끝까지 나서 온몸이 떨릴 지경이었다. 하지만 그렇게 흥분하는 건 어리석은 일이라는 생각이 들었다. 빈약한 날개를 달고 있는 나방처럼 하찮은 존재와 힘을 겨루어봤자 좋을 게 뭐가 있겠는가. 지네브라가 먼저 나가려 하지 않았으므로 나는 양초를 끄고 서랍에 자물쇠를 채운 후 나와 버렸다.

지네브라는 처음부터 싱거운 맥주처럼 시시한 사람이었지만 이제는 너무 시큼해져서 참을 수가 없었다.

다음날은 목요일이고 반공휴일이었다. 아침식사가 끝난 후 나는 1반 교실에 들어가 있었다. 우편물이 배달되는 두려운 시간이 가까워지고 있었다. 유령에 시달리는 사람이 겁을 내며 유령을 기다리듯 나는 가만히 앉아서 우편물을 기다렸다. 편지가 올 가능성은 어느 때보다도 낮았지만, 기대하지 않으려고 아무리 애써도 혹시나 하는 생각을 떨칠 수가 없었다. 그 순간이 시시각각 다가오자 비정상에 가까운 불안과 공포가 엄습했다. 동풍이 부는 겨울날이었다. 건강한 사람들은 알지도 못하고 이해하지도 못하겠지만 나는 얼마 전부터 변덕스러운 바람과 음울한 교제를 시작했다. 북풍과 동풍은 모든 고통을 더 격렬하게 만들고 모든 슬픔을 더 비통하게 만드는 강한 힘을 지니고 있었다. 남풍은 사람을 진정시키는 바람이었고 서풍은 때때로 기운을 북돋아주었다. 하지만 그들이 날개에 뇌운(雷雲)을 얹어서 오는 날에는 그 무게와 열기 때문에 모든 기운이 소멸되고 말았다.

매섭게 춥고 컴컴하던 1월의 그날, 나는 모자도 쓰지 않고 교실을 나와 길쭉한 정원 아래까지 달려가 헐벗은 나무 사이를 서성거렸다. 제발 내가 듣지 못하는 사이에 우편배달부가 초인종을 울리기를 바라는 마음이었다. 매번 똑같은 생각이 이빨로 끈질기게 갉아먹는 바람에 내 신경의 어떤 부위는 더 이상 초인종 소리에 의한 전율을 견딜 수 없는 상태에 이르렀다. 나는 자리를 비웠다는 사실이 주목받지 않게 하려고 가능한 한 오래 서성거렸다. 공허한 침묵, 황량한 진공 상태가 끝나면 그 괴로운 딩동 소리가 이어질 게 틀림없었기에 겁이 나서 머리에 앞치마를 뒤집어쓰고 귀를 꼭 막았다.

그러고 있다가 마침내 용기를 내 1반 교실로 다시 들어갔다. 아직 9시도 되지 않았으므로 학생들은 교실에 들어올 수 없었다. 검은 책상 위에 놓인 흰 물체가 가장 먼저 눈에 들어왔다. 희고 평평한 물체였다. 정말로 내가 듣지 못하는 사이에 우편물이 도착했고, 내 은신처를 방문했던 로젠이 마치 천사처럼 환한 존재의 징표를 남겨두고 갔던 것이다. 책상 위에 놓여 있는 그 빛나는 물체는 진짜 편지였다. 3미터 떨어진 곳에서도 똑똑히 알아볼 수 있었다. 나와 편지를 주고받는 사람은 세상에 하나밖에 없었으므로 누가 보냈는지도 분명했다. 그가 아직 날 기억하고 있었구나! 감사의 맥박이 내 심장을 관통하면서 새로운 생명의 기운을 깊숙이 불어넣었다.

조금 떨리기도 했지만, 익숙한 필체를 보게 되리라는 확신에 가까운 희망을 가지고 다가가서 몸을 구부려 편지를 들여다보았다.

그런데 얼핏 보기에는 낯선 필체가 눈에 들어왔다. 확고하고 박력 있는 글씨가 아닌 가냘픈 여자의 글씨였다. 운명이 내게 지나치게 가혹하다는 생각이 들어서 나는 이렇게 중얼거렸다.

"이건 너무 잔인하잖아."

하지만 나는 그 고통을 이겨냈다. 어떤 고통이 있더라도 인생은 여전히 인생인 법. 우리를 즐겁게 하던 광경이 모조리 사라지고 우리에게 위안을 주던 소리가 없어지더라도 눈과 귀는 그대로 남아 능력을 발휘한다.

나는 편지를 뜯었다. 내게 아주 익숙한 필체로 쓰인 편지라는 사실을 알아차린 후였다. 발신지는 '라 테라스' 였고 내용은 다음과 같았다.

친애하는 루시

지난 한두 달 동안 어떻게 지냈는지 물어봐야겠구나. 물론 그동안 설명하기 어려운 일이 있었으리라고는 생각지 않는다. 라 테라스에 있는 우리와 마찬가지로 행복하고 분주하게 지냈겠지. 그레이엄은 날마다 환자가 늘어나고 있단다. 찾는 사람이 너무 많고 약속도 너무 많아져서, 아주 거만해지고 있다고 내가 핀잔을 준단다. 훌륭하고 올바른 어머니로서 그 애를 겸손하게 만들려고 최선을 다하는 게지. 너도 알다시피 나는 그 애한테 듣기 좋은 소리를 해주지 않잖니. 그래도 루시, 그레이엄은 좋은 애란다. 나는 그 애를 보기만 해도 기뻐서 춤이라도 추고 싶어진단다.

온종일 바쁘게 여기저기 다니면서 오십 가지는 족히 되는 성격들을 상대하는 시련을 겪고, 백 가지나 되는 변덕과 싸우고, 때로는 지독한 고통을 목격하는데도(난 그레이엄에게 '간혹 네가 환자들에게 그런 고통을 안기기도 하겠지'라고 놀린단다) 밤이면 여전히 상냥하고 유쾌한 모습으로 집에 돌아온단다. 그래서인지 나는 양극단을 오가며 살고 있는 기분이구나. 요즘 같은 1월의 저녁, 다른 사람들에게는 밤이 다가오는 시각에 내게는 낮이 시작된다.

그래도 그레이엄은 여전히 누가 정리해 주고 바로잡아주고 콧대를 꺾어줘야 한단다. 나는 그런 일들을 아주 잘하고 있지. 하지만 그레이엄은 융통성이 있어서 어떤 일로도 짜증을 내거나 하지 않는다. 드디어 나 때문에 골이 났구나 하고 생각할 때쯤이면 어김없이 농담으로 나에게 복수하지 뭐니. 이런, 너도 그레이엄의 못된 장난을 알고 있을 텐데 내가 어리석은 늙은이처럼 편지에 그 애 이야기만 늘어놓고 있구나.

나의 형편을 말하자면 브레튼 가의 대리인이었던 사람이 날 찾아온 이후로 사업상의 문제를 처리하느라 여념이 없단다. 그레이엄의 아버지가 그 애한테 남겨준 유산 가운데 일부라도 찾아주고 싶은 마음이 간절하거든. 그레이엄은 내가 이 일로 안달한다고 놀리는구나. 자기가 버는 돈만으로도 우리 둘이 부족함 없이 살지 않느냐면서, '나이 든 숙녀'께서 자기 수중에 없는 어떤 걸 탐내고 있다고 말하지 않겠니. 은근히 그 하늘색 숙녀용 모자 이야기를 내비치면서 말이야. 내가 다이아몬드 장신구를 착용하고 제복 입은 하인들을 거느리고 호화 주택에서 살면서 빌레트의 영국인들 사이에서 유행을 선도하려는 욕심을 부리고 있다나?

하늘색 모자 이야기가 나와서 말인데, 요전 날 저녁에 네가 함께 있었으면 했단다. 그날 그레이엄은 무척 피곤한 상태로 집에 와서 내가 타준 차를 마신 후 늘 하던 대로 건방지게 내 의자에 털썩 주저앉았어. 그러고는 곤히 잠들었는데 나는 아주 기뻤단다. (그 애는 나를 보고 항상 졸고 있다고 놀리잖니. 낮에는 절대 눈을 붙이지 않는 나한테 말이야) 그레이엄이 잠든 모습은 아주 보기 좋았어. 루시, 아들을 이렇게 자랑하다니 나도 참 바보로구나. 하지만 어쩔 수가 없잖니? 그레이엄만큼 인물 좋은 사람이 있어야 말이지. 어디를 봐도 빌레트에는 그만한 남자가 없더라. 어쨌든 나는 그 애를 골려줄 방법을 생각해냈단다. 그 예쁜 하늘색 모자를 가져와서 아주 조심스러운 손놀림으로 그레이엄의 이마에 올려놓는 데 성공했어. 제법 잘 어울리더구나. 피부가 하얗다는 것만 빼면 동양인 같은 분위기도 나더라. 하지만 이제는 누구도 그 애가 빨강머리라고 놀리진 못하겠지. 진하고 윤기 나는 밤색머리로 변했으니까. 커다란 캐시미어 숄을 그 애한테 둘렀더니 젊고 잘생긴 터키의 귀족이나 장교처럼 보이더구나. 너도 봤으면 좋았을 걸 그랬다.

그건 아주 재미있는 장난이었단다. 하지만 나 혼자여서 재미를 반밖에 못 느꼈지. 네가 있었어야 했는데.

적당히 시간이 지나자 주인님이 잠에서 깨더니, 벽난로 위에 걸린 거울을 보고 자기가 곤경에 처했다는 걸 금방 알아차렸단다. 그래서 나는 지금 복수의 위협과 공포 속에서 살아가고 있다. 상상할 수 있겠지?

이제 본론을 이야기할게. 포세트가에서는 목요일이 반공휴일이지? 그러니까 목요일 오후 5시까지 준비를 하고 있어라. 그 시각에 마차를 보내 너를 라 테라스로 데려올 생각이다. 옛 친구를 만날 수 있을지 모르니 꼭 오려무나.

나의 현명하고 착실하고 사랑스러운 대녀야, 잘 있어라.

루이자 브레튼

그건 나를 바로잡아준 편지였다! 그 편지를 읽고 나서도 여전히 슬프긴 했지만 어느 정도 평정을 찾았다. 기분이 좋아진 건 아니었지만 마음이 놓이긴 했다. 적어도 친지들이 행복하게 잘 지내고 있다지 않은가. 오랫동안 내 꿈속과 머릿속을 맴돌던 불행은 사실이 아니었다. 그레이엄은 사고를 당하지 않았고 그의 어머니는 병에 걸리지 않았다. 나를 향한 그들의 마음도 예전과 다를 바 없었다. 그러나 브레튼 부인이 지난 7주 동안 어떻게 지냈는지 알고 나서 내가 보낸 시간들과 비교해 보니 기분이 너무나 이상했다. 예외적인 처지에 있는 사람들은 그런 처지가 자기한테 얼마나 큰 상처가 되는지를 성급하게 입 밖에 내지 않고 말을 아끼는 게 현명한 일이다!

세상 사람들은 음식을 먹지 못해서 죽어 간다고 하면 금방 이해한다. 하지만 고독하게 갇혀 살다가 미치기 시작하거나 완전히 미쳐 버린다고 하면 절대 이해하지 못한다.

오랫동안 갇혀 있던 죄수가 무덤에서 나오면 세상 사람들 눈에는 미치광이나 백치로 보인다! 그의 감각은 무뎌지고, 그의 신경은 처음에는 활활 타오르다가 아무도 모르는 고통을 겪고 나서 마비되지만 세상 사람들은 그 복잡한 과정을 알지 못하고 그 추상적인 과정을 이해하지도 못한다. 하물며 그걸 말로 표현한다는 건…… 그건 내가 유럽의 어느 시장 바닥에 서서 우울증에 시달리던 느부갓네살 왕이 난처해하는 현자들과 이야기를 나누었을 때의 말투와 분위기로 음울한 이야기를 쏟아내는 것과도 같다(다니엘 4 : 4~7에서 느부갓네살 왕이 꿈에 시달리다가 바빌론의 현자들을 불렀으나 그들은 꿈을 해석하지 못했다—옮긴이).

어쩌면 까마득히 오랜 세월이 흘러도 그런 이야기를 이해할 줄 알고 고독한 죄수의 행동에 공감할 줄 아는 사람들은 극히 드물고 만나기도 힘들 것이다. 오직 육체적인 고통만이 동정 받을 가치가 있으며 다른 고통은 모두 허구라는 사고가 오래도록 세상을 지배할 수도 있다. 세상이 지금보다 더 젊고 활달했을 때도 정신적인 시련은 미지의 영역에 속했다. 이스라엘 땅을 통틀어도 사울은 한 사람밖에 없었고, 그를 위로하고 이해하는 다윗도 한 사람밖에 없었다(사무엘상 16 : 23 참조—옮긴이).

고요하지만 매섭게 추운 아침이 지나가고 오후에는 러시아의 황야에서 칼바람이 불어왔다. 한대기후가 아래를 내려다보며 한숨을 쉬자 온대지방도 금세 꽁꽁 얼어버렸다. 눈이 두껍게 쌓여 흐릿하고 무거운 하늘이 북쪽에서 밀려오더니 예상대로 유럽 대륙 위에서 멈췄다. 곧 눈이 쏟아지기 시작했다. 하얀 눈보라가 너무 두텁고 사납게 몰아쳐서 마차가 오지 않을까봐 겁이 났다. 하지만 나의 대모님을 믿으라! 그녀는 한번 초대를 했다 하면 반드시 약속을 지키는 분이었다. 6시 무렵에 나는 마차에서 내려 이미 눈이 잔뜩 쌓인 라 테라스의 정면 계단을 지나 현관문으로 들어서고 있었다.

뛰다시피 복도를 지나고 계단을 올라가 거실에 들어서니 브레튼 부인의 모습이 보였다. 그녀에게서는 여름날처럼 밝고 따사로운 기운이 느껴졌다. 만약 그때 내가 두 배로 추웠다 해도 내 몸은 그녀의 다정한 입맞춤과 포옹에 따뜻하게 녹았을 것이다. 이제 빈 탁자와 검은 의자와 책상과 난로가 있는 교실에 익숙해진 나에게 그 푸른 거실은 눈이 부시도록 아름다워 보였다. 성탄절 분위기가 나는 난롯불마저도 나를 황홀케 하는 선명한 진홍색 광채를 발했다.

대모님은 내 손을 한동안 잡고 있다가 이런저런 이야기를 나누며 지난번에 봤을 때보다 말랐다고 잔소리를 했다. 그러더니 눈보라 때문에 내 머리가 헝클어졌다면서 나더러 위층에 올라가 숄을 벗어두고 머리를 매만지고 오라고 말했다.

내가 머물렀던 작은 초록빛 방에 들어가니 그곳에도 환한 난롯불이 있고 촛불도 밝혀져 있었다. 커다란 거울 양쪽에는 길쭉한 밀랍 양초가 하나씩 놓여 있었다. 그런데 두 개의 양초 사이에 뭔가가 있었다. 공기의 요정, 작고 가냘프고 하얀 겨울의 정령이 거울 앞에 서서 옷을 입고 있었다!

그레이엄과 그가 말했던 유령 환각이 머릿속을 잠시 스쳤다. 나는 내 눈을 의심하면서 이 새로운 환각을 자세히 살펴보았다. 주황색 물방울이 흩뿌려진 하얀 옷을 입고 빨간 허리띠를 둘렀으며 머리에는 상록수로 만든 반짝이는 화환을 쓴 요정이었다. 유령이건 아니건 간에 전혀 무서운 형상이 아니었으므로 나는 앞으로 나아갔다.

요정은 나를 향해 재빨리 몸을 돌리고 긴 눈썹 아래서 커다란 눈을 반짝였다. 길고 검은 눈썹이 곡선을 그리고 있어서 눈동자가 부드러워 보였다.

"아, 오셨군요!"

그녀는 조용하고 온화한 목소리로 이렇게 말하고 나서 천천히 미소를 지으며 나를 응시했다.

나는 그녀를 알아보았다. 그렇게 예쁘고 섬세한 이목구비를 가진 얼굴은 단 한 번밖에 보지 못했으므로 쉽게 알아볼 수 있었다.

나는 입을 열었다.

"바송피에르 양이네요."

"아니에요. 당신께는 바송피에르 양이 아니지요!"

나는 그러면 누구냐고 묻지 않고 그녀가 알아서 설명해 주기를 기다렸다.

그녀가 가까이 다가오며 말했다.

"많이 변하긴 했지만 그래도 당신이에요. 나는 다 기억하고 있어요. 당신의 생김새며 머리 색깔이며 얼굴 모양까지……."

나는 난롯가로 자리를 옮겼고, 그녀는 맞은편에 서서 나를 계속 쳐다보았다. 그러는 동안 그녀는 점점 다양한 생각과 감정을 얼굴에 드러내더니 급기야는 눈물을 글썽이기 시작했다.

"옛날을 생각하니 눈물이 나려고 하네요. 하지만 제가 슬퍼한다거나 우울해한다고 생각진 마세요. 행복하고 기뻐서 그러는 거랍니다."

나는 궁금하기도 하고 당황스럽기도 해서 무슨 말을 해야 할지 몰랐다. 마침내 나는 더듬거리며 말했다.

"우리는 그날 밤에 처음 만난 사이라고 알고 있었는데요. 몇 주 전에, 아가씨가 다쳤을 때 말이에요……."

그녀는 빙그레 웃으며 대답했다.

"나를 당신 무릎에 앉히고, 팔로 안아올리고, 같은 베개를 베고 잤던 일을 잊었나요? 고집 센 어린애였던 내가 울면서 당신 침대로 다가갔을 때 당신이 받아들여준 그날 밤을 기억하지 못하는군요? 무척 괴로워하던 나를 당신이 위로하고 보듬어주고 달래던 기억이 나지 않나요? 브레튼 시절을 떠올려보세요. 홈 씨를 기억하시나요?"

마침내 나는 모든 걸 파악했다.

"그럼 아가씨가 꼬마 폴리?"

"폴리나 메리 홈 드 바송피에르예요."

시간은 참으로 큰 변화를 일으킨다! 어린 폴리에게는 창백하고 오밀조밀하고 대칭을 이룬 얼굴, 변화무쌍한 표정, 흥미진진하고 우아한 매력이 있었다. 하지만 지금의 폴리나 메리는 아름다운 아가씨였다. 눈이 번쩍 뜨이는 장미 같은 미인은 아니었지만 둥글둥글하고 혈색이 좋고 토실토실했다. 그녀의 사촌인 금발 미인 지네브라처럼 풍만한 몸매와 분홍빛 살결과 아마색 머리를 자랑하지는 않았지만 열일곱 살 소녀다운 그녀의 세련되고 부드러운 매력은 얼굴이나 몸매에서 나오는 게 아니었다.

물론 얼굴은 예쁘고 또렷했고 이목구비는 보기 좋았으며 팔과 다리의 맵시도 완벽했지만, 그녀의 진짜 매력은 내면에서부터 밖으로 뿜어져 나오는 잔잔한 광채에 있었다. 그녀의 외모는 비싼 재료로 만들어지긴 했지만 속이 들여다보이지 않는 꽃병이 아니었다. 그건 고상하게 빛나는 등잔이었다. 순결하게 활활 타오르는 불이 꺼지지 않도록 보호하면서도, 숭배할 수 없도록 감추지는 않았다. 나는 지금 그녀의 매력을 과장하는 게 아니다. 그녀의 매력은 정말로 매우 생생하게 내 마음을 끌어당겼다. 모든 게 크기가 작긴 했지만 이 하얀 제비꽃은 빼어난 향기를 내뿜고 있었으니 세상에서 가장 큰 동백꽃이나 활짝 핀 달리아보다도 나았다.

"아! 그럼 브레튼에서의 옛 시절을 기억하나요?"

"당신보다 더 잘 기억할 것 같은데요. 그 시절을 기억하는 건 물론이고 매일, 매시간을 똑똑히 기억하는걸요."

"잊어버린 것도 있을 텐데요?"

"잊은 건 거의 없을 거예요."

"그때 당신은 감정이 시시각각 변하는 어린애였어요. 이제는 어른이 됐으니 10년 전에 당신 마음에 새겨졌던 기쁨과 슬픔, 애정과 절망 같은 건 오래 전에 떨쳐버렸겠죠."

"내가 어린 시절에 누구를 좋아했고 얼마나 좋아했는지 잊어버렸을 거라고 생각하시나요?"

"그때만큼 강렬하진 않겠죠. 그 특별하고 민감한 감정…… 깊게 새겨진 자국도 세월이 흐르면서 희미해지고 지워졌겠지요?"

"그 시절을 똑똑히 기억하고 있다니까요."

그녀를 보니 정말인 것 같았다. 그녀의 눈은 과거를 기억하는 사람, 즉 어린 시절이 꿈처럼 희미해지지도 않고 젊은 시절이 햇살처럼 사라지지도 않는 사람의 눈이었다. 그녀는 삶을 뒤죽박죽으로 대충 나누어 어떤 시기는 버리고 다음 시기로 넘어가는 사람이 아니었다. 삶을 소중히 간직하면서 거기에 살을 덧붙이는 사람이었다. 종종 시작 부분부터 다시 돌아보기도 하면서 세월과 함께 더없이 조화롭고 일관성 있게 성장하는 사람이었다. 그래도 지금 나에게 한가득 떠오르는 모든 장면들이 그녀에게도 생생하게 떠오른다는 말은 쉽사리 믿기지 않았다. 그녀의 강렬한 애착, 그렇게도 좋아하던 소꿉친구와 했던 놀이와 시합, 어린 마음에서 우러난 진정한 헌신과 인내, 그녀의 작은 시련들, 마지막으로 이별의 날카로운 고통…….

이것들을 되짚어보던 나는 의심스럽다는 뜻으로 고개를 흔들었다. 하지만 그녀는 주장을 굽히지 않았다.

"그 일곱 살짜리 아이는 열일곱 살 소녀 속에 아직도 살아 있답니다."

나는 그녀를 시험해 보려고 이렇게 말했다.

"당신은 브레튼 부인을 유별나게 좋아했죠."

그녀는 금방 내 말을 바로잡았다.

"유별나게 좋아하진 않았어요. 물론 좋아했고 또 존경했죠. 지금도 그렇고요. 부인은 예전 모습 그대로이신 것 같아요."

나도 그 말에 동의했다.

"맞아요. 많이 변하지 않으셨죠."

우리는 몇 분간 말없이 있었다. 그녀가 방 안을 둘러보며 말했다.

"이 방에 있는 물건 가운데 몇 개는 브레튼에 있었던 거군요! 저 바늘겨레와 거울이 생각나요."

자신의 기억력에 대한 그녀의 판단은 착각이 아니었다. 적어도 지금까지는 그랬다. 나는 또 질문했다.

"브레튼 부인을 알아볼 수 있었다는 건가요?"

"정확히 기억하고 있었죠. 이목구비, 올리브와 비슷한 피부색, 검은 머리, 키와 걸음걸이, 목소리까지요."

"그렇다면 존 선생도 당연히 알아봐야 했겠죠. 두 사람이 처음 대면하는 모습을 내가 봤잖아요. 그때 당신은 그를 낯선 사람으로 여기는 것 같던데요."

그녀가 대답했다.

"처음 만난 그날 밤에는 조금 헷갈렸어요."

"존 선생과 당신 아버지는 어떻게 서로를 알아봤나요?"

"명함을 교환했거든요. 그레이엄 브레튼과 홈 드 바송피에르라는 이름을 보고 서로 질문을 하더니 설명이 오갔죠. 그건 두 번째 날의 일이었어요. 하지만 저는 그 전에 어렴풋이 감을 잡긴 했어요."

"어떻게 감을 잡았단 거죠?"

"사람들이 진실을 느끼는 데 오래 걸리는 게 참 이상해요. 눈으로 보는 거 말고, 느끼는 거 말이에요! 브레튼 선생님이 몇 번 왕진을 와서 가까이 앉아 말을 걸었을 때 저는 그의 눈빛과 입가의 표정, 턱의 모양이랑 고개를 움직이는 모습을 관찰했어요. 누가 가까이 다가오면 다들 그렇게 관찰하잖아요. 그때 제가 그레이엄 브레튼을 어떻게 떠올리지 않을 수 있었겠어요? 그레이엄은 그분보다 마른 체격이었고 그렇게 키가 크지도 않았지요. 얼굴은 더 매끄러웠고, 머리카락은 더 길고 밝은 색이었고, 목소리는 지금처럼 굵은 목소리가 아니라 여자애 같은 소리였죠. 그래도 그는 그레이엄이었어요. 제가 어린 폴리이고 당신이 루시 스노인 것과 마찬가지로요."

나도 같은 생각이었지만 어떻게 나와 그녀의 생각이 똑같을 수 있는지 의아했다. 나와 똑같은 짝을 만나는 일은 너무나 드물기 때문에 어쩌다 그런 우연이 생기면 기적 같은 느낌이 들었다.

"당신과 그레이엄은 소꿉동무였지요."

"그걸 기억하고 있군요?"

"그레이엄도 분명히 기억할 거예요."

"그에게는 물어보지 않았어요. 그가 기억하고 있다면 그거야말로 놀라운 일이겠는데요. 그는 여전히 명랑하면서도 무심하겠죠?"

"예전에 그가 명랑하면서도 무심했다고요? 당신 생각이에요? 그를 그렇게 기억하고 있단 말이죠?"

"그렇게밖에 기억할 수 없네요. 때로는 학구적이었고 때로는 쾌활했죠. 하지만 책에 몰두하든 아니면 놀이를 하고 싶어 하든 간에 그가 마음을 쏟았던 건 책이나 놀이 그 자체였어요. 누구와 함께 책을 읽었고 누구와 함께 놀았는지는 별로 중요하지 않았죠."

"그래도 당신에게는 특별히 잘해줬어요."

"특별히 잘해줬다고요? 오, 그건 아니에요! 다른 친구들이 있었거든요. 학교 친구들 말이에요. 일요일을 제외하면 저에게는 별로 신경을 쓰지 않았어요. 그래요, 일요일엔 친절했죠. 그와 손을 잡고 성 메리 교회까지 걸어갔던 생각이 나네요. 교회에 가서는 내 기도서를 놓을 장소를 찾아주었지요. 일요일 저녁에는 무척 착하고 조용했죠! 그 자부심 강하고 활기찬 소년이 그렇게 온화해지다니! 제가 글을 읽다가 틀려도 참을성 있게 들어주었어요. 저한테는 정말 든든한 존재였어요. 일요일 저녁에는 집에만 있었으니까요. 저는 그가 초대를 받아서 우리를 버리고 가면 어쩌나 하고 항상 걱정했지요. 하지만 그런 일은 한 번도 없었고 그러고 싶어 하지도 않았어요. 물론 지금도 그걸 바랄 순 없겠죠. 이제 브레튼 선생님은 일요일 저녁에도 외출을 하시겠지요?"

그때 브레튼 부인이 아래층에서 우리를 불렀다.

"얘들아, 내려와라!"

폴리나는 위층에 좀 더 있으려 했지만 나는 내려가고 싶었다. 우리는 함께 아래층으로 내려갔다.

25. 백작의 딸

대모님은 원래 명랑하고 재미있는 분이어서 같이 있으면 정말 즐거웠지만, 그날 저녁에는 사납게 울부짖는 겨울바람 사이로 도착을 알리는 소리가 들리기 전까지 라 테라스에 진정한 즐거움이란 없었다. 무릇 부인들과 소녀들이 아늑한 난롯가에 따뜻하게 앉아 있는 동안에도 그들의 마음과 상상은 지척의 안락함을 벗어나 어두운 밤을 헤치고 나아가 험한 날씨와 용감히 맞서고 눈보라와 대결을 벌이면서, 아버지나 아들이나 남편이 집에 오는 소리를 듣고 모습을 보기 위해 세찬 폭풍이 몰아치는 외딴 문과 계단에서 기다리게 마련이다.

마침내 아버지와 아들이 라 테라스에 도착했다. 그날 밤에는 바송피에르 씨가 브레튼 박사와 함께 왔던 것이다. 우리 셋 중 누가 맨 먼저 말발굽 소리를 들었는지는 잘 모르겠다. 날씨가 무척 사납고 거칠었던지라 우리는 말을 타고 온 두 사람을 맞이하러 홀까지 달려 나갔다. 하지만 그들은 우리에게 멀찌감치 떨어져 있으라고 말했다. 둘 다 눈 덮인 산처럼 하얗게 변해 있었다. 브레튼 부인은 그들의 모습을 보더니 곧장 부엌으로 들어가라고 지시했다. 두 사람이 지금 뒤집어쓰고 있는 '옛 성탄절' (율리우스력에 따르면 크리스마

스는 1월 6일이었다—옮긴이) 복장을 벗기 전까지는 어떤 일이 있어도 카펫을 깐 계단을 밟지 못한다는 것이었다. 하지만 우리는 그들을 따라 부엌으로 갔다. 그림처럼 아름답고 기분 좋고 널찍한 네덜란드식 부엌이었다. 백작의 딸은 그녀와 똑같이 하얀 색으로 변한 아버지의 주위를 빙빙 돌며 춤을 추고 손뼉을 치면서 소리쳤다.

"아빠, 아빠. 아빠는 꼭 커다란 북극곰 같아요."

북극곰이 몸을 흔들자 작은 요정은 쏟아지는 눈을 피해 달아났다. 하지만 곧 방긋 웃으며 아버지 곁으로 돌아가서 그 북극의 변장을 털어내는 일을 열심히 거들었다. 마침내 두꺼운 외투를 벗은 바송피에르 백작은 그걸 흔들면서 눈사태를 만들어 덮치겠다고 폴리나를 위협했다.

"어디 해봐요."

폴리나는 이렇게 말하며 눈이 떨어지기를 기다리는 듯 허리를 구부렸지만 외투가 머리 위로 옮겨오자 작은 산양처럼 후다닥 달아났다.

폴리나의 동작은 마치 새끼 고양이처럼 나긋나긋하고 부드럽고 우아했다. 그녀의 웃음소리는 은이나 수정이 울리는 소리보다 맑았다. 아버지의 차가운 손을 잡고 문지르다가 아버지에게 입을 맞추기 위해 살짝 발돋움을 할 때는 그녀 주위에 사랑의 기쁨을 나타내는 후광이 빛나는 것 같았다. 엄숙한 백작님께서도 애지중지하는 보물을 바라보는 눈으로 그녀를 내려보았다.

백작이 말했다.

"브레튼 부인. 우리 딸아이를 어떻게 하면 좋겠습니까? 지혜도 키도 자라지 않으니 말입니다(누가복음 2 : 52 '예수는 지혜와 키가 자라가며' 참조—옮긴이). 10년 전과 다름없는 귀여운 어린애 같지 않습니까?"

아들과 툭탁거리고 있던 브레튼 부인이 대답했다.

"우리 아들보다 더 어린애 같기야 하겠어요?"

브레튼 부인은 아들에게 옷을 갈아입으라고 했으나 그는 말을 듣지 않았다. 존 선생은 어머니와 약간 떨어져 네덜란드식 찬장에 몸을 기대고 선 채 웃고 있었다.

"자, 어머니. 우리 타협하기로 해요. 우리의 몸과 마음이 모두 따뜻해지도록 바세일(wassail: 사과와 레몬과 향신료를 넣은 흑맥주 칵테일—옮긴이)을 마시자고요. 여기 난롯가에서 영국을 위해 건배하는 거예요."

바송피에르 씨가 난롯가에 서 있고 폴리나 메리가 홀처럼 넓은 부엌을 자유로이 돌아다니며 행복하게 춤추는 동안, 브레튼 부인은 하녀 마사에게 바세일 컵에 향신료를 넣고 데우라고 지시했다. 부인은 그 뜨거운 술을 브레튼 집안에 대대로 내려온 병에 부은 후 작은 은제 잔에 따라 손님들에게 접대했다. 나는 그 잔이 그레이엄의 세례식 때 쓰인 잔이라는 사실을 알아차렸다.

바송피에르 씨가 잔을 높이 쳐들면서 말했다.

"즐거웠던 옛날을 위하여!"

그러고 나서 그는 브레튼 부인을 바라보며 '즐거웠던 옛날'(Auld Lang Syne: 18세기 영국 시인 로버트 번스의 유명한 시—옮긴이)을 읊었다.

뜨거운 태양 아래 노 저어 왔다네
아침 해가 뜰 때부터 저녁때까지,
하지만 우리 사이에는 성난 바다가 있다네
즐거웠던 옛날을 노래하세

여기 그대는 그대 잔을 들고,
여기 나는 내 잔을 들었네

그래도 우리는 다정하게 잔을 기울이리라
즐거웠던 옛날을 위하여

폴리나가 소리쳤다.

"스코틀랜드! 아빠는 스코틀랜드어로 말하고 있네요. 아빠는 스코틀랜드 사람이기도 하죠. 홈이라는 성도 있고 바송피에르라는 성도 있으니까 우린 스코틀랜드인인 동시에 프랑스인인 거죠."

그러자 바송피에르 씨가 말을 받았다.

"고원의 요정이여, 그럼 지금 추고 있는 춤은 릴(스코틀랜드 고지 사람들의 경쾌한 춤—옮긴이)인가요? 브레튼 부인, 당신의 부엌 한가운데에 머지않아 '요정의 고리'(풀밭에 버섯이 둥그렇게 나서 생긴 검푸른 부분을 요정이 춤춘 자국에 비유하는 표현—옮긴이)가 자랄 거요. 그렇다고 이 애가 진짜 요정이라는 건 아닙니다. 신기한 아이일 뿐이지요."

"루시 양에게도 같이 춤추자고 해요, 아빠. 이쪽이 루시 스노예요."

홈 씨는(그는 거만한 바송피에르 백작이었지만 어떤 면에서는 여전히 평범한 홈 씨처럼 느껴졌다) 나에게 손을 내밀면서 친절하게 말했다.

"나는 아가씨를 기억하고 있습니다. 내 기억력이야 믿을 게 못 되지만 딸아이가 아가씨 이름을 자주 입에 올리고 이야기를 많이 들려줬죠. 그래서 오래전부터 알던 사이처럼 느껴진다오."

모든 사람이 바세일을 맛보았는데 폴리나만은 예외였다. 그녀에게 술을 권하는 게 신성모독이라도 된다는 듯 아무도 폴리나가 추는 '요정의 춤'을 방해하지 않았다. 하지만 그녀는 소외되는 것도 인간의 특권을 박탈당하는 것도 원하지 않았다.

"나도 맛볼래요."

폴리나는 존 선생에게 말했다. 그는 마침 폴리나의 팔이 닿지 않는 찬장 선반에 잔을 올려놓고 있었다.

브레튼 부인과 바송피에르 씨는 이야기꽃을 피우고 있었다. 존 선생은 요정의 춤을 무심히 넘기지 않았다. 그걸 한동안 바라보고 있었고 또 마음에 들어 했다. 원래 우아함을 사랑하는 존 선생의 눈에 폴리나의 부드럽고 아름다운 동작이 매우 좋게 비친 거야 말할 것도 없고, 그의 어머니 집에서 편안하게 행동한다는 사실도 그에게는 매력적으로 느껴졌다. 덕분에 그 역시 마음이 편안해졌다. 그녀가 다시 아이처럼, 소꿉동무처럼 보이는 순간이었다. 아직 그가 폴리나에게 말을 거는 모습을 보지 못했던 나는 그의 말투가 어떨지 궁금했다. 그의 입에서 흘러나온 첫마디를 들어보니, 그는 그날 저녁 폴리나가 보여준 어린애 같은 유쾌한 면모에서 옛날의 '꼬마 폴리' 를 떠올린 것 같았다.

"아가씨께서 이걸 마시길 원하시나요?"

"그래요. 내가 그런 뜻을 표시했잖아요."

"그건 어떤 일이 있어도 허락할 수 없겠는데요. 미안하지만 안 됩니다."

"왜요? 이제 다 나았는데. 술을 마신다고 목뼈가 다시 부러진다거나 어깨뼈가 탈골될 리도 없잖아요. 그건 포도주인가요?"

"아니에요. 이슬도 아니지요."

"이슬은 필요 없어요. 난 이슬을 좋아하지 않는다고요. 그게 뭔데요?"

"맥주입니다. '올드 옥토버' 라는 독한 맥주죠. 아마 내가 태어난 해에 빚었을 걸요."

"진기한 술인가 봐요. 맛이 좋나요?"

"굉장히 좋지요."

존 선생은 선반에서 맥주를 내려 한 모금 더 마신 후 장난꾸러기 같은 눈을 대단히 만족스럽게 빛내면서 진지한 태도로 잔을 도로 올려놓았다.

폴리나가 선반을 올려다보며 말했다.

"나도 조금만 마시고 싶어요. '올드 옥토버'는 마셔본 적이 없거든요. 달콤한 맛인가요?"

존 선생이 대답했다.

"아찔할 정도로 달콤하지요."

폴리나는 맛 좋은 과자를 빼앗긴 아이처럼 간절한 표정으로 계속 그를 쳐다보았다. 마침내 마음이 약해진 '의사'는 맥주를 내려서 자기 손으로 그녀에게 맛을 보여주는 즐거움에 탐닉했다. 유쾌할 때마다 언제나 감정을 풍부하게 드러내는 그의 두 눈이 반짝이며 웃고 있는 걸로 보아 그 일이 즐거운 모양이었다. 즐거운 시간을 연장하기 위해 그는 잔의 가장자리에 닿아 있는 장밋빛 입술에 술이 한 방울씩만 떨어지도록 잔의 각도를 조절했다.

폴리나는 좀 더 관대하게 컵을 기울여 달라는 뜻에서 집게손가락으로 존 선생의 손을 퉁명스럽게 톡톡 쳤다.

"조금만 더요. 향료와 설탕 냄새가 나긴 하는데 맛은 느껴지지 않아요. 당신의 손목은 너무 뻣뻣하고 당신은 너무 인색하시네요."

존 선생은 그녀가 원하는 대로 해주면서 진지한 말투로 속삭였다.

"어머니나 루시에게는 말하지 말아요. 허락하지 않을 테니까."

그 액체를 어느 정도 마신 후 그녀의 말투와 태도가 변했다. 마치 마법사의 주술에서 풀려나는 묘약을 마신 것 같았다.

"달콤한 맛이 아니네요. 뜨겁고 맛이 써서 숨이 멎을 것 같아요. 선생님 댁의 '올드 옥토버'는 금지되어 있을 때만 근사한 술이군요. 이제 그만 마실래요, 고마워요."

그녀는 고개를 살짝 숙였는데 별 생각 없이 한 동작이었지만 그녀의 춤만큼이나 우아했다. 그러고는 존 선생에게서 미끄러지듯 달아나 아버지에게 돌아갔다.

그녀가 내게 했던 말은 사실이었다. 열일곱 살 아가씨 안에는 일곱 살 소녀가 아직도 살아 있었다.

존 선생은 약간 당혹스럽고 어리둥절한 표정으로 그녀의 뒷모습을 바라보았다. 그의 눈길은 저녁 내내 그녀에게 머무르다시피 했으나 그녀는 모르는 체했다.

다 같이 차를 마시러 거실로 올라갈 때 보니 폴리나는 아버지의 팔을 꼭 잡고 있었다. 아버지 곁이 그녀에게는 가장 자연스러운 자리인 모양이었다. 그녀의 눈과 귀는 오로지 아버지만을 향했다. 그날의 작은 파티에서 주로 이야기한 사람은 바송피에르 씨와 브레튼 부인이었고 폴리나는 더없이 성실한 청중이었다. 그녀는 오가는 이야기를 주의 깊게 듣다가 이런저런 특징이나 사건을 다시 이야기해 달라고 졸랐다.

"아빠, 그때 어디 계셨죠? 뭐라고 말씀하셨어요? 그때 일어났던 일을 브레튼 부인께도 이야기해 드려야죠."

폴리나는 이런 식으로 아버지의 이야기를 이끌어냈다.

그녀는 더 이상 기쁨에 들뜨지 않았다. 밤이 되자 어린아이처럼 톡톡 튀는 기운은 사라졌다. 그녀는 부드럽고 신중하고 얌전하게 행동했다. 밤 인사를 하는 모습은 사랑스러웠고 존 선생을 대하는 태도에는 위엄이 배어났다. 그녀가 백작의 딸답게 살며시 웃음을 지으며 조용히 고개 숙여 인사했으므로 존 선생도 정중하게 허리를 굽혀 답할 수밖에 없었다. 그는 머릿속에서 춤추는 요정과 세련된 백작 영애를 어떻게 하나로 합쳐야 할지 몰라 당황하고 있었다.

다음 날 우리 모두 찬물로 세수를 하고 덜덜 떨며 상쾌한 기분으로 아침 식탁에 둘러앉았을 때, 브레튼 부인은 긴급한 상황이 아니고서는 그날은 집 밖으로 나가서는 안 된다고 선포했다.

사실 외출은 거의 불가능해 보였다. 바람에 밀려온 눈 때문에 유리창 아랫부분이 뿌옇게 흐려져 있었고, 창밖을 내다보니 하늘과 대기가 우중충한 가운데 성난 바람과 눈이 서로 싸우고 있었다. 눈이 내리고 있지는 않았지만 돌풍이 휙 불어오면 이미 쌓여 있던 눈이 날리고 빙빙 돌면서 갖가지 기상천외한 형태로 둔갑했다.

폴리나가 브레튼 부인의 말에 동의했다.

"아빠는 나가시면 안 돼요."

그녀는 아버지의 안락의자 옆에 자리를 잡으며 말했다.

"제가 돌봐 드릴게요. 시내에 나가시지 않을 거죠, 아빠?"

바송피에르 씨가 대답했다.

"나갈 수도 있고 안 나갈 수도 있지. 너와 브레튼 부인이 나한테 아주 잘해 주고, 그러니까 친절을 베풀고 신경을 써주고 네가 아주 착한 아이가 돼서 아빠를 기쁘게 하고 극진히 대접을 해준다면, 아침식사 후 한 시간 동안 기다리면서 칼날처럼 날카로운 바람이 잦아드는지 지켜볼 수도 있겠지. 하지만 얘야, 아침식사를 가져와야지. 네가 아무것도 주지 않아서 아빠는 쫄쫄 굶고 있단다."

폴리나는 브레튼 부인에게 간청했다.

"빨리요! 브레튼 부인, 부탁드려요. 제가 먹을 걸 챙겨드리는 동안 바송피에르 백작님께 커피를 좀 따라주세요. 백작님이 되신 후로는 일일이 시중 들어 드려야 한다니까요."

폴리나는 자리에서 일어나 롤빵을 챙기며 말했다.

"자, 아빠, 롤빵이 여기 담겨 있어요. 마멀레이드는 여기 있고요. 우리가 브레튼에서 먹던 것과 똑같은 마멀레이드군요. 스코틀랜드에서 만든 것처럼 맛이 좋다고 아빠가 말씀하셨잖아요."

브레튼 부인이 말참견을 했다.

"아가씨는 내 아들에게 마멀레이드를 주라고 졸라대곤 했죠. 혹시 기억해요? 내 옆으로 다가와 소매를 만지작거리며 '부인, 부탁이에요. 그레이엄에게 맛있는 걸 주세요. 마멀레이드나 꿀이나 잼 같은 거요' 라고 속삭이던 일을 잊었나요?"

존 선생이 끼어들었다. 그는 얼굴을 붉히며 웃고 있었다.

"아니에요, 어머니. 그런 일은 없었을 거예요. 제가 그렇게 달콤한 걸 좋아했을 리가 없다고요."

"폴리나 양, 저 애가 단 걸 좋아했나요, 아니면 싫어했나요?"

폴리나가 단호하게 대답했다.

"아주 좋아했어요."

바송피에르 씨가 나서서 존 선생을 격려했다.

"창피해하지 말게나, 존. 나는 언제나 달콤한 음식을 좋아했고 아직도 좋아한다네. 그리고 친구가 필요로 하는 음식을 폴리가 가져다준 건 현명한 일이잖나. 그런 예의범절을 가르친 게 바로 나라고. 항상 잊지 않도록 가르치고 있지. 폴리, 그 혀 요리를 한 쪽만 다오."

"여기 있어요, 아빠. 지금 제가 부지런히 시중을 들고 있다는 걸 잊지 마세요. 오늘 라 테라스를 떠나지 말라는 제 부탁을 들어준다는 조건으로 해드리는 거라고요."

바송피에르 씨가 호소했다.

"브레튼 부인. 내 딸을 어디로 보내버리고 싶소. 학교에 보냈으면 하는데, 괜찮은 학교를 알고 계십니까?"

"루시네 학교가 있어요. 베크 부인이 운영하는 곳이죠."

"루시 양이 학교에 다닌다고요?"

내가 대답했다.

"저는 교사입니다."

나는 이 말을 할 기회가 생겨서 다행이라고 생각했다. 아까부터 나에게 어울리지 않는 자리에 있는 기분이었기 때문이다. 브레튼 모자는 내 처지를 알고 있었지만 백작과 딸은 모르고 있었다. 나의 사회적 지위를 알고 나면 지금까지의 다정한 태도가 미묘하게 변할지도 모를 일이었다. 나는 선뜻 신분을 밝혔으나 예상하지도 원하지도 않았던 생각들이 한가득 떠오르는 바람에 말끝을 흐리고 나도 모르게 한숨을 쉬었다.

바송피에르 씨는 아침식사 접시를 내려다보며 몇 분간 아무 말도 하지 않았다. 내 말을 제대로 못 들었을 수도 있고, 그런 고백에는 아무 말도 않는 게 예의라고 생각했을 수도 있다. 속담에 의하면 스코틀랜드인들은 자부심이 강하다고 한다. 바송피에르 씨는 수수한 외모에 소박한 습관과 취향을 가진 사람이었지만, 그에게도 스코틀랜드인 특유의 기질이 있다는 점은 내가 지금까지 줄곧 암시했던 바다. 바송피에르 씨의 자부심은 허위의식일까? 아니면 진정한 위엄일까? 넓은 의미에서 이 질문에 답하지는 않겠다. 나 자신과 관련된 범위 내에서 대답하자면 그는 언제나 진실한 신사의 모습을 보여주었다.

바송피에르 씨는 원래 사색적이고 감상적인 사람이었다. 그의 감정과 사색에는 우울한 향기가 뒤덮여 있었다. 아니, 우울한 향기 정도가 아니었다. 곤경이나 상실의 아픔이 닥치면 그 향기는 구름으로 변했다. 그는 루시 스노에 대해 잘 몰랐고 그나마 아는 것도 정확히 이해하지는 못했다. 종종 내 성격을 오해해서 날 웃음 짓게 만들기도 했다. 하지만 그는 내 인생의 여정이 언덕의 그늘진 면에 위치한다는 사실을 알았고, 주어진 길을 정직하게 똑바로 가려는 나의 노력을 높이 평가했다. 기회가 있었다면 기꺼이 도와주었겠지만 그럴 기회는 없었으므로 그저 내가 잘되기를 기원했다. 그가 다시 나를 바라보며 말을 시켰을 때 눈빛은 친절했고 목소리는 호의적이었다.

"교사는 힘든 직업이오. 가르침의 성공을 위해 건강과 활력을 기원합니다."

그의 아름다운 딸은 내가 교사라는 사실을 그만큼 침착하게 받아들이지 못했다. 그녀는 거의 당황에 가까운 놀라움이 담긴 눈으로 나를 빤히 보았다.

"당신이 교사라고요?"

폴리나는 큰 소리로 이렇게 말하고 나서 그 달갑지 않은 사실을 곱씹어보았다.

"아, 당신의 직업은 알지도 못했고 물어볼 생각조차 못 했네요. 나한테 당신은 항상 루시 스노였으니까요."

나는 묻지 않을 수 없었다.

"지금은 뭔데요?"

"물론 당신이죠. 정말로 여기 빌레트에서 교사로 일하고 있어요?"

"그래요."

"교사 일이 좋아요?"

"마냥 좋은 건 아니죠."

"그런데 왜 그 일을 계속하죠?"

바송피에르 씨가 딸을 쳐다보았다. 그가 그녀를 말릴까봐 걱정했으나 그는 이렇게만 말했다.

"계속해라, 폴리. 질문 공세를 계속하란 말이다. 그러면 네가 똑똑한 체하는 어린애에 불과하다는 게 입증되겠지. 루시 양이 얼굴을 붉히거나 당황한 표정을 지었다면 너한테 입을 다물라고 명령했을 거다. 그리고 너랑 나는 이 식탁에서 쫓겨나는 망신을 당했겠지. 하지만 루시 양은 웃고만 있으니 더 세게 몰아붙이고 심문을 해봐라. 그래, 루시 양, 왜 교사 일을 계속하지요?"

"아쉽게도 돈을 벌기 위해서랍니다."

"순수한 자선 행위가 아니란 말이오? 폴리와 나는 그런 줄로만 알고 있었는데. 그건 당신의 특이한 직업을 설명하는 가장 관대한 이유가 된단 말이오."

"아니에요, 백작님. 자선보다는 제 생활을 유지하기 위해서예요. 스스로 일하는 동안은 누구에게도 짐이 되지 않으니 마음이 편해요."

"아빠, 뭐라고 하시든 간에 전 루시 양이 불쌍해요."

"그렇게 동정심을 내보여봐라, 바송피에르 양. 멋대로 울타리 밖으로 나갔다가 날개를 퍼덕이며 난리를 치는 새끼 거위라도 되는 양 두 손으로 움켜쥐어라. 그게 밖으로 나오거든 따뜻한 마음의 둥지에 도로 넣어라. 나는 네 귀에 대고 이렇게 속삭이련다. 만약 우리 폴리가 쉽지 않은 세상살이에 직접 부딪치게 된다면 너도 루시 양처럼 행동하길 바란다. 너 스스로 일해서 일가친척에게 짐이 되지 않도록 하는 거지."

폴리나는 뭔가를 곰곰이 생각하며 유순하게 대답했다.

"알았어요, 아빠. 그래도 루시 양이 불쌍해요! 부잣집 딸이고 부유한 친구들이 있는 줄 알았는데."

"어린애처럼 단순하게 생각했구나. 나는 그렇게 생각지 않았단다. 자주 보진 못했지만 루시 양의 모습과 행동을 가만히 보면 보호를 받는 게 아니라 스스로를 보호해야 할 사람 같더구나. 누가 시중들어 주는 게 아니라 알아서 해야 하는 사람 말이다. 그 덕택에 귀중한 경험을 하게 됐을 테지. 나중에 그게 귀중한 경험이라는 걸 깨닫게 되면 루시 양도 신의 섭리에 감사할 거라고 생각한다."

그러고 나서는 엄숙한 말투가 쾌활한 말투로 바뀌었다.

"아까 그 학교 말인데, 베크 부인이 우리 폴리를 받아들일 거라고 생각하시오, 루시 양?"

나는 베크 부인에게 물어보기만 하면 되는데 그녀는 영국 학생들을 좋아하기 때문에 금방 입학 허가가 날 것 같다고 대답했다. 그러고는 이렇게 덧붙였다.

"오늘 오후에 바송피에르 양을 당장 마차에 태워 데려간다 해도 문지기 로젠이 초인종 소리를 듣고 금방 문을 열어줄 거예요. 그리고 베크 부인은 선생님을 맞이하기 위해 제일 좋은 장갑을 끼고 응접실로 나올 겁니다."

바송피에르 씨가 대답했다.

"그렇다면 지체할 필요가 없겠어. 필요한 물건은 나중에 허스트 부인이 챙겨 보내면 되니까. 폴리는 오늘 밤이 되기 전에 차분하게 교과서를 읽게 되겠군. 루시 양도 이따금씩 폴리에게 눈길을 주고 딸애가 어떻게 지내는지 나한테 종종 알려주리라 믿소. 바송피에르 양도 이 절차에 동의하기를 바란다만?"

백작의 딸은 헛기침을 하며 머뭇거렸다.

"공부는 다 했다고 생각했는데요……."

"그렇다면 우리가 서로의 생각을 잘못 알고 있었다는 이야기지. 내 생각은 다르단다. 오늘 아침 이 자리에서 너의 심오한 지식에 귀를 기울이고 있었던 사람들도 대부분 같은 생각일 게다. 내 딸아, 넌 아직 배울 게 많단다. 지금까지 아빠가 가르쳤던 걸로는 부족했어! 베크 부인에게 물어보는 수밖에 없겠다. 바람이 잦아드는 것 같고 아침식사도 끝냈으니……."

"그런데, 아빠!"

"왜 그러냐?"

"문제가 있어요."

"내가 보기엔 없는데."

"심각한 문제예요, 아빠. 절대로 해결할 수 없는 문제죠. 커다란 외투를 입고 머리에 눈이 잔뜩 쌓인 아빠만큼이나 큰 문제라고요."

"쌓인 눈처럼 녹을 수도 있겠구나?"

"아니에요! 아주아주 단단한 살로 된 거예요. 바로 아빠예요. 루시 양, 베크 부인에게 나를 입학시키라는 제안에 귀를 기울이지 말라고 미리 말해줘요. 그랬다가는 나중에 아빠도 같이 받아들여야 하거든요. 아빠가 저렇게 나를 놀리시니 저도 아빠 이야기를 좀 해보죠. 브레튼 부인과 여러분 모두 들어보세요.

5년쯤 전, 그러니까 제가 열두 살이었을 때 아빠는 저를 응석받이로 키우고 있다는 생각을 하셨어요. 제가 세상을 헤쳐나갈 능력이 없는 아이로 자라고 있다든가 뭐 그런 거였죠. 어떻게 해도 아빠를 안심시킬 수 없었기 때문에 저는 학교에 가게 됐어요. 엉엉 울면서 가지 않으려 했지만 바송피에르 백작님은 피도 눈물도 없는 완고한 분이더군요. 결국 저는 학교에 갔죠. 결과가 어땠는지 아세요? 놀랍게도 아빠가 학교에 다녔지 뭐예요. 이틀에 한 번씩은 저를 찾아오셨으니까요. 에그레두 부인이 불평을 했지만 소용이 없었어요. 마침내 아빠와 저는 나란히 학교에서 쫓겨나고 말았답니다. 루시 양이 이러한 특징에 대해 베크 부인에게 말해줘야 해요. 어떤 일이 생길지 미리 알려드려야죠."

딸의 말에 어떻게 대답하겠느냐고 브레튼 부인이 물었다. 바송피에르 씨가 항변을 하지 않았으므로 그의 패배요, 폴리나의 승리라는 판결이 내려졌다.

그러나 폴리나에게는 장난기와 천진난만함 외에 다른 면모도 있었다. 아침식사가 끝나자 브레튼 부인의 사업상 문제를 의논하기 위해서였는지 어른들이 따로 나갔으므로 백작의 딸과 존 선생과 나만 같이 있게 됐다. 폴리나는 더 이상 어린애 티를 내지 않았다. 연령대가 비슷한 우리와 함께 있게 되자 순식간에 어린 숙녀로 변신했다. 얼굴마저도 다르게 보였다. 경쾌하게 움직이는 이목구비, 꾸밈없는 표정, 아버지와 이야기를 나눌 때는 동글동글하고 보조개가 움푹 들어가던 그 얼굴이 어느새 생각에 잠긴 얼굴로 바뀌었다. 윤곽선은 더욱 뚜렷하고 확고해 보였다.

나만이 아니라 존 선생도 이러한 변화를 눈치챘던 게 틀림없다. 그는 잠시 창가에 서서 눈을 바라보다가 곧 난롯가로 다가와 대화를 시작했다. 하지만 평소처럼 편안한 모습이 아니었다. 망설이며 까다롭게 이야깃거리를 골랐지만 알맞은 화제를 끌어내지 못했다. 그는 빌레트의 주민들과 유명한 볼거리와 건물들에 대해 막연하게 이야기했다. 바송피에르 양은 자기 개성을 잃지 않으면서도 지적이고 여자답게 대답했다. 신중하고 위엄 있다기보다는 다소 발랄하고 민첩한 말투와 시선과 몸짓에 어린 폴리의 흔적이 군데군데 남아 있었다. 하지만 이런 특징들을 꾸며주고 유지해 주는 아주 세련된 빛과 고요하고 정중한 우아함이 있었다. 그레이엄만큼 민감한 사람이 아니었다면 이러한 특징들을 잘 포착하고 유리하게 활용해 진솔하고 친밀한 관계로 이끌어가지 못했을 것이다.

존 선생은 조용하고 차분한 태도를 유지하는 가운데 폴리나를 주의 깊게 관찰하고 있었다. 존 선생은 그녀의 귀여운 행동과 자연스러운 실수를 놓치지 않았다. 그녀 특유의 동작이나, 말을 잠깐씩 더듬거나 불완전하게 발음하는 걸 일일이 파악했다. 폴리나는 어린 시절과 마찬가지로 빠르게 말할 때 가끔 혀 짧은 소리를 냈다. 하지만 그런 실수를 할 때마다 얼굴을 붉히면서 의식적이고 열성적으로 말을 되풀이했는데, 그건 사소한 실수에 못지않게 재미있는 광경이었다.

폴리나가 말실수를 했다가 바로잡을 때마다 존 선생은 미소를 지었다. 대화를 나누는 동안 차츰 양쪽 다 긴장이 풀렸다. 이야기가 조금만 더 길어졌다면 곧 다정한 대화가 됐을 것이다. 폴리나는 활짝 웃고 있었고 뺨에는 보조개가 돌아와 있었다. 말실수를 하고도 고치는 걸 잊어버리기도 했다. 어떻게 그렇게 됐는지는 모르겠지만 존 선생도 달라져 있었다. 더 명랑해진 건 아니지만 장난기나 경박한 느낌도 없었다. 하지만 아까보다 즐겁고 편안해진 듯했고 말투도 한결 시원시원하고 부드러웠다.

10년 전에 이들은 언제나 서로에게 할 말이 많았다. 세월이 흐르긴 했지만 두 사람의 경험이 좁아지거나 지식이 고갈된 건 아니었다. 게다가 세상에는 성격상 서로에게 영향을 미치기 때문에 이야기를 많이 나눌수록 할 말이 점점 더 많아지는 사람들이 있다. 이런 사람들이 교제를 하면 애착이 싹트게 되며 애착은 그들을 단단히 결합시킨다.

하지만 존 선생은 가야만 했다. 그는 의사였으므로 환자의 요청을 거절하거나 연기할 수 없었다. 그는 일단 방에서 나갔다가 집 밖으로 나가기 전에 잠깐 돌아왔다. 책상 서랍에 있는 서류인지 명함인지를 가지러 온 척 했지만 사실은 폴리나를 한 번 더 보고 그가 기억하려는 모습과 일치하는지 확인하기 위해서였다. 자신이 그녀를 편파적이고 주관적으로 보지는 않았는지, 실수로 호감을 품지는 않았는지 확인하고 싶었던 것이다. 실수는 무슨! 그는 자신의 눈이 틀리지 않았음을 확인했다. 잠깐 돌아와서 손해를 본 게 아니라 이익을 본 셈이었다. 그는 이별의 아쉬움을 담아 수줍고도 부드러운 표정을 지으며 떠났다. 몸을 감싸주던 덤불을 벗어나는 새끼 사슴이나 초원을 떠나는 양처럼 아름답고 순진무구한 표정이었다.

둘만 남은 나와 폴리나는 한동안 침묵을 지켰다. 우리는 말없이 바느질감을 꺼내 부지런히 손을 놀렸다. 옛날에 폴리나가 쓰던 참피나무 반짇고리는 이제 값비싼 모자이크 장식이 있는 상자로 바뀌었고 금으로 된 바느질 도구가 갖추어져 있었다. 덜덜 떨며 바늘을 겨우 움직이던 자그마한 손은 여전히 작았지만 한결 재빠르고 능숙하게 움직였다. 하지만 이맛살을 찌푸리고 일에 몰두하는 모습이라든가 약간 까다로운 태도라든가 민첩하게 고개를 돌리고 몸을 움직이는 모습은 예전과 똑같았다. 흐트러진 머리를 매만지거나 비단 스커트를 흔들어 실제로 묻어 있지도 않은 먼지나 실밥을 털어내는 모습도 그대로였다.

그날 아침, 나는 조용히 있고 싶은 심정이었다. 혹독한 겨울 날씨에 경외심을 느껴서 그런지 아무 말도 나오지 않았다. 새하얗고 냉혹한 1월의 열정은 아직 가라앉지 않았다. 폭풍은 사납게 몰아치다가 목이 다 쉬었건만 지친 기색이라고는 하나도 없었다. 이 거실에 함께 있는 사람이 지네브라였다면 나는 조용히 바람소리를 들으며 생각에 잠기지 못했을 것이다. 지네브라는 방금 떠난 존 선생에 대해 수다를 떨었을 것이다. 그 한 가지 주제를 가지고 얼마나 다양한 변주를 했겠는가! 질문과 추측을 계속해서 나를 얼마나 괴롭혔을 것이며, 원하지 않을뿐더러 제발 피하고 싶은 논평과 비밀 이야기를 늘어놓아 나를 얼마나 심란하게 했겠는가!

폴리나 메리는 검고 동그란 눈으로 한두 번쯤 나를 조용히 그리고 유심히 바라보았다. 그녀는 무슨 말을 하려는 것처럼 입술을 약간 벌렸다가 조용히 있고 싶은 내 의사를 존중해 입을 다물었다.

나는 속으로 생각했다.

'침묵이 오래 가진 못하겠지.'

그때까지 나는 부인들이건 소녀들이건 자제력을 발휘한다거나 욕구를 억누를 줄 아는 경우를 많이 보지 못했다. 내가 알기로 여자들은 일상생활의 사소한 비밀이나 모호하고 하찮은 감정에 대해 수다를 떨 기회가 있으면 절대로 놓치지 않았다.

백작의 딸은 예외일 수도 있겠다 싶었다. 그녀는 싫증이 날 때까지 바느질을 하다가 책을 한 권 꺼냈다.

공교롭게도 그녀가 책을 꺼낸 곳은 존 선생의 책장이었다. 브레튼 시절부터 있던 책이었는데 자연사에 관한 내용이었고 그림이 곁들여져 있었다. 예전에 그녀는 종종 그레이엄의 무릎에 그 책을 올려놓고 옆에 붙어 서서 그가 가르쳐주는 대로 읽곤 했다. 다 읽고 나면 그녀는 상으로 그림들을 다 설명해 달라고 그레이엄을 졸라댔다. 나는 그녀를 세심하게 관찰했다. 그녀가 자랑하던 기억력을 진짜로 시험해 볼 좋은 기회였다. 그녀의 기억이 이 대목에서도 믿을 만할까?

믿을 만했냐고? 의심의 여지가 없었다. 책장을 넘기는 그녀의 얼굴에는 점점 더 밝은 표정이 떠올랐다. 과거를 온전히 기억하고 있다는 작은 증거였다. 그러고 나서 그녀는 속표지로 돌아가 어린 남학생의 글씨로 쓴 이름을 바라보았다. 한참 동안 그렇게 응시했지만 보는 것만으로는 만족스럽지 않았는지 손가락 끝으로 글씨를 살살 더듬으면서 무심코 미소를 지었다. 그 미소 때문에 손가락의 움직임은 단순히 어루만지는 동작이 아니라 애무처럼 보였다. 폴리나는 과거와 사랑에 빠져 있는 것이다! 그러나 이 사소한 장면에서 특별한 점은 그녀가 아무 말도 하지 않았다는 것이다. 그녀는 감정을 말로 와르르 쏟아내지 않고서도 느낄 줄 아는 사람이었다.

그녀는 책꽂이 근처에 한 시간가량 머무르면서 책을 꺼내보며 각각의 책에 얽힌 추억을 떠올렸다. 이 일이 끝나자 그녀는 낮은 스툴에 앉아 손으로 뺨을 감싼 채 생각에 잠겼다. 여전히 말은 없었다.

아래층에서 현관문이 열리는 소리가 났고 찬바람이 훅 들어오더니 홀에서 그녀의 아버지가 브레튼 부인에게 뭐라고 말하는 소리가 들렸다. 문득 정신을 차린 폴리나는 벌떡 일어나 한달음에 아래층으로 내려갔다.

"아빠! 아빠! 외출하시는 건 아니겠죠?"

"얘야, 아빠는 시내에 가봐야 한다."

"아빠, 너무너무 추운 날씨잖아요."

그러자 바송피에르 씨가 딸을 설득하는 소리가 들렸다. 추운 날씨에 단단히 대비하고 있으며 마차를 타고 아늑하고 안전하게 갈 거라고 했다. 요컨대 아빠가 힘들까봐 걱정하지 않아도 된다는 이야기였다.

"그럼 오늘은 날이 어두워지기 전에 돌아오겠다고 약속하세요. 아빠와 브레튼 선생님 두 분 다 마차를 타시는 거죠? 말을 타기에 좋은 날씨는 아니에요."

"글쎄다. 만약에 그 의사를 만나면 어떤 숙녀께서 그의 귀중한 육체를 생각해서 나의 호위를 받으며 집에 일찍 들어오라고 분부했다고 전해주지."

"그래요. 숙녀라고 말씀하세요. 그래야 어머니의 전갈인 줄 알고 말을 잘 들을 테니까요. 아빠가 오시는지 지켜보며 귀를 기울이고 있을 테니까 일찍 돌아오셔야 해요."

현관문이 닫히고 마차는 쌓인 눈을 헤치며 살며시 미끄러졌다. 백작의 딸은 근심이 가득한 얼굴을 하고 방으로 돌아왔다.

저녁이 되자 그녀는 정말로 바깥을 내다보며 귀를 기울였다. 하지만 야단스럽게 굴지는 않았다. 거실에서 조용히 걸어 다니다가 간혹 걸음을 멈추고 귀를 기울여 밤의 소리를 들었다. 아니, 밤의 침묵을 들었다는 표현이 맞겠다. 드디어 바람이 약해졌기 때문이다. 눈사태가 지나가자 창백하고 헐벗은 하늘이 드러났다. 잎이 떨어진 가로수 가지 사이로 하늘이 훤히 드러났고 새해의 달이 내뿜는 극광도 보였다. 달은 새하얀 공 모양이어서 마치 얼음 나라 같았다. 마차는 그다지 늦지 않은 시각에 돌아왔다.

그날 저녁 폴리나는 환영의 춤을 추지 않았다. 방에 들어서는 아버지에게 달려가서 포옹할 때까지 사뭇 위엄 있는 태도를 유지했다. 하지만 그녀는 곧 아버지를 완전히 독차지하고 자기가 골라놓은 의자로 끌고 가서 일찍 돌아온 데 대해 달콤한 칭찬을 퍼부어댔다. 그 모습을 보고 있으면 그가 의자에 앉아 편히 쉴 수 있는 것도 모두 딸의 자그마한 손에 달려 있는 것처럼 보였다. 그 힘센 신사는 강력한 사랑의 지배력에 자기를 완전히 내맡기는 데서 기쁨을 얻는 듯했다.

바송피에르 백작이 돌아온 후에도 존 선생은 한동안 나타나지 않았다. 그의 발소리가 들렸을 때 폴리나는 몸을 반쯤 돌렸다. 그들은 이야기를 나누었지만 한두 마디에 불과했고 악수를 했지만 손을 슬쩍 쥐기만 했다. 폴리나는 아버지 곁에 머물렀고 존 선생은 맞은편 의자에 털썩 주저앉았다.

브레튼 부인과 바송피에르 씨가 서로 할 이야기가 많아서 정말 다행이었다. 그들이 옛날 일을 회상하면서 화젯거리를 끝도 없이 찾아내지 않았다면 그날 저녁 다 같이 앉아 있는 내내 침묵만 흘렀을 것이다.

차를 마신 후 폴리나는 램프 불빛 아래서 바늘과 예쁜 황금빛 골무를 빠르게 놀리기만 하고 아무런 말도 하지 않았다. 매끄럽고 촘촘한 속눈썹을 자주 움직이기가 싫었는지 좀처럼 눈을 들지도 않았다. 존 선생도 종일 일하고 피곤한 모양이었다. 그는 자기보다 지혜로운 어른들의 이야기를 공손하게 듣기만 하고 거의 입을 열지 않았다. 그리고 폴리나의 번쩍이는 황금빛 골무가 마치 빛을 내며 날아다니는 나방이나 잽싸게 움직이는 작고 노란 뱀의 황금빛 머리라도 되는 양 눈으로 좇고 있었다.

26. 장례식

그날부터 나는 다채로운 삶을 살게 됐다. 외출이 잦아졌지만 내가 사귀는 사람들의 수준을 높이 평가했던 베크 부인은 기꺼이 이를 용납했다. 사실 그 훌륭한 여교장은 처음부터 나를 존중해 주었고 달리 대한 적은 없었다. 성(라 테라스)과 큰 호텔에서 나를 자주 초대한다는 사실을 알고 나서부터 존중은 예우로 발전했다.

그러나 과도한 특별 대우는 없었다. 세속적인 모든 일에서 베크 부인은 절대로 약한 모습을 보이지 않았다. 가장 맹렬하게 이익을 추구할 때도 자제력과 분별이 있었으며 이익을 가장 세게 움켜쥘 때도 신중하고 냉정했다. 즉, 베크 부인은 밉살스러운 기회주의자로 보여 나의 경멸을 자아내지 않으면서도 약삭빠르게 자기 의사를 표시했다. 학교 관계자들이 품위 없고 저급한 사람들이 아니라 교양 있고 품위 있는 사람들과 자주 왕래해서 기쁘다는 것이었다. 나와 내 친구들을 직접적으로 칭찬하지는 않았다. 단 한 번, 베크 부인이 햇빛을 받으며 정원에 앉아 있을 때였다. 옆에 커피 한 잔을 놓아두고 손에는 신문을 들고 있는 매우 편안해 보이는 그녀에게 다가가서 저녁에 외출해도 되겠냐고 묻자 그녀는 너그럽게 대답했다.

"그렇게 해요, 내 친구여. 진심으로 그리고 기꺼이 허락하는 바예요. 당신은 학교 일을 아주 잘해 주고 있어요. 언제나 열심이고 분별이 있더군요. 그러니 응당 즐거운 시간을 보낼 권리가 있죠. 외출하고 싶으면 얼마든지 하세요. 당신은 괜찮은 친구들을 사귀던데요. 현명하고 고상하고 훌륭한 선택이에요."

그녀는 입을 다물고 다시 신문을 읽기 시작했다.

독자여, 이 무렵 삼중으로 숨겨둔 편지 다섯 통이 내 화장대에서 잠시 사라졌다는 사실을 지나치게 심각하게 받아들이지 않기를 바란다. 편지가 없어졌다는 걸 처음 알았을 때는 당연히 머리가 멍해질 정도로 아찔했다. 하지만 이내 아량을 가지기로 하고 나 자신에게 이렇게 속삭였다.

"참자! 아무 말도 하지 말고 평온한 마음으로 기다리자. 편지는 돌아올 거야."

편지는 정말로 돌아왔다. 잠시 베크 부인의 침실에 갔다가 조사를 받고 나서 합법적으로 정확하게 돌아왔다. 다음 날 그 편지들은 제자리에 놓여 있었다.

베크 부인은 그 편지를 어떻게 생각했을까? 존 그레이엄 브레튼 박사의 편지 쓰는 솜씨를 어떻게 평가했을까? 평범해 보이면서도 때로는 독창적인 생각들이 허영기 없는 힘찬 문체에 담겨 함축적이고 매끄럽게 이어지는 걸 보고 무슨 생각을 했을까? 나에게 커다란 기쁨을 선사한 다정하고 조금은 익살맞은 그분위기를 그녀도 좋아했을까? 신드바드가 갔던 골짜기에 뿌려진 다이아몬드처럼(천일야화에서 신드바드는 괴조의 등에 타고 다이아몬드가 가득한 골짜기로 간다—옮긴이) 여기저기에 조금씩 흩어져 있고, 현실 세계의 지층에 박힌 보석들처럼 희귀한 몇 마디 친절한 말에 대해서 어떻게 생각했을까? 오, 베크 부인! 그 편지들이 어떻게 보이던가요?

베크 부인의 눈은 다섯 통의 편지에서 어떤 호의를 발견한 모양이었다. 그것들을 빌려간(그녀처럼 점잖은 여자를 묘사할 때는 점잖은 표현을 써야 한다) 지 며칠이 지난 어느 날, 베크 부인은 나를 바라보며 무언가를 골똘히 생각하고 있었다. 약간 아리송한 듯했으나 악의는 없는 시선이었다. 마침 수업 도중에 있는 15분간의 휴식 시간이어서 학생들은 정원에 나가서 놀고 있었고 1반 교실에는 베크 부인과 나만 남아 있었다. 우리의 눈이 마주쳤을 때 베크 부인은 머릿속에 있던 걸 입 밖으로 내뱉고 말았다.

"영국 사람들한테는 굉장히 놀라운 면이 있다니까."

"어떤 게 그렇죠, 부인?"

그녀는 웃음을 띠며 '어떤 게' 라는 말을 되뇌었다.

"말로 '어떤 게' 그렇다고 설명하지는 못하겠지만, 영국인들은 우정이나 사랑이나 모든 일에 대해서 독특한 견해를 가지고 있어요. 그래도 감시할 필요는 없는 사람들이죠."

그녀는 이렇게 말하고 자리에서 일어나 작고 튼실한 망아지처럼 종종걸음으로 가 버렸다.

나는 혼자서 중얼거렸다.

"그렇다면 앞으로는 제 편지를 가만히 내버려두시면 감사하겠네요."

아아! 내 눈에서 뭔가 솟아나 시야를 흐리는 바람에 교실과 정원과 겨울날의 밝은 태양이 보이지 않았다. 베크 부인이 훔쳐본 그 편지들이 더 이상 오지 않으리라는 사실이 떠올랐기 때문이었다. 나는 마지막 편지를 다 읽어버렸다. 그동안 나를 강둑에 머무르게 해주고 내 입술에 소생의 물방울을 똑똑 떨어뜨려준 그 훌륭한 강이 이제 다른 방향으로 굽어지고 있었다. 그 풍부한 물줄기가 쓸쓸한 모래투성이 벌판과 나의 작은 오두막을 떠나 멀리멀리 가고 있었다. 그건 지당하고 자연스러운 변화였으므로 뭐라고 토를 달 수도 없었다. 하지만 나는 그 강을 사랑했다. 나의 라인 강, 나일 강, 갠지스 강! 나는 그 강을 숭배하다시피 했기 때문에 그 웅장한 물결이 먼 곳으로 흘러가 신기루처럼 사라진다는 게 슬펐다. 나는 금욕적으로 살긴 했지만 금욕주의자는 못 됐다. 눈물이 손 위로, 책상 위로 줄줄 흘러내렸다. 잠깐 동안이지만 뜨거운 눈물을 왈칵 쏟으며 엉엉 울었다.

하지만 곧 정신을 차리고 나 자신에게 말했다.

"내가 애도하고 있는 이 희망은 그동안 병든 채로 나를 무척 괴롭혔잖아. 게다가 쉽게 죽지도 않고 자기 수명을 다 누리다 갔지. 그렇게 오랫동안 고통을 겪었으니 희망이 죽은 건 오히려 환영할 일이야."

나는 희망의 죽음을 환영하려고 무진 애를 썼다. 실은 오랜 고통을 겪으면서 이미 인내가 습관이 돼 있었다. 결국 나는 시체의 눈을 감기고 얼굴을 덮고 사지를 가지런히 해주었다.

그래도 편지들은 눈에 띄지 않는 곳으로 치워야 했다. 사별을 당한 사람들은 추억이 담긴 물건들을 모조리 모아서 자물쇠를 채워 두게 마련이다. 매순간 날카로운 슬픔이 되살아나 심장을 찔러대는 걸 견디지 못하기 때문이다.

어느 한가한 휴일(목요일이었다) 오후, 마침내 내 보물들을 처분하리라 마음먹고 그것들을 보관해 둔 장소로 갔다. 그런데 누군가가 다시 내 편지를 건드렸다는 사실을 알아차렸다. 이번에는 심히 불쾌한 마음이 들었다. 편지 꾸러미가 제자리에 있긴 했지만 편지를 묶어 놓았던 리본을 풀었다 다시 맨 흔적이 있었다. 다른 여러 가지 정황을 보아도 다른 사람이 내 서랍을 열었던 게 분명했다.

이건 너무 심하지 않은가! 베크 부인은 신중한 사람으로 어느 누구보다 주견이 확고하고 판단이 명석했다. 그녀가 내 서랍 속 상자의 내용물을 안다는 사실은 유쾌하지는 않았지만 그럭저럭 참을 수는 있었다. 몰래 남의 뒤를 캐긴 했지만 그녀는 사실을 곡해하지 않고 사물을 올바르게 판단하는 사람이었다. 그녀가 그렇게 얻은 정보를 다른 사람들에게 전달했다는 건가? 내게는 더없이 신성한 그 편지들을 자기 친구와 함께 보며 즐겼을 수도 있다고? 그런 생각만으로도 내게는 가혹한 충격이었다. 하지만 그럴 가능성이 상당히 높아 보였고 심지어는 누구에게 비밀을 털어놓았을지도 짐작이 갔다.

어제 저녁 베크 부인은 친척인 폴 에마뉘엘 씨와 함께 시간을 보냈던 것이다. 베크 부인은 폴 선생에게 상담을 자주 했고 다른 사람에게는 이야기하지 않는 일도 그와 의논하곤 했다. 바로 그날 아침 수업 시간에도 폴 선생은 와스디를 연기한 여배우에게서 빌려온 것 같은 눈길로 나를 쏘아보지 않았던가. 그때 나는 그의 화난 눈에서 무시무시하게 번뜩이는 푸른 빛을 이해하지 못했다. 하지만 이제는 그 의미를 알 것 같았다. 그는 나와 관련된 일이라면 좀처럼 공정한 시각으로 보지 않았으며, 인내심을 가지고 정직한 자세로 나를 판단하지도 않았다. 내가 보기에 그는 언제나 가혹하고 의심이 많았다. 비록 우정의 편지일 뿐이었지만 이 편지들이 그의 손에 들어간 적이 있었고 언젠가 다시 들어갈지도 모른다고 생각하니 내 영혼이 마구 흔들렸다.

어떻게 해야 이런 사태를 막을 수 있을까? 도대체 이 이상한 집 구석 어디에 비밀이나 보안이란 게 있을까? 어디에 두어야 열쇠와 자물쇠가 제 구실을 할 수 있단 말인가?

다락방에 둘까? 아니다. 나는 다락방을 좋아하지 않았다. 더욱이 그 방에 있는 상자와 서랍은 대부분 곰팡이가 슬어서 잠기지도 않았다. 쥐들이 썩은 나무를 갉아먹고 길을 만들었으며 새끼 쥐들은 상자 속 잡동사니 사이에 둥지를 만들었다. 해로운 동물들이 나의 소중한 편지들(비록 영광의 날이 지나가긴 했지만 여전히 소중한 편지였다)을 먹어 치운다거나, 습기 때문에 글씨가 금방 지워질 가능성도 있었다. 안 된다. 다락방은 안 된다. 그럼 어디에 두어야 한다?

나는 이 문제를 심사숙고하며 기숙사 창가 자리에 앉아 있었다. 맑고 쌀쌀한 오후였다. 벌써 지고 있는 겨울 해가 '금지된 오솔길'의 관목 꼭대기에서 희미하게 빛났다. 수녀의 배나무로 불리는 커다란 한 그루 배나무가 키 큰 드리아드(그리스 신화에 나오는 나무의 님프—옮긴이)처럼 회색 뼈대만 남아 수척하고 헐벗은 모습으로 서 있었다. 문득 어떤 생각이 떠올랐다. 고독한 사람에게 종종 떠오르는 기묘하고 환상적인 생각이었다. 나는 모자와 망토와 털목도리를 두르고 시내로 나갔다.

나는 역사가 오래된 구역으로 발길을 돌렸다. 우울한 기분에 젖을 때마다 본능적으로 찾았던 어두컴컴하고 스산한 구역이었다. 이 거리 저 거리를 헤매고 다니다가 반쯤 버려진 광장을 가로질러 오래된 물건이 잔뜩 있는 고물상 앞에 이르렀다. 내가 원하는 물건은 납땜을 할 수 있는 철제 상자나 마개를 닫으면 밀폐되는 견고한 유리병이었다. 나는 잡동사니 더미 속에서 그런 유리병을 발견하고 그걸 샀다.

나는 편지들을 작게 말아 기름 먹인 비단으로 싼 다음 노끈으로 묶어서 유리병에 넣었다. 그러고는 고물상 주인인 늙은 유태인에게 마개를 닫고 공기가 새지 않게 밀봉해 달라고 부탁했다. 그는 뭔가 사악한 일이 진행되고 있다고 생각했는지, 서리가 내린 것처럼 새하얀 속눈썹 밑에서 의심스러운 눈으로 나를 힐끔거리며 부탁을 들어주었다. 이렇게 하는 동안 나는 기쁘지 않았고 왠지 울적해지면서 슬프고 외로운 만족감에 젖었다. 예전에 고해성사를 하러 갔을 때와 비슷한 충동과 기분이 나를 움직이고 내 행동을 지배했다. 빠르게 걸었더니 막 어두워지는 저녁식사 시간에 맞춰 학교에 도착할 수 있었다.

7시가 되자 달이 떴다. 7시 반에는 온 학교가 고요해졌다. 학생들과 교사들은 공부를 했고 베크 부인은 그녀의 어머니와 아이들과 함께 식당에 있었으며 통학생들은 모두 집에 돌아갔고 로젠도 문간방을 떠났다. 나는 숄을 걸치고 손에는 밀봉한 유리병을 들고 몰래 1반 교실 문을 지나 정자에 들어갔다가 '금지된 오솔길'로 들어섰다.

배나무 므두셀라는 그 오솔길의 반대쪽 끝, 내가 늘 앉던 자리 근처에 있었다. 주위의 낮은 관목 사이에 칙칙한 회색으로 솟은 므두셀라는 아주 오래된 나무였는데도 썩은 데가 없었다. 뿌리 근처에 움푹한 구멍이 하나 있을 뿐이었다. 무성하게 자란 주위의 담쟁이와 덩굴식물들이 구멍을 살짝 가리고 있었다. 나는 그곳에 내 보물을 숨길 생각이었다. 보물만 숨기는 게 아니라 슬픔도 함께 묻을 작정이었다. 얼마 전부터 나를 울렸던 슬픔을 수의에 싸서 매장해야 했다.

어쨌든 나는 담쟁이를 옆으로 밀치고 그 구멍을 찾아냈다. 구멍은 유리병을 넣기에 충분한 크기였다. 나는 유리병을 깊숙이 밀어 넣었다. 정원 한쪽 끝에 있는 헛간에는 얼마 전 건물 보수공사를 하러 왔던 석공들이 남겨놓고 간 건축자재가 있었다. 나는 그 헛간에서 석판과 회반죽을 가져와서 구멍에 석판을 대고 회반죽을 바른 후 검은 흙으로 구멍을 막고 마지막으로 담쟁이덩굴을 원래 위치로 옮겼다. 작업을 마치고 나서는 나무에 기대서서 조문객들이 흔히 하는 것처럼 새로 뗏장을 입힌 무덤 곁에 잠시 머물렀다.

밤공기는 매우 고요했지만 특유의 안개가 자욱해서 달빛이 뿌옇게 흐린 빛으로 바뀌었다. 밤공기 속에, 혹은 안개 속에 있던 어떤 전기적인 기운이 나에게 작용해 이상한 변화를 일으켰다. 일 년 전 영국에서 느꼈던 것과 똑같은 기분이 들었다. 북극광이 빙빙 돌며 하늘에서 내려오던 그날 밤, 나는 날이 저문 황량한 들판에서 발걸음을 멈추고 깃발을 든 군인들이 모여들고 빽빽한 창들이 떨리는 광경을 보았다. 날랜 전령들이 북극성 아래에서부터 높은 하늘에 있는 아치의 어두운 이맛돌까지 솟아올랐다. 나는 행복하지 않았고 오히려 그 반대였지만 새로운 힘이 솟아나 더욱 강해진 느낌이었다.

삶이 전쟁이라면 한 손으로 그 전쟁을 치러내야 하는 게 나의 운명이었다. 겨울 내내 머물렀으나 이제 식량과 말먹이가 떨어진 막사를 어떻게 떠날지가 고민이었다. 그런 변화를 일으키려면 운명과 격렬한 전투를 한 번 더 치러야 할 수도 있었다. 그래야 한다면 기꺼이 맞서 싸울 작정이었다. 너무 가난해서 잃을 것도 없는 나에게 하나님께서 이번에는 승리를 내려줄지 누가 알겠는가. 하지만 나에게 어떤 길이 열려 있지? 어떤 계획을 세울 수 있을까?

내가 이런 문제를 계속 고민하고 있는 동안 그전까지 희미하던 달이 밝은 빛을 내기 시작했다. 더욱 새하얀 달빛이 내 앞에 쏟아지면서 웬 그림자 하나가 한결 뚜렷하고 분명하게 나타났다. 나는 이 어두운 오솔길에 갑자기 이렇게 뚜렷한 흑백 대비가 나타나는 이유를 알아보려고 눈을 가늘게 떴다. 그러자 흑백의 대조가 더욱 뚜렷해지더니 별안간 그 그림자가 어떤 모양으로 변했다. 약 3미터 거리에 검은 상복을 입고 눈처럼 하얀 베일을 쓴 키 큰 여자가 서 있었다.

5분이 지났다. 나는 도망치지도 않고 비명을 지르지도 않았다. 그녀는 여전히 거기에 서 있었다.

나는 그녀에게 물었다.

"당신은 누구죠? 왜 나한테 왔어요?"

그녀는 말없이 서 있었다. 그녀는 얼굴도 이목구비도 없었고 이마 밑은 흰 베일로 모두 가려져 있었다. 하지만 눈은 있었다. 나를 응시하는 두 눈.

용기가 나지는 않았지만 약간 필사적인 심정이 됐다. 필사적인 심정은 종종 용기의 빈자리를 채우고 역할도 대신하게 마련이다. 나는 앞으로 한 걸음 나아갔다. 손을 내밀어 그녀를 만져보려 했다. 그러자 그녀가 뒤로 물러나는 것이 보였다. 나는 더 가까이 다가갔다. 그녀는 말없이 더 빠르게 뒤로 물러났다. 덩어리를 이룬 관목, 잎이 만발한 상록수, 월계수와 빽빽이 심어진 주목(흔히 묘지에 심는 상록수—옮긴이)이 그녀와 나 사이에 끼어들었다. 나무들을 다 통과하고 나니 아무것도 보이지 않았다. 나는 가만히 서서 기다리며 이렇게 말했다.

"나한테 볼일이 있으면 돌아와서 이야기하세요."

아무런 말도 들리지 않았고 어떤 모습도 나타나지 않았다.

이번에는 의지가 되는 존 선생이 없었다. 누구의 귀에 대고도 "수녀 유령이 또 나타났어요"라고 속삭일 수가 없었다.

* * * * *

폴리나 메리는 나를 크레시 가로 자주 불렀다. 옛날 브레튼 시절에도 그녀는 나에게 애정을 표시한 적은 없었지만 무의식적으로 나의 존재를 필요로 했다. 내가 방에 들어가 있으면 폴리나는 금세 쫓아와서 방문을 열고 들여다보며 약간 거만한 말투로 이렇게 말하곤 했다.

"내려와. 왜 여기 혼자 앉아 있어? 거실로 내려와야지."

이제 그녀는 그 시절과 똑같은 감정으로 나를 다그쳤다.

"포세트가에서 나와서 이 집에서 우리랑 같이 살아요. 우리 아빠가 베크 부인보다 월급을 훨씬 많이 줄 거예요."

실제로 바송피에르 씨는 나에게 상당한 액수를 제안했다. 자기 딸의 말동무로 들어오면 지금 받는 급료의 세 배를 주겠다는 것이었다. 하지만 나는 그 제안을 거절했다. 그때보다 더 가난하고 저축한 돈이 더 적고 앞날의 전망이 더 어두웠더라도 거절했을 것이다. 나는 그런 직업을 가질 수 없었다. 남을 가르치고 수업을 할 수는 있었지만 개인 가정교사가 되거나 말동무가 되는 일은 나에게 맞지 않았다. 대저택의 가정교사나 말동무로 들어가느니 차라리 가정부 자리를 얻어서 튼튼한 장갑 한 켤레를 구입해 침실과 계단을 쓸고 난로와 자물쇠를 닦으며 마음 편히 독립적으로 살았을 것이다. 말동무가 되느니 옷을 만들면서 굶주리고 살았을 것이다.

나는 어느 빛나는 숙녀의 그림자가 될 수 없었다. 바송피에르 양의 그림자가 될 수 없었다. 나는 종종 침울해지는 성격이었고 늘 차분하게 생활했지만 그 우울하고 칙칙한 분위기는 나 자신의 의지여야 했다. 이제는 익숙해진 1반 학생들에게 둘러싸여 내 책상에 얌전히 앉아 있든 기숙사에서 내 침대에 홀로 있든 혹은 정원 오솔길의 '내 자리'에 홀로 있든 간에 모두 내가 원해서 하는 행동이었다. 나는 그때그때 성격을 바꾸거나 적응하지 못했다. 보석을 돋보이게 하는 금속 박편이 되거나 미인의 시녀가 되거나 어느 위대한 인물의 부하가 될 자질이 내게는 없었다. 베크 부인과 나는 서로

닮아가지는 않았지만 서로를 잘 이해했다. 나는 부인의 말 상대도 아니고 아이들의 가정교사도 아니었다. 베크 부인은 나를 그녀에게 또는 그녀의 이해관계에 묶어두지 않고 자유롭게 놓아두었다. 언젠가 베크 부인이 가까운 친척의 병 때문에 2주 정도 학교를 떠났다가 돌아온 적이 있었다. 그녀는 자기가 자리를 비운 동안 뭔가 잘못되지나 않았을까 하고 노심초사했지만 학교 일은 평소대로 진행되고 있었고 게으름을 피우는 모습도 눈에 띄지 않았다. 그러자 베크 부인은 성실하게 일한 공로를 치하하며 교사 전원에게 선물을 했다. 하지만 밤 12시에 내 침대 곁으로 오더니 나에게 줄 선물은 없다고 말했다.

"생피에르 양에게는 충실하게 일한 대가로 금전적인 이익을 줘야지요. 하지만 당신에게 그런 식으로 보상을 하면 우리 사이에 오해가 생기고 사이가 멀어질 수도 있어요. 그래도 내가 당신을 기쁘게 해줄 수 있는 게 하나 있어요. 당신이 혼자 자유롭게 지내도록 해주지요. 앞으로 그렇게 하겠어요."

베크 부인은 약속을 지켰다. 그 이후로 그녀가 나에게 채웠던 모든 족쇄가 조용히 제거됐다. 그래서 나는 자발적으로 그녀의 규칙을 존중했고 그녀가 내게 맡긴 학생들에게 두 배의 시간과 수고를 들이면서도 기쁜 마음이었다.

나는 폴리나 메리 드 바송피에르 양과 함께 살 생각은 없었지만 그녀를 방문하는 일은 기꺼이 했다. 즐거운 마음으로 몇 번 방문을 하다 보니 얼마 후면 내가 가끔씩 찾아갈 필요도 없어지겠다는 생각이 들었다. 바송피에르 씨는 그런 추측을 전혀 하지 않았고 그런 일이 생길 가능성을 생각지도 않았다. 나중에 가서는 그가 찬성하지 않을지도 모르는 어떤 일의 징후와 가능성과 실마리가 간혹 보이는데도 마치 어린애처럼 까맣게 모르고 있었다.

바송피에르 씨가 그 일에 선뜻 찬성할지 아닐지 생각해보기도 했지만 짐작하기가 쉽지 않았다. 그는 과학적인 관심사에 사로잡혀 있었고 자기가 좋아하는 일에 관해서는 날카롭고 열성적이고 다소 공격적이기까지 했지만 일상적인 일에 관해서는 별다른 의심 없이 쉽게 믿는 편이었다. 내가 얻어낸 모든 정보를 종합해서 보자면 그는 '딸아이' 가 아직도 어린아이에 불과하다고 여겼고 남들이 그녀를 다른 눈으로 볼 수 있다고는 전혀 생각지 않는 듯했다. 그는 '폴리' 가 자라서 어른이 되면 이런저런 일을 해야 한다고 말하곤 했다. 그러면 그의 의자 옆에 서 있던 폴리는 어떤 때는 미소를 지으며 작은 손으로 아버지의 머리를 감싸고 회색 머리카락에 입을 맞췄고, 어떤 때는 입을 삐죽이며 곱슬머리를 뒤로 젖혔다. 그러나 "아빠, 저는 다 자랐어요" 라는 말은 하지 않았다.

폴리는 누구와 함께 있느냐에 따라 분위기가 달라졌다. 아버지 곁에 있을 때는 다정하고 명랑하고 장난을 잘 치는 모습이 영락없는 어린아이였다. 나와 함께 있으면 사뭇 진지해지면서 여성스러운 생각과 감정을 마음껏 드러냈다. 브레튼 부인과 함께 있을 때는 얌전했고 부인을 신뢰하긴 했지만 긴장을 풀지는 않았다. 존 선생과 함께 있을 때는 원래 수줍어했는데 지금은 더욱 수줍어했다. 때로는 냉랭하게 대하려고 애썼고 때로는 그를 피하려 했다. 그의 발소리가 들리면 흠칫 놀랐고 그가 들어오면 말이 없어졌다. 그가 말을 걸면 똑똑히 대답하지 못했고 그가 떠나려 하면 당황해서 쩔쩔맸다. 바송피에르 씨조차 딸의 태도를 눈치 채고 한 번은 이렇게 말했다.

"얘야, 폴리. 넌 너무 얌전하게 사는구나. 나중에 숙녀가 돼서도 그렇게 수줍어하면 사교계에 적응하지 못할 게다. 브레튼 선생을 아주 소원하게 대하던데, 왜 그러니? 어릴 때 그를 유난히 좋아하던 게 기억나지 않니?"

폴리나는 약간 무뚝뚝하지만 공손한 투로 짤막하게 대답했다.

"약간요."

"그런데 지금은 싫단 말이냐? 그가 무슨 짓이라도 했니?"

"아무것도 안 했어요. 그 사람을 싫어하진 않아요. 하지만 서먹한 사이가 되어버렸죠."

"그런 건 털어버려라, 폴리. 세월의 녹을 벗기고 어색한 마음을 털어버리렴. 그가 여기 와 있을 때 두려워하지 말고 이야기를 좀 하란 말이다."

"그 사람도 이야기를 많이 하지는 않는걸요. 저를 두려워하는 걸까요, 아빠?"

"그렇고말고. 어떤 남자가 그렇게 말없는 숙녀를 겁내지 않겠니?"

"그럼 나중에 그 사람한테 내가 말없이 있어도 언짢아하지 말라고 이야기해 주세요. 싫어서 그러는 게 아니라 내가 원래 그렇다고요."

"네가 원래 그렇다고? 수다쟁이 꼬마 아가씨! 원래 그러기는 무슨. 변덕을 부리는 게지!"

"알았어요. 제가 노력할게요."

다음 날 우아한 태도로 약속을 지키려고 애쓰는 폴리나의 모습은 아주 귀여웠다. 그녀는 존 선생과 일반적인 화제로 상냥하게 이야기를 나누려고 노력했다. 그녀가 관심을 기울여주자 손님의 얼굴은 즐거움으로 빛났다. 그는 아주 조심스러운 태도로 그녀를 대했고 더없이 부드러운 말투로 그녀의 말에 답했다. 마치 행복의 거미줄이 공중에 드리워져 있는데 숨을 너무 깊이 들이쉬면 찢어질까 걱정하는 사람 같았다. 우호적인 분위기를 만들기 위해 수줍어하면서도 진지하게 노력하는 폴리에게서 대단히 절묘하고 우아한 매력이 풍겼다는 사실은 부인할 수 없었다.

의사가 가고 나서 폴리나는 아버지의 의자 쪽으로 다가가서 물었다.

"약속을 지켰죠, 아빠? 제 행동이 달라졌지요?"

"우리 폴리는 여왕같이 행동하더구나. 계속 이렇게 발전한다면 내 딸이 아주 자랑스러울 것 같다. 점점 침착하고 훌륭한 태도로 손님들을 맞이하게 되겠지. 루시 양과 나도 그늘로 내쫓기지 않으려면 우리 모습을 돌아보고 예의범절과 품행을 열심히 연마해야겠는데. 하지만 폴리, 아직도 약간 안절부절못하면서 가끔 말을 더듬거리더구나. 여섯 살 때처럼 혀 짧은 소리를 내기도 했어."

폴리나가 발끈하며 대답했다.

"아니에요, 아빠. 그럴 리가 없어요."

"루시 양에게 도움을 청해야겠구나. 브레튼 박사가 부아레탕 궁전을 본 적이 있냐고 물었을 때 이 애가 '네, 며 번 봤떠요' 라고 하지 않았소?"

"저를 비웃다니, 나빠요! 저는 아빠랑 똑같이 글자 하나하나를 또박또박 발음할 수 있다고요. 그런데 궁금한 게 있어요. 아빠가 브레튼 박사에게 정중하게 하라고 특별히 강조하는 건 그분을 좋아해서인가요?"

"물론이지. 오래전부터 알고 지낸 사이잖니. 그는 어머니에게 아주 좋은 아들이고 마음씨 좋은 청년인데다 유능한 의사잖니. 그래, 그 칼란트(callant: 소년을 가리키는 스코틀랜드 방언—옮긴이)는 훌륭해."

"그 칼란트라고요! 아, 스코틀랜드 사람다워요! 아빠, 그건 에든버러식인가요, 아니면 애버딘식인가요?"

"둘 다란다. 게다가 글래스고식이기도 하지. 내가 프랑스어를 잘

하는 이유가 바로 여기 있단다. 스코틀랜드 말을 잘 하는 사람은 그 프랑스어도 쉽게 하거든."

"그 프랑스어라니! 또 스코틀랜드 말투잖아. 아빠는 구제불능이에요. 아빠도 학교에 다니셔야겠어요."

"그러니? 폴리, 그렇다면 스노 양에게 너랑 나를 같이 맡아 달라고 설득해야겠구나. 너는 차분하고 여자다워지는 법을 배우고 나는 세련된 표준 발음을 익히게끔 말이다."

나는 바송피에르 씨가 '스노 양'을 보는 시각을 통해 내적인 교훈을 얻곤 했다. 때때로 우리는 보는 사람의 시각에 따라 상반된 특징을 가진 사람이 되고 만다! 베크 부인은 나를 박식하고 침울한 여자로 여겼고, 지네브라는 내가 신랄하고 냉소적이고 빈정대기 좋아한다고 생각했다. 바송피에르 씨는 나를 모범적인 교사이자 침착하고 신중한 성격의 표본으로 간주했다. 어쩌면 다소 인습에 매여 있고 지나치게 엄격하고 편협하고 꼼꼼한 사람으로 여겼을 수도 있지만 그래도 훌륭한 가정교사의 전형이라고 생각했다. 반면 폴 에마뉘엘 씨 같은 사람은 기회만 있으면 내가 성격이 불같고 성급하고 대담하며 안하무인이라고 암시했다. 나는 그들 모두를 비웃어주었다. 진짜 나를 아는 사람은 어린 폴리나 메리밖에 없는 듯했다.

나는 폴리나의 명목상 말동무가 되어 급료를 받지는 않았지만 그녀와 교제하며 다정하고 사이좋게 지냈다. 그러자 폴리나는 규칙적이고 안정적인 만남을 유지하기 위해 같이 공부를 하자고 설득했다. 그녀나 나나 독어가 서투르니 함께 독어 공부를 하자는 제안이었다. 우리는 크레시 가에 여선생을 모셔다 함께 수업을 받기로 했다. 이렇게 해서 우리는 매주 몇 시간씩 함께 보내게 됐다. 바송피에르 씨는 아주 흡족해하는 것 같았다. 엄숙한 미네르바 부인

(미네르바는 로마 신화에 나오는 지혜와 상담의 여신—옮긴이)이 그의 예쁘고 사랑스러운 딸에게 여가 시간의 일부를 할애한다는데 당연히 대찬성이지 않겠는가.

한편 내 심판관을 자임한 포세트가의 선생은 비밀스런 방법으로 염탐한 끝에 내가 전처럼 꼼짝 않고 지내지 않고 일정한 날과 시각에 규칙적으로 외출한다는 사실을 알아냈다. 그는 나를 감시하는 임무에 착수했다. 사람들은 폴 에마뉘엘 선생이 예수회 신자들 사이에서 자랐다고 수군거렸다. 책략을 위장하는 그의 솜씨가 조금만 더 좋았더라면 그 소문을 믿기가 쉬웠을 것이다. 하지만 나는 그런 소문을 믿지 않았다. 그렇게 빤히 보이는 계획을 짜는 사람, 그렇게 솔직한 사람, 그렇게 어설프게 음모를 꾸미는 사람이 또 있을까? 그는 자기 책략을 스스로 분석하고 정교한 줄거리를 고안한 후 곧바로 그 책략이 얼마나 교묘한지를 자랑하곤 했다. 어느 날 아침 그가 다가와 근엄하게 속삭였을 때 나는 우스운 감정과 화가 나는 감정 가운데 어느 게 더 큰지 알 수 없었다.

"나는 당신을 지켜보고 있었소. 친구의 의무를 다하기 위해서라도 당신이 제멋대로 행동하게 내버려둘 수가 없소. 지금 당신은 아주 들떠서 행동하고 있소. 나는 그걸 어떻게 이해해야 할지 모르겠소. 내 사촌인 베크 부인의 책임도 크다고 생각하오. 자기 학교 교사가 겉멋이 들어서 허황되고 엉터리 같은 짓을 하는 걸 방치하다니. 교육이라는 진지한 일에 헌신하는 사람이 백작이나 백작의 딸과 무슨 관계이며 호텔이나 성에는 왜 기웃거리는 거요? 내가 보기에 당신은 바람이 잔뜩 든 것 같소. 일주일에 엿새는 외출하는 것 같더군."

나는 이렇게 대답했다.

"그건 선생님이 과장하시는 거예요. 요즘 약간의 변화를 즐기고 있긴 하지만 반드시 필요한 일이어서 그렇게 된 거예요. 그리고 과도한 특권을 누리지도 않았답니다."

"지금 필요라고 했소? 어떻게 그게 필요한 일이 될 수가 있소? 당신은 전에도 잘 살고 있었잖소? 변화가 필요하다니! 당신에게 가톨릭의 '성자들' 을 보라고 권하고 싶소. 그들의 삶을 연구해 보시오. 그들은 변화를 바란 적이 없소."

그가 말하는 동안 내 얼굴에 어떤 표정이 스쳤는지는 잘 모르겠다. 하여튼 그는 내 표정을 보고 화를 냈다. 그는 내가 무모하고 세속적이고 쾌락주의적이며, 대단한 사람이 되려는 야심을 품고 있고, 허식과 허영에 찬 삶을 갈구한다고 비난했다. 내가 '헌신' 하고 '반성' 할 줄을 모르고 은총과 신앙과 희생정신과 겸양을 갖추지 못했다고도 했다. 그런 비난에 뭐라고 대답해 봤자 소용없다는 생각이 들어서 나는 잔뜩 쌓여 있는 영어 과제를 첨삭하던 일을 묵묵히 계속했다.

"당신에게는 기독교도다운 면이라고는 없소. 다른 청교도들과 마찬가지로 당신 역시 우상숭배의 오만과 아집에 빠져 있소."

나는 그에게서 몸을 슬쩍 돌리고 침묵의 날개 아래로 더 바싹 다가가 숨었다.

폴 선생이 뭐라고 투덜거렸으나 잘 알아들을 수가 없었다. 그는 종교적 성향이 강한 사람이었으므로 욕설은 아닐 거라고 생각했다. 그러나 '빌어먹을' 이라는 소리는 똑똑히 들렸다. 슬프게도 약 두 시간 후 내가 독어 수업을 받기 위해 크레시 가로 가려고 외출 준비를 하고 복도를 지나다가 그를 다시 마주쳤을 때도 엄청난 악담과 함께 '빌어먹을' 이라는 말이 되풀이됐다. 어떤 면에서는 폴 선생만큼 훌륭한 사람도 없었지만 다른 한편으로는 그보다 심술궂은 작은 독재자도 없었다.

*　*　*　*　*

우리의 독어 선생인 안나 브라운 양은 마흔다섯 살쯤 된 착하고 훌륭한 여자였다. 그녀는 엘리자베스 여왕 시대에 살았더라면 더 좋았을 듯했다. 아침식사와 간식으로 쇠고기와 맥주를 먹는 습관이 있었기 때문이다. 또 그녀는 독일인답게 직설적이고 솔직한 성격이어서 우리의 성격을 '영국인 기질' 이라고 부르며 아주 답답하게 여겼다. 우리는 나름대로 그녀와 친하게 지낸다고 생각했지만 그녀의 어깨를 탁 치지도 않았고 뺨에 키스를 하더라도 쪽 소리를 내지 않고 조용히 했다. 그래서 그녀는 무척 실망하고 슬퍼했다. 하지만 대체로 우리는 매우 사이좋게 지냈다.

좀처럼 스스로 생각하고 탐구하려 들지 않으며 어려운 문제와 씨름한다거나 곰곰이 생각하고 응용하면서 문제를 풀어볼 생각이라고는 아예 하지 않는 외국 여학생들을 가르치는 데 익숙했던 그녀는 우리의 발전이 놀랍다고 생각했다. 사실 우리는 매우 느슨하게 공부하고 있었는데도 말이다. 그녀의 눈에 비친 우리는 얼음처럼 차갑고 오만하며 불가사의한 두 명의 수재였다.

백작의 딸은 약간 도도하고 까다로운 게 사실이었고, 타고난 섬세함과 아름다움을 생각하면 그런 심성을 가질 자격이 없지 않았다. 그러나 내 성격이 그렇다는 건 전적으로 착각이었다고 생각한다. 폴리나가 걸핏하면 빼먹던 아침인사를 나는 한 번도 빠뜨리지 않았다. 나를 방어하기 위해 조용한 경멸이라는 무기를 쓴 적도 없었다. 반면 폴리나는 그 무기를 언제나 깨끗하고 선명하고 예리한 상태로 간직했다가 거친 독일어 경구가 나오면 곧 번쩍이는 강철로 대응하곤 했다.

공정한 사람이었던 안나 브라운 선생은 우리 둘의 차이를 어느 정도 감지하고 있었다. 그녀는 폴리나를 고상한 온딘(영혼을 얻기 위해 인간과 결혼한 물의 요정—옮긴이) 같은 존재로 여기고 조금은 두려워하면서도 숭배했고, 인간적이고 더 편안한 분위기를 풍기는 나에게서 휴식을 찾았다.

우리는 실러가 쓴 서정시 책을 읽고 해석하기를 좋아했다. 얼마 지나지 않아 폴리나는 그 시들을 아름답게 낭독하는 법을 터득했다. 선생은 만면에 웃음을 띠고 흡족하게 듣다가 폴리나의 목소리가 음악 소리 같다고 말하곤 했다. 폴리나는 그 시들을 아주 쉽고도 시적인 열정이 가득한 언어로 유창하게 옮길 줄도 알았다. 그렇게 시를 읊을 때 그녀의 뺨은 발그레해지고 미소를 띤 입술은 바르르 떨렸으며 아름다운 두 눈은 불타거나 사르르 녹거나 했다. 그녀는 가장 훌륭한 시를 외워서 단둘이 있을 때 종종 암송했는데, 그녀가 좋아했던 시 가운데 하나가 '소녀의 탄식'(Des Maedchens Klage)이었다. 그녀는 그 시를 또박또박 암송하기를 좋아했고 음성에서 구슬픈 가락을 찾아내기도 했지만 그 시의 의미에는 비판적이었다. 어느 날 저녁 우리가 난롯가에 모여 있을 때 폴리나는 나지막한 목소리로 시를 암송했다.

> 오, 신이시여, 그대의 자식을 도로 거두십시오.
> 나는 지상의 행복을 누렸습니다,
> 삶을 살았고 또 사랑했습니다!

암송을 마치고 나서 폴리나가 말했다.

"삶을 살았고 또 사랑했습니다라니? 누구를 사랑하는 게 지상에서 누릴 수 있는 행복의 최고봉이고 삶의 목표인가요? 나는 그렇게 생각지 않아요. 그건 인간의 극심한 불행이고 순전히 시간 낭비이고 결실 없는 괴로운 감정일 따름이에요. 실러가 '사랑받았습니다' 라고 말했다면 좀 더 진실에 가까운 시가 됐을 텐데. 루시, 사랑받는다는 건 다르지 않아요?"

"그럴 수도 있겠네요. 그런데 왜 그런 생각을 해요? 당신에게 사랑이 어떤 의미가 있죠? 사랑에 대해 아는 게 있긴 해요?"

홍분과 수치심 때문에 폴리나의 얼굴이 새빨개졌다.

"이런, 루시. 당신에게서는 그런 말을 듣고 싶지 않아요. 아빠가 나를 어린애로 여기는 건 괜찮아요. 오히려 어린애로 봐주는 게 더 좋기도 하죠. 하지만 당신은 내가 곧 열아홉 살이 된다는 걸 알고 있잖아요. 그러니 인정해야죠."

"당신이 스물아홉 살이라 해도 달라지지 않아요. 대화와 토론으로 알아낼 수 있는 감정이 어디 있겠어요? 사랑에 관한 이야기는 하지 않기로 해요."

그녀는 흥분하며 황급히 말했다.

"좋아요! 원한다면 얼마든지 나를 말려보세요. 하지만 나는 사랑에 관한 이야기를 나눈 적이 있고 들은 적도 있다고요. 근래에 많이 들었죠. 그것도 불쾌하고 건전하지 못한 이야기를요. 그런 사랑 이야기는 당신도 인정하지 않을 거예요."

예쁜 장난꾸러기 아가씨는 초조해져서 이렇게 말하고 의기양양하게 웃었다. 나는 그녀의 말이 무슨 뜻인지 몰랐지만 너무나 황당했기 때문에 물어볼 생각도 나지 않았다. 하지만 그녀의 얼굴에 일순간의 심술과 토라진 기색과 함께 순진무구한 표정이 떠오른 걸 보고 마침내 질문을 던졌다.

"사랑에 대해서 불쾌하고 건전하지 못한 이야기를 들려준 게 누군데요? 당신 주변에 그럴 만한 사람이 누가 있죠?"

그녀는 조금 누그러진 말투로 대답했다.

"루시, 때때로 저를 비참하게 만드는 사람이 들려줬답니다. 그녀가 가까이 오지 않았으면 좋겠어요. 어울리고 싶지 않단 말이에요."

"폴리나, 그 사람이 누군데요? 나는 전혀 모르겠어요."

"그 사람은…… 내 사촌 지네브라예요. 그녀는 촐몽들레 부인 댁에 가려고 외출할 때마다 이곳에 들르는데, 내가 혼자 있으면 매번 자기를 연모하는 사람들 이야기를 꺼낸답니다. 사랑 이야기를 하는 거죠! 그녀가 사랑에 대해서 하는 말을 당신도 들었어야 해요."

나는 태연한 말투로 대답했다.

"아, 나도 들었어요. 그리고 당신이 그 이야기를 들었더라도 나쁠 건 없다고 생각해요. 괜찮으니까 속상해하지 말아요. 지네브라의 사고방식이 당신에게 영향을 미치지는 못할 거예요. 당신은 그녀의 생각과 감정을 가소롭게 여겼을 거예요."

"아니에요, 영향을 많이 받았어요. 그녀는 내 행복을 망치고 내 판단을 흔들어놓는 재주가 있답니다. 감정을 상하게 하고 내가 소중히 여기는 사람들에게 상처를 입혔어요."

"무슨 얘기를 들었는데요, 폴리나? 이야기해 봐요. 상처를 치유할 방법이 있을지도 모르잖아요."

"지네브라는 내가 아주 오랫동안 높이 평가했던 사람들을 깎아내렸어요. 브레튼 부인과…… 그레이엄에 대해서도 좋지 않은 이야기를 했어요."

"아니에요. 그럴 순 없어요. 지네브라가 그녀의 감정…… 그러니까 사랑 이야기를 하면서 그분들 이야기를 했다고요? 정말 그랬나요?"

"루시, 그녀는 무례해요. 게다가 거짓말을 하는 것 같아요. 당신도 브레튼 박사님을 알잖아요. 우리 둘 다 그분의 인격을 알죠.

경솔하고 거만한지는 몰라도 비열하거나 비굴한 모습을 보인 적은 없었잖아요? 그런데 그녀는 그가 날마다 자기 발밑에 무릎을 꿇고 그림자처럼 자기를 졸졸 따라다녔다는 이야기를 늘어놓아요. 자기가 모욕을 주면서 거절해도 그는 여전히 홀딱 빠져서 애걸한다는군요. 루시, 그게 사실이에요? 사실인 부분이 조금이라도 있나요?"

"한때 지네브라를 미인으로 여겼던 건 사실일 거예요. 그가 지금도 구애하고 있다고 그녀가 말하던가요?"

"자기가 원하면 언제라도 그와 결혼할 수 있다고 했어요. 그는 자기 승낙만 기다리고 있다나요."

"당신 아버지가 알아차릴 정도로 쌀쌀맞게 그레이엄을 대했던 게 그런 이야기 때문이었나요?"

"그런 이야기를 들으면서 그의 인격을 의심하게 되긴 했어요. 하지만 지네브라의 말을 듣고 있으면 다 진실 같지는 않아요. 과장을 했거나 아예 꾸며낸 이야기일 수도 있겠죠. 저도 어디까지가 사실인지 알고 싶어요."

"지네브라 판쇼 양에게 증거를 대보라고 해야겠네요. 그렇게 자랑하는 능력을 과시할 기회를 주는 거예요."

"그건 당장 내일이라도 할 수 있어요. 아빠가 저녁식사에 신사 몇 분을 초대했거든요. 모두 뛰어난 학자들인데 그레이엄도 그 중 한 명이죠. 아빠는 얼마 전에야 겨우 그레이엄도 학자라는 생각을 하게 되셨어요. 한 가지 이상의 학문에 능통하면 학자라고 하잖아요. 그런 사람들 사이에 나 혼자 끼어 있으면 괴로울 거예요. 아카데미 프랑세즈 회원이신 A씨나 Z씨와 대화를 나눌 자신도 없고, 요즘 칭찬받고 있는 훌륭한 태도를 유지하지도 못할 것 같아요. 그러니까 저를 위해 당신과 브레튼 부인이 와주셔야 해요. 한 마디만

하면 지네브라도 당신과 함께 올 거예요."

"알았어요. 그럼 내가 초대의 말을 전하죠. 진실 여부를 입증할 기회를 주는 셈이군요."

27. 크레시 호텔

다음 날은 우리가, 아니 적어도 내가 예상했던 것보다 활기차고 바쁜 하루였다. 그날은 라바세쿠르의 어린 왕자들 가운데 한 명의 생일이었다. 아마도 첫째 왕자인 댕동노 공작의 생일이었던 것 같다. 모든 학교가 축하하는 의미에서 공휴일을 선포했는데 최고 학교인 아테네 대학도 마찬가지였다. 아테네 대학 학생들은 공공건물 앞에 모여 왕을 환영하는 행사를 개최하게 돼 있었다. 행사는 해마다 시험이 치러지고 시상식이 열리는 건물 앞에서 열릴 예정이었고, 학생들이 준비한 행사가 끝난 후에는 교수 한 명이 연설 내지 '강론' 을 하기로 했다.

바송피에르 백작의 친구인 학자들도 아테네 대학과 이런저런 관련이 있었으므로 행사에 참석하기로 했다. 빌레트의 존경받는 시민들과 시장인 르 슈발리에 스타스 씨와 아테네 대학 학생들의 학부모 및 친지들도 동참할 예정이었다. 친구들과 함께 가기로 약속했던 바송피에르 씨는 당연히 딸도 데려가기로 했다. 폴리나는 지네브라와 나에게 일찍 만나서 같이 가자는 내용의 짧은 편지를 써 보냈다.

지네브라와 나는 포세트가의 기숙사에서 몸단장을 하고 있었다.

그런데 지네브라가 갑자기 쿡쿡 웃었다.
내가 물었다.
"왜 그러니?"
지네브라는 옷매무새를 가다듬던 손을 잠깐 멈추고 나를 응시하고 있었다.
"너무 우스워서 그래. 언니랑 나랑 이제 지위가 비슷해져서 같은 장소를 방문하고 같은 사람들과 교제하고 있다니."
언제나처럼 솔직하기도 하고 무례하기도 한 대답이었다.
나는 이렇게 대답했다.
"글쎄다. 난 네가 자주 만나던 사람들을 별로 존경하지 않는걸. 솔몽들레 부인과 그녀의 친구들은 나와는 맞지 않을 거야."
지네브라는 순수한 호기심을 노골적으로 드러내며 물었다.
"스노 양, 당신은 누구죠?"
이번에는 내가 웃음을 터뜨렸다.
"전에는 언니 입으로 보육 가정교사라고 말했잖아. 처음 왔을 때는 진짜로 이 집에서 아이들을 봐야 하는 처지였다면서. 언니가 조제트를 팔에 안고 보모 노릇을 하는 걸 봤어. 가정교사들은 그렇게 하찮은 일을 하지 않지. 그런데 요즘 베크 부인은 파리 출신인 생피에르 선생보다도 언니를 더 깍듯이 대하잖아. 그리고 내 사촌, 그 거만한 계집애는 언니를 허물없는 친구로 생각하던데!"
나는 그녀가 나를 신비롭게 묘사하는 게 재미있어서 맞장구를 쳤다.
"근사한 설명이구나! 그래, 나는 누굴까? 신분을 숨기고 있는 사람인지도 모르지. 내가 뭘 숨기기 좋아하는 성격이 아니라서 유감이네."
"이렇게 많은 변화가 있는데도 언니는 우쭐해하지 않잖아. 침착하게 받아들이는 게 이상해. 전에는 언니가 변변찮은 사람이라고 생각했는데, 진짜로 그렇다면 정말로 냉정하고 뻔뻔한 거야."

"내가 변변찮은 사람이라고 생각했다고?"

나는 그녀의 말을 되풀이했다. 얼굴이 약간 달아올랐지만 화를 낼 생각은 없었다. 여학생이 '변변찮은 사람' 이니 '대단한 사람' 이니 하고 유치하게 떠드는 게 뭐 그리 중요하겠는가? 나는 그저 점잖게 처신했을 뿐이라고만 대답했다. 그러고는 지네브라에게 물었다.

"내가 점잖게 처신하는 게 왜 그렇게 이상하다는 거지?"

그녀는 고집을 피웠다.

"의아할 수밖에 없는 일이잖아."

"너의 상상력이 더 놀라운걸. 준비는 다 한 거니?"

"응. 팔짱을 끼고 가도 되지?"

"내키지 않는데. 그냥 나란히 걸어가자."

지네브라는 팔짱을 낄 때마다 온몸의 체중을 실어 내게 몸을 기댔다. 나는 신사도 아니고 그녀의 연인도 아니었으므로 그게 기쁘지 않았다.

그녀가 소리쳤다.

"또, 또 그런다! 팔짱을 끼겠다는 건 언니의 옷과 차림새가 마음에 든다는 이야기였어. 칭찬의 뜻이었다고."

"칭찬이었다고? 나랑 같이 대로를 활보하는 걸 누가 봐도 창피하지 않다는 뜻이었다 이거지? 창가에서 강아지를 쓰다듬던 솔몽들레 부인이나 혹은 발코니에서 이를 쑤시던 아말 대령이 우연히 우리를 봐도 나 때문에 얼굴을 붉히지 않을 수 있어?"

그녀가 대답했다.

"그래."

직설적인 성격은 지네브라의 가장 큰 장점이었다. 그 덕택에 그녀가 사소한 거짓말을 할 때조차도 정직하고 순수한 느낌이 났다. 한 마디로 직설적인 성격은 상하기 쉬운 그녀의 인격을 보존해 주는 소금과도 같았다.

나는 말 대신 얼굴 표정으로 대답했다. 아니, 내 아랫입술이 혀보다 먼저 움직였다. 물론 내가 지어 보인 표정에 존경의 빛이나 진지한 감정은 전혀 없었다.

"항상 비웃고 조롱하기만 한다니까!"

우리는 가장 가까운 길로 크레시 가로 가기 위해 광장을 가로질러 조용하고 쾌적한 공원에 들어섰다. 지네브라는 계속 재잘거렸다.

"세상에 언니처럼 나한테 잔인한 사람이 또 있을까?"

"네가 자초하고 있잖니. 날 가만 내버려둬. 제발 좀 조용히 있어. 그럼 나도 가만히 있을 테니까."

"언니처럼 특이하고 신비로운 사람을 어떻게 가만 내버려둘 수가 있겠어?"

"그 특이하고 신비로운 속성은 다 네 머릿속에서 지어낸 거잖아. 변덕스런 공상일 뿐 그 이상도 그 이하도 아니지. 부디 그런 이야기를 하지 말아 주렴."

그녀는 또다시 입을 열었다.

"언니는 대단한 사람이야?"

내가 거부하는데도 그녀는 내 팔 밑에 억지로 손을 넣어 팔짱을 꼈다. 그러고는 다른 사람이 끼어들지 못하도록 하려고 팔로 내 옆구리를 갑갑하게 꽉 죄었다.

나는 이렇게 대답했다.

"그래. 난 잘 나가는 사람이지. 한때는 노부인의 말동무로 일했고, 보모 겸 가정교사로 있었고, 지금은 학교 교사란다."

그녀는 내가 신분을 숨기고 있다는 영리한 추론을 우스울 정도로 끈질기게 고수하며 다시 졸라댔다.

"언니가 누군지 말해봐, 응? 그럼 다시 묻지 않을게."

지네브라는 완전히 차지하고 있던 내 팔을 꽉 쥐면서 나를 살살 달래며 간곡히 부탁했다. 나는 마침내 공원 한가운데서 발걸음을 멈추고 웃음을 터뜨렸다. 함께 걸어가는 동안 지네브라는 줄곧 이 한 가지 화제를 가지고 참으로 환상적인 변주곡을 연주했다. 자기 의견을 완강하게 고집하면서 내 말을 믿지 않는 걸로 보아 그녀는 귀족 출신도 부자도 아니고 명문가나 친척의 후원을 받지도 않는 사람이 점잖고 올바른 태도를 견지할 수 있다는 걸 이해하지 못하는 모양이었다. 하지만 알아줄 만한 곳에서만 나를 알아주어도 내 마음의 평정을 충분히 유지할 수 있었다. 그 나머지는 나를 괴롭히지 못했다. 내 관심사와 사고 속에는 신분과 사회적 지위와 학식이 모두 같은 자리를 차지하고 있었다.

나는 그들을 삼류 하숙생으로 취급해 좁은 휴게실과 후미진 작은 침실만 내주었고 설령 식당과 거실이 비어 있어도 알려주지 않았다. 그들의 처지를 고려할 때 작은 방들이 더 적합하다고 여겼기 때문이었다. 세상 사람들은 다르게 생각한다는 사실을 곧 깨닫긴 했다. 그들의 관점도 나름대로 옳다는 점을 의심하지는 않는다. 하지만 내 견해도 틀렸다고만 할 수는 없다.

어떤 사람들은 지위가 낮으면 도덕적 수준도 떨어진다고 생각한다. 그런 사람들에게 인맥의 상실은 곧 자긍심 상실과도 같다. 그렇다면 이런 사람들이 자기의 타락을 막아주는 보호막으로서 지위와 인맥을 무엇보다 귀중하게 여기는 것도 이해할 만하지 않은가? 자기 조상이 귀족이 아닌 평범한 사람이었고, 부자가 아닌 가난뱅이였고, 자본가가 아닌 노동자였다는 사실이 널리 알려질 경우 자기가 경멸을 당하리라고 생각하는 사람이 있다면, 그 사람이 이러한 치명적인 사실들을 숨기면서 혹시 사실이 밝혀질까봐 덜덜 떨고 겁을 내고 움찔한다고 해서 그 사람을 격렬하게 비난할 수 있을까? 우리는 오래 살수록 경험의 폭이 넓어진다. 이웃의 행동을 비판한다거나 세상 사람들의 지혜에 의문을 품기는 점점 어려워진다. 얌전한 척하는 숙녀든 존경받는 신사든 간에 자기 주위에 작은 방벽을 쌓고 있는 사람이 있다면 틀림없이 방어가 필요하기 때문일 것이다.

크레시 호텔에 도착하니 폴리나가 준비를 마치고 있었다. 브레튼 부인도 함께 기다리고 있었다. 브레튼 부인과 바송피에르 백작의 보호를 받으며 행사장으로 이동한 우리는 연단에서 적절한 거리에 있는 좋은 자리에 앉았다. 아테네 대학 학생들이 우리 앞쪽에 도열했고, 시민들과 시장은 귀빈석에 앉았으며, 개인 교사와 함께 온 젊은 왕자들은 눈에 잘 띄는 자리를 차지했다. 건물 내부는 도시의 귀족과 지체 높은 시민들로 북적였다.

강연을 하기로 한 교수가 어떤 사람인지는 관심도 없고 궁금하지도 않았다. 학자 중 한 사람이 앞으로 나가서 아테네 대학 학생들을 향한 고압적인 훈계가 반이고 나머지 반은 왕자들을 향한 아첨으로 채워진 의례적인 연설을 하겠거니 하고 막연하게 예측했을 뿐이다.

우리가 들어섰을 때만 해도 연단은 비어 있었지만 10분이 지나자 누군가가 올라섰다. 붉은 연탁 위로 머리와 가슴과 두 팔이 불쑥 솟았다. 나는 그 머리를 알고 있었다. 그 머리의 빛깔과 모양과 거동과 표정은 나와 지네브라에게 익숙한 것이었다. 숱이 많은 검은 머리, 넓고 창백한 이마, 불꽃이 번쩍이는 푸른 눈동자는 내 기억에 너무나 생생하게 남아 있었고 수많은 즉흥적인 연상과 연결

됐으므로 그것들이 갑자기 나타나자 이런저런 상상으로 웃음이 터질 지경이었다. 나는 진짜로 웃다가 흥분하고 말았다. 하지만 곧 고개를 숙이고 손수건과 베일에게만 웃는 모습이 보이도록 했다.

폴 선생을 보니 반가웠다. 교단에서 위세를 떨칠 때와 마찬가지로 사납고 거리낌이 없으며, 어둡지만 정직하고, 대담하고 퉁명스러운 모습으로 연단에 서 있는 모습이 상당히 보기 좋았다. 폴 선생이 나타난 건 놀라운 일이었다. 그가 아테네 대학의 문학 교수로 있다는 사실은 알고 있었지만 이곳에서 그를 보리라고는 꿈에도 생각지 못했다. 연단에 서 있는 그를 보자 형식적인 말도 아첨도 아닌 연설을 듣게 되리라는 확신이 생겼다. 하지만 우리 머리 위로 갑작스럽고 빠르게 계속해서 쏟아진 말들은…… 내가 미처 예상하지 못한 내용이었다.

폴 선생은 포세트가의 여학생들에게 열변을 토할 때와 똑같이 편안한 태도와 날카롭고 성마른 열정으로 왕자와 귀족과 치안판사와 시민들을 향해 강연을 했다. 그는 대학생들을 단순히 어린 학생들로만 보지 않고 미래의 시민이자 장차 애국자가 될 사람들로 간주하고 이야기했다. 유럽에 지금과 같은 시대가 오리라고 예견한 사람이 없었을 때였으므로 나에게는 폴 선생의 정신이 참신하게 느껴졌다. 지금이야 라바세쿠르의 기름진 평야 지대에서 정치적 신념과 애국심이 강렬하게 표출되지만 그때는 누가 그런 걸 예측이나 했겠는가?

여기서 폴 선생의 견해를 자세히 언급할 필요는 없지만 그 작은 남자가 열정적이었을 뿐 아니라 옳은 말을 하고 있었다는 점은 밝혀두고 싶다. 그는 불꽃 튀는 연설을 하면서도 엄정하고 합리적이었다. 유토피아적인 이론을 되게 짓밟고 허황된 상상을 조롱하며 거부했다. 전제정치 이야기를 할 때 그의 눈에서는 가공할 만한 빛이 번뜩였고, 불의에 대해 이야기할 때 그의 목소리는 언제나 또렷했다. 그의 연설은 황혼 녘에 공원에서 울려 퍼지는 군악대의 트럼펫 소리를 연상케 했다.

청중의 대다수가 폴 선생의 순수한 열정에 공감하는 분위기는 아니었다고 생각한다. 하지만 그가 대학생들이 조국과 유럽의 미래를 위해 어떤 길을 가고 어떤 노력을 기울여야 하는가에 대해 유창하게 연설하자 일부 대학생들은 열광적으로 환호했다. 연설이 끝나자 대학생들은 큰 소리로 오랫동안 박수를 보냈다. 사나운 성미에도 불구하고 그는 학생들에게 인기가 많은 교수였다.

우리 일행이 홀을 떠날 때 입구에 서 있던 폴 선생이 나를 알아보고 모자를 벗었다. 그는 지나가다가 손을 내밀어 악수를 청하면서 "어떻게 생각하시오?" 라고 물었다. 과연 폴 선생다운 질문이었다. 승리를 거둔 순간에도 그렇게 불안해하면서 질문을 던지는 걸 보니 '바람직한 자제력' 이 없는 게 그의 단점 중 하나라는 생각이 들었다. 그런 순간에는 내가 어떻게 생각하는지, 혹은 다른 사람이 어떻게 생각하는지 신경을 쓰면서 묻지 말아야 하는데 그는 분명 신경을 쓰고 있었다. 꾸밈없는 성격 탓에 과시욕을 감추지 못했고 충동적인 성향 탓에 욕구를 억누르지도 못했다.

그건 그렇다 치자! 그의 지나친 욕심은 좋게 여겨지지 않았지만 순진한 성격은 마음에 들었다. 나는 칭찬의 말을 하고 싶었다. 가슴속에 찬사가 가득했다. 그런데 이게 웬일인가! 입으로는 아무런 말도 내뱉지 못했다. 하긴 매번 경우에 맞는 말을 하는 사람이 어디 있겠는가? 나는 더듬거리며 서투른 칭찬의 말을 했다. 정말 기쁘게도 다른 사람들이 축하 인사를 잔뜩 늘어놓으며 다가왔고, 나의 빈약한 언어는 그들의 장황한 말에 묻혔다.

한 신사가 폴 선생을 바송피에르 백작에게 소개했다. 무척 흡족해하고 있던 백작은 폴 선생에게 자신의 친구들(대부분 폴 선생의 친구이기도 했다)과 함께 크레시 호텔에서 식사를 함께 하자고 권유했다. 폴 선생은 부유한 사람들의 접근에 늘 약간 소심하게 대응하는 경향이 있었으므로 식사 초대에는 응하지 않았다. 그에게는 질기고 강력한 자립정신이 있었다. 그의 성격을 알고 나면 이런 특징은 눈에 거슬리지 않고 유쾌하게 여겨졌다. 어쨌든 그는 친구인 프랑스인 학자 A씨와 함께 저녁에 잠시 들르겠다고 약속했다.

그날 저녁 지네브라와 폴리나는 나름대로 아주 아름다웠다. 지네브라가 육체적 매력을 뽐냈다면 폴리나는 호소력 있는 반짝이는 눈, 우아한 거동, 다양하고 매력적인 표정을 통해 조금 더 미묘한 정신적 매력을 환히 빛냈다. 지네브라가 입은 진홍색 옷은 그녀의 곱슬곱슬한 금발을 돋보이게 했고 장밋빛 뺨과도 조화를 이루었다. 폴리나의 옷은 최신 유행을 따르고 있었지만 순백색 천으로 만들어 단정하기 이를 데 없었다. 그 옷을 입으니 그녀의 섬세하고 건강한 안색, 활기차고 부드러운 표정, 상냥하고 깊은 눈, 풍성하게 늘어져 진한 갈색 그림자를 드리우는 머리카락이 한결 보기 좋았다. 폴리나의 머리카락은 색슨 혈통인 사촌의 머리카락보다 색이 진했고 눈썹과 속눈썹과 동그란 홍채와 감정이 풍부한 커다란 눈동자 역시 더 진했다. 말하자면 자연이 지네브라의 얼굴을 빚을 때는 무심한 손길로 세부를 지나쳐갔지만 폴리나의 경우에는 공을 들여서 고도로 섬세하게 마무리한 셈이었다.

폴리나는 학자들 앞에서 주눅이 들긴 했지만 벙어리가 될 정도는 아니었다. 그녀는 수줍어하며 겸손하게 이야기했는데, 조금 힘들어 보이긴 했지만 진실하고도 상냥하게 말했고 너무나 훌륭한 통찰을 보여주었다. 그녀의 아버지는 몇 번인가 자기가 하던 말을 멈추고 가만히 귀를 기울이며 자랑스럽고 기쁘다는 눈빛으로 딸을 쳐다보았다. 폴리나를 대화에 끌어들인 사람은 학식이 매우 높고 예의 바른 프랑스 신사 Z씨였다. 폴리나가 구사하는 프랑스어는 매력적이었다. 문법이 정확하고 관용구도 바르게 쓰고 강세도 정통 프랑스식이어서 흠잡을 데가 없었다. 지네브라는 생애의 절반을 유럽 대륙에서 보냈음에도 불구하고 그렇게 말하지 못했다. 말문이 막히진 않았지만 결코 정확하고 올바른 프랑스어를 구사하지는 못했는데 몇 년이 더 지나도 마찬가지일 듯했다. 언어에 대해 아주 까다로운 편이었던 바송피에르 씨는 이 점에 대해서도 만족했다.

폴리나의 말을 듣고 관찰하는 사람이 하나 더 있었다. 직업상 급한 일이 있어서 저녁식사에 늦게 온 존 선생이었다. 그는 식탁에 자리를 잡고 앉으면서 말없이 두 아가씨를 눈으로 살폈다. 그 조심스러운 관찰은 두세 번 더 반복됐다. 그가 도착하자 여태까지 지루하게 앉아 있던 지네브라 판쇼 양이 활기를 찾았다. 그녀는 미소를 지으며 득의만만하게 수다를 떨었다. 하지만 그녀가 한 말들은 목적을 달성하는 데 도움이 되지 않았고 그보다 저열한 목적을 달성하는 데나 적합한 내용이었다.

예전에는 존 선생이 그녀의 앞뒤가 맞지 않는 경박한 수다를 좋아했을 것이다. 아니다. 여전히 좋아하고 있었을지도 모른다. 그의 눈은 그녀를 바라보고 귀는 그녀의 말을 듣고 있었지만 그의 취향과 예리한 관심과 총명한 두뇌는 그만큼 기뻐하고 있지 않았다는 판단은 순전히 나의 상상이었을지도 모른다. 좌우간 그녀가 관심을 끌기 위해 안달을 하는데도 그는 예의상 꼭 필요한 만큼만 관심을 기울였다. 시무룩하다거나 쌀쌀맞은 태도는 아니었다. 그는 지네브라의 옆자리에 앉아 있었으므로 저녁식사 내내 거의 그녀와만 이야기를 나눴다. 지네브라는 만족했고, 거실로 건너갈 때는 매우 기분이 좋아 보였다.

우리가 거실에 도착하자마자 지네브라는 다시 흥미를 잃고 냉담해졌다. 긴 의자에 털썩 몸을 던진 그녀는 저녁식사와 대화가 모두 바보 같았다고 불평하면서 사촌 폴리나에게 그녀의 아버지가 데려오는 '높으신 양반들'의 따분한 이야기를 어떻게 듣고 있냐고 물었다. 하지만 신사들의 발걸음 소리가 들리자 이내 험담을 중단했다. 지네브라는 벌떡 일어나 피아노로 달려가 빠른 곡을 열정적으로 연주하기 시작했다. 가장 먼저 들어온 사람 중 하나였던 존 선생은 그녀 옆에 자리를 잡고 섰다. 나는 존 선생이 그 자리에 오래 머물러 있지는 않으리라고 생각했다. 난롯가에 그의 마음을 끌 것으로 예상되는 다른 자리가 있었기 때문이다. 그가 그 자리를 눈으로만 바라보는 사이에 다른 손님들이 들어왔다.

사색적인 프랑스 신사들은 폴리나의 우아함과 지성에 매료됐다. 그녀의 섬세한 아름다움과 부드럽고 정중한 태도와 미숙하지만 진실한 타고난 재치는 프랑스인들의 취향에 잘 맞았다. 그들은 폴리나의 주위에 모여들어 그녀가 한 마디도 못 하는 과학 이야기를 제쳐두고 문학과 예술과 실생활에 관련된 여러 가지 주제를 꺼냈다. 그녀가 그런 주제들에 관해서는 책도 읽었고 식견도 있다는 사실이 금방 드러났다. 나는 대화에 귀를 기울였다. 조금 떨어진 곳에서 있었던 그레이엄 역시 귀를 기울이고 있었다고 확신한다. 그는 시력뿐 아니라 청력도 아주 훌륭하고 민첩하고 예리했다. 나는 그가 오가는 이야기를 다 듣고 있다는 걸 알았다. 대화 분위기가 마음에 쏙 들었는지 거의 괴로울 정도로 기뻐하고 있었다.

폴리나는 감정과 성격 면에서 대다수 사람들이 생각하는 것보다 강한 힘을 지니고 있었다. 그녀는 보고 싶어 하지 않는 사람에게는 그 힘을 드러내지 않았으므로 존 선생도 그 힘을 상상하지 못했을 것이다. 독자여, 솔직히 말해서 어떤 탁월한 미모도, 완벽한 우아함도, 확실한 세련미도 그만큼 탁월한 힘, 완벽한 힘, 확실한 힘이 없이는 존재할 수 없다. 유약하고 나태한 사람에게서 매력이 지속되기를 바라느니 차라리 뿌리 없고 시들시들한 나무에서 꽃이 피고 알찬 열매가 맺히기를 바라는 게 낫다. 유약한 사람도 일시적으로는 허울뿐인 아름다움을 꽃피울 수 있다. 하지만 그 꽃은 돌풍을 견디지 못하며 평온한 햇살 속에서도 곧 시들어버린다. 어떤 정령이 와서 연약한 폴리나를 지탱하는 강인한 힘에 대해 귀띔해 줬더라면 존 선생은 깜짝 놀랐을 것이다. 그러나 어릴 때부터 그녀를 알고 있었던 나는, 그녀의 우아함이 현실이라는 확실한 토양에 굳건하게 뿌리를 내리고 있다는 사실을 짐작하고 있었다.

존 선생은 대화에 귀를 기울이면서 마법의 원이 열리기를 기다리고 있었다. 이따금씩 초조하게 방안을 둘러보던 그의 시선이 우연히 나에게 와서 멎었다. 나는 구석 자리에 조용히 앉아 있었고, 멀지 않은 곳에서 대모님과 바송피에르 씨가 이야기를 나누고 있었다. 두 분의 담화는 영국인 홈 씨의 표현을 빌리면 '둘만의 대화'(two-handed crack)였지만 바송피에르 백작의 프랑스어 표현으로는 '밀담'(tête-à-tête)이 됐을 것이다.

존 선생은 나를 알아보고 미소를 지으며 방을 가로질러 다가와 얼굴이 해쓱해 보인다며 안부를 물었다. 나 역시 상념에 잠겨 미소를 지었다. 나에게 석 달 만에 말을 걸면서도 존 선생이 그 '공백기'를 의식조차 못했기 때문이다. 존 선생은 내 옆에 앉더니 말없이 있었다. 이야기를 하기보다는 가만히 지켜보고 싶은 모양이었다. 이제 지네브라와 폴리나가 그의 맞은편에 있게 됐으므로 마음껏 그들을 바라볼 수 있었다. 그는 두 사람을 모두 관찰하고 얼굴도 자세히 살폈다.

거실에는 신사들과 숙녀들이 몇 명 더 와 있었다. 저녁식사가 끝난 후에 담소를 나누려고 들른 손님들이었다. 한 마디 덧붙이자면 그 신사들 가운데 엄격하고 까무잡잡한 교수도 끼어 있었다. 아까 내실에서 혼자 서성거리고 있는 그의 모습을 흘끗 보았기 때문에 알고 있었다. 폴 선생은 이곳에 있는 신사들과 대부분 안면이 있었지만 나 이외의 숙녀들과는 처음 만나는 것 같았다. 난롯가 쪽을 바라보다가 자연히 나를 보게 된 그는 다가오려 하다가 존 선생의 모습을 보고 마음을 바꿨는지 도로 물러났다. 그게 전부였다면 싸움이 벌어질 이유가 없었을 터였다. 하지만 폴 선생은 그냥 물러나는 걸로는 성이 차지 않았는지 눈썹을 찌푸리고 입술을 삐죽 내밀었는데 그 표정이 하도 보기 흉하고 불쾌해서 나는 다른 데로 눈을 돌렸다. 조제프 에마뉘엘 씨도 엄격한 형과 함께 아까부터 와 있었는데, 내가 눈을 돌리는 순간 그가 피아노 앞에 앉고 지네브라가 일어났다. 여학생의 단순한 연주에 이어진 거장의 솜씨는 얼마나 멋졌던가! 진짜 예술가의 손에서 피아노는 얼마나 웅장하고 근사한 소리로 감사를 표했던가!

지네브라가 존 선생의 앞을 휙 스쳐가자 그는 그녀를 쳐다보다가 침묵을 깨고 빙그레 웃으며 말했다.

"루시, 판쇼 양은 확실히 미인이오."

물론 나는 동의했다. 그러자 존 선생은 내게 물었다.

"이 방 안에 그녀만큼 예쁜 여자가 또 있소?"

"지네브라만한 미인은 없는 것 같은데요."

"나도 그렇게 생각하오, 루시. 당신과 나는 의견과 취향이 일치할 때가 많소. 평가가 비슷하단 말이오."

나는 약간 미심쩍어 하며 대답했다.

"그런가요?"

"루시. 당신이 여자가 아니라 남자였다면, 우리 어머니의 대녀가 아니라 대자였다면 우린 좋은 친구가 됐을 게 분명하오. 그랬다면 우리는 늘 의견이 일치했을 거요."

그는 농담조로 말하고 있었다. 조금은 정답고 조금은 장난스러운 빛이 그의 눈 속에 비스듬히 비쳤다. 아, 그레이엄! 나는 당신이 루시 스노를 어떻게 생각하는지에 대해 두고두고 혼자 고민했다고요. 당신의 평가는 언제나 관대하고 공정했나요? 이 루시에게 부와 지위라는 장점이 있었더라면 그녀를 대하는 당신의 태도가, 그녀에 대한 당신의 평가가 지금과 같았을까요? 당신을 진짜로 비난하려고 이런 질문을 던지는 건 아니에요. 당신 탓은 아니죠. 때때로 당신 때문에 슬프고 고통스럽긴 했지만 나는 원래 쉽게 우울해지고 괴팍해지는 성격이니까요. 구름이 태양을 스쳐지나기만 해도 절망했으니까요. 공명정대한 눈으로 보면 당신보다 내가 잘못이 더 클 수도 있겠지요.

존 선생이 다른 여자들에게는 남자로서 아주 진지하고 열정적으로 관심을 기울이면서도 즐거웠던 시절의 친구 루시는 가벼운 농담 상대로만 여긴다고 생각하니 심장이 떨리는 아픔이 느껴졌다. 나는 극심한 고통을 가라앉히려고 노력하며 나지막이 물었다.

"우리가 어떤 점에서 의견이 비슷하다는 거죠?"

"우리는 둘 다 관찰력이 좋잖소. 당신은 나의 관찰력을 인정하지 않을지도 모르지만 그건 사실이오."

"하지만 당신은 취향이 비슷하다고 이야기했잖아요. 우리가 똑같은 대상을 관찰하더라도 다른 평가를 내릴 수도 있는걸요."

"어디 한번 시험해 봅시다. 당신도 판쇼 양의 미모에는 당연히 경의를 표할 테지요. 그럼 방 안에 있는 다른 사람들에 대해서는 어떻게 생각하시오? 예를 들면 우리 어머니나, 저쪽에 있는 유명 인사

A씨와 Z씨나, 저 창백한 어린 숙녀 바송피에르 양은 어떻소?"

"내가 당신 어머니를 어떻게 생각하는지는 아실 테고, A씨와 Z씨에 관해서는 생각해본 적도 없어요."

"그럼 나머지 한 명은?"

"그녀는 당신이 말한 대로 창백한 어린 숙녀지요. 지금은 정말 창백하네요. 너무 긴장하고 있다가 지쳤나봐요."

"그녀의 어릴 때 모습은 기억나지 않소?"

"나는 당신이 기억하는지가 궁금했는데요."

"나는 잊어버리고 있었소. 하지만 어떤 조건이나 내 기분, 혹은 다른 사람의 기분에 따라 내가 잊고 있었던 상황과 사람, 말과 표정 따위가 되살아나기도 하잖소."

"그건 충분히 가능한 일이죠."

"하지만 그렇게 되살아난 기억은 완전하지 못하단 말이오. 누군가가 확인해 줘야 하오. 희미한 꿈 같기도 하고 허황된 공상 같기도 해서 사실 여부를 확인하려면 다른 사람의 증언이 필요하오. 10년 전 홈 씨가 어린 딸을 데려와서 어머니와 함께 지내라고 했을 때 당신도 손님으로 브레튼에 와 있지 않았소? 그때 우린 그녀를 '꼬마 폴리' 라고 불렀지요."

"나는 그녀가 도착한 날 밤부터 떠난 날 아침까지 내내 브레튼에 있었지요."

"아이치고는 특별하지 않았소? 내가 그녀를 어떻게 대했는지가 궁금하오. 옛날에 내가 아이들을 좋아했소? 건방지고 무모한 남학생이었을 텐데 내게 호의적이거나 친절한 구석이 있었소? 하기야 당신은 내가 어땠는지 기억 못하겠군요?"

"라 테라스에 걸려 있는 당신 초상화를 봤죠? 당신의 옛날 모습은 그 그림과 똑같아요. 행동거지는 그때나 지금이나 별로 다르지 않고요."

"이런, 루시, 그게 무슨 말이오? 당신의 증언을 들으니 호기심을 억누를 수가 없잖소. 지금의 나는 어떻고, 10년 전 과거의 나는 어땠소?"

"좋아하는 사람에게는 항상 호의적으로 대했죠. 아무에게도 불친절하거나 매정하게 굴지는 않았어요."

"그건 틀린 말이오. 당신에게는 거의 짐승처럼 굴었던 것 같은데."

"짐승이라고요! 아니에요, 존 선생님. 누가 짐승처럼 구는데 내가 참고 있었을 리가 없지요."

"하지만 내가 조용한 루시 스노에게 친절하게 대하지 않았다는 것만은 기억하고 있다오."

"잔인하게 굴지는 않았어요."

"그야, 폭군 네로라도 그림자처럼 얌전하고 악의 없는 사람을 괴롭힐 수는 없지 않겠소."

나는 미소를 지어 보이는 동시에 조용히 신음했다.

오! 제발 그가 나를 건드리지 말았으면, 더 이상 나를 언급하지 말았으면!

나는 존 선생이 말하는 '조용한 루시 스노'라든가 '해롭지 않은 그림자' 따위의 형용어구를 거부하고 그런 속성들을 나에게서 분리해 그에게 돌려주었다. 모욕을 느끼지는 않았지만 극도로 피로해졌기 때문이었다. 그것들은 납처럼 차갑고 무거웠다. 존 선생이 날 그렇게 짓누르는 걸 참을 수가 없었다. 다행히 그는 다른 이야기로 넘어갔다.

"'꼬마 폴리'와 나는 어떤 관계였소? 내 기억이 틀린 게 아니라면 우리는 서로 으르렁대지는 않았던 것 같소만……."

"너무 모호하게 이야기하시네요. '꼬마 폴리'도 그 정도밖에 기억하지 못할 거라고 생각하세요?"

"오! 이제는 '꼬마 폴리' 라고 하지 맙시다. 부탁인데 바송피에르 양이라고 해주시오. 저렇게 품위 있는 숙녀가 브레튼을 기억할 리가 없지요. 그녀의 커다란 눈을 좀 보시오, 루시. 기억의 책에서 단어 하나라도 읽을 수 있겠소? 내가 시키는 대로 글씨판을 들여다보던 그 눈이 맞소? 내가 읽기를 약간 가르쳐주었다는 걸 그녀는 기억하지 못할 거요."

"일요일 밤에 성경을 읽어줬던 거요?"

"그녀는 차분하고 섬세하고 더 훌륭한 사람이 됐소. 예전에는 작은 얼굴에 불안하고 초조한 표정이 가득했는데! 어린아이 적에 무엇을 좋아한다는 건 허망한 일이야! 당신은 믿을 수 있겠소? 저 숙녀가 옛날에는 나를 좋아했다는 걸?"

나는 침착하게 대답했다.

"그래요, 당신을 어느 정도는 좋아했죠."

"그럼 당신은 기억나지 않는단 말이오? 나는 잊고 있었는데 이제는 다 기억나오. 브레튼 시절에 그녀는 나를 세상 누구보다 더 좋아했소."

"그렇게 생각하셨군요."

"꽤 생생하게 기억나오. 내가 기억하는 걸 그녀에게 이야기해 주고 싶소. 혹은 다른 누군가가, 이를테면 당신이 뒤에서 그녀에게 다가가 귀에 대고 속삭여주면 좋겠소. 그러면 나는 여기에 가만히 앉아서 그녀가 그 이야기를 듣고 어떤 표정을 짓는지 바라보는 즐거움을 만끽할 수 있을 텐데. 루시, 그렇게 해줄 수 있겠소? 그러면 나는 영영 잊지 않고 고마워할 거요."

"영영 잊지 않고 내게 고마워하겠다고요? 아니에요. 난 못 해요."

나도 모르게 손가락을 움직여 깍지를 꼈다. 내적인 용기가 솟아나고 흥분과 반감을 느꼈다. 이 문제만큼은 존 선생의 뜻대로 해줄 생각이 전혀 없었다. 새로 얻은 활력이 내심 반가워지면서 존 선생이 내 성격과 본성을 완전히 잘못 이해하고 있다는 사실을 깨달았다. 그는 언제나 나에게 어울리지 않는 역할을 떠맡기려 했다. 나의 본성은 그에게 반감을 느꼈다. 그는 나의 감정을 짐작조차 못했고 내 눈과 얼굴과 동작을 유심히 보지도 않았다. 내가 그 모든 수단을 동원해서 의사를 표시하고 있었는데도! 그는 내 쪽으로 몸을 기울이며 부드러운 말투로 나를 구슬렸다.

"내 소원을 들어주오, 루시."

그때 아무 일도 일어나지 않았다면 나는 그의 소원을 들어주었을 것이다. 혹은 나에게 다시는 연애극에 나오는 참견쟁이 하녀 역할을 기대하지 말라고 똑똑히 설명하고 일깨워주었을 것이다. 그런데 존 선생이 부드럽고 열렬하게 "내 소원을 들어주오, 루시"라고 속삭이며 달콤한 간청을 하자마자 반대쪽에서 날카롭게 야유하는 소리가 내 귓가를 스쳤다.

"작은 고양이, 수줍은 체하는 바람둥이 여자!"

갑자기 들려온 그 소리는 보아뱀이 쉭쉭거리는 소리와 비슷했다.

"겉으로는 우울하고 온순하고 꿈꾸는 것처럼 보이지만 그건 진짜가 아니지. 내가 보기에 당신은 '야성적' 이오! 당신의 영혼은 불타고 있고 두 눈에는 불이 켜져 있거든!"

나는 화가 나서 쏘아붙였다.

"그래요. 내 영혼은 불타고 있어요. 그게 어때서요?"

하지만 폴 선생은 야유를 퍼붓고 사라진 후였다.

가장 나빴던 것은 앞서 언급했듯이 민첩하고 섬세한 청력의 소유자였던 존 선생이 나의 외침을 다 들어버렸다는 사실이었다. 그는 얼굴에 손수건을 대고 온몸을 들썩이며 웃었다.

그가 큰 소리로 말했다.

"잘했소, 루시. 훌륭해! 작은 고양이, 바람둥이 여자라! 오, 어머니에게 말씀드려야겠군! 그게 사실이오, 루시? 조금이라도? 그런가 본데. 당신 얼굴이 판쇼 양의 옷 색깔과 똑같이 붉게 물들었잖소. 이제 보니 음악회에 갔을 때 당신에게 못되게 굴었던 그 작은 남자로군요. 지금 이 순간에도 내가 웃는 걸 보고 마음속으로 펄펄 뛰며 화를 내고 있소. 오! 내가 좀 놀려줘야지."

존 선생은 장난기가 동했는지 계속 웃어대고 뭐라고 속삭이고 농담을 했다. 나는 더 이상 참을 수 없어 눈물을 글썽였다.

존 선생이 갑자기 잠잠해졌다. 폴리나를 둘러싸고 있던 사람들이 흩어지면서 그녀 근처에 빈 공간이 생겼기 때문이었다. 존 선생의 눈은 이러한 움직임을 즉시 포착했다. 웃고 있을 때조차도 방심하지 않고 내내 지켜보고 있었던 것이다. 자리에서 일어선 그는 과감하게 용기를 내서 방을 가로질러 걸어가 그 자리를 차지했다. 존 선생은 언제나 성공을 거두는 행운의 사나이였다. 왜냐고? 기회를 포착할 줄 아는 눈, 시기적절하게 행동을 개시하는 심장, 어떤 일이든 끝까지 해내는 배짱이 있었기 때문이다. 어떤 폭압적인 힘도 그를 물러나게 하지 못했고 어떤 맹목적 믿음과 약점도 그가 가는 길을 막지 못했다.

그 순간 존 선생은 참으로 멋있어 보였다! 폴리나는 곁으로 다가오는 그를 쳐다보았고, 그녀의 시선은 곧 활기차면서도 겸손한 그의 눈길과 하나가 됐다. 그녀에게 말을 거는 존 선생의 얼굴은 약간 달아올랐고 약한 홍조를 띠었다. 그는 용감하면서도 수줍어하는 모습으로 폴리나의 앞에 섰다. 차분하고 절제된 모습이었지만 확고한 목적의식과 헌신적인 열정을 지니고 있었다. 나는 잠깐만 보고도 이 모든 걸 알아차렸다. 하지만 더 이상은 관찰할 수가 없었다. 설사 더 지켜보고 싶은 마음이 있었다 해도 시간이 없었다. 지네브라와 나는 벌써 포세트가에 돌아가 있었어야 했다. 나는 일어서서 대모님과 바송피에르 씨에게 작별인사를 했다.

폴 선생은 내가 존 선생의 농담을 달가워하지 않았던 걸 눈치챘을까? 아니면 내가 괴로워하고 있었다는 사실, 즉흥적이고 쾌락을 사랑하는 루시 양이 저녁 내내 기뻐서 들떠 있지 않았다는 사실을 알게 됐던 걸까? 어느 쪽인지 모르겠지만 내가 거실에서 나가려 할 때 폴 선생이 다가와 포세트가까지 바래다줄 사람이 있냐고 물었다. 이번에는 정중하고 공손한 말투였고 얼굴에도 사과와 후회의 빛이 보였지만, 말 한 마디에 그의 정중함을 인정할 수도 없었고 참회한다고 해서 섣불리 대충 잊어줄 수도 없었다. 그 전까지는 그의 성마른 태도에 진짜로 화를 낸 적이 없었고 그가 사납게 굴어서 냉담해진 적도 없었다. 그러나 오늘 밤에 들은 말만큼은 용납할 수가 없었다. 내가 그 일을 매우 불쾌하게 여기고 있다는 점을 조금이라도 알려야 했다. 그래서 나는 짤막하게 대답했다.

"바래다줄 사람이 있어요."

지네브라와 나는 마차를 타고 돌아갈 예정이었으므로 그 말은 사실이었다. 나는 교실에서 교단 앞을 지나가는 학생들이 하는 것처럼 가볍게 목례만 하고 그를 지나쳤다.

숄을 찾아 들고 복도로 돌아왔더니 폴 선생이 서 있었다. 그는 마치 나를 기다렸다는 듯이 오늘 밤 날씨가 좋다며 말을 걸었다.

"그래요?"

내 목소리가 아주 차갑고 쌀쌀맞게 들려서 속으로 갈채를 보냈다. 나는 슬프거나 상처를 입을 때 침착하고 냉정하게 행동하려고 마음먹어도 좀처럼 그렇게 행동하지 못하는 사람이었다. 그래서 딱 한 번이지만 성공을 거둔 게 자랑스러울 지경이었다. 나의 "그래요?"는 다른 사람의 말투처럼 들렸다. 자기도취와 자기만족에 빠진 아가씨들이 산호색 입술을 오므리고 이런 식으로 새침하고 짤막하고 냉랭하게 말하는 걸 수없이 듣지 않았던가. 나는 폴 선생이 이런 대화를 견디지 못하리라는 걸 알고 있었다. 하지만 그는 짧고 퉁명스러운 말을 한두 마디 들어야 마땅했다. 그도 그렇게 생각했는지 내 말을 조용히 들어넘겼다. 그러고는 내 숄을 보더니 너무 얇아서 안 되겠다고 말했다. 나는 이 정도면 충분히 두껍다고 잘라 말하고 나서 멀찌감치 뒤로 물러나 조금 떨어진 곳에 섰다. 그러고는 층계 난간에 몸을 기대고 숄을 두른 후 벽에 걸린 어둡고 음산한 종교화에 시선을 고정했다.

지네브라는 금방 오지 않고 늑장을 부렸다. 폴 선생은 계속 복도에 서 있었다. 나는 그가 노여워하며 뭐라고 소리칠 거라고 생각했다. 그가 가까이 다가왔다.

'야유가 한 차례 더 나오겠군!'

그게 지나치게 무례한 행동만 아니었다면 나는 모욕을 당하지 않으려고 손가락으로 귀를 틀어막았을 것이다. 하지만 세상일은 예상대로 되지 않는 법이다. 비둘기 울음소리나 졸졸 흐르는 시냇물 소리를 들으려고 귀를 기울이고 있으면 맹수의 울음소리나 신음 소리가 들린다. 반대로 날카로운 비명과 성난 위협을 예상하고 있다가 호의적인 인사말과 낮고 친절한 속삭임을 듣기도 한다. 폴 선생은 온화하게 말했다.

"친구들은 말 한 마디 가지고 서로 싸우지 않잖소. 말해 보시오. 아직도 당신 눈에 눈물이 고이고 얼굴이 빨갛게 달아올라 있는 게 나 때문이오, 아니면 그 위대한 멋쟁이 영국인(그는 비꼬는 의미에서 존 선생을 이렇게 지칭했다) 때문이오?"

"저는 당신을 의식하고 있지도 않았어요, 선생님. 그리고 어느 누구도 저한테 선생님이 말씀하신 그런 감정을 불러일으키지 않았답니다."

나는 다시 한 번 평소의 내 모습과 달리 계산된 쌀쌀한 말투로 대답하는 데 성공했다.

폴 선생은 다시 물었다.

"아까 내가 뭐라고 했기에 그러오? 말해 보시오. 화가 나서 한 말이었는데 뭐라고 했는지도 잊어버렸소. 내가 뭐라고 했소?"

나는 여전히 새침하고 냉담한 말투로 대답했다.

"잊어버리는 게 최고예요!"

"내가 한 말 때문에 상처를 입은 게로군? 내가 취소할 테니 없던 일로 해주오. 사과를 받아주시오."

"선생님, 전 화나지 않았어요."

"그럼 화난 것보다 더 나쁘구려. 속이 상한 거요? 용서하시오, 루시 양."

"용서해 드릴게요, 에마뉘엘 선생님."

"그렇게 낯선 말투를 쓰지 말고 당신다운 목소리로 이야기하는 걸 듣고 싶소. '모나미' (Mon ami : 프랑스어로 '내 친구' 라는 뜻—옮긴이) 라고 말해 보시오."

그의 말을 들으니 웃음이 나왔다. 그렇게 소박한 소망을 가지고 진지하게 나오는데 어떻게 웃지 않을 수 있겠는가?

그러자 그가 소리쳤다.

"좋아! 이제야 희망이 보이는군. 자, '모나미' 라고 말하시오."

나는 '모나미' 대신 프랑스어로 이렇게 말했다.

"폴 선생님, 전 당신을 용서해요."

"선생님이라고 하지 말고 다른 호칭을 말해 보시오. 그렇지 않으면 당신 말이 진심이 아니라고 생각할 거요. 이번에는 '모나미' 라고 하시오. 아니면 영어로 '마이 프렌드' (my friend)라고 하든가!"

영어의 '마이 프렌드' 는 프랑스어의 '모나미' 와 발음과 의미가 약간 달랐다. '모나미' 라는 말에 담긴 가족적이고 친밀한 애정의 분위기가 '마이 프렌드' 에는 없으므로 폴 선생에게 '모나미' 라고 하기는 힘들었어도 '마이 프렌드' 라고는 할 수 있었다. 그래서 나는 어렵지 않게 그 말을 했다. 두 가지가 다르다고 생각지 않았던 폴 선생은 영어 표현만 듣고도 상당히 흐뭇해하며 미소를 지었다.

독자여, 여러분도 그의 미소를 보고 30분 전의 표정과 지금 그의 표정이 얼마나 다른지 봤어야 한다. 폴 선생의 입가와 눈가에서 기쁨의 미소, 만족스러운 미소, 친절한 미소를 보기는 처음이었다. 그동안 그가 나름대로 웃는다고 지었던 표정을 수백 번쯤 봤지만 그건 신랄한 비꼼이나 경멸, 열렬한 환희의 표현이었다. 하지만 온화하고 따뜻한 감정을 밝게 빛내는 그의 모습은 영 딴판이었다. 마치 가면이 인간의 얼굴로 바뀌는 것 같았다. 찌푸린 얼굴이 펴졌고, 피부색은 더욱 깨끗하고 맑아졌다. 스페인 혈통의 흔적이라 할 수 있는 남부 유럽 특유의 거무스름한 흙빛 얼굴색이 조금 더 연한 빛깔로 바뀌었다. 이런 이유로 얼굴이 완전히 변하는 사람을 본 적이 있었던가? 그가 나를 마차에 태워주는 순간 바송피에르 씨가 조카와 함께 나왔다.

그날 저녁 처참한 실패를 경험한 지네브라 판쇼 양은 기분이 몹시 언짢은 상태였다. 짜증이 단단히 나 있던 그녀는 우리가 마차에 타고 문이 닫힌 순간부터 마구 성질을 부려댔다. 그녀는 존 선생에 대해 악의적인 독설을 퍼부었다. 그가 자기에게 이끌리지도 않고 자기 때문에 속을 태우지도 않는다는 사실을 알게 된 후로는 그저 증오만 느끼는 모양이었다. 그녀가 너무나 과도한 말을 써가면서 끔찍한 증오를 표현했기 때문에, 얼마 동안 아무렇지 않은 척 하며 듣고 있던 나의 정의감에 마침내 불이 확 붙고 말았다. 그러고는 폭발이 뒤따랐다. 나도 격정적일 때가 있었는데, 그때 내 옆에 앉아 있었던 예쁘장하지만 결점이 많은 아가씨에게는 특히 화를 잘 냈다. 그녀는 언제나 나의 맨 밑바닥에 깔린 앙금을 휘저어놓았다.

쇼즈빌의 딱딱한 보도를 달리는 동안 마차바퀴가 엄청나게 큰 소리로 덜거덕거려서 다행이었다. 마차 안이 쥐 죽은 듯 고요하지도 않았고 우리가 조용히 말다툼을 벌이지도 않았기 때문이었다. 나는 반은 진심으로, 반은 건성으로 지네브라를 진정시키려고 노력했다. 크레시 가에서 출발할 때 사납게 날뛰고 있었던 그녀를 포세트가에 도착하기 전까지 양순하게 만들려면 그녀의 진짜 가치와 고결한 미덕이 무엇인지 알려주어야 했다. 존 녹스(16세기 스코틀랜드의 종교개혁가—옮긴이)가 메리 스튜어트 여왕에게 바쳤던 찬사에 견줄 수 있을 만큼 충성스러우면서도 소박한 언어로 그녀를 칭찬해야 했다. 이것은 지네브라에게 적합한 교육법이었다.

그날 밤 그녀는 건전한 도덕교육을 받은 덕택에 한결 기분이 좋아지고 마음이 차분해져서 잠자리에 들었고 보나마나 단잠을 잤을 것이다.

28. 회중시계 줄

폴 선생은 어떤 이유로도 수업 중에 방해받는 것을 극도로 싫어했다. 교사들과 여학생들은 어떤 상황에서건, 혼자서건 여럿이건 간에 그의 수업 시간에 교실을 통과하려면 목숨을 걸어야 한다고 여겼다.

부득이하게 그렇게 해야 할 경우 베크 부인조차도 치맛자락을 움켜쥐고 허둥거리며, 마치 암초를 두려워하는 한 척의 배처럼 그 무서운 교단을 조심스럽게 활강했다. 문지기 로젠은 30분마다 각 반 교실에서 학생들을 불러내 예배당, 큰 살롱과 작은 살롱, 거실, 혹은 피아노가 있는 방으로 데려가는 임무를 맡고 있었는데, 두 번째나 세 번째로 교실에 들어가야 할 때면 지나치게 겁먹은 나머지 벙어리가 되곤 했다. 안경 너머 두 눈에서 형언할 수 없는 시선이 화살처럼 날카롭게 그녀를 겨냥하고 있었기 때문이다.

어느 날 아침 나는 홀에 앉아 학생 한 명이 시작했다가 마무리를 못하고 있는 자수 작업을 하고 있었다. 수틀에서 손가락을 움직이면서 한편으로는 이웃한 교실에서 열변을 토하는 목소리의 강약과 운율에 즐겁게 귀를 기울이고 있었다. 그 목소리는 시시각각 커지면서 더 불안하고 험악하게 변했다. 점점 커지는 그 폭풍과 나 사이에는 무척 튼튼한 벽이 있었고 폭풍이 이쪽으로 불어올 경우에는 유리문을 통해 쉽게 뜰로 대피할 수 있었다. 그래서 나는 그 점점 짙어지는 위험 신호를 들으며 불안보다는 재미를 느꼈던 것 같다. 한편 불쌍한 로젠은 위험에 처해 있었다. 축복받은 그날 아침 그녀는 이미 네 번이나 위험한 행보를 했는데 지금 다섯 번째로 폴 선생의 코앞에서 학생 하나를 빼내는 임무를 수행해야 했다. 말하자면 '불붙는 가운데서 나무 조각을 빼내야' (아모스 4 : 11 '너희가 불붙는 가운데서 빼낸 나무 조각같이 되었으나' 참조—옮긴이) 할 참이었다.

로젠이 소리쳤다.

"하나님 맙소사! 하나님 맙소사! 어떻게 될까요? 폴 선생님이 저를 죽이려 들 거예요. 화가 잔뜩 나 있거든요!"

그녀는 필사적인 용기를 내서 문을 열고 소리쳤다.

"라 말르 양, 피아노실로 가세요!"

로젠이 교실에서 무사히 나와서 문을 닫기도 전에 이런 목소리가 들렸다.

"지금 이 순간부터야! 이 교실 출입을 통제한다. 맨 처음 저 문으로 들어오는 사람이나 이 교실을 통과하는 사람을 교수형에 처하겠다. 베크 부인이라고 해도 마찬가지야!"

이 법령이 공포된 지 10분도 채 지나지 않아 로젠의 프랑스식 실내화가 복도에서 발을 질질 끄는 소리가 다시 들렸다.

로젠이 나에게 말했다.

"선생님. 5프랑을 준다 해도 저 지금은 교실에 못 들어가겠어요. 폴 선생님의 안경은 진짜 무서워요. 아테네 대학에서 온 전갈이 있는데, 전할 용기가 나지 않는다고 베크 부인에게 말씀드렸더니 선생님께 부탁하라던데요."

"나요? 아니에요. 그건 좋지 않아요! 내 임무가 아닌걸요. 자, 로젠! 당신이 맡은 일을 해내야죠. 용기를 내서 다시 한 번 가봐요!"

"제가요, 선생님? 그건 불가능해요! 오늘 다섯 번이나 폴 선생님 앞을 지나쳤단 말이에요. 베크 부인이 근위병을 고용해서 이 일을 시키든가 해야지. 어휴! 더 이상은 못 하겠어요!"

"이런! 당신은 겁쟁이군요. 전할 내용이 뭐죠?"

"폴 선생님이 가장 싫어하실 내용이랍니다. 당장 아테네 대학으로 오라는 급한 호출이에요. 관청에서 손님이 왔대요. 장학사라나…… 그래서 폴 선생님이 그분을 만나야 한대요. 그분이 뭘 '해야 한다' 는 말을 얼마나 싫어하시는지 아시죠?"

그랬다. 나도 잘 알고 있었다. 그 고집 센 작은 남자는 누가 다그치거나 구속하는 걸 몹시 싫어했다. 긴급한 일이라고 하거나 의무라고 하면 거부할 게 뻔했다. 아무튼 나는 로젠의 부탁을 들어주기로 했다. 물론 두렵지 않은 건 아니었지만 두려움은 호기심을 비롯한 다른 감정들과 한데 섞여 있었다. 나는 문을 열고 교실로 들어가 약간 떨리는 손으로 가능한 한 재빠르고 조용하게 문을 닫았다. 동작이 느리거나 부산을 떨거나 문고리를 딸그락거리거나 문을 활짝 열어놓으면 범죄를 가중시켜 교실에 들어간 것 자체보다 더 큰 재앙을 낳을 때가 많았기 때문이다. 이렇게 해서 나는 문간에 서 있었고 폴 선생은 앉아 있었다.

그는 기분 나쁜 기색이 역력했다. 거의 최악의 상태에 도달한 듯했다. 원래 그는 머릿속에 떠오르는 대로 아무 과목이나 가르쳤는데 그날은 수학 수업을 하고 있었다. 수학은 딱딱한 과목이었으므로 그와 잘 맞지 않았고, 그가 숫자를 입에 올릴 때면 떨지 않는 학생이 없었다. 그는 책상 위로 고개를 숙이고 앉아 있었다. 누군가 그의 뜻을 거스르고 그가 선포한 법을 어기며 교실에 들어오는 소리가 나자 잠시 동안은 고개를 들지도 않았다.

나는 시간을 벌면서 길쭉한 교실을 걸어갔다. 나의 이상한 성격을 감안할 때 폴 선생이 분노를 폭발시키려면 멀리서 으르렁거리는 것보다 가까이서 대면하는 게 훨씬 나았다.

나는 폴 선생의 교단 바로 앞에서 발걸음을 멈췄다. 물론 그는 나를 곧바로 눈길을 줄 가치도 없는 사람으로 여기고 일단 수업을 계속했다. 하지만 내 입장에서는 무시당하고 있을 수만은 없었다. 전갈을 주고 대답을 들어야 했으니까.

나는 교단 위 책상 너머로 고개를 쳐들 수 있을 만큼 키가 크지 않았으므로 그곳에 서 있으면 내 존재가 무색해졌다. 나는 용기를 내어 주위를 슬쩍 둘러보았다. 처음에는 그저 폴 선생의 얼굴을 더 잘 보기 위해서였다. 아까 교실에 들어설 때 그의 얼굴이 검고 누런 줄무늬 호랑이와 판박이라는 인상을 받았던 것이다. 나는 여전히 눈에 띄지 않는 상태에서 앞으로 갔다 뒤로 물러났다 하면서 호랑이 같은 그의 옆모습을 바라보는 즐거움을 두 번이나 누리면서도 들키지 않았다. 세 번째로 그 어둠침침한 책상 너머를 엿보려는 찰나에 내 눈은 바로 그 '안경' 에 정통으로 붙잡혀 꼼짝 못하게 됐다. 로젠의 말이 맞았다. 폴 선생의 눈동자에 담긴 변덕스러운 분노보다도 안경에서 느껴지는 공허하고 확고부동한 공포가 더 무서웠다.

나는 가까이 있는 게 더 좋은 이유를 알게 됐다. 폴 선생의 근시용 '안경' 은 바로 코앞의 범죄자를 살피는 데는 쓸모가 없었다. 따라서 그는 안경을 벗었고, 그와 나는 좀 더 대등한 입장에 놓이게 됐다. 다행히 진짜로 무섭지는 않았다. 사실 그를 가까이서 보니 전혀 공포가 느껴지지 않았다. 그는 조금 전에 선언한 대로 교수형에 처해야겠으니 밧줄과 교수대를 달라고 요청했고, 나는 적어도 그를 더 자극하지는 않을 만큼 정중하고 싹싹한 태도로 바늘에 한

번 꿰어 쓸 만큼의 실을 건네주었다. 물론 학생들이 모두 보는 앞에서 이렇게 정중하게 행동하지는 않았다. 단지 그의 책상 모서리에 실을 걸어 올가미로 쓸 수 있는 고리 모양을 만든 후 의자 등받이에 걸었을 뿐이다.

"나한테 뭘 바라는 거요?"

이를 꽉 물고 있었으므로 그의 목소리는 가슴과 목 안에서만 울렸다. 어떤 일이 있어도 미소를 머금지 않겠다는 서약이라도 한 것처럼 보였다.

나는 한 치도 물러서지 않았다.

"가능하지도 않고 들어본 적도 없는 일을 바란답니다."

그 '불쾌하고 충격적인 소식' 을 전하려면 에둘러 말하기보다 단호하게 이야기하는 게 낫다고 생각했다. 나는 나지막하면서도 빠른 말투로 아테네 대학에서 보낸 전갈을 전하고 얼마나 다급한지를 현란하게 과장해서 말했다.

물론 그에게는 전혀 먹히지 않았다.

"난 안 갈 거요. 빌레트의 모든 관리들이 오라고 해도 지금 하는 수업을 중단하지 않겠소. 왕과 내각과 의회가 한꺼번에 호출해도 가던 길에서 한 치도 벗어날 수 없소."

하지만 내가 알기로 그는 '가야만 했다.' 그가 뭐라든 간에 호출에 순순히 응하는 게 의무이기도 했고 그의 이익에도 부합했다. 그래서 나는 마치 그가 아직 아무 말도 하지 않은 것처럼 조용히 기다리며 서 있었다. 그는 볼일이 더 있냐고 물었다.

"아테네 대학에서 온 심부름꾼에게 선생님의 회답을 전해야 하거든요."

그는 짜증을 내며 할 말이 없다는 뜻으로 손을 내저었다.

나는 창턱 그늘에 놓여 있는 그의 모자를 향해 과감하게 손을 뻗었다. 그는 나의 대담한 손놀림을 좇아 눈을 움직였다. 내가 너무 뻔뻔하게 나오니까 애석해하는 동시에 놀라는 눈치였다.

그가 중얼거렸다.

"저런! 루시 양이 내 모자에 손을 댔다…… 그렇다면 직접 그걸 쓰고 남자로 변장해서 나 대신 아테네 대학에 가주면 되겠구려."

나는 아주 정중하게 그 모자를 책상에 놓았다. 모자의 술 장식이 무섭게 흔들리며 나를 향해 고개를 끄덕이는 것만 같았다. 폴 선생은 여전히 얼버무리며 빠져나가려 했다.

"내가 쪽지를 써서 양해를 구하겠소. 그거면 충분해!"

그걸로 충분하지 않다는 사실을 잘 알고 있었던 나는 모자를 그의 손 쪽으로 가만히 밀었다. 모자는 아무것도 씌우지 않은 매끄러운 책상 위를 미끄러져 나아가다가 가벼운 철제 안경 앞에 이르렀다. 입에 담기도 끔찍한 일이지만 안경은 교단으로 떨어지고 말았다. 예전에 나는 그 안경이 떨어지고도 부서지지 않는 걸 수십 번이나 봤다. 하지만 루시가 워낙 운이 없어서인지 이번에는 양쪽 안경알이 다 산산이 부서져 형체를 알아볼 길이 없었다.

나는 정말로 난처해졌다. 한편으로는 후회스럽기도 했다. 나는 그 안경의 가치를 알고 있었다. 폴 선생은 이상 시력이어서 아무 안경이나 쓸 수가 없었는데 그 안경은 잘 맞는 것이었다. 그가 자기 안경을 보물이라고 부르는 소리를 들은 적도 있었다. 부서져 아무런 가치가 없게 된 안경을 주워 들면서도 손이 덜덜 떨렸다. 내가 저지른 실수를 바라보니 온몸의 신경이 곤두설 정도로 겁이 났지만 그보다는 미안한 마음이 더 컸다. 안경을 잃은 폴 선생의 얼굴을 감히 쳐다보지도 못하고 있는데 그가 먼저 입을 열었다.

"오호라! 이제 난 안경을 빼앗겼군! 이제 루시 양은 교수대에 매달려도 할 말이 없음을 인정하겠구려. 자기 운명을 예감하며 벌벌 떨고 있군 그래. 이런 반역자 같으니라고! 내 눈을 멀게 한 후 당신 손아귀에 넣고 마음대로 주무르려 했던 모양이지?"

나는 눈을 들었다. 폴 선생은 성을 내며 얼굴을 있는 대로 찌푸리는 대신 활짝 웃고 있었다. 요전 날 저녁 크레시 호텔에서 보았던 것처럼 홍조를 띤 환한 얼굴이었고 화를 내거나 속상해하는 기색은 없었다. 큰 손해를 입었는데도 더없이 온화한 모습을 보여주었고, 정말 신경질이 날 만한 일이었는데도 성자와 같은 인내심을 발휘했다. 정말 성가신 일이 생겼고 그를 설득할 희망이 날아가 버렸다고 생각했는데 정작 이 사건이 결정적인 도움이 됐다. 내가 아무런 해를 입히지 않았을 때는 그렇게도 까다롭게 굴던 그가, 가책을 느끼고 참회하는 범죄자가 되어 서 있는 내 앞에서는 너그럽고 융통성 있게 굴었다.

그는 나를 '기가 센 여자, 지독한 영국 여자, 덜렁대는 여자'라고 점잖게 놀리면서도, 무모한 용기를 보여준 사람의 말에 복종하지 않을 도리가 없다고 말했다. '상대를 제압하려고 꽃병을 깨뜨린 위대한 황제(1797년 프랑스와 오스트리아가 협상하던 중 나폴레옹은 프랑스의 요구를 들어주지 않으면 오스트리아를 초토화하겠다고 협박하기 위해 도자기를 깼다—옮긴이)'와 똑같았다는 말도 했다. 그는 마침내 모자를 쓰고 친절하게도 용서와 격려의 뜻으로 악수를 하더니 내가 들고 있던 망가진 안경을 받아들었다. 그러고는 작별인사를 하고 유쾌한 기분으로 아테네 대학으로 출발했다.

* * * * *

이렇게 화기애애한 장면을 연출한 후 그날 밤이 되기도 전에 폴 선생과 또 싸웠다는 이야기를 들으면 독자들은 안타까워할 것이다. 하지만 일이 그렇게 됐다. 나로서는 어쩔 도리가 없었다.

폴 선생에게는 조용한 자습 시간에 예고 없이 불쑥 들어와 우리와 우리가 하던 일에 대해 독재자처럼 권력을 행사하는 습관이 있었다. 사실 그건 훌륭하고 건전한 습관이었다. 그는 책을 치우고 바느질 주머니를 꺼내라고 명령하고 나서, 졸음에 겨운 학생의 '경건한 낭독'을 중단시키고 두꺼운 단행본이나 소책자를 꺼냈다. 그러고는 어떤 비극을 장중한 소리로 낭독해 더 장중하게 만들었고 열정적으로 연기해 더 열정적으로 만들었다.

나는 그 희곡이 본래 얼마나 우수한 작품인지 알지 못했다. 폴 선생이 잔에 생명수를 채우듯 자신의 타고난 열정과 기백을 연극에 철철 넘치도록 쏟아 부었기 때문이다. 그렇지 않을 때면 수녀원 같은 어두운 세계에서 살아가는 우리에게 밝은 세상에서 반사된 빛을 잠깐씩 보여주었고, 우리가 현대문학의 흐름을 일별할 수 있도록 해주었고, 매혹적인 이야기의 일부를 읽어주거나 파리의 살롱들에서 웃음을 자아냈던 신문 문예란의 글을 읽어주었다. 그는 비극이든 통속극이든 단편이든 수필이든 간에 언제나 주의 깊게 살피면서 '아가씨' 들에게 들려주기에 적합하지 않다고 여겨지는 단락이나 구절이나 단어는 가차없이 삭제했다. 그냥 삭제하기만 했으면 무의미한 공백으로 남거나 힘이 빠졌을 만한 대목에서 문단 전체를 즉석에서 수정해 박력 있게 만드는 모습도 여러 번 보았다. 그래서 삭제한 원문보다 새로 덧붙인 대화나 묘사가 훨씬 나은 경우도 많았다.

문제의 그날 저녁 우리는 피정 중인 수녀들처럼 조용히 앉아 있었다. 학생들은 공부를 하고 교사들은 바느질을 하는 중이었다. 나는 작은 장식품을 만들고 있었는데 재미도 있었거니와 뚜렷한 목적도 있었다. 단지 시간을 때우기 위해서가 아니라 완성되면 누군가에게 선물로 주기 위해서 하는 작업이었다. 선물을 해야 할 시점이 다가오고 있어서 서둘러야 했으므로 손가락을 바삐 놀렸다.

우리 모두 익히 알고 있던 날카로운 종소리가 울렸다. 우리 모두의 귀에 익은 빠른 발소리도 들렸다. 모두가 이구동성으로 "선생님이 오셨다!"라고 말하는 순간 두 짝으로 된 문이 쩍 갈라지더니(그가 들어올 때는 항상 문이 쩍 갈라졌다. '열렸다' 와 같은 느린 단어로는 그의 움직임을 묘사할 수가 없었다) 어느새 그가 우리들 사이에 서 있었다.

방 안에는 기다란 자습용 책상이 두 개 있었는데 각각 의자가 달려 있고 중앙에 램프가 달려 있었다. 교사들은 이 램프 불빛 아래 마주보고 앉게 돼 있었다. 양 옆으로 소녀들이 앉았는데, 나이가 많고 공부를 열심히 하는 학생들은 적도(램프) 가까이에 자리를 잡았고 빈둥거리기 좋아하는 어린 학생들은 북극과 남극(가장자리) 근처에 앉았다. 폴 선생은 늘 고참 여교사인 젤리 생피에르 양에게 의자를 건네주고 그녀가 비워준 자리로 가서 게자리 내지 염소자리의 빛을 고스란히 받았다. 근시라 밝은 자리에 앉을 필요가 있었던 것이다.

그날도 여느 때처럼 생피에르 양이 윗니 아랫니가 다 보이도록 입을 헤벌리고 웃으며 잽싸게 일어났다. 양쪽 귀를 잇는 가느다랗고 날카로운 곡선만 나타나고 얼굴 전체로는 번지지 않으며 뺨에 보조개가 생기지도 눈이 반짝이지도 않는 희한한 미소였다. 내 생각에 폴 선생은 그녀를 못 봤거나 변덕 때문에 못 본 체했던 것 같다. 흔히 여자들이 변덕스럽다지만 폴 선생은 누구 못지않게 변덕스러웠다. 무엇을 못 본 척하거나 사소한 실수를 할 때마다 '안경'(그에게는 안경이 하나 더 있었다) 핑계를 대면 그만이었다. 무엇 때문이었는지는 몰라도 그는 생피에르 양을 지나쳐 탁자 맞은편으로 와서는 내가 깜짝 놀라 비켜주기도 전에 "움직이지 마시오"라고 속삭였다. 그러고는 나와 지네브라 판쇼 양 사이에 자리를 잡았다. 지네브라는 언제나 내 옆에 앉아 팔꿈치로 옆구리를 찌르곤 해서 내가 "지네브라, 네가 여리고에 갔으면 좋겠구나"(사무엘하 10 : 5 '너희는 수염이 자라기까지 여리고에 머물다가 돌아오라' 참조. 여기서는 멀리 가서 돌아오지 말라는 뜻—옮긴이)라고 핀잔을 준 게 몇 번인지 몰랐다.

"움직이지 마시오"라고 말하기야 쉽다. 하지만 내가 어떻게 움직이지 않을 수 있겠는가? 그가 앉을 공간을 마련해 주려면 내가 옆으로 가야 했기에 나는 학생들에게 물러나라고 말했다. 지네브라가 겨울날 저녁에 '체온을 유지하려고' 한다면서 찰싹 달라붙어서 난리를 피우고 쿡쿡 쑤시며 귀찮게 할 때는 좋은 방법이 있었다. 그녀가 팔꿈치로 건드리지 못하도록 내 허리띠에 핀을 교묘하게 꽂아두는 것이었다.

하지만 폴 선생을 그런 식으로 대할 수는 없는 노릇이었다. 나는 그의 책을 놓을 자리를 비워주기 위해 내 바느질 도구를 싹 치우고 그가 앉을 자리를 마련하기 위해 내 자리에서 일어났다. 그렇다고 1미터가 넘게 거리를 둔 건 아니었다. 어떤 이성적인 남자라도 자기를 존중하는 의미에서 편안한 자리를 만들어주었다고 여길 만한 공간을 내주었을 뿐이다. 하지만 폴 선생은 이성적으로 대응하지 않았다. 그는 이성적인 사람이 아니라 부싯돌이고 부싯깃이었으니까! 그는 즉시 책상을 쾅 치며 화를 냈다.

"내 옆자리에 앉기 싫다 이거지…… 당신이 더 잘났다는 생각에 나를 거지로 취급하나 보군. 좋아! 이 문제를 해결하겠소."

그는 나를 쏘아보며 행동에 착수했다.

"여러분, 모두 자리에서 일어서시오!"

소녀들이 모두 일어섰다. 그는 소녀들에게 줄을 맞춰 다른 탁자로 옮기라고 명령하고 나를 길쭉한 의자의 한쪽 끝에 앉혔다. 그러고는 내 바구니와 비단 천과 가위와 바느질 도구를 조심스럽게 날라준 다음 자기는 반대쪽 끝에 앉았다.

이렇게 되자 아주 우스꽝스러운 장면이 연출됐지만 방 안의 누구도 감히 웃지 못했다. 누가 운 나쁘게 킥킥거렸다면 우스운 꼴을 당했을 것이다. 나는 아주 침착하게 대응했다. 아무와도 접촉하지 못하는 자리에 혼자 앉아 말없이 내 일에만 신경을 썼지만 전혀 불행하지는 않았다.

폴 선생이 물었다.

"이 정도 떨어져 앉으면 되겠소?"

나는 이렇게 대답했다.

"선생님이 시키신 일이잖아요."

"그게 사실이 아닌 걸 알잖소. 이 광활한 공백을 만든 건 당신이오. 내 뜻이 아니었단 말이오."

그는 이렇게 단언하고 나서 낭독을 시작했다.

불행히도 그는 (그의 발음대로 하면) '윌리엄스 샤스파이어의 희곡'의 프랑스어 번역본을 선택했다. 나아가 셰익스피어를 '멍청한 이교도 영국인들의 우상'이라고 일컬었다. 화가 나지 않았다면 셰익스피어를 완전히 다르게 표현했을 것임은 말할 나위도 없다.

프랑스어로 옮긴 셰익스피어 희곡은 내용이 잘 전달되지 않았다. 나는 분위기를 고조시키려고 일부러 몇몇 구절을 생략해 김이 빠진 희곡에 대한 경멸을 감추려고 애써 노력하지 않았다. 내가 뭐라고 말할 상황도 아니었고 굳이 말하고 싶지도 않았다. 하지만 때로는 말로 표현하지 못한 의견이 얼굴에 드러나는 법이다. 폴 선생의 안경은 민첩하게 움직이며 모든 사람의 표정을 살피고 있었다. 아마 내 표정도 놓치지 않았을 것이다. 그는 눈에서 마음대로 불꽃을 번쩍이기 위해 곧 안경을 치워버렸고, 스스로 택한 북극의 자리에서 차츰 뜨겁게 달아올랐다. 방 안의 평균 온도를 고려할 때 차라리 광선이 수직으로 내리쬐는 적도에 가 있는 게 나을 정도였다.

희곡 낭독이 끝났다. 그가 노여운 마음을 감추고 나가버릴지 아니면 분노를 터뜨릴지는 미지수였다. 물론 폴 선생은 화를 억누르는 일이 매우 드물었지만, 그가 내놓고 책망할 수 있을 정도로 명확히 잘못한 일이 뭐가 있단 말인가? 나는 아무런 소리도 내지 않았다. 내 눈과 귀 주위의 근육을 평소보다 조금 더 자유롭게 움직였다고 해서 잔소리를 듣거나 벌을 받을 리가 없었다.

빵과 미지근하게 희석한 우유가 야식으로 나왔다. 폴 선생이 있다는 사실을 고려해서 예의상 빵과 유리잔을 바로 돌리지 않고 기다렸다.

폴 선생이 말했다.

"숙녀 여러분, 간식 드시오."

그는 자신의 '윌리엄스 샤스파이어' 책에 주석을 다는 데 골몰했다. 소녀들은 음식을 먹었다. 나도 롤빵과 우유 잔을 받았으나 바느질에 아주 흥미를 느끼고 있었기 때문에 폴 선생이 강제로 앉힌 자리에 그대로 남아 먹고 마시면서 일을 계속했다. 나는 이 모든 일을 태연자약하게 받아들였다. 사실 나의 평소 습관이나 감정과는 다른 어떤 편안하고 침착한 느낌이 있었고 기분이 좋았다. 안달하고 화를 내며 가시처럼 날카롭게 구는 폴 선생의 존재가 들뜨고 불안정한 기운을 자석처럼 모조리 빨아들여서 내게는 평온하고 조화로운 기운만 남은 듯했다.

폴 선생이 자리에서 일어서는 걸 보고 나는 혼잣말을 했다.

"더 이상 아무 말도 않고 그냥 가시려나?"

그랬다. 그는 문 쪽으로 돌아섰다.

아니었다. 그는 발길을 돌렸다. 하지만 단지 탁자 위에 놓고 간

필통을 가져가기 위해서 돌아온 것 같았다.

그는 필통을 집었다. 그러고는 연필을 넣었다가 뺐다가, 나무에 대고 연필심을 부러뜨렸다가, 연필을 다시 깎아 필통에 넣었다가…… 하더니 날쌔게 나에게 다가왔다.

학생들과 교사들은 다른 탁자를 둘러싸고 자유롭게 떠들고 있었다. 식사 때마다 큰 소리로 빠르게 재잘거리는 습관이 있었으므로 그때도 목소리가 작지 않았다.

내 뒤에 와서 멈춰선 폴 선생이 뭘 하고 있냐고 물었다. 내가 회중시계 줄을 만든다고 대답하자 그가 다시 물었다.

"누구에게 줄 거요?"

나는 대답했다.

"제 친구인 어느 신사에게 드리려고요."

폴 선생은 허리를 굽혀 '쉿쉿'(hiss)거리며 독설을 쏟아냈다. 소설에서나 흔히 나오는 표현이지만 그의 경우에는 문자 그대로 '쉿쉿' 소리를 냈다.

그는 자기가 알고 있는 모든 여자 중에 내가 가장 무례하며 친구로 지내기가 도저히 불가능한 사람이라고 말했다. 그의 말에 따르면 나는 엄청나게 괴팍한 '고집불통'이었다. 내가 어떻게, 무엇에 홀려서 그렇게 행동하는지 모르겠다고 그는 말했다. 상대방이 아무리 사이좋게 지내려 하고 우호적으로 대해도…… 내가 조화를 불화로, 호의를 적의로 바꾼다는 것이었다. 폴 선생 자신은 내가 잘 되길 바랐고 자기가 아는 한 내게 해를 입힌 적도 없다고 했다. 자기에게는 적대적인 감정이 없었으므로 적어도 중립적인 친구로 대해줄 줄 알았는데 그를 대하는 나의 태도가 문제였다는 것이다! 홍분해서 톡톡 쏘고, 충동적으로 반항하고, 정당한 이유도 없이 격분한다나!

이 대목에서 나는 눈을 동그랗게 뜨고 불쑥 끼어들지 않을 수가 없었다.

"톡톡 쏜다고요? 반항한다고요? 격분한다고요? 전 몰랐……."

"당장 입을 다무시오! 그것 보라고! 화약처럼 터지잖소!"

그는 정말로 유감이라고 했다. 나의 괴상한 성격을 보니 가슴 아프다고 했다. 이렇게 흥분하고 화를 내는 게 내게 해로울까봐 걱정이 된다고 했다. (생각해 주어서 고맙지만 흥분하고 화를 낸다는 건 지나친 표현이었다) 내게 좋은 자질이 전혀 없지는 않다고 진심으로 믿고 있는데 정말 안타까운 일이라고도 했다. 내가 이성의 소리를 듣고, 더 침착하고 진지해지고, '바람기'를 자제하고, 과시욕에 사로잡히지 않고, 외적인 아름다움에 지나친 가치를 부여하지 않고, 큰 키와 인형처럼 흰 피부와 그럭저럭 잘생긴 코를 가진 엄청나게 어리석은 사람들의 관심을 끌려고 하지만 않는다면 쓸모 있는 사람이 될 수도 있다고 했다. 어쩌면 모범적인 인물이 될지도 모른다고 했다. 하지만 지금의 나는 그렇지 못하다는 것이었다. 그 작은 남자는 여기까지 말하다가 잠시 목이 멨다.

그를 쳐다보거나 손을 내밀거나 뭐라고 말해서 진정시키고 싶었지만 그러다가 내가 웃어버리거나 울어버릴 것만 같았다. 너무나 이상한 일이지만 이 모든 악담이 감동적이기도 하고 우습기도 했다.

그의 연설이 끝나가는 줄 알았는데 그게 아니었다. 그는 편안하게 말을 계속하려고 자리에 앉았다.

"이런 괴로운 이야기를 하면서 신경을 건드리는 건 다 당신을 위해서요. 내친김에 당신 옷차림이 바뀐 데 대해서도 한 마디 하겠소. 솔직히 말해서 처음 당신을 알았을 때, 지나가는 눈으로 슬쩍슬쩍 보았던 때는 당신의 복장이 마음에 들었소. 진중하고 엄격해 보일 정도로 단순한 복장이 내게는 가장 좋게 보여서 관심이 갔소.

그런데 최근에는 무슨 나쁜 경향에 물들었는지 모자챙에 꽃을 달지를 않나, 수놓인 옷깃을 달지를 않나, 심지어는 주황색 드레스를 입고 나타난 적도 있지 않나 말이오. 짐작 가는 바가 있긴 하지만 지금 굳이 입 밖에 내지는 않겠소."

나는 다시 말참견을 했다. 이번에는 분노와 충격이 섞인 목소리였다.

"주황색이라고요, 폴 선생님? 주황색은 아니었어요! 분홍색, 그것도 연한 분홍색이었지요. 게다가 검은 레이스를 걸쳐서 화려해 보이지도 않았어요."

"분홍이든 주황이든, 노랑이든 빨강이든, 연두색이든 하늘색이든 모두 그게 그거요. 다 허영기 있고 현란한 색들이잖소. 당신이 말한 레이스도 쓸데없이 화려한 장식이긴 매한가지요."

그는 나의 타락을 두고 한숨을 쉬며 말을 이었다.

"아쉽게도 내 마음과 달리 당신의 옷차림에 대해 소상히 따지고 들지는 못하겠소. 온갖 싸구려 장신구들의 이름을 정확히 모르기 때문에 사소한 말실수를 할 수도 있는데, 그러면 당신이 나를 비웃기에 좋은 조건이 되고 불행히도 돌발적이고 열정적인 당신의 성미를 자극하게 될 테니 말이오. 그냥 뭉뚱그려 이야기하겠소. 뭉뚱그려 말하면 내 말이 옳다는 걸 확신하고 있소. 당신이 요즘 '최신 유행' 옷을 입고 다니는데 보기가 괴롭구려."

나는 지금 입고 있는 평범한 하얀 깃을 단 메리노 겨울옷이 왜 '최신 유행'이라고 생각하는지 도저히 모르겠다고 말했다. 남에게 보여주기 위해 신경을 너무 많이 쓴 옷이라는 게 그의 대답이었다. 게다가 "목에 리본을 매고 있지 않소?"라는 것이었다.

나는 내가 만들고 있던 실크 천과 금줄로 된 화사한 시계줄을 들어 보이며 말했다.

“선생님, 숙녀가 목에 리본을 맸다고 비난하신다면 신사가 이런 물건을 지니고 다니는 것도 반대하시겠네요?”

그는 말없이 신음 소리만 냈다. 나의 경박함이 놀라워서였을까? 그는 잠시 조용히 앉아서 내가 그 어느 때보다 열심히 시계 줄을 만드는 모습을 지켜보다가 물었다.

“지금 한 말 때문에 내가 아주 싫어졌소?”

내가 뭐라고 대답했는지, 어떻게 화해가 이루어졌는지는 기억나지 않는다. 나는 아무 말도 하지 않았던 것 같다. 잘은 모르겠지만 어떻게 해선지 우리는 사이좋게 작별인사를 하게 됐다. 폴 선생은 문으로 갔다가 되돌아와 일종의 해명을 하기도 했다.

“그 주황색 옷이 아주 형편없지는 않았다는 걸 알아두시오.” (나는 여기서 끼어들었다. “분홍색이요! 분홍색이라니까요!”)

“그 옷이 보기 좋다는 걸 부인할 의도는 없었소. (사실 폴 선생은 누가 뭐래도 밝은 색을 선호하는 사람이었다) 단지 그런 옷을 입을 때도 소박한 천으로 만든 칙칙한 회색 옷을 입을 때와 같은 마음가짐이었으면 좋겠다고 충고하려던 거요.”

내가 물었다.

“그러면 제 모자챙에 달린 꽃은요, 선생님? 아주 작은 꽃인데…….”

“작은 꽃만 다시오. 활짝 핀 꽃을 달지 말고.”

“그럼 목에 매는 리본은요, 선생님?”

이번에는 제법 호의적인 대답이 나왔다.

“리본은 괜찮소!”

우리는 그렇게 이 문제를 매듭지었다.

* * * * *

나는 스스로에게 소리치듯 말했다.

"꼴좋다, 루시 스노! 한바탕 훈계를 들었구나. '무례한 석학' 께서 세속적인 허영에 대한 너의 몹쓸 애착을 모두 지적한 거라고! 그 사람이 아니면 누가 거기까지 생각이 미쳤겠니? 너 스스로 우울하고 침착한 성격이라고 생각하잖니! 판쇼 양은 너를 제2의 디오게네스로 여기고, 바송피에르 백작은 여배우 와스디의 야성적인 재능에 관해 이야기하다가 친절하게도 '스노 양이 불편해하는 것 같군요' 라며 점잖게 화제를 바꿨지. 존 브레튼 박사도 너를 '조용한 루시' 라든가 '그림자처럼 얌전하고 악의 없는 사람' 이라고만 알고 있잖아. 한 번은 '루시의 단점은 취향과 태도가 너무 엄숙하고 성격과 복장이 무채색이라는 거야' 라고 말했지. 너나 친구들은 다 이렇게 생각해.

그런데 놀랍지 않니! 어떤 작은 남자가 이 모든 견해와 정반대로, 네가 너무 경박하고 명랑하며 변덕이 심한데다 화려하고 다채롭다고 비난하기 시작한 거야. 이 잔인한 작은 남자, 이 무자비한 검열관은 여기저기 흩어져 있는 너의 초라한 허영과 재수 없는 장밋빛 시폰과 작은 꽃 장식과 리본 조각과 멍청한 레이스를 모두 그러모아서 하나씩 해명하라고 요구하고 있어. 너는 '인생' 의 햇빛 속에서 그림자 취급을 받는 데 너무나 익숙한 사람인데, 네 빛이 눈에 거슬려서 짜증을 내며 손으로 눈을 가리는 사람이 있다니 특이한 현상이구나."

29. 폴 선생의 생일

다음 날 아침 나는 동 트기 한 시간 전에 일어나 기숙사의 중앙 받침 기둥 옆 바닥에 무릎을 꿇고, 꺼져 가는 야간 램프가 마지막으로 발하는 희미한 빛에 의지해 회중시계 줄을 완성했다.

내가 가진 구슬과 비단 등의 재료가 바닥난 다음에야 시계 줄은 내가 원하는 만큼 길어지고 화려해졌다. 내가 선물하려는 사람의 취향을 고려하면 아름다운 모양은 필수적이었으므로 나는 시계 줄을 보색대비 법칙에 따라 두 겹으로 만들었다. 장식을 마무리하려면 작은 금빛 죔쇠가 필요했는데 운 좋게도 하나뿐인 내 목걸이에 죔쇠가 달려 있었다. 나는 지체 없이 그걸 빼내 회중시계 줄에 붙였다. 그러고 나서 완성된 시계 줄을 꼼꼼하게 말아 작은 상자에 넣었다. 광택이 마음에 들어서 샀던 그 상자는 밝은 주황색이 나는 열대 조개껍데기로 만든 것으로 테두리에는 반짝이는 파란색 돌이 장식되어 있었다. 나는 가위를 이용해 상자 뚜껑 안쪽에 어떤 머리글자를 신중하게 새겨넣었다.

*　*　*　*　*

독자들은 베크 부인의 영명축일에 관한 내용을 기억할 것이다. 그녀의 축일이 돌아올 때마다 전교생이 돈을 모아 근사한 선물을 증정한다는 사실도 잊지 않았을 것이다. 생일에 축하 행사를 여는 건 오직 베크 부인에게만 허용되는 일이었는데 그녀의 친척이자 고문 격인 폴 에마뉘엘 씨도 약간 다른 형식으로 이런 특권을 누렸다. 폴 선생의 생일에는 미리 계획을 짜거나 구상하지 않고 즉석에서 축하 행사를 열었다. 이는 그의 편견과 불공정과 짜증에도 불구하고 학생들이 그를 존경한다는 증거였다. 그에게 값비싼 선물을 증정하는 사람은 없었다. 그는 식기류나 보석을 받지 않겠다는 뜻을 분명히 했지만 작은 선물은 마다하지 않았다. 그는 가격이나 비용을 보고 감동하지 않았다. 화려한 다이아몬드 반지나 금으로 만든 담배 상자보다 진심을 담아 소박하게 선사하는 꽃 한 송이, 그림 한 점을 더 좋아했다. 그는 원래 그런 사람이었다. 자기 시대에 있어서 지혜로운 사람은 아니었지만 다음 세대인 '빛의 아들들'과 깊이 공감할 줄 알았다(누가복음 16 : 8 '이 세대의 아들들이 자기 시대에 있어서는 빛의 아들들보다 더 지혜로움이라' 참조—옮긴이).

폴 선생의 생일은 3월의 첫날이었다. 그해 3월 1일은 목요일이었고 화창한 날이었는데 베크 부인의 생일과 마찬가지로 오전에는 미사가 열렸다. 또한 그날은 반공휴일이었으므로 오후에는 산책을 나가거나 쇼핑을 하러 가거나 친구들을 만날 수 있었다. 이런 사실들을 고려해 모두들 맵시 있고 깔끔한 옷을 차려 입었다. 마침 깔끔한 옷깃이 유행이어서 우리가 평소에 입는 칙칙한 모직 평상복은 더 가볍고 밝은 옷으로 바뀌었다. 이 특별한 목요일에 젤리 생 피에르 양은 검소한 라바세쿠르 인들이 지나치게 호화롭고 사치스러운 옷으로 여기는 '실크 드레스'까지 입었다. 뿐만 아니라 그날 아침 머리 손질을 위해 미용사를 불렀다는 이야기도 돌았다. 어떤 학생들은 후각이 예민해서 그녀가 손수건과 손에 새로 유행하는 향수를 뿌렸다는 걸 알아차렸다.

불쌍한 생피에르 양! 이맘때가 되면 그녀는 격리되어 살면서 일만 하자니 피곤해 죽겠다, 여유롭게 휴가를 떠나면 좋겠다, 그녀 대신 일해 줄 사람이 있으면 좋겠다고 떠들어대는 습관이 있었다. 빚을 갚아주고(그녀는 지독한 빚더미에 앉아 있었다), 옷을 사주고, 그녀가 자유롭게 지내도록(그녀의 표현대로 하면 '좀 즐길 수 있도록') 해줄 남편을 원하는 것이었다. 한참 전부터 돌던 소문에 따르면 그녀가 폴 에마뉘엘 씨를 주시하고 있다고들 했다. 폴 선생도 그녀를 눈여겨보고 있는 게 분명했다. 그는 가만히 앉아서 몇 분씩이나 끈질기게 그녀를 바라보곤 했다. 학생들이 모두 조용히 작문을 하는 동안 교단 위의 왕좌에 앉아 있던 그가 15분 동안 아무런 일도 하지 않고 그녀를 뚫어지게 바라본 적도 있다. 그녀는 바실리스크 도마뱀(한 번 노려보거나 입김을 쐬면 사람이 죽었다는 전설상의 괴수—옮긴이)처럼 무서운 그의 눈빛을 항상 의식하면서 기분이 좋기도 하고 의아하기도 해서 몸을 배배 꼬았다.

그래도 폴 선생은 계속해서 그녀의 움직임을 지켜보았는데 때로는 섬뜩할 정도로 날카로운 눈길이었다. 어떤 경우에 그는 소름끼치도록 정확한 통찰력을 발휘했고, 마음속 깊이 숨은 생각을 간파했고, 화려한 베일 아래의 속살과 황무지 같은 영혼을 가려볼 줄 알았다. 그랬다. 그는 다른 사람들이 알지 못하는 것들을 알아차렸다. 비뚤어진 성격과 왜곡된 정신, 선천적으로 휘어진 척추와 기형적인 사지, 사람들이 자초한 오점이나 허물까지도 일일이 간파했다. 아무리 끔찍한 재앙이라도 솔직히 인정하면 폴 선생은 동정하고 용서했다. 하지만 그의 의심스런 눈길 앞에서 거짓으로 부정한다면, 그의 무자비한 수색을 피해 숨기고 가리려 한다면, 오, 그럴 때면 그는 잔인해졌다. 내가 보기에는 사악해졌다! 그는 비참하게 움츠러든 사람들에게서 장막을 의기양양하게 낚아채고, 어서 산꼭대기에 올라가 모든 걸 드러내라고 다그쳤으며, 꼭대기에 가서는 모든 초라한 거짓을 발가벗겨 그들에게 보여주었다. 베일로 가리지 않고는 차마 볼 수 없는 무시무시한 '진실'을 거침없이 드러냈다. 그러고는 스스로 정의로운 일을 했다고 믿었다. 하지만 나는 인간이 인간을 심판할 권리가 있는지 의심스러웠다. 그가 이런 식으로 사람들을 심판할 때 나는 매번 희생자들이 불쌍해서 눈물을 흘렸고 그에게 통렬한 비난을 들이댔다. 그는 비난을 받아 마땅했다. 하지만 자기가 하는 일이 정당하고 꼭 필요하다는 신념이 워낙 확고해서 흔들리지 않았다.

아침식사가 끝나고 미사가 열린 후 수업 종소리가 울리자 교실이 꽉 찼다. 교실에서는 무척 아름다운 광경이 펼쳐졌다. 학생들과 교사들이 질서정연하게 앉아 각자 손에 축하 꽃다발을 하나씩 들고 기다리고 있었다. 모두 싱싱하고 예쁜 봄꽃이어서 교실 안에 꽃향기가 진동했다. 꽃다발이 없는 사람은 나뿐이었다. 나는 꽃이 자라는 모습을 보는 건 좋아했지만 꺾인 꽃은 별로라고 생각했다. 꺾인 꽃은 뿌리내릴 곳 없이 살다가 금방 세상에서 사라질 존재였다. 인생과 닮아 있는 그 꽃들을 보면 슬퍼졌다. 나는 사랑하는 사람들에게 절대로 꽃을 선물하지 않았다. 소중한 이들이 건네주는 꽃을 받고 싶지도 않았다.

생피에르 양은 빈손으로 온 나를 보고 내가 그렇게 부주의했다는 게 믿기지 않는 모양이었다. 그녀는 탐욕스러운 눈으로 나를 아래위 좌우로 샅샅이 훑어보았다. 내 몸 어딘가에 상징적인 꽃 단 한 송이라도 지니고 있으리라고 확신하는 눈치였다. 작은 제비꽃 한 묶음이라든가, 취향이 훌륭하고 독창적이라고 칭찬받을 만한 어떤 걸 말이다. 그러나 파리 출신 여자는 상상력이 부족한 영국 여자를 걱정할 필요가 없었다. 영국 여자는 꽃 하나, 잎사귀 하나 없이 헐벗은 겨울나무처럼 문자 그대로 아무것도 없이 앉아 있었다. 이 사실을 확인한 생피에르 양은 통쾌하게 웃었다.

"루시 양, 돈을 아끼려고 영리하게 처신하는군요. 온실에서 기른 꽃을 사느라고 2프랑이나 써버렸으니 내가 바보지!"

그녀는 눈부시게 아름다운 꽃다발을 자랑스럽게 내보였다.

앗, 조용히! 발소리가 들렸다. 그의 발소리였다. 여느 때처럼 신속하게 다가오는 소리였지만 그 신속함은 신경질과 격한 기운만이 아닌 다른 감정들로 인해 촉발된 것이었으므로 우리는 어깨가 으쓱해지려 했다. 그날 아침에는 폴 선생의 발걸음 속에 우호적 징조가 있는 것만 같았고 실제로도 그랬다.

폴 선생이 기분 좋게 들어왔기 때문에 그렇지 않아도 환한 2반 교실에 새로운 햇살이 비치는 것 같았다. 나무들 사이에서 장난을 치며 벽에다 대고 깔깔 웃고 있던 아침 햇살은 폴 선생이 아주 상냥하게 인사하자 더 환하게 반짝였다.

그는 프랑스인답게(그는 프랑스 혈통도 라바세쿠르 혈통도 아닌데 내가 왜 이렇게 이야기하는지는 모르겠다) '상황'과 격식에 맞는 옷차림을 하고 있었다. 그가 걸친 옷은 사악한 모략가 같은 분위기를 풍기는 후줄근하게 구겨진 시커먼 외투가 아니었다. 점잖은 코트와 보드라운 조끼가 몸매(사실 그다지 자랑할 건 못 된다)를 꽤 보기 좋게 드러내주었다. 거만한 가톨릭 모자는 사라지고 없었다. 머리에는 아무것도 쓰지 않은 채 장갑 낀 손에 기독교식 모자를 들고 우리 앞에 나타난 작은 남자는 아주 근사해 보였다. 푸른 눈에는 정답고 맑은 빛이 있었고, 까무잡잡한 얼굴은 기분 좋게 상기되어 있었다. 잘생긴 얼굴은 아니었지만 조금도 부족하게 느껴지지 않았다. 작지는 않아도 모양이 별로인 코, 홀쭉한 뺨, 튀어나오고 각진 이마, 장밋빛이 돌지 않는 입술이 정말이지 눈에 거슬리지 않았다. 그냥 있는 그대로의 모습이 괜찮아 보였고, 만만하고 보잘것없는 사람이 결코 아니라는 느낌이 났다.

폴 선생은 자기 책상 쪽으로 걸어가 모자와 장갑을 책상 위에 내려놓았다.

"친구들, 안녕하시오."

폴 선생의 말투는 우리 중 몇몇에게 날카롭게 소리치고 사납게 으르렁거리던 걸 조금은 보상해 주었다. 비록 좋은 친구의 명랑한 말투는 아니었고 성직자의 나긋나긋한 억양은 더더욱 아니었지만 그건 폴 선생 자신의 목소리였다. 심장에서 우러나는 말들을 입술로 옮길 때 나는 목소리였다. 그는 때때로 심장으로 말을 했다. 그의 심장은 짜증을 잘 내긴 하지만 딱딱하게 굳지 않았고 그 한가운데에는 일반적인 남자들보다 훨씬 큰 다정한 마음이 있었다. 그는 어린아이와 눈높이를 맞추었고, 소녀들과 부인들과도 가까워질 수 있었고, 반항적이긴 하지만 분명히 친화력이 있었고, 전반적으로 남자들보다는 여자들과 잘 어울렸다.

생피에르 양이 교실에 모인 여자들의 대변인 역할을 스스로 떠맡아 나섰다.

"우리 모두 선생님께 즐거운 날이 되길 빕니다. 생일을 축하드립니다."

그녀는 움직이는 데 필요한 이상으로 몸을 배배 꼬며 앞으로 나가서 값나가는 꽃다발을 폴 선생의 앞에 놓았다. 그는 고개 숙여 감사인사를 했다.

그러자 모두들 길게 줄을 서서 꽃다발을 증정했다. 소녀들은 유럽 대륙 사람들의 특기인 미끄러지듯 하는 걸음걸이로 꽃다발을 놓고 휙휙 스쳐지나갔다. 어찌나 요령 좋게 쌓았는지 마지막 꽃다발을 책상에 올려놓자 꽃이 활짝 핀 피라미드가 만들어졌다. 꽃다발 피라미드는 점점 높아지고 옆으로도 불어나서 나중에는 그 뒤에 있는 주인공을 가리고 말았다. 꽃다발 증정식이 끝나자 모두 자리로 돌아갔다. 우리는 쥐 죽은 듯 조용히 앉아 그의 연설을 기다렸다.

5분쯤 지났을까. 침묵이 계속되고 있었다. 10분이 지났다. 그래도 아무런 소리가 들리지 않았다.

교실 안에 있는 사람들은 폴 선생이 무엇을 기다리는지 의아해지기 시작했다. 당연한 일이었다. 그는 목소리도 모습도 움직임도 말도 없이 꽃다발 피라미드 뒤에 꼼짝 않고 서 있었으니까.

마침내 텅 빈 동굴에서 나오는 것처럼 깊이 울리는 목소리가 들렸다.

"이게 다요?"

생피에르 양이 교실을 둘러보다가 학생들에게 물었다.

"모두들 꽃다발을 드렸나요?"

그랬다. 나이가 가장 많은 학생부터 가장 어린 학생까지, 키가 가장 큰 학생부터 가장 작은 학생까지 모두 꽃다발을 증정했다. 선임 여교사 생피에르 양이 그렇게 대답했다.

조금전에는 깊이 울렸던 목소리가 이번에는 몇 음 낮아진 억양으로 되풀이됐다.

"이게 다요?"

생피에르 양이 일어나 특유의 상냥한 미소를 지으며 대답했다.

"선생님, 한 사람만 빼놓고 교실 안에 있는 모두가 꽃다발을 드렸다고 말씀드릴 수 있답니다. 루시 양에 대해서는 선생님이 너그럽게 이해해 주세요. 아마도 외국인이어서 우리 풍습을 몰랐거나 그 의미를 이해하지 못했나 봐요. 루시 양은 오늘의 행사를 굳이 축하할 필요 없는 하찮은 자리라고 여겼겠지요."

나는 작은 소리로 중얼거렸다.

"과연! 젤리 생피에르 양, 시작만 했다 하면 청산유수네요."

피라미드 뒤에서 손이 하나 나오더니 생피에르 양에게 대답했다. 아무 말도 하지 말고 교실의 침묵에 동참하라는 뜻 같았다.

손짓에 이어 그의 모습이 곧 드러났다. 사라졌던 폴 선생이 다시 나타났다. 교단 앞으로 나온 그는 맞은편 벽을 뒤덮고 있던 커다란 세계지도를 정면으로 똑바로 응시하면서 정말 비장한 어조로 세 번째 물음을 던졌다.

"이게 다요?"

내가 앞으로 나가서 그 순간 손에 꼭 쥐고 있었던 작고 불그스름한 조개껍데기 장식 상자를 그의 손에 슬쩍 쥐어주었다면 별다른 문제가 없었을 것이다. 원래는 그렇게 하려고 작정하고 있었다. 하지만 첫째로는 폴 선생의 우스꽝스러운 행동 때문에 나서기가 망설여졌고, 둘째로 생피에르 양이 가식적으로 간섭하는 바람에 반감이 생겼다. 독자들은 지금까지 루시 스노의 인격이 완전하다고 주장할 만한 근거를 전혀 발견하지 못했을 것이므로, 파리 여자가 은근히 혐의를 들씌우는데 내가 고집스럽게 아무런 변명도 하지 않았다고 해도 별로 놀라지 않았으리라 믿는다. 더욱이 폴 선생이 아주 비극적인 태도로 내 실수를 너무 심각하게 받아들였으므로 속을 태워 마땅했다. 그래서 나는 상자를 건네지도 얼굴 표정을 바꾸지도 않고 돌덩이처럼 무감각하게 앉아 있었다.

마침내 폴 선생이 입을 열었다.

"좋소!"

이 말이 떨어지는 순간 분노와 조소와 결심이 고조되면서 엄청난 폭발의 그림자가 이마에 드리워졌고, 입술이 가볍게 떨렸고, 뺨에도 주름이 잡혔다. 그는 더 말하려다 꾹 참고 의례적인 '연설' 을 시작했다.

'연설' 이 무슨 내용이었는지는 하나도 기억나지 않는다. 연설을 듣고 있지 않았던 것이다. 그가 말을 삼키고 갑자기 굴욕인지 언짢은 감정인지를 떨쳐버리자 나 역시 그가 몇 번이나 "이게 다요?" 라고 물었다는 사실이 더 이상 우습게 느껴지지 않았다.

그런데 연설이 끝날 무렵 유쾌한 사건이 생겨서 나도 다시 주의를 기울이게 됐다.

그건 사소하고 우연한 움직임 때문이었다. 아마도 내가 바닥에 골무를 떨어뜨려서 주우려고 허리를 구부렸다가 날카로운 책상 모서리에 정수리를 부딪쳤던 것 같다. 그 불행(그가 아니라 내가 약이 오를 일이었다)은 자연히 약간의 소란으로 이어졌다. 그러자 폴 선생은 짜증이 났는지 억지로 유지하고 있던 냉정과 결코 오랫동안 지킨 적이 없는 위엄과 자제력을 내던지고 자신에게 가장 편안한 화법으로 말을 막 쏟아냈다.

어떻게 해서인지는 모르겠으나 그는 '연설' 도중 도버 해협을 건너 영국 땅에 상륙했고, 내가 귀를 기울이기 시작했을 때는 이미 영국에 관해 이야기하고 있었다.

그는 민첩하고 냉소적인 눈길로 교실을 둘러보았다. 나를 공격하는 눈길, 적어도 공격하려는 의도가 있는 눈길이었다. 그러고는 격렬하게 '영국인들' 을 헐뜯기 시작했다.

영국 여자들에 대해 그날 아침의 폴 선생처럼 논한 사람이 또 있었을까? 그는 어느 것 하나 그냥 넘기지 않고 영국 여자들의 정신, 윤리, 예의, 외모를 꼬치꼬치 따졌다. 특히 영국 여자들의 큰 키와 기다란 목, 가느다란 팔, 단정치 못한 옷차림, 현학적인 교육, 불경한 회의주의(!), 못 견디게 심한 자존심, 허울뿐인 도덕성을 혹평했다. 그런 것들에 악감정을 가지고 이를 갈았는데, 마음만 먹으면 더 이상한 이야기도 해댈 것 같았다. 오! 그는 심술궂고 신랄하고 야만적으로 굴었다. 혐오스럽도록 추했다.

나는 속으로 생각했다.

'저 못된 작은 남자가 화가 단단히 난 모양이로군! 당신이 불쾌해하거나 감정이 상했다고 해서 내가 눈이나 깜짝할 줄 알아요? 어림도 없지요. 피라미드에 있는 가장 초라한 꽃다발에 신경 쓰지 않는 것과 마찬가지로 당신에게도 무관심할 거예요.'

슬프게도 나는 이런 결심을 실행하지 못했다. 영국과 영국인을 비난해도 얼마 동안은 무관심한 태도를 유지했다. 한 15분 정도는 태연하게 버틴 것 같다. 그러나 이 쉿쉿거리는 독사는 작정하고 덤비고 있었다. 그리고 나중에 했던 말은 정말로……. 그는 영국 여자들을 매도하는 데 그치지 않고 영국의 위대한 인물들까지 비난했다. 대영제국의 문장(紋章)에 흠집을 남기고 영국 국기를 진흙탕에 내동댕이쳤다. 여기서 나는 독사에게 물리고 말았다.

그는 사악하게 입맛을 다시며 당시 대륙 사람들에게 퍼져 있었던 가장 천박하고 그릇된 역사관을 입에 올렸다. 그보다 더 모욕적인 이야기는 상상조차 하기 어려웠다. 생피에르 양과 학생들은 복수의 쾌감으로 다 같이 헤벌쭉 웃었다. 이 라바세쿠르의 어릿광대들이 은근히 영국을 증오한다는 사실을 알게 되자 기분이 이상해졌다. 마침내 나는 책상을 쾅 치면서 입을 열고 이렇게 외쳤다.

"영국 만세, 영국의 역사와 위인들 만세! 프랑스를 타도하자! 거짓과 악당들을 타도하자!"

교실에 있던 사람들은 모두 아연실색했다. 그들은 내가 미쳤다고 생각했을 것이다. 폴 선생은 접은 손수건으로 얼굴을 가리고 악마처럼 웃어댔다. 사악한 작은 악마 같으니라고! 나를 화나게 했으니 자기가 이겼다고 생각한 모양이었다. 그는 이내 기분이 좋아져서 붙임성 있게 꽃다발 이야기로 돌아갔다. 꽃의 아름다움과 향기와 순수함에 대해 시적이고 상징적인 이야기를 늘어놓는가 하면, 교실에 있는 '아가씨들'과 예쁜 꽃들을 프랑스식으로 비교하기도 했다. 생피에르 양에게는 꽃다발이 특별히 아름답다고 극찬을 퍼부었다. 끝으로 날씨가 아주 화창하고 따뜻하고 향기로운 봄날 아침에 학생들을 모두 교외로 데리고 나가서 아침식사를 대접하겠다고 발표했다. 그러고는 이렇게 힘주어 말했다.

"이 교실에 있는 사람들 중에서 내가 친구라고 꼽을 수 있는 사람들은 모두 참석해야 하오."

나는 엉겁결에 큰 소리로 말했다.

"그렇다면 전 빠지겠어요."

폴 선생이 대답했다.

"그러시든지!"

그는 꽃다발을 한데 모아 팔에 안고 교실 밖으로 휙 나갔다. 나는 바느질감과 가위와 골무와 무시당한 작은 상자를 책상에 집어넣고 위층으로 올라갔다. 그가 화나고 열을 받았는지는 모르겠지만 솔직히 말해서 나는 그랬다.

하지만 신기하게도 화난 마음은 차츰 사라졌다. 침대 가장자리에 앉아 그의 표정과 행동거지와 말을 자꾸만 떠올리다 보니 한 시간도 채 되지 않아서 모든 일들이 한낱 우스갯거리로 여겨졌다. 그 상자를 주지 않은 게 후회되어 마음이 아프기도 했다. 원래 그를 기쁘게 해줄 작정이었는데 운명이 그걸 허락하지 않았다.

오후가 되자 교실에 있는 책상은 신성불가침의 장소가 아닌 만큼 상자를 안전한 곳에 잘 챙겨두는 게 좋겠다는 생각이 났다. 상자 뚜껑에 'P.C.D.E'라는 글자가 새겨져 있어서 더욱 신경이 쓰였다. 이

곳 사람들은 하나같이 세례명이 길었는데 P.C.D.E는 '폴 칼(또는 카를로스) 다비드 에마뉘엘'의 머리글자였다. 나는 교실로 내려갔다.

교실은 휴일을 맞아 편히 잠들어 있었다. 통학생들은 모두 집으로 돌아가고 기숙사생들은 산책하러 나갔으며 교사들은 그 주의 당직자만 빼고 모두 쇼핑을 가거나 친지를 방문하려고 시내에 나갔다. 교실은 모두 비어 있었고 큰 홀도 마찬가지였다. 홀에는 커다랗고 웅장한 둥근 전구가 한가운데 매달려 있었고, 가지가 많이 달린 한 쌍의 샹들리에와 뚜껑이 닫힌 그랜드피아노가 조용히 주중의 휴일을 즐기고 있었다.

1반 교실 문이 열려 있는 걸 보니 다소 의아했다. 보통 1반 교실은 사람이 없을 때는 잠가 두었고, 일단 잠기면 복사한 열쇠를 소지한 베크 부인과 나 외에는 아무도 들어갈 수 없었기 때문이었다. 교실에 가까이 가자 희미한 인기척이 들려서 더욱 궁금해졌다. 발소리, 의자를 움직이는 소리, 그리고 책상을 여는 것 같은 소리.

나는 잠시 생각해 보고 결론을 내렸다.

"베크 부인이 순찰을 도는 중인가 보군."

마침 문이 조금 열려 있어서 직접 확인할 수가 있었다. 나는 교실 안을 들여다보았다. 아니! 베크 부인의 순찰 복장인 숄과 깨끗한 나이트캡이 아니라 신사의 외투와 짧게 깎은 검은 머리가 보이는 게 아닌가. 그 사람은 내 의자에 앉아 있었다. 올리브색 손이 내 책상 뚜껑을 들고 있었고 그의 코는 내 서류들 사이에 박혀 보이지 않았다. 내게는 등만 보였지만 그 사람이 누군지는 금방 알 수 있었다. 축하 행사를 위한 복장은 이미 벗어던졌고 그가 소중히 여기는 잉크 얼룩이 묻은 외투를 다시 입고 있었다. 모자가 바닥에 놓여 있는 걸로 보아 남의 책상을 뒤지느라 바쁜 손에서 떨어진 모양이었다.

폴 선생의 저 손이 내 책상을 곧잘 뒤진다는 건 오래 전부터 알고 있었다. 그는 거의 나만큼이나 익숙한 손놀림으로 내 책상의 뚜껑을 열었다 닫았다 하면서 내용물을 샅샅이 뒤지고 정돈했다. 그건 의심의 여지가 없는 사실이었고 폴 선생도 굳이 숨기려 하지 않았다. 그는 내 책상에 손댈 때마다 명확하고 알기 쉬운 흔적을 남겼지만 지금까지는 한 번도 그 현장을 포착한 적이 없었다. 나름대로 지켜보고는 있었지만 그가 오는 날과 때를 알아내지 못했던 것이다(마태복음 25 : 13 '너희는 그날과 그때를 알지 못하느니라' 참조—옮긴이). 틀린 곳이 많은 연습 문제를 놓고 갔다가 다음 날 아침에 와보니 브라우니(밤에 몰래 와서 집안일을 거든다는 꼬마 요정—옮긴이)가 꼼꼼하게 고쳐놓은 적도 있었다.

그가 변덕스러운 호의를 발휘해 빌려주는 책들도 내게는 반가운 혜택이었다. 누렇게 바랜 사전과 닳아빠진 문법책 사이에서 참신하고 흥미로운 신간이나 오랜 세월 동안 달콤하게 숙성된 고전이 마법처럼 나타났다. 바느질 바구니에서 연애소설이 웃으며 밖을 내다보고 있었고, 그 밑에는 전날 저녁 낭독했던 소책자나 잡지가 숨어 있었다. 전날 저녁에 낭독했던 글을 뽑아낸 소책자나 잡지였다. 어디서 이런 보물들이 흘러왔는지는 불 보듯 뻔했다. 다른 증거는 차치하고서라도 그 모든 책들에는 예기치 않게 범인을 알려주는 한 가지 공통점이 있었으므로 답은 확실했다. 공통점이란 바로 담배 냄새였다. 물론 내게는 큰 충격이었으므로 처음에는 창문을 열고 책상을 환기시킨다고 부산을 떨었고 까다롭게도 엄지와 검지로 그 냄새 나는 소책자를 쥐고 미풍이 부는 곳으로 가져갔다.

그러다 갑자기 그런 절차를 생략하게 됐다. 어느 날 나의 그런 행동을 목격하고 그 의미를 추측해 낸 폴 선생이 당장 내 손에 든 책을 빼앗아 활활 타는 난로에 던져넣으려 했기 때문이다. 마침 내가 꼭 읽고 싶었던 책이었으므로 그때만은 내가 그보다 더 단호하고 민첩한 모습을 보였다. 하마터면 불에 탈 뻔했던 책을 구출해 다시 손에 넣은 후에는 절대 위험한 짓을 하지 않았다. 이런 정황에도 불구하고 나는 변덕스럽고 친절하고 담배를 좋아하는 요정을 현장에서 붙잡은 적이 없었다.

하지만 이제는 그를 붙잡은 셈이었다. 그가, 브라우니 요정이 거기에 와 있었으니까. 입술에서는 그가 좋아하는 남미에서 온 기호품의 파란 연기가 희미하게 뿜어져 나왔다. 내 책상에 대고 담배를 피우고 있었던 것이다. 정체가 탄로 날만한 행동이었다. 그렇게 담배를 피우는 모습을 보니 약이 올랐지만 그를 놀라게 할 생각을 하니 기분이 좋았다. 이른 시각에 우유통을 바삐 휘저으며 버터를 만들고 있는 신기한 요정 브라우니를 마침내 발견한 주부처럼 만감이 교차되는 기쁨이 느껴졌다. 나는 몰래 앞으로 나아가 그의 뒤에 서서 조심스럽게 그의 어깨 위로 몸을 굽혔다.

오늘 아침 내가 생일 축하에 성의가 없는 걸로 보였을 테고, 나와 대립하고 나서 기분이 상하고 심란했을 텐데도 모든 걸 잊고 용서하려는 마음으로 책을 두 권이나 가져온 그를 보니 마음이 불편했다. 제목과 작가로 보아 재미있는 책이 틀림없었다. 그는 이제 앉아서 책상 위로 몸을 숙이고 내용물을 뒤적이고 있었다. 하지만 어디까지나 조심스럽고 신중한 손길이었으며 물건을 흩트리긴 했지만 망가뜨리지는 않았다. 나는 다시 가슴이 아팠다. 내가 그를 향해 몸을 구부렸는데도 그는 의식하지 못하고 앉아서 나에게 호의를 베풀고 있었기 때문이다. 솔직히 말해서 나에 대한 악감정은 느껴지지 않았고, 나 역시 아침에 화가 났던 게 다 풀어졌다. 나는 폴 선생을 싫어하지 않았으니까.

폴 선생이 내 숨소리를 듣고 몸을 홱 돌렸다. 그는 신경이 예민

했지만 잘 놀라지 않았고 얼굴색이 변하는 일도 드물었다. 대담한 데가 있는 사람이었다.

그는 하마터면 당황할 뻔했으나 불굴의 자제력을 발휘하며 말했다.

"다른 선생들과 함께 시내로 나간 줄 알았소. 하지만 그게 아니라도 관계없소. 당신에게 들킨다고 신경을 쓸 줄 알았소? 아니지. 나는 당신의 책상에 종종 와본다오."

"선생님, 저도 알고 있답니다."

"가끔씩 가제본한 책이나 소책자를 봤을 거요. 하지만 (손에 쥐고 있던 담배를 톡톡 치며) 이 냄새가 난다는 이유로 읽지도 않았잖소?"

"그래요, 담배 냄새가 났죠. 읽는 데 지장이 있기도 했고요. 그래도 저는 읽었답니다."

"별로였소?"

"선생님은 반대 의견을 싫어하시잖아요."

"당신 마음에 들었소? 아니 마음에 든 게 하나라도 있었소? 읽을 만한 책이 있었냐는 말이오."

"제가 그 책들을 읽는 걸 많이 보셨잖아요. 저에게는 선생님이 주시는 책들을 따분하게 여길 정도로 즐길 거리가 많지 않다는 점도 아시겠지요?"

"나는 호의를 베푼 거요. 내가 호의를 베푼 걸 알고 있고, 그 덕택에 조금이라도 즐거웠다면 왜 우리는 친구가 될 수 없는 거요?"

"숙명론자라면 이렇게 대답하겠죠. 우린 친구가 못 될 운명이라고요."

"오늘 아침에 기분 좋게 일어나서 행복하게 교실에 들어섰소. 그런데 당신이 나의 하루를 망쳤소."

"아니에요, 선생님. 기껏해야 한두 시간이겠지요. 그리고 고의가 아니었답니다."

"고의가 아니라고! 아니야. 내 생일이었단 말이오. 당신만 빼고 모든 사람이 축하해 주었소. 3반의 어린 아이들도 각기 제비꽃을 한 묶음씩 건네면서 혀짤배기소리로 축하인사를 했소. 한데 당신은 아무것도 안 했소. 꽃봉오리 하나, 잎사귀 하나 주지 않았고 속삭임이나 눈짓 한 번도 없었소. 이러고도 고의가 아니란 말이오?"

"나쁜 의도는 없었어요."

"그럼 정말로 우리 관습을 몰랐던 거요? 준비를 못 해서 그랬소? 미리 알고 있었다면 나를 기쁘게 하려고 기꺼이 몇 상팀(1프랑의 100분의 1에 해당하는 화폐—옮긴이)을 들여 꽃을 샀겠소? 부디 그렇게 말하시오. 그러면 나는 모든 걸 잊고 아픔을 달랠 수 있을 거요."

"전 그런 관습이 있는 줄 알고 있었어요. 준비를 못한 게 아니었죠. 돈을 들여 꽃을 사지 않았을 뿐이에요."

"알겠소. 정직하게 대답하길 잘 했소. 내 비위를 맞추려고 거짓말을 했다면 당신을 미워했을지도 모르오. 거짓 웃음과 다정한 표정을 지으면서 속마음은 차가운 것보다 '폴 칼 에마뉘엘…… 이봐, 난 당신을 싫어해!' 라고 즉시 밝히는 게 낫소. 당신은 차갑고 가식적인 사람은 아닌 것 같소. 하지만 큰 실수를 한 거요. 당신은 판단력이 흐려진 것 같소. 감사하게 여겨야 할 곳에는 무관심하고, 당신 이름만큼이나 냉정해야 할 곳에는 충실히 마음을 쏟는 게 아니오? 그렇다고 나에게 뜨거운 마음을 가지라는 뜻은 아니오, 선생. 하나님이 그걸 막아주실 테니! 무엇 때문에 움찔하는 거요? 뜨거운 마음이라는 소리를 해서? 난 다시 말할 수도 있소. 그런 말이 엄연히 있잖소. 실제로 그런 게 존재하기도 하고. 천만다행으로 이 건물 안에는 없지만! 당신이 어린애도 아닌데 실제로 있는 걸 입에 담지 못할 이유가 어디 있소?

하지만 나는 말로만 할 뿐이오. 평생 그런 것과는 거리가 멀었고 본 적도 없소. 그건 옛날에 죽어서 지금은 땅에 묻혀 있다오. 무덤을 깊이 파고 잘 묻은 후로 오랜 세월이 지났소. 내 영혼을 위로하기 위해 장차 부활할 날이 있을 거라고 믿고 있소. 하지만 그때는 모든 게 변하겠지. 모습도 마음도 바뀌고, 인간이 아니라 불멸의 존재가 되어, 지상을 위해서가 아니라 천상을 위해 부활할 거요. 내가 당신에게, 루시 스노 양에게 하려는 말은 폴 에마뉘엘 교수에게 예의를 지켜달라는 거요."

이렇게 감정을 쏟아내는 데 뭐라고 반박할 수가 없어서 나는 가만히 있었다.

그가 다시 입을 열었다.

"말해 보시오. 당신 생일은 언제요? 나는 기꺼이 동전 몇 닢을 들여 작은 선물을 장만하겠소."

"저처럼 하시려고요, 선생님? 이건 동전 몇 닢보다는 가치가 있는 물건이고, 저는 아까워하지 않는답니다."

나는 뚜껑이 열려 있는 책상에서 작은 상자를 꺼내 그의 손에 쥐어주었다.

"오늘 아침 이걸 무릎 위에 올려놓고 기다리고 있었답니다. 선생님이 조금 더 인내심 있게 기다리셨거나, 생피에르 양이 그렇게 끼어들지만 않았더라면, 그리고 제가 좀 더 차분하고 현명했더라면 아침에 드렸을 거예요."

폴 선생은 상자를 바라보았다. 밝고 선명한 색깔과 하늘색 테두리 장식이 마음에 드는 모양이었다. 나는 상자를 열어보라고 말했다.

그는 뚜껑에 새겨진 글자를 가리키며 말했다.

"내 이름의 머리글자로군! 내가 칼 다비드라는 걸 누가 알려줬소?"

"작은 새가요."

"새가 나한테서 당신에게로 날아간 거요? 그럼 필요할 때마다 그 놈의 날개 아래 쪽지를 묶어 보내면 되겠구려."

그는 회중시계 줄을 꺼냈다. 값어치로 따지면 대단한 물건이 아니었지만 비단과 구슬이 들어가서 윤기가 자르르 흐르고 반짝거렸다. 폴 선생도 그게 마음에 들었는지 어린애처럼 천진하게 감탄했다.

"나한테 주는 거요?"

"예, 선생님께 드리는 거예요."

"어젯밤에 만들던 게 이거였소?"

"그래요."

"오늘 아침에 완성한 거요?"

"맞아요."

"나한테 주려고 만들기 시작한 거요?"

"그럼요."

"내 생일에 주려고?"

"네."

"만드는 동안 내내 그런 생각이었소?"

나는 또다시 그렇다고 했다.

"그럼 '이 부분은 다른 사람을 염두에 두고 만들었으니까 내 것이 아니야' 라고 말하며 일부를 잘라낼 필요가 전혀 없다는 게로군."

"전혀요. 그럴 필요도 없을뿐더러 그건 사실이 아니니까요."

"나만을 위한 물건이란 말이오?"

"전적으로 선생님을 위한 거랍니다."

폴 선생은 곧장 외투 단추를 풀고 휘황찬란한 시계 줄을 가슴에 걸었다. 최대한 줄이 많이 드러나고 가려지는 부분이 적어지게 했다. 그는 자기가 좋아하거나 장식적이라고 생각하는 걸 숨기는 사람이 아니었다. 상자는 사탕을 넣어두기에 아주 좋겠다고 말했다. 참, 그는 사탕을 좋아하는 편이었다. 그리고 늘 자기가 좋아하는 걸 다른 사람들에게 나누어주기를 즐겼으므로 책만 빌려주는 게 아니라 '단 것'(설탕을 입힌 아몬드 과자)도 아낌없이 주곤 했다. 아까는 잊어버리고 언급하지 않았지만 내 책상에 들어 있던 친절한 요정 브라우니의 선물 중에는 종이에 싼 초콜릿 사탕도 여러 개 있었다. 이런 면에서 그의 취향은 남부 사람다웠고 어린아이 같기도 했다. 그는 종종 브리오슈로 간단하게 점심식사를 했는데 가끔씩 3반의 어린 소녀들에게도 브리오슈를 나눠주었다.

그는 외투 깃을 다시 여미며 말했다.

"그럼 나한테 선물한 거요."

우리는 선물에 관해서는 더 이상 이야기하지 않았다. 폴 선생은 자기가 가져온 책 두 권을 살펴보고 펜나이프로 몇 쪽을 잘라내더니(그는 책을 빌려주기 전에 항상 일부를 잘라냈다. 소설일 때는 더욱 신경 써서 잘라냈다. 때로는 검열이 너무 심해서 줄거리가 끊겼기 때문에 약간 거슬렸다) 일어나서 모자를 살짝 쥐고 정중하게 인사했다.

나는 속으로 생각했다.

'이제 우린 친구군요. 다음에 싸우기 전까지는.'

어쩌면 바로 그날 저녁에 싸울지도 모르는 일이었다. 하지만 멋지게도 이번만큼은 싸우지 않고 화기애애한 분위기를 유지했다.

모두의 예상과 달리 폴 선생은 저녁 공부 시간에 모습을 드러냈다. 오전에 그를 많이 봤기 때문에 밤에도 그가 오리라고는 기대하지 않았는데, 우리가 공부를 하려고 자리에 앉자마자 그가 들어왔다. 솔직히 그를 보니 너무 반가워서 웃지 않을 수 없었다. 그는 지난번에 심각한 오해를 낳았던 바로 그 자리를 향해 걸어왔다. 나는 그에게 너무 넓은 공간을 비워주지 않으려고 세심하게 신경을 썼다. 그는 곁눈질을 하며 내가 자기를 피하는지 아닌지 열심히 살폈다. 의자가 약간 비좁아지긴 했지만 나는 피하지 않았다.

전과 달리 폴 선생을 피하고 싶은 마음이 없었다. 그 외투와 모자에 익숙해져 그런 옷들 바로 옆에 있어도 더 이상 불편하지도 위협을 느끼지도 않았다. 이제 나는 그의 옆자리에 앉아 있어도 '질식할 것처럼' (그의 표현에 따르면) 억눌리지 않았다. 움직이고 싶으면 움직이고 기침이 나오면 기침을 하고 졸리면 하품까지 했다. 간단히 말해서 그가 봐주는 걸 믿고 내 마음대로 행동했다.

적어도 그날 저녁에는 이렇게 뻔뻔하게 행동하고서도 그에 상응하는 형벌을 받지 않았다. 폴 선생은 너그럽고 선량하게 굴었다. 화난 눈길 한 번 보내지 않고 성마른 말 한 마디 하지 않았다. 그날 저녁이 다 가도록 내게 한 마디도 하지 않았지만 어쩐지 그가 아주 호의적이라는 느낌이 들었다. 우리 사이에 흐르는 침묵은 예전과 같은 종류가 아니었고 다른 의미를 발산했다. 그날 폴 선생은 말없이 앉아 있었지만 어떤 말보다도 유쾌한 이야기를 전달하고 있었다.

간식이 들어와서 다들 먹고 마시느라 시끌벅적해지자 그는 밖으로 나가면서 내게 잘 자고 좋은 꿈을 꾸라고 말했다. 나는 정말로 잘 자고 좋은 꿈을 꾸었다.

30. 폴 선생

독자여, 그렇다고 폴 선생이 친절한 사람이라고 섣부른 결론을 내린다거나 너무 빨리 너그러운 평가를 하지는 마시라. 그날부터 폴 선생의 성격이 변해서 같이 지내기가 쉬워지고 더 이상 주위 사람들에게 위험하고 불편한 기운을 발산하지 않았다고 생각한다면 오산이다.

천만에! 그는 천성적으로 이해할 수 없을 만큼 괴팍한 작은 남자였다. 종종 과로를 하면 신경이 극도로 날카로워졌다. 검푸른 벨라도나(가짓과의 여러해살이풀로 유독 식물—옮긴이) 수액과 질투의 농축액이 흐르는 그의 핏줄은 시커먼 색이었다. 마음속의 미묘한 질투만을 말하는 게 아니다. 그의 머릿속에는 더 매섭고 옹졸한 감정이 자리하고 있었다. 내가 생각보다 실수를 적게 하면 그는 이맛살을 찌푸리거나 입술을 비죽 내밀곤 했다. (그는 내가 실수를 저지르는 걸 좋아했다. 그에게는 남의 실수 한 다발이 견과류 한 덩어리처럼 달콤했던 모양이다) 나는 폴 선생의 그런 모습을 바라보면서 나폴레옹 보나파르트를 닮은 구석이 있다고 생각하곤 했는데, 지금 생각해도 그렇다.

폴 선생은 아량이라고는 조금도 없으면서 부끄러운 줄 모른다는 점에서도 나폴레옹과 비슷했다. 교양 있는 여자 20명과도 기꺼이 싸움을 벌일 사람이었다. 온 도시의 사교계 전체를 하찮은 입씨름으로 몰아넣고도 얼굴을 붉힌다거나 위엄을 잃을 걱정을 하지 않을 사람이었다. 그의 신경에 거슬리거나 기분을 상하게 하거나 그보다 우수하다는 이유만으로 50명의 스탈 부인(정치적 자유를 옹호하다가 나폴레옹에 의해 추방당한 프랑스 소설가—옮긴이)이라도 추방할 사람이었다.

파나슈 부인(panache: 투구의 깃털장식을 가리키는 단어. 여기서는 허세를 부리고 과시하기 좋아하는 사람이라는 뜻으로 쓰인 이름—옮긴이)과 폴 선생에 관련된 흥미진진한 일화가 기억난다. 파나슈 부인은 베크 부인이 고용한 임시 역사 선생이었는데 아는 게 많은데다 지식을 최대한으로 활용할 줄 아는 현명한 사람이었다. 언어 구사 능력은 무제한에 가까웠고 자신감은 하늘을 찔렀다. 외모도 흠잡을 데가 없었다. 대다수 사람들이 '훌륭한 여자'라고 일컬을 만한 사람이었다고 여겨진다. 하지만 그녀의 탄탄하고 풍만한 매력과 시끄럽게 과시하기 좋아하는 모습 속에는 까다롭고 변덕스러운 폴 선생이 참아낼 수 없는 무언가가 있었던 모양이다. 그녀의 목소리가 홀에 울려 퍼지면 폴 선생은 이상한 흥분에 휩싸이곤 했다. 보폭이 크고 거침이 없어서 활보에 가까운 그녀의 발소리가 복도에 울리면 그는 즉시 서류 뭉치를 집어들고 자리를 뜨곤 했다.

어느 날 폴 선생은 악의적인 마음을 품고 그녀가 수업하는 교실에 들어가서 번개처럼 빠르게 수업 방식을 파악했다. 그건 그가 선호하는 자신의 수업 방식과 달랐다. 그는 오만하고 무례한 태도로 자기가 생각하는 그녀의 잘못들을 지적했다. 그녀가 주의 깊게 듣고 순순히 따르기를 기대했던 걸까? 그는 격렬한 반대에 부딪쳤고 부당한 간섭에 대한 세련된 비난의 말을 들었다.

그때라도 점잖게 물러날 수 있었을 테지만 그는 그렇게 하지 않고 도전장을 던졌다. 펜테실레이아(그리스 신화에 나오는 아마존의 여전사—옮긴이)처럼 호전적이었던 파나슈 부인은 즉시 결투 신청을 받아들였다. 수업 도중에 참견한 사람의 얼굴에 대고 삿대질을 하면서 달려들어 폭풍처럼 말을 쏟아냈다. 폴 선생도 말을 유창하게 하는 편이었지만 파나슈 부인은 굉장한 달변가였다. 폴 선생은 맹렬한 적개심을 품기 시작했다. 자존심이 상해서 큰 소리로 자기주장을 펼치는 대등한 적수를 남몰래 비웃는 게 아니라 진짜로 미워했다. 노발대발한 그는 그녀에게 맺힌 마음을 계속 누그러뜨리지 못했다. 그녀가 학교에서 쫓겨날 때까지 자기 침대에서 편히 쉬거나 식사를 하면서 적절한 영양을 섭취하거나 조용히 시가를 피우는 것도 거부했다.

마침내 폴 선생이 이기긴 했지만 그 승리의 월계관이 그의 관자놀이에 우아한 그늘을 드리웠다고 할 수는 없다. 한 번은 내가 과감하게 그런 생각을 내비쳤는데 놀랍게도 그는 내 말이 맞을 수도 있다고 인정했다. 하지만 그는 남자든 여자든 천박하고 자기도취적인 사람을 보면 참을 수 없는데 파나슈 부인이 바로 그런 부류여서 성질을 주체하지 못했노라고 주장했다. 말로 표현할 수 없는 커다란 반감 때문에 끝장을 볼 때까지 싸웠다는 소리였다.

그로부터 석 달 후, 폴 선생은 자신에게 패배한 적이 곤경에 처했고 일자리를 구하지 못해서 크게 상심해 있다는 소식을 듣고 미움을 떨쳐버렸다. 심술을 부릴 때뿐 아니라 호의를 베풀 때도 열정적이었던 그는 백방으로 애써서 그녀에게 일자리를 구해 주었다. 그러자 그녀는 종전의 반목을 청산하고 그가 최근에 보여준 친절에 감사하기 위해 찾아왔다. 하지만 그녀가 예전처럼 큰 목소리로 약간 당돌하게 이야기하자 그는 비위가 상해서 10분 만에 벌떡 일어나 그녀를 향해, 아니 자기 혼자 고개를 숙여 인사하고는 신경질을 내면서 방에서 나가버렸다.

다소 과감한 비유를 하자면 폴 선생은 권력을 탐하는 데서나 일인자 자리를 차지하려고 애쓰는 데서도 보나파르트와 비슷했다. 폴 선생에게 늘 순종하기만 해서는 안 될 것 같았다. 때로는 저항할 필요가 있었고, 똑바로 서서 그의 눈을 들여다보며 그의 요구가 비이성적이고 그의 절대적인 권위가 독재에 가깝다고 말해야 했다.

폴 선생은 자기가 지배하는 영역 내에서 특별한 재능이 최초로 싹을 틔우면 이상하게 흥분하고 심지어는 불안해했다. 재능이 태어나려고 애쓰는 광경을 뒷짐 지고 바라보며 눈살을 찌푸렸다. '힘이 있으면 네가 한번 나와봐라' 라고 말하고 있었을지는 모르지만 출산을 돕지는 않았다.

최초의 진통이 끝나고 위험한 고비를 넘길 때, 새 생명이 숨을 쉬기 시작할 때, 폐가 수축과 확장을 반복하고 심장의 고동이 느껴지고 신생아가 눈에 들어올 때도 그는 선뜻 양육을 맡으려 하지 않았다.

그는 "진짜라는 걸 스스로 입증해야 내가 널 보살펴주겠다" 라고 언명했다. 게다가 그걸 입증하기는 또 얼마나 어렵게 만들어 놓았던지! 험한 여행에 익숙하지도 않은 재능이 밟고 가야 할 길에 가시와 자갈을 그렇게 많이 뿌려놓다니! 그는 시련을 통과해야 한다고 강요해 놓고 눈물도 두려움도 없이 지켜보며 발자국을 따라갔다. 목적지에 가까워지면 발자국들은 피로 얼룩지기도 했는데, 그는 그 고통에 짓눌린 순례를 아주 엄격하게 감시하며 무서운 표정으로 뒤따랐다.

그러다 마침내 휴식을 허락하긴 했지만, 잠이 쏟아져서 눈이 감기려는 순간 무자비한 손가락으로 그 눈꺼풀을 크게 벌리고 동공과 홍채를 관통해 머릿속과 마음속을 깊숙이 들여다보며 혹시라도 존재의 깊은 구석에 아주 미묘한 허영심이나 자만이나 거짓이 숨어 있지 않은지 살펴보았다. 신참에게 수면을 허락한다 할지라도 한순간에 그쳤다. 신참을 갑자기 깨워 새로운 시험을 치르게 하거나, 피곤해서 휘청거리는 신참에게 번거로운 심부름을 시켰다. 한마디로 기질과 감각과 건강을 두루 시험했다. 혹독한 시험을 모두 치러 통과하고, 부식성이 최고로 강한 질산을 써도 원석이 변색되지 않은 다음에야 그는 재능이 진짜임을 승인했다. 그러면서도 여전히 모호한 침묵 속에서 승인의 낙인을 깊이 찍었다.

나는 그의 이러한 사악한 행위를 똑똑히 알고 있었다.

앞 장(章)이 끝나던 날까지만 해도 폴 선생은 나의 선생이 아니었다. 나에게 무엇을 가르치고 있지 않았던 것이다. 그런데 그 무렵의 어느 날, 내가 어떤 과목(수학이었던 것 같다)을 전혀 모른다는 이야기를 우연히 들은 그는 '자선 학교에 다니는 남자애라도 부끄러워할 만한 일' 이라고 매우 솔직히 말하면서 직접 나를 떠맡았다. 그는 먼저 시험을 쳐보고 두말할 필요도 없는 나의 무지를 확인하고 나서 책 몇 권을 주고 과제를 내주었다.

처음에는 흥분을 감추지 못하며 무척 기쁘게 나를 가르쳤다. 그는 내가 '기꺼이 배우려 하고 능력이 전혀 없는 건 아니' 라고 생각하지만 불리한 환경 탓에 '아직 지적인 발달이 형편없이 미숙한 상태' 라고 말하며 생색을 잔뜩 냈다.

사실 나는 무엇이든 처음 시작할 때는 비정상적으로 보일 만큼 형편없었다. 일상적인 지식을 습득하는 속도도 보통 사람들보다 느린 편이라 할 수 있었다. 인생의 새 책장을 넘길 때마다 처음에는 언제나 우울하고 어려운 단락이 나왔다.

이런 단락이 지속되는 동안 폴 선생은 아주 친절하고 선량하고 참을성이 많았다. 나 자신의 무능 때문에 내가 뼈아픈 고통과 무거운 굴욕감에 시달리는 모습을 보면서 그는 이루 말할 수 없이 자상하게 나를 도와주었다. 수치스럽고 힘들어서 눈물이 내 눈앞을 가릴 때면 그의 눈가도 축축이 젖어들었다. 그는 자기 할 일이 많았는데도 불구하고 짧은 여가 시간의 반을 나에게 할애했다.

그런데 이상한 불운이 닥치고 말았다! 구름이 잔뜩 낀 음산한 새벽이 마침내 끝나고 낮이 시작되려는 순간, 나의 능력이 스스로 해방되기 시작하고 내가 활력을 얻어 성과를 거둔 순간, 내 딴에는 그를 기쁘게 해준다고 그가 내준 숙제를 자진해서 두 배, 세 배, 네 배로 해내는 순간, 그의 친절은 엄격함으로 변했다. 그의 눈 속에 따뜻하게 비치던 광선은 불꽃으로 변했다. 그는 안달을 했고, 반대를 했고, 오만하게 나를 억눌렀다. 내가 공부를 많이 하고 열심히 노력할수록 그의 만족감은 줄어드는 듯했다. 그가 너무나 신랄하게 빈정대서 나는 놀라고 의아해했으며 듣기가 괴로웠다. 그는 '지성인의 오만'을 통렬하게 풍자하는 말을 쏟아냈다. 내가 여성에게 적합한 경계를 넘어 비여성적인 금단의 지식에 욕심을 내면 어떤 운명에 처할지 모른다는 은근한 협박도 했다.

이럴 수가! 나는 그런 욕심을 품고 있지 않았다. 진심으로 좋아하는 걸 위해서는 어떤 노력도 즐거운 마음으로 할 수 있었지만 추상적인 학문에 대한 고상한 갈망, 새로운 발견을 향한 신성한 갈증 따위의 감정은 그저 잠깐씩 스쳐갈 뿐이었다.

그러나 폴 선생이 나를 비웃자 그런 지식을 더 완전하게 소유하고 싶어졌다. 그의 불공정한 주장이 내 마음 속의 야심찬 희망을 휘저어놓았다. 그것은 나를 강하게 자극했고 나의 꿈에 날개를 달아주었다.

처음에 그의 의도를 꿰뚫어보기 전에는 영문 모를 비웃음에 괴로웠지만 차츰 내 몸속에 흐르는 피가 뜨겁게 데워지고 내 맥박이 더 빨라졌다. 나의 힘이 무엇이건, 여성적이든 남성적이든 간에 하나님이 나에게 주신 것이니 부끄러워할 이유가 없다고 굳게 마음먹었다.

한동안 매우 격렬한 전투가 벌어졌다. 폴 선생이 나를 이상하게 대하는 걸 보면 나에 대한 애정이 식은 것 같았다. 가장 부당했던 건 처음에 내가 '능력이 없어' (그의 표현에 따르면) 보였던 게 속임수였다고 말한 일이었다. 그는 내가 일부러 무능한 척 했다고 몰아붙였다. 그리고 내게로 몸을 홱 돌리면서 내가 모방과 표절을 했다는 터무니없는 비난을 했다. 내가 들어보지도 못한 책, 내가 읽으려고 했다면 틀림없이 유두고(사도행전 20 : 9에 나오는, 사도 바울이 강론하는 동안 졸음을 이기지 못해 3층에서 떨어져 죽은 청년—옮긴이)처럼 깊은 잠에 빠졌을 법한 책들의 요점을 베꼈다고 단정적으로 말했다.

한 번은 이런 식으로 비난을 늘어놓는 그에게 내가 대들었다. 반란을 일으킨 셈이었다. 나는 그가 준 책들을 책상에서 한 팔 가득 꺼내 들고 앞치마에 수북이 담아 교단에 서 있는 그의 발치에 떨어뜨렸다.

"도로 가져가세요, 폴 선생님. 그리고 더 이상 저를 가르치지 마세요. 유식한 사람으로 만들어 달라고 부탁한 적 없어요. 선생님 덕택에 배움이란 행복한 일이 아니라는 걸 가슴 깊이 느꼈네요."

그러고 나서는 내 책상으로 돌아와서 팔에 머리를 파묻고 그 후 이틀 동안 폴 선생에게 아무 말도 하지 않았다. 폴 선생 때문에 괴롭고 분했다. 그동안 나에게 그의 애정은 매우 기분 좋고 소중한 것이었으며 비길 데 없는 새로운 즐거움이었다. 이제 그 애정이 사라진 것처럼 보였으므로 나에게 뭘 가르쳐주건 말건 신경이 쓰이지 않았다.

하지만 그는 책들을 가져가지 않았다. 조심스러운 손길로 책들을 모두 원래 있던 자리에 돌려놓고 평소대로 나를 가르치러 왔다.

그러고는 여차여차해서 나와 화해를 했다. 어쩌면 너무 쉽게 휴전이 이루어졌는지도 모르겠다. 나는 더 오래 버티려고 했으나 그가 친절하고 선량한 표정으로 손을 내밀자 그가 고압적으로 굴던 기억이 희미해졌다. 더구나 화해란 언제나 달콤하지 않은가!

어느 날 아침 대모님이 전갈을 보냈다. 앞서 언급했던 공공건물에서 유명한 강연이 있을 예정이니 같이 들으러 가자는 초대의 말이었는데, 존 선생이 몸소 와서 로젠에게 구두로 전했다. 로젠은 주저 없이 폴 선생을 따라 1반 교실로 들어와서 그가 있는데도 한 손을 앞치마 주머니에 찔러 넣은 채 내 책상 앞에 꼿꼿하게 서서 건방진 말투와 큰 목소리로 그 말을 똑같이 반복했다. 그러고는 마지막으로 이렇게 덧붙였다.

"루시 양, 그분은 진짜 미남이에요! 그 눈! 그 눈길! 이것 좀 보세요! 제 심장이 마구 뛰고 있다니까요!"

로젠이 나간 후 폴 선생은 나를 향해 '그 뻔뻔스러운 여자, 그 경박한 사람' 이 그렇게 마음대로 떠들어 대는데 왜 가만히 있었냐고 다그쳐 물었다.

나는 폴 선생을 진정시킬 만한 대답을 해줄 수가 없었다. 로젠은 예의와 자제를 관장하는 두뇌 속 기관이 충분히 발달해 있지 않은 아가씨였으므로 일상적으로 그런 말투를 썼다. 게다가 그녀가 그 젊은 의사에 관해 한 말은 틀린 게 아니었다. 존 선생은 아름다운 눈동자와 가슴을 두근거리게 하는 눈길을 지닌 미남이었다. 나는 엉겁결에 이러한 의견을 소리 내어 말했다.

"로젠이 말한 건 다 사실인걸요."

"아하! 그렇게 생각하오?"

"그야 그렇죠."

그날의 수업은 끝났을 때 우리 모두 기뻐할 만한 내용이었다. 수업이 끝나자 해방된 학생들은 흥분에 몸을 떨면서 뛰쳐나갔다. 나도 교실 밖으로 나가려는 순간, 남아 있으라는 명령이 떨어져 발길을 멈췄다. 나는 신선한 공기를 마시고 싶다고 서글프게 중얼거렸다. 난로가 활활 타고 있어서 교실은 지나치게 더웠다. 하지만 조용히 하라는 가차 없는 목소리가 들렸다. 폴 선생은 아무리 더운 방에 있어도 힘들어하지 않는 불도마뱀 같았다. 그는 내 책상과 난로 사이에 앉아 있어서 불에 바싹 구워질 지경이었는데도 멀쩡했다. 그런 그가 글쎄…… 그리스어로 된 인용구를 나에게 들이대는 게 아닌가!

폴 선생은 내가 그리스어와 라틴어를 둘 다 알고 있으리라는 끈질긴 의심을 품고 있었다. 원숭이들이 말을 할 수 있는 능력이 있는데 자기들에게 해가 되는 방향으로 사용될 게 두려워서 숨기고 있다는 이야기처럼, 내가 지식을 쌓아놓고도 일부러 교활하게 숨기고 있다는 것이었다. 그는 내가 '고전 교육'의 혜택을 받았다는 추측을 내비쳤다. 내가 한때 히메투스 산(아테네 평원 남동쪽에 위치한 아티카 지방의 산—옮긴이)의 꽃향기에 취했었고, 기억 속에 황금을 숨겨둔 덕택에 이렇게 노력하고 남몰래 지혜를 키울 수 있다는 것이었다.

폴 선생은 나의 비밀을 불시에 습격하기 위해, 회유하고 협박해서 엉겁결에 비밀을 유출하도록 하기 위해 수백 가지 방법을 동원했다. 때로는 내 앞에 그리스어와 라틴어 책들을 갖다놓고 나를 감시했다. 마치 간수들이 잔 다르크를 꼬드겨 전사의 복장을 입혀놓고 어떤 일이 벌어지는지 숨어서 지켜봤던 것과 비슷했다. 폴 선생은 내가 누구의 어느 책에 나오는 건지도 모르는 구절을 자꾸만 인용했고, 아름답게 울려 퍼지는 언어를 술술 쏟아내면서도(그의 입에서 흘러나오는 고전은 음악 같았다. 그는 목소리가 좋았고 음조와 억양이 탁월했으며 표현력은 최고였다) 긴장과 적대감이 어린 눈길로 나를 쏘아보았다. 언젠가 대폭발이 일어나리라고 기대하는 기색이 역력했다. 하지만 그런 일은 일어나지 않았다. 이해하지도 못하는데 어떻게 매혹당하거나 화를 낼 수가 있겠는가.

계획이 실패로 돌아가면 폴 선생은 다소 언짢아하면서 내 마음이 대리석처럼 단단하고 내 얼굴은 가면이라는 자신의 고정관념에 더욱 집착했다. 그는 끝내 나를 있는 그대로의 모습으로 인정하지 못했다. 남자들은 일종의 망상을 가지고 있는 것 같다. 아니 여자들도 그렇다. 손에 쉽게 잡히지 않으면 스스로를 위해 더 과장된 이야기를 지어내곤 한다.

어떤 때는 그의 의심이 사실로 드러나면 좋겠다고 생각했다. 어떤 때는 그가 나에게 있다고 주장하는 보물을 얻기 위해서라면 내 오른손을 내줄 수도 있겠다는 생각이 들었다. 야박하고 괴상한 주장을 하는 그에게 합당한 벌을 주고 싶었다. 그의 가장 큰 우려를 현실로 똑똑히 보여주어 간담이 서늘하게 해주는 영광을 누릴 수 있으면 얼마나 좋을까. 그의 눈앞에, 그의 '안경' 앞에 눈부신 지식을 불쑥 내놓아 그를 당황하게 만드는 기쁨을 맛볼 수 있으면 얼마나 좋을까. 오! 내가 좀 더 어렸을 때 왜 아무도 나를 유식하게 만드는 역할을 떠맡지 않았단 말인가. 그랬다면 단 한 번의 갑작스럽고 화려하고 경이로운 과시, 단 한 번의 냉정하고 잔인하고 압도적인 승리를 통해 나를 조롱하는 폴 칼 다비드 에마뉘엘 씨의 코를 납작하게 해줄 수 있었을 텐데!

아쉬워라! 그건 내 능력 밖의 일이었다. 여느 때처럼 오늘도 그의 인용은 별 효과가 없었다. 그는 곧 전략을 바꿨다.

그가 선택한 다음 화제는 '지적인 여성들' 이었다. 이 문제에 대해 그는 일가견을 지니고 있었다. 그의 견해에 따르면 '지적인 여성' 은 일종의 '기형' 이자 불운한 우연으로, 적절한 자리도 없고 쓸

모도 없으며 아내로도 일꾼으로도 바람직하지 않은 물건이었다. 그리고 아름다움이야말로 여자에게 가장 중요한 덕목이었다. 그는 사랑스럽고 온순하며 수동적이고 평범한 여성이라야 남자다운 생각과 분별이 아픈 머리를 누일 수 있는 베개가 될 수 있다는 믿음을 마음속 깊이 간직하고 있었다. 일에 관해서도 마찬가지여서, 남자의 정신만이 일을 해서 훌륭하고 유용한 결과를 얻을 수 있다고 주장했다.

그러고 나서 "그렇지 않소?"라고 물었다. 이 "그렇지 않소?"는 내게서 반박이나 반대 의견을 이끌어내기 위한 물음이었다. 하지만 나는 "저하고는 상관없는 문제라서 관심이 없네요"라고만 대답하고 곧이어 이렇게 덧붙였다.

"가도 되나요, 선생님? 두 번째 식사(점심식사) 종이 울렸잖아요."

"왜 그러오? 설마 배가 고파서는 아니겠지?"

"사실 배가 고파요. 7시에 아침식사를 한 이후로 먹은 게 없는데, 이 시간을 놓치면 5시 저녁식사 때까지 아무것도 못 먹잖아요."

"나도 같은 입장이오. 어쨌든 내 식사를 나눠 먹읍시다."

그는 자기 간식으로 챙겨온 브리오슈를 쪼개 반을 내게 주었다. 정말이지 그의 위협은 물어뜯는 것보다 더 무서웠다. 하지만 진짜로 가공할 만한 공격이 아직 남아 있었다. 그가 준 브리오슈를 먹으면서 나는 내가 알고 있다고 그가 비난하는 걸 실제로 안다면 얼마나 좋을까 하는 은밀한 소망을 그에게 털어놓지 않을 수 없었다.

그가 한결 부드러워진 말투로 물었다.

"진정으로 당신이 무식하다고 여기고 있소?"

내가 온순한 말투로 무턱대고 그렇다고 대답했으면 그는 손을 내밀었을 것이고 우리는 그 자리에서 친구가 됐을 것이다. 하지만 나는 이렇게 대답했다.

"꼭 그렇지는 않아요. 선생님이 제가 알고 있다고 주장하시는 분야에는 무지하죠. 하지만 항상은 아닐지라도 때로는 저만의 지식이란 게 있다는 느낌이 든답니다."

그가 날카롭게 추궁했다.

"무슨 뜻이오?"

나는 한 마디로 대답할 수가 없어서 답변을 피하려고 화제를 바꿨다. 마침 폴 선생은 브리오슈 반쪽을 다 먹었는데, 사실 그렇게 작은 조각으로는 나의 허기를 달래기도 부족했으므로 그가 배부를 리 만무했다. 게다가 멀리 떨어진 휴게실에서 구운 사과 냄새가 솔솔 풍겼다. 용기를 내어 그에게 이 기분 좋은 향기가 느껴지냐고 물었더니 그는 자기도 냄새를 맡았다고 인정했다. 나는 정원 문으로 나가서 뜰을 가로지르는 것만 허락한다면 구운 사과를 한 접시 가득 가져다주겠다고 말했다. 그리고 구운 사과가 맛이 좋을 게 틀림없다고 덧붙였다. 향신료를 살짝 치고 설탕과 포도주 한두 잔을 넣어 사과를 조리다시피 굽는 요리사 고통의 조리법이 아주 훌륭했기 때문이었다.

"가도 되나요?"

그가 웃으며 말했다.

"작은 미식가 같으니! 전에 크림 파이를 줬을 때 당신이 무척 기뻐하던 일이 생각나는구려. 지금 나한테 사과를 갖다 준다는 게 당신이 먹겠다는 소리인 것도 잘 알고 있소. 좋아, 빨리 갔다 오시오."

나는 마침내 조건부로 풀려났다. 내 계획은 일단 갔다가 약속대로 재빨리 사과를 가지고 돌아와서 문간에 접시를 놓고 순식간에 사라지는 것이었다. 나중에 생길 일은 일단 생각지 않기로 했다.

그런데 폴 선생은 날카로운 직감으로 내 계획을 눈치챈 것 같았다. 그는 문지방에 서서 기다리고 있다가 나를 교실로 급히 몰아넣고 다시 자리에 앉혔다. 그러고는 내 손에서 과일 접시를 받아들고 (원래는 그가 혼자 먹을 거라고 생각해서 가져온 양이었지만) 둘로 갈라서 나더러 절반을 먹으라고 명령했다. 나는 마지못해 사과를 먹었다. 폴 선생은 나의 태도에 화가 났는지 위험한 복병을 출동시켰다. 여태껏 그가 한 말은 모두 아무런 의미도 없는 음향과 분노로만 들렸으나 이번 공격은 그렇지 않았다.

폴 선생은 전부터 나를 괴롭혔던 비합리적인 제안을 가지고 공격해 왔다. 외국인인 나더러 다음번 공개 시험을 치르는 날 1반 학생들과 함께 앉아서 시험관이 지정하는 임의의 주제로 문법책도 사전도 보지 않고 프랑스어 작문을 하라는 것이었다.

그런 실험의 결과가 어떨지는 뻔했다. 원래 나는 즉흥적으로 어떤 일을 해내는 능력이 없는데다 남들이 보는 앞에서는 아무것도 못하는 성격이었다. 심지어 혼자 있을 때도 오후가 되면 정신 활동이 둔해졌다. 존재의 한 가지 징표이자 능력의 증거인 창의적 자극을 얻으려면 아침의 신선한 고요라든가 저녁의 쓸쓸한 평화가 있어야 했다. 창의력이야말로 가장 고집 세고 변덕스럽고 울화통 터지게 만드는 나의 주인들 중 하나였다(늘 제대로 내 앞에 나타나는 법이 없었다).

창의력이라는 신은 유리해 보이는 환경에서도 질문에 답하지 않았고 호소에도 귀 기울이지 않았으며 찾으려 해도 발견되지 않았다. 조각된 입술과 멍한 눈동자와 돌무덤 같은 가슴을 지닌 검은 바알(열왕기상 18 : 26 '아침부터 낮까지 바알의 이름을 불러 이르되 바알이여 우리에게 응답하소서 하나 아무 소리도 없고 아무 응답하는 자도 없으므로' 참조—옮긴이)처럼 너무나 냉담하고 완강하게 버틸 뿐이었다. 그 비이성적인 악마는 어떤 시점에, 그러니까 어떤 소리가 들리거나 바람이 오랫동안 전율하며 흐느끼거나 보이지 않는 전류가 훽 스쳐가는 순간 갑자기 잠에서 깨어나 이상하게 살아 꿈틀거리면서 짜증난 다곤(사무엘상 5 : 4에 나오는 블레셋의 신 이름—옮긴이)처럼 대좌에서 뛰어내려와 신자에게 제물을 요구하곤 했다. 시도 때도 없이 희생자에게 피와 숨결을 요구했고, 상황이나 장소를 막론하고 사제를 깨워 의심스러운 희망적 예언을 하면서 윙윙대는 이상한 신탁으로 신전을 가득 채웠다.

신탁의 절반은 불길한 바람 소리에 꼬박꼬박 넘겨주면서도, 필사적으로 들으려는 사람에게는 그 알량한 나머지 부분을 주는 것도 아까워했다. 말 한 마디 한 마디가 자신의 검은 혈관에 흐르는 불멸의 영액이기라도 한 것처럼 마지못해 한 방울씩 주었다. 그런데 내가 이런 폭군을 강제로 묶어놓고 즉석에서 작문을 하도록 시켜야 한단 말인가? 그것도 학교 단상 위의 마틸드 양과 코랄리 양 사이에 앉아 베크 부인의 감시를 받으면서? 라바세쿠르의 한 부르주아의 착상에 따라, 순전히 그를 기쁘게 하려고?

이 문제에 대해 나와 폴 선생은 전에도 여러 번 말다툼을 했다. 요구와 거절, 강요와 반발로 점철된 시끄럽고 격렬한 말다툼이었다.

그날도 나는 호된 비난을 받았다. 그의 말에 따르면 '모든 여성의 고집'이 내게 집약돼 있었고 나는 '악마의 자존심'을 가진 사람이었다. 그는 내가 실패를 두려워하는 게 어이가 없다고 말했다. 시험에 떨어지든 말든 문제될 게 뭐 있는가? 나보다 똑똑한 사람들도 실패를 하는데 내가 얼마나 대단한 사람이기에 실패해서는 안 된단 말인가? 오히려 실패하는 경험이 내게 도움이 될 거라고 했다. 그는 내가 최악의 상황에 몰리는 모습을 보고 싶어 했다(나는 그걸 알 수 있었다). 그러더니 그는 잠시 숨을 고르기 위해 말을 멈췄다.

"말해 보시오. 이제 순순히 따르겠소?"

“이런 문제는 순순히 따를 수가 없어요. 법적으로도 저한테 이런 걸 강요할 순 없을 걸요. 교단에 앉아 공개 석상에서 지시를 받으며 작문을 하느니 벌금을 내거나 감옥에 갇히는 게 나아요.”

“좋은 뜻에서 시험을 보라고 하면 마음을 바꾸겠소? 우정을 위해서라면 할 수 있겠소?”

“천만에요. 그럴 순 없지요. 하늘 아래 어떤 우정도 그런 양보를 강요할 권리는 없어요. 진정한 우정이라면 저를 이렇게 괴롭힐 리가 없다고요.”

그는 나를 비웃으면서(입술을 삐죽이고 코를 벌름거리고 눈을 가늘게 뜨는 폴 선생의 비웃음은 굉장했다) 내가 들어줄 만한 호소의 방법이 하나 남았는데 그 방법을 쓰지는 않겠다고 말했다.

“어떤 방법을 써야 당신을 설득할 수 있는지 알고 있소. 희생정신을 부추기고 열심히 노력하라고 권고하면 된단 말이오.”

“빌레트의 150여 명이나 되는 학부모 앞에서 스스로 멍청이가 되고 경고 대상이 되라는 거잖아요!”

나는 인내심이 바닥나서 다시 한 번 소리를 질렀다. 나를 내보내 달라고. 신선한 공기를 쐬러 가겠다고. 더워서 열병에 걸릴 지경이라고.

그 냉혹한 인간이 말했다.

“조용히 하시오! 그건 도망가기 위한 구실일 뿐이오. 등 뒤에 바로 난로가 있는데도 나는 덥지 않단 말이오. 내 몸으로 난로를 완전히 가리고 있는데 당신이 어째서 덥다는 거요?”

“선생님의 체질을 이해할 수가 없네요. 불도마뱀의 역사에 대해서는 아는 바가 없으니까요. 저는 냉정한 섬나라 사람이어서 불가마 속에 앉아 있는 게 영 체질에 맞지 않네요. 샘에 가서 물 한 잔 떠오는 건 괜찮겠죠? 단맛 나는 사과를 먹었더니 목이 말라서요.”

"물을 마시고 싶은 게 전부라면 내가 대신 떠다주겠소."

폴 선생은 물을 가지러 갔다. 문에 빗장만 질러놓고 갔으므로 내가 기회를 놓칠 리 만무했다. 그가 약간 불안해하면서 돌아왔을 때 제물은 달아나고 없었다.

31. 나무의 요정

봄이 무르익으면서 날씨가 갑자기 따뜻해졌다. 나는 갑작스런 기온 변화로 체력이 저하됐는데 아마 나 외에도 그런 사람이 많았을 것이다. 그즈음 나는 조금만 움직여도 무척 피로했고 밤잠을 잘 이루지 못해 낮이면 노곤해졌다.

어느 일요일 오후, 약 2킬로미터 떨어진 신교 교회까지 걸어서 갔다가 녹초가 돼서 돌아왔다. 나는 고독한 성소인 1반 교실로 피신해 홀가분한 마음으로 앉아서 책상을 베개 삼아 엎드려 잤다.

잠시 정자에서 벌들이 웡웡거리며 자장가를 불러대는 소리에 귀를 기울이면서, 살짝 뒤덮인 봄날의 연초록빛 나뭇잎 사이로 베크 부인과 한 무리의 친구들이 명랑하게 떠드는 모습을 유리문을 통해 바라보았다. 그날 아침 미사가 끝난 후 베크 부인은 오찬에 친구들을 초대했다. 그들은 동틀 무렵의 산꼭대기에 쌓인 눈처럼 새하얗고 따뜻한 빛깔의 봄꽃을 활짝 피운 과일나무 가지 아래의 중앙 오솔길을 산책하고 있었다.

나는 이 손님들 가운데 유독 한 명에게 관심을 쏟고 있었던 걸로 기억한다. 전에도 베크 부인을 찾아온 적이 있는 예쁘게 생긴 아가씨였다. 그녀가 폴 에마뉘엘 씨의 대녀였고, 그녀의 어머니인지 고

모인지 이모인지가 폴 선생과 오래 전부터 특별한 우정을 유지했다는 이야기를 얼핏 들은 적이 있었다. 폴 선생은 그날 휴일을 즐기는 무리에 끼어 있지 않았지만, 예전에 이 소녀가 그와 같이 있는 걸 본 적이 있었다. 비록 멀찌감치 떨어져서 관찰하긴 했지만 그녀는 관대한 보호자의 보호 속에서 허물없고 편안하고 즐거운 시간을 보내는 것 같았다. 그녀가 폴 선생에게 뛰어가 그를 껴안으며 매달리는 장면도 종종 보았다. 한 번은 그녀가 그렇게 매달리자 묘한 감정이 나를 강타했다. 불길한 예감이 스치고 지나간 듯도 했지만 그걸 곰곰이 생각하거나 분석하지는 않았다.

소뵈르 양이라는 그 소녀의 모습과 그녀가 입은 화사한 비단 옷자락이(그녀는 부유하다고 알려져 있었고 늘 비싼 옷을 입었다) 꽃과 부드러운 에메랄드빛으로 반짝이는 나뭇잎 사이를 스치며 빛나는 모습을 보고 있노라니 눈이 부셨다. 곧이어 눈이 사르르 감겼다. 피로와 따뜻한 날씨에 벌과 새가 윙윙거리는 소리까지 나니 졸음이 몰려왔던 것이다. 드디어 나는 잠이 들었다.

어느새 두 시간이 흘렀다. 잠에서 깨어났을 때는 해가 높은 건물들 뒤로 넘어가 보이지 않았고, 정원과 방들은 회색으로 변했으며, 벌들은 집으로 돌아갔고 꽃들은 잎을 닫고 있었다. 손님들도 다 가 버려서 오솔길은 텅 비어 있었다.

자고 나니까 한결 편안해졌다. 적어도 두 시간은 가만히 앉아 있었으니 추울 법도 한데 별로 춥지 않았고, 딱딱한 책상에 짓눌려 있었던 뺨과 두 팔도 저리지 않았다. 그럴 만도 했다. 나는 원래 뺨과 팔을 대고 있었던 딱딱한 나무판 대신 꼼꼼하게 접은 두꺼운 숄을 베고 있었고, 몸에도 숄(그런 물건들을 걸어두는 복도에서 가져온 것이었다)을 포근하게 두르고 있었다.

누가 숄을 덮어준 걸까? 내 친구가 누가 있지? 교사들 중에 한 명일까? 학생들 중에 한 명일까? 생피에르 양을 제외하면 나와 사이가 나쁜 사람은 없었다. 하지만 그들 중에 이런 친절을 베풀 만한 능력과 사려와 습관을 가진 사람이 누구란 말인가? 낮잠을 자는 도중에 나에게 다가왔거나 나를 건드렸는데 내가 소리를 듣지도 기척을 느끼지도 못했을 만큼 조용한 발걸음과 따스한 손길을 지닌 사람이 누구란 말인가? 명랑한 아가씨 지네브라 판쇼 양은 친절과는 거리가 멀었다. 그녀가 자고 있는 나를 봤다면 나를 의자에서 끌어냈을 게 분명했다. 결국 나는 이렇게 혼잣말을 했다.

"베크 부인이 그랬구나. 교실에 들어왔다가 내가 잠든 걸 보고 감기에 걸릴 수도 있겠다고 생각했던 게지. 그녀에게 나는 목적을 충실히 이행하는 유용한 도구와 같은 고용인이니까. 쓸데없이 내가 병에 걸리지 않기를 바랐겠지. 저녁 공기가 맑고 신선하니 이제 산책이나 하러 가야겠어."

나는 유리문을 열고 정자로 들어갔다.

나만의 오솔길에 들어섰다. 어두웠거나 황혼이 내렸다면 함부로 그곳에 가지 못했을 것이다. 몇 달 전 그곳에서 보았던 이상한 환각(그게 진짜 환각이었다면 말이다)이 아직도 기억에 생생했기 때문이다. 하지만 저녁 햇살이 여전히 성 요한 성당의 회색 첨탑을 비추고 있었고, 정원의 새들도 아직은 무성한 관목과 우거진 담쟁이덩굴 속에 있는 둥지로 날아가 버리지 않았다.

나는 유리병을 땅에 묻었던 날 밤에 했던 것과 거의 똑같은 생각을 하며 이리저리 거닐었다. 어떻게 하면 내 삶을 개선하고 독립적인 지위를 향해 한 걸음 전진할 수 있을까 하는 생각이었다. 최근 들어서는 이런 생각을 깊이 해보지 못했지만 완전히 잊은 적은 결코 없었다. 어떤 이의 눈길이 나를 외면할 때마다, 어떤 이의 얼굴이 야박하고 불공정하게 어두워질 때마다 곧장 이런 사색에 빠져

들었다. 그렇게 조금씩 생각하다 보니 계획이 반쯤 세워져 있었다.

나는 혼자서 중얼거렸다.

"빌레트는 검소한 도시라 생활비가 적게 들 거야. 이곳 사람들은 나의 고향인 영국 사람들보다 더 실용적이어서 외모에 신경을 훨씬 덜 쓰는데다 겉모습을 가지고 경쟁하지도 않잖아. 이곳에서는 자기한테 편한 대로 소박하고 알뜰하게 사는 걸 부끄러워하는 사람이 없어. 잘만 고르면 집세도 비싸지 않을 거야. 1,000프랑을 모으면 큰 방 하나에 작은 방이 두세 개쯤 딸린 집을 빌려야지. 큰 방에는 긴 의자와 책상 몇 개와 흑판과 나만의 교단을 두겠어. 교단 위에는 의자와 탁자를 놓고 지우개와 흰 분필도 마련해놓아야지. 처음에는 통학생만 받다가 점점 확대해 나가면 될 거야. 베크 부인이 종종 하는 말을 들어보면 그녀도 처음부터 거창하게 시작했던 건 아니라는데, 지금은 어떻지? 이곳의 모든 건물과 정원이 다 그녀의 돈으로 산 재산이잖아. 노후를 위해 이미 상당한 금액을 저축해 뒀고, 학교는 그녀의 지휘 아래 번창하고 있고, 그녀의 아이들도 이걸 바탕으로 성공할 수 있겠지.

힘을 내, 루시 스노! 겸허하고 소박하게 시작해서 꾸준히 노력하면 인생의 목표를 이룰 수 있을 거야. 목표가 너무 이기적이고 협소하고 재미없다고 불평할 생각일랑 마. 지금의 목표를 달성하기 전까지는 자립을 위해 열심히 일하는 걸로 만족하렴. 그러고 나서야 더 높은 곳을 쳐다볼 자격이 있지. 하지만 내가 삶에서 이룰 수 있는 건 그걸로 끝일까? 진짜 가정을 이룰 수는 없는 걸까? 너무나 값진 무언가를 나 자신보다 더 소중히 여기면서 나 자신만을 돌볼 때보다 더 많은 장점을 계발할 여지는 없는 걸까? 누군가의 발아래 인간의 이기주의라는 짐을 기꺼이 내려놓고 더 고귀한 노동의 의무를 기쁘게 짊어지면서 그 사람을 위해 살아갈 수는 없을까? 루시 스노, 아무래도 네 인생의 경로는 그렇게 순탄하지 않은 것 같구나. 너에게는 초승달만 떠도 감지덕지지. 그보다 나을 게 없는 환경에서 살아가는 사람들도 무수히 많단다. 수많은 남자들과 그보다 더 많은 여자들이 억눌리고 박탈당한 채 인생을 살아간다고. 혜택 받은 소수에 네가 포함될 이유가 없지. 하지만 나는 최악의 운명에도 달콤한 희망과 햇살이 조금은 섞여 있으리라 믿어. 지상에서의 삶은 전부가 아니고 시작도 끝도 아니라고 믿어. 믿음으로 떨고, 믿음으로 흐느껴 울고 있어."

이렇게 해서 이 주제가 끝났다. 가끔씩은 우리의 삶이라는 계좌를 용감하게 들여다보고 솔직하게 결산을 해보는 게 좋다. 각 항목을 계산할 때 스스로를 속여 가면서 사실은 '불행' 인 칸에 '행복' 이라고 써넣는 사람은 불쌍한 사기꾼이다. 고뇌를 고뇌라 부르고 절망을 절망이라 부르자. 고뇌와 절망을 굵은 글자체로 힘 있게 써넣자. 그러면 '운명' 에게 빚을 갚기가 수월해진다. 거짓으로 적는다면? '고통' 이라고 써야 할 곳에 '특혜' 라고 써넣고 힘센 채권자가 그 속임수를 눈감아주는지, 혹은 당신이 내미는 가짜 동전을 받는지 한번 보라. 가장 강한 천사, 가장 사악한 검은 천사가 피를 내놓으라고 했는데 물을 바친다면 그걸 고이 받겠는가? 희멀건 바다를 통째로 준다고 해도 피 한 방울을 대신할 수 없다. 나는 다른 계좌를 정리하기 시작했다.

정원의 거대한 배나무 므두셀라 앞에 발걸음을 멈췄다. 옹이가 많은 나무에 이마를 대고 발로는 나무뿌리 근처의 조그만 무덤을 봉한 돌을 디디고 선 채 그곳에 묻힌 감정의 행로를 회상했다. 나는 존 선생을 떠올렸다. 그를 향한 나의 애정을, 그의 훌륭함에 대한 믿음을, 그의 매력을 보며 느꼈던 기쁨을 떠올렸다. 반은 대리석이고 반은 생명이며, 오직 한쪽만 진실이고 다른 한쪽은 농담일 수도 있는 기묘하고 일방적인 우정은 어떻게 됐는가?

그 감정은 죽었을까? 모르겠다. 어쨌든 그건 땅에 묻혀 있었다. 때때로 나는 그 무덤이 조용하지 않다는 생각을 했고, 땅이 들썩이고 아직도 살아 있는 금빛 머리카락이 관 틈새로 삐져나오는 이상한 꿈을 꾸었다. 너무 성급하게 매장한 걸까? 나는 혼자 물음을 던지곤 했다. 존 선생과 잠깐씩 이야기를 나눌 기회가 있을 때마다 괴로운 아픔과 함께 떠오르는 물음이었다. 존 선생은 여전히 온화한 표정과 따스한 손길을 지니고 있었고, 여전히 유쾌한 어조로 내 이름을 불렀다. 그가 '루시'라고 부를 때만큼 내 이름이 좋아질 때가 또 있었을까! 하지만 시간이 가면서 그런 친절과 온정과 음악 같은 목소리가 특별히 나를 향하는 게 아님을 알게 됐다. 그건 그의 본성이었다. 그의 성품에 함유된 꿀이었고 그의 원숙한 분위기에서 나오는 향기였다. 그는 잘 익은 과일이 주위를 맴도는 벌에게 달콤함을 주는 것처럼 나에게 친절을 베풀었고, 싱싱한 나무가 향기를 내뿜는 것처럼 주위 사람들을 기분 좋게 했다. 그렇다고 해서 복숭아나무가 자기 열매를 먹는 벌이나 새를 사랑하는가? 들장미가 공기를 사랑하는가?

"편히 잠드세요, 존 선생님. 당신은 선량하고 잘생긴 사람이죠. 하지만 당신은 내 것이 아니군요. 편히 잠드세요, 그리고 신의 가호가 있기를!"

이렇게 해서 나의 사색은 끝이 났다. 마지막의 "편히 잠드세요"는 소리 내어 말했다. 그런데 내 목소리가 들리고 나서 다시 한 번 같은 소리가 메아리쳤다. 그것도 제법 가까운 거리에서.

"편히 잠드세요, 선생. 하지만 아직 해가 다 지지도 않았으니 저녁 인사를 하는 게 낫겠소. 그래 잠은 잘 잤소?"

나는 흠칫 놀랐지만 그 목소리의 주인을 알고 있었으므로 곧 평정을 되찾았다.

"잘 잤냐고요, 선생님? 언제요? 어디서요?"

"언제 어디서냐고 묻는 게 당연하지. 당신은 밤낮이 바뀐 모양이구려. 그리고 책상을 베개로 삼더군. 잠을 자기에는 좀 딱딱하지 않소?"

"자고 있으니 부드러워지던걸요? 제 책상에 선물을 가져오는 보이지 않는 천사가 저를 기억하고 있었나 봐요. 제가 잠들어 있어도 꼬박꼬박 찾아오더군요. 깨어나 보니 베개를 베고 숄을 덮고 있었답니다."

"숄이 있어서 따뜻하게 잤소?"

"아주 따뜻했어요. 감사의 말을 듣고 싶으신가요?"

"그건 아니오. 잠자는 얼굴이 창백해 보이던데 향수병이라도 걸렸소?"

"집이 있어야 향수병에 걸리죠. 저는 집이 없는걸요."

"그렇다면 당신을 잘 보살펴주는 친구가 있어야겠소. 루시 양, 당신은 내가 아는 누구보다 친구를 필요로 하는 사람이오. 당신의 결점 때문에 친구가 없으면 안 된단 말이오. 당신은 일일이 확인하고 통제하고 억눌러야 하는 사람이오."

'억누른다' 는 발상은 폴 선생의 머릿속을 떠나지 않았다. 내가 늘 복종만 했더라도 폴 선생은 그런 생각을 떨치지 못했을 것이다. 아무려면 어떤가? 그게 무슨 의미가 있는가? 나는 폴 선생의 말에 귀를 기울이기는 했지만 지나치게 유순하게 굴지는 않았다. 내가 그에게 '억누를' 거리를 남겨주지 않는다면 그가 할 일이 없어질 게 아닌가?

폴 선생이 말을 계속했다.

"당신은 누가 지켜보고 감시해야 하는 사람이오. 내가 그걸 파악하고 최선을 다해 임무를 수행하는 걸 다행으로 여기시오. 나는 당신을 비롯해서 여러 사람을 지켜보고 있소. 당신들이 생각하는 것보다 더 가까운 곳에서 언제나 면밀히 지켜본단 말이오. 저기 불이 켜진 창문이 보이오?"

그는 대학 기숙사의 창문 하나를 손가락으로 가리켰다.

"나는 저 방을 임대했소. 명목상으로는 연구를 위해서였지만 사실은 감시를 하려고 빌린 거요. 방에 앉아 내리 몇 시간씩 독서를 하는 게 내 방식이자 취향이라오. 내 책은 이 정원이고, 책의 내용은 인간의 본성이오. 아니 여자의 본성이지. 나는 당신들을 속속들이 알고 있소. 하하! 여자들을 잘 안다 이 말이오. 파리 여자인 생피에르 양이나, 세상 물정을 잘 아는 여자인 내 사촌 베크 부인에 관해서도."

"그건 옳지 않아요, 선생님."

"지금 의견을 말하는 거요? 옳지 않다고? 누구의 신조에 비춰서 옳지 않다는 거요? 칼뱅이나 루터의 교리에 그걸 반대하는 내용이 있소? 나는 신교도가 아니오. 부자였던 우리 아버지는(하지만 나는 가난을 알고 있소. 로마의 다락방에서 일 년 내내 지독하게 굶주린 적도 있소. 하루 한 끼 먹은 날이 많았는데 그것마저 못 먹을 때도 있었으니까. 그래도 태생은 부유했소) 독실한 가톨릭 신자여서 나에게 목사와 예수회 수사를 선생으로 붙여주었소. 나는 아버지의 가르침을 잊지 않고 있소. 오, 신이시여! 그때 받은 교육 덕분에 대단한 발견을 했나이다!"

"몰래 숨어서 알아냈다면 명예롭지 못한 발견일 테지요."

"역시 신교도시군! 그래도 나의 예수회식 탐구 방법을 한번 보시오. 당신도 생피에르 양을 알지 않소?"

"어느 정도는요."

그러자 폴 선생은 웃음을 터뜨리며 말했다.

"맞소. 당신은 '어느 정도' 알고 있지. 반면에 나는 그녀를 완벽하게 알고 있소. 여기에 차이가 있는 거요. 생피에르 양은 내 앞에서 상냥한 체 하고 고양이처럼 보드라운 앞발을 내밀면서 나를 얼러대고 아첨하고 아양을 떤다오. 물론 나 역시 이성의 뜻과는 반대로 여자의 아첨에 넘어갈 수 있는 사람이오. 그녀는 예쁘지는 않지만 나와 처음 만났을 때는 젊었소. 혹은 젊어 보이는 비결을 아는 거겠지. 프랑스 여자들이 다 그렇듯이 그녀는 옷을 맵시 있게 입을 줄 안다오. 그리고 사람을 대하는 태도가 어딘가 시원시원하고 편안하고 사교적이어서 내가 창피해할 필요가 없었소."

"그건 중요하지 않았을 걸요. 저는 선생님이 창피해하시는 걸 본 적이 없는데요."

"루시 양이 나를 잘 몰라서 그렇소. 나도 어린 기숙학교 학생처럼 창피해할 때가 있다오. 겸손하고 수줍어하는 성격이 나한테도 있단 말이오."

"저는 본 적이 없는걸요."

"그런 성격이 분명히 있소. 당신도 봤을 거요."

"선생님께서 공적인 자리에 있는 모습을 봤지요. 무대에서도, 연단에서도, 귀족과 왕족 앞에 있을 때도 3반 교실에 계실 때처럼 편안해 보이던데요."

"루시 양, 나는 귀족이나 왕족 앞에서 겸손해지지 않소. 그리고 공적인 자리에 서는 건 내 적성에 맞는 일이오. 그런 데서는 기분이 좋아져서 거침없이 행동하지. 하지만, 하지만…… 간단히 말해서 지금 이 순간에도 겸손한 마음을 행동으로 옮기고 있소. 단지 그런 감정에 굴복하기가 싫은 거요. 루시 양, 만약에 내가 결혼할 마음이 있는 사람이라면(그렇지는 않으니까 그런 장면을 머릿속에 그리면서 비웃지는 마시오), 그래서 어떤 숙녀에게 나를 남편으로 맞이하겠느냐고 물어보아야 한다면, 그때는 내가 그렇다는 게…… 겸손하다는 게 증명될 거요."

이제는 그를 믿을 수 있었다. 신뢰가 생기자 가슴이 저릴 정도로 진실한 존경심도 솟아났다.

그가 말을 이었다. 목소리가 약간 변한 걸로 보아 본래의 모습으로 돌아온 듯했다.

"생피에르 양에 대해 말하자면, 한때 그녀는 에마뉘엘 부인이 되려는 속셈을 품고 있었다오. 저기 불이 켜진 작은 창문이 아니었다면 내가 어떻게 됐을지는 나도 모르겠소. 아, 마법의 창이여! 그 창문을 통해 기적 같은 발견을 많이도 했더랬지! 그렇소. 나는 그녀의 앙심과 허영심과 경박한 면을 봤소. 비단 여기에서만이 아니라 다른 데서도 봤소. 그녀의 모든 술수로부터 나를 보호해 줄 것들을 목격한 거요. 이제 나는 불쌍한 젤리 생피에르 양에게 넘어가지 않소."

그는 잠깐 멈췄다가 말을 이었다.

"내가 가르치는 학생들도 마찬가지지요. 저 온화하고 순하던 금발의 아가씨들의 다른 면모를 봤소. 제일 얌전하게 봤던 학생들이 사내아이들처럼 뛰어다니는가 하면, 새침하기 그지없던 학생들이 담벼락에서 포도 덩굴을 확 잡아채고 나무를 흔들어 배를 따더군. 영어 선생이 처음 왔을 때도 나는 그녀를 관찰했다오. 그녀가 이 오솔길을 좋아한다는 걸 진작부터 알았고, 그녀가 고독을 즐긴다는 걸 발견했소. 대화를 주고받기 훨씬 전부터 유심히 지켜봤던 거요. 우리가 서로 잘 모르는 사이였을 때 언젠가 내가 조용히 다가가 흰 제비꽃 한 다발을 줬던 일을 기억하오?"

"그럼요. 그 꽃을 말려서 아직도 간직하고 있는걸요."

"당신이 얌전한 척하지 않고 담담한 태도로 바로 꽃을 받아줘서 기뻤소. 당신이 내숭을 떨까봐 걱정했다오. 나는 눈빛이나 몸짓에 내숭이 엿보이는 걸 혐오해 마지않소. 아까 하던 얘기로 돌아갑시다. 당신을 지켜본 사람은 나 혼자가 아니었소. 특히 해질 녘에는 다른 수호천사가 소리 없이 당신 곁을 맴돈다오. 내 사촌 베크 부인은 밤마다 저쪽 계단으로 몰래 내려와 당신이 보지 못하는 사이에 미끄러지듯 당신을 뒤쫓았소."

"하지만 선생님, 저렇게 멀리 떨어진 창문에서는 밤중에 누가 정원에 있는지 보이지 않을 텐데요?"

"달빛이 비치면 망원경으로 볼 수 있소. 나는 망원경을 사용하거든. 하지만 정원에도 자유롭게 드나들 수 있지. 정원 끝에 있는 헛간에 뜰로 이어지는 문이 하나 있는데 대학으로도 통한다오. 나는 열쇠를 가지고 있어서 마음대로 오갈 수 있소. 오늘 오후에도 그 문으로 들어왔다가 당신이 교실에서 잠든 걸 봤다오. 저녁에도 그 문을 이용했고."

나는 참지 못하고 소리쳤다.

"선생님이 사악한 모략가라면 정말 끔찍한 일이겠네요!"

그는 나의 의견에 별다른 관심을 나타내지 않고 그저 담배에 불을 붙였다. 그러고는 나무에 등을 기댄 채 담배를 한 모금 빨아들이면서 재미있다는 표정으로 태연자약하게 나를 바라보았다. 마음이 차분하게 가라앉아 있을 때 으레 짓는 표정이었다. 나는 그에게 설교를 더 해도 되는 상황이라고 판단했다. 폴 선생은 몇 시간씩 나에게 설교를 늘어놓기 일쑤였는데 나라고 한 번쯤 솔직하게 이야기하지 말란 법 있는가? 그래서 나는 그의 예수회식 방법에 대한 소견을 이야기했다.

"선생님께서는 예수회에서 얻은 지식에 너무 높은 가치를 매기시는 것 같네요. 이렇게 몰래 왔다 갔다 하는 건 선생님의 위엄을 떨어뜨리는 짓이에요."
그러자 폴 선생은 웃으며 소리쳤다.
"위엄이라! 언제 내가 위엄 때문에 골머리를 앓는 걸 봤소? '위엄을 차리는' 사람은 바로 당신이오, 루시 양. 섬사람답게 도도한 당신 앞에서, 당신이 나의 '위엄' 이라고 칭하는 걸 나 스스로 짓밟은 게 도대체 몇 번이오? 나는 미친 듯이 화를 내면서 위엄을 갈기갈기 찢어 바람에 날려 버렸소. 그러는 동안 당신은 거만한 태도로 보고만 있었잖소? 그런 내 모습이 런던의 삼류 배우가 울부짖는 것과 아주 흡사하다고 생각했다는 걸 다 알고 있소."
"선생님, 저 창문에서 한 번 밖을 내다볼 때마다 선생님의 인격에서 가장 훌륭한 부분이 훼손되는 거예요. 사람의 마음을 그런 식으로 연구하는 건 이브의 사과를 가지고 몰래 불경스러운 연회를 여는 거나 다름없어요. 선생님이 신교도면 좋겠네요."
그는 나의 소망을 못 들은 체 하면서 계속 담배를 피웠다. 그는 빙그레 웃으며 말없이 무슨 생각에 잠겨 있다가 갑자기 입을 열었다.
"내가 본 게 또 있소."
"뭘 보셨는데요?"
그는 담배를 입에서 빼내 꽁초를 관목 사이로 던졌다. 잠시 어둠 속에서 담뱃불이 빛났다.
"저걸 보시오. 저 불꽃이 당신과 나를 지켜보는 눈동자 같지 않소?"
그는 산책로를 따라 방향을 틀다가 갑자기 내 쪽으로 몸을 돌리며 말했다.
"루시 양, 나는 불가사의한 일들을 봤소. 해답을 찾으려고 밤새도록 지켜본 적도 있는데 아직도 모르겠소."
그의 말투는 어딘가 이상했다. 내가 오싹해져서 몸을 바르르 떨자 그가 물었다.

"무섭소? 내가 한 말 때문이오, 아니면 방금 전까지 깜박거리던 질투심에 찬 붉은 눈 때문이오?"

"추워서 그래요. 밤이 다 돼서 캄캄한데다 공기도 싸늘해졌어요. 들어가 봐야 해요."

"아직 8시도 지나지 않았소. 하지만 곧 들여보내줄 테니 이 질문에만 답하시오."

그는 질문을 하기 전에 잠시 침묵을 지켰다. 정원은 진짜로 컴컴해지고 있었다. 황혼이 내리면서 구름을 몰고 왔고, 나무 사이로 빗방울이 떨어지기 시작했다. 폴 선생도 이걸 느꼈으면 했으나 그 순간 그는 자기 생각에 너무 몰두하고 있어서 변화를 알아차리지 못했다.

"루시 양, 당신네 신교도들은 초자연적인 현상을 믿소?"

"다른 교파도 그렇듯이 신교 내에서도 그 점에 대해서는 학설과 신앙이 제각기 달라요. 선생님, 왜 그런 질문을 하시나요?"

"왜 그렇게 움츠러들면서 힘없는 소리로 말하는 거요? 당신도 미신을 믿소?"

"저는 신경이 예민한 체질이어서 그런 이야기 자체를 싫어하죠. 더욱 싫어하게 된 이유는……."

"그걸 믿기 때문이겠지?"

"아니에요. 하지만 그런 느낌을 받은 적이 있었거든요……."

"이 학교에 오고 나서 그랬소?"

"예. 불과 몇 달 전에요."

"여기? 이 집 안에서?"

"네."

"좋아! 그렇게 말하니 반갑소. 당신이 말해 주기 전에도 짐작하고 있었소. 당신과 나의 공통점을 알고 있었기 때문이오. 당신은 참을성이 있는 사람이지만 나는 다혈질이라오. 당신은 조용하고 창백하지만 나는 검은 얼굴에 불같은 성격이오. 당신은 엄격한 신교도지만 나는 예수회의 평신도요. 하지만 우리는 비슷한 사람들이오. 닮은 데가 있거든.

루시 양, 거울을 보다가 그걸 느낀 적이 없소? 당신의 이마가 내 이마와 비슷하게 생겼고, 당신의 눈매가 내 눈매와 비슷하다는 걸 알고 있소? 당신이 말을 할 때 내 억양과 비슷하게 들릴 때가 있다는 걸 알고 있소? 당신의 표정이 내 표정과 비슷한 데가 많은 걸 알고 있소? 나는 이 모든 걸 알고 당신과 나의 별자리가 같다고 믿게 됐소. 그렇소, 당신은 나와 별자리가 같은 사람들이오! 떨고 있군! 인간이란 원래 그런 존재요. 운명의 실타래를 풀기는 어렵지. 여기저기 매듭이 지고 엉켜 있는데 갑자기 끊어 버리면 그물이 상하거든. 당신은 영국인답게 신중한 태도로 '느낌' 이라고 표현했는데, 나도 그런 '느낌' 을 받은 적이 있소."

"어떤 느낌이었나요?"

"지금 그걸 이야기하려는 거요. 이 집과 정원에 얽힌 전설을 알고 있소?"

"알고 있어요. 수백 년 전에 어떤 수녀가 바로 이 나무 밑에 산 채로 묻혔다는 이야기잖아요. 지금 우리가 밟고 서 있는 땅 밑에요."

"예전에 수녀 유령이 이곳에 출몰하곤 했다는 소문도 있소."

"선생님, 그 유령이 지금도 출몰한다면 어떠시겠어요?"

"뭔가가 이곳을 들락거리고 있소. 밤이면 이 집에 어떤 형체가 자주 나타나는데 낮에 보이는 그 어떤 형체와도 다르지. 틀림없이 한 번 이상 그걸 보았소. 이상하게도 상복을 입고 있었는데, 다른 어떤 살아 있는 존재에게 이야기하는 것보다 내게 많은 이야기를 하려는 듯했소. 그건 수녀의 형상이었소!"

"선생님, 저도 같은 걸 봤어요."

"그것도 예상하고 있었소. 그 수녀가 살아있는 사람이든, 피가 다 마르고 살이 다 썩고 나서 남은 무엇이든 간에, 그녀는 당신과 나에게 볼일이 있는 것 같소. 나는 그걸 알아보려고 하오. 지금까지는 너무 당황해 있었지만 이제 그 수수께끼를 추적할 작정이오. 내 말은……."

폴 선생은 말을 멈추고 갑자기 고개를 들었다. 순간 나도 같은 행동을 했다. 우리는 같은 곳을 응시하고 있었다. 정자에 그늘을 드리우고 가지 몇 개를 1반 교실 지붕 위로 뻗친 커다란 나무를 보고 있었던 것이다. 마치 나뭇가지가 저절로 흔들리고 나뭇잎이 거대한 나무둥치에 일제히 돌진해 부딪치기라도 하는 것처럼 불가사의한 소리가 계속 났다. 그랬다. 미풍조차 불지 않았고 깃털 같은 관목들도 가만히 서 있는데 그 육중한 나무가 심하게 흔들렸다. 나뭇잎 사이로 나무가 물결치는 움직임이 몇 분간 계속됐다. 어둡기는 했지만 밤의 그림자나 나무의 그림자보다 더 단단한 무언가가 보였다. 줄기에서 튀어나온 시커먼 물체였다.

마침내 이상한 소리가 멈췄다. 그런 노고 끝에 어떤 생명이 탄생했는가? 산고를 겪고 나서 어떤 요정이 태어났는가? 우리는 시선을 고정하고 있었다. 갑자기 집안에서 기도 시간을 알리는 종소리가 울렸다. 그 순간 흑백으로 된 유령이 정자를 빠져나와 우리가 서 있는 오솔길로 들어왔다. 화가 난 것처럼 바짝 다가와 우리 얼굴을 잽싸게 스치고 지나간 건 다름 아닌 수녀 유령이었다! 그녀를 그렇게 똑똑히 보기는 처음이었다. 키가 크고 동작이 사나운 여자였다. 그녀가 사라지는 동안 바람의 흐느낌 소리가 높아지고 차가운 비가 마구 퍼부었다.

온밤이 그녀를 느끼는 듯했다.

32. 최초의 편지

자, 물음을 던질 때가 됐다. 폴리나 메리는 어디에 있나? 화려한 크레시 호텔을 드나들던 일은 어떻게 됐나? 그들의 부재로 교제는 일시적으로 중단된 상태였다. 바송피에르 부녀는 몇 주 동안 프랑스의 수도와 각 지방을 돌아보는 여행을 다녀왔다. 그들이 돌아온 직후에 나는 우연히 그들과 마주쳤다.

어느 화창한 날 오후, 나는 조용한 가로수 길을 걷고 있었다. 기분 좋은 생각에 잠겨 천천히 4월의 따사로운 햇볕을 즐기고 있는데 말을 탄 사람들이 눈에 들어왔다. 그들은 보리수를 심어놓은 넓고 평탄한 길 한가운데서 방금 만난 것처럼 인사를 나누고 있었다. 한쪽에는 중년의 신사와 젊은 아가씨가 있었고 맞은편에는 잘생긴 젊은 남자가 있었다. 아가씨는 거동이 아주 우아했고 최고급 의상과 장신구를 걸쳤으며 전반적으로 가냘프고도 당당한 모습이었다. 그들을 바라보다가 문득 아는 사람들 같다는 생각이 들어서 가까이 다가가보니 확실히 알아볼 수 있었다. 홈 드 바송피에르 백작과 그의 딸 그리고 존 그레이엄 브레튼 선생이었다.

존 선생의 얼굴에는 생기가 넘쳤다. 진실하고 다정하면서도 수줍은 기쁨이 역력한 그 얼굴이라니! 바로 이거야말로 존 선생을 끌어당기고 사로잡으며 정복하면서도 흥분시키는 상황이었다. 그가 숭배하는 진주는 그 자체로도 값지고 순도가 높은 것이었지만, 그는 보석을 감상하면서 테두리를 그냥 지나칠 사람이 아니었다. 폴리나가 지금처럼 젊고 아름답고 우아하지만 보살펴주는 사람 없이 혼자 일하며 살아가는 허름한 옷차림의 직공이나 점원이었다면? 물론 그렇더라도 존 선생은 그녀의 몸짓과 외모를 사랑스러운 눈길로 바라보았을 것이다.

그러나 그를 정복하고 확실하게 지배하기 위해서는 몸짓과 외모 외의 무언가가 필요했다. 그가 폴리나에게 정복당하는 과정에서 남자로서의 명예를 잃은 게 아니라 오히려 더 얻었다는 사실은 누가 봐도 명백했다. 존 선생에게는 세속적인 구석이 있었다. 자기 자신에게 만족스러운 것만으로는 충분하지 않았고 사회가 인정하는 선택이어야 했다. 온 세상이 그의 업적을 찬양하지 않으면 자신의 판단이 틀렸거나 무익하다고 여겼다. 그는 겉으로 드러나는 모든 걸 다 가져야 승리로 간주했다. 수준 높은 교양의 흔적, 세심하고 권위 있는 보호자의 손길, '유행' 이 결정하고 '재산' 으로 구입하며 '취향' 에 좌우되는 부가적인 것들을 모두 가지고 싶어 했다. 그의 영혼은 이런 조건들을 명기한 다음에야 항복했다. 폴리나는 그 조건들을 완벽하게 충족했다. 존 선생은 열정과 긍지를 함께 느끼고 한편으로는 두려움에 떨면서 폴리나에게 충성을 맹세했다. 한편 폴리나의 눈 속에는 자신의 권력을 의식해서라기보다는 마음에서 우러난 미소가 고이 잠들어 있었다.

그들은 작별을 했다. 존 선생은 빠른 속도로 내 옆을 스쳐 지나갔다. 자기가 말을 달리는 길바닥을 의식하지도 못했고 반대편에 뭐가 있는지 보지도 않았다. 그는 아주 멋있어 보였다. 혈기와 굳은 의지가 절정에 달해 있었다.

그 순간 음악 같은 다정한 목소리가 들렸다.

"아빠, 루시 양이 있어요! 루시, 루시! 이리 와요!"

나는 그녀에게 얼른 달려갔다. 그녀는 말안장에 앉은 채 베일을 뒤로 젖히고 몸을 굽혀 나에게 키스했다.

그녀가 말했다.

"그렇잖아도 내일 찾아가려고 했는데, 이렇게 됐으니 내일 당신이 저를 만나러 오세요."

그녀는 시간을 정해 주었고 나는 그렇게 하겠노라고 약속했다.

다음 날 저녁은 폴리나와 함께 보냈다. 우리는 폴리나의 방에 틀어박혀 있었다. 지난번에 그녀의 주장과 지네브라 판쇼의 주장을 대비시켜 확연한 승리를 거둔 날 이후로는 같이 시간을 보낸 적이 없었다. 그녀는 그간 여행을 다녀온 이야기를 자세히 들려주었다. 이렇게 단둘이 대화를 나눌 때면 그녀는 속사포처럼 빠른 말투로 생기발랄하게 이야기했다. 하지만 소박한 말씨와 또렷하고 부드러운 목소리 덕택에 지나치게 빨리 말한다거나 말이 너무 많다는 느낌이 들지 않았다. 여행 이야기를 더 했어도 나는 재미있게 들었을 텐데 폴리나가 차츰 화제를 바꾸고 싶어 하는 것 같았다. 이야기를 짧게 끝내려고 서두르는 기색이 보였다. 하지만 그렇게 간단하게 이야기를 끝낸 이유는 금방 드러나지 않았다. 잠시 침묵이 흘렀다. 넋을 잃기라도 한 것 같은 다소 불안한 침묵이었다. 이윽고 그녀는 나에게 몸을 돌리며 호소에 가까운 말투로 수줍게 말했다.

"루시……."

"말해 봐요. 나는 여기 있으니까."

"제 사촌 지네브라가 아직 베크 부인의 학교에 있나요?"

"아직 있죠. 사촌이 보고 싶어서 그래요?"

"아니요. 별로 보고 싶진 않아요."

"저녁 시간에 한 번 더 초대하고 싶어요?"

"아니에요. 그런데 지네브라가 여전히 결혼 이야기를 하나요?"

"당신이 소중히 여기는 사람하고 결혼한다는 이야기는 없던데요."

"그래도 아직 존 선생님을 마음에 두고 있겠죠? 두 달 전까지만 해도 아주 확고했으니까 마음이 변하진 않았을 거예요."

"글쎄, 알다시피 그건 중요하지 않아요. 그게 허풍이었다는 걸 확인했잖아요."

"그날 저녁에는 조금 오해가 있었던 게 분명해요. 지네브라는 울적해 보이던가요?"

"그렇지 않아요. 이제 화제를 바꾸죠. 여행하는 동안 그레이엄의 안부를 전혀 듣지 못했나요?"

"아빠한테 사업상 문제로 한두 번 편지가 왔어요. 우리가 없는 동안 돌봐야 할 일들을 그분이 맡아주셨거든요. 존 선생님은 아빠를 존경하고 기꺼이 아빠한테 복종하는 것 같아요."

"그래요. 어제 가로수길에서 당신이 그를 만난 걸 봤어요. 그의 모습을 보니까 친구들이 그의 건강을 걱정하며 가슴 졸일 필요가 없다는 것쯤은 알겠죠?"

"아빠도 같은 생각을 하신 것 같아요. 웃음이 절로 나오네요. 아빠는 눈썰미가 좋은 편이라고 할 수 없어요. 눈앞에 있는 것 말고 다른 것들을 생각할 때가 많기 때문이지요. 하지만 존 선생님이 말을 타고 멀어져갈 때 아빠는 '저 아이의 유쾌하고 활기찬 모습을 보면 정말 기분이 좋아진단 말이야' 라고 말씀하셨어요. 존 선생님을 '아이' 라고 했던 거죠. 아빠는 저를 꼬마로 여기듯이 그분을 소년으로 여기시나 봐요. 저한테 말씀하시는 건 아니었고 혼잣말로 중얼거리신 거였죠. 루시……."

다시 한 번 호소하는 말투가 나왔다. 폴리나는 벌떡 일어나더니 내 발치의 낮은 스툴로 자리를 옮겼다.

나는 폴리나를 좋아했다. 이건 내가 이 책에서 지인들에 관해 자주 사용한 표현이 아니기 때문에 독자들도 한 번쯤은 용납하리라 믿는다. 폴리나와 친하게 지내면서 가까이에서 살펴보니 그녀는 섬세하고 지적이며 순수했다. 그래서 나는 그녀에게 가슴속 깊이 호의를 간직하고 있었다. 피상적인 감탄이었으면 눈에 더 잘 띄었겠지만 나의 찬사는 조용했다.

나는 폴리나에게 물었다.

"루시에게 물어보려는 게 뭐죠? 용기를 내서 말해 봐요."

하지만 그녀의 눈빛을 보니 용기가 나지 않는 모양이었다. 나와 눈이 마주치자 그녀는 시선을 떨어뜨렸다. 뺨에도 홍분한 기색이 나타났다. 얼굴 표면이 잠시 달아오른 정도가 아니라 내면의 홍분이 모여 얼굴이 붉어지고 뜨거워졌다.

"루시, 당신이 존 선생님을 어떻게 생각하는지 알고 싶어요. 부탁인데 그분의 성격과 기질에 대한 솔직한 의견을 말해줘요."

"성격이야 당연히 고상하고 훌륭하죠."

"그럼 기질은요? 그분을 잘 아시니까 기질에 대해서도 말해줘요."

"잘 안다고 할 수 있죠."

"그분이 집에 있을 때 어떤 모습인지도 아시잖아요. 어머니와 함께 있는 모습을 보셨겠지요? 아들로서 그분이 어떤지 이야기해 주세요."

"마음씨 착한 아들이죠. 어머니의 위안이자 희망이고, 자랑이자 기쁨이에요."

그녀는 내 손을 붙잡고 있었는데 긍정적인 단어가 나올 때마다 내 손을 다정하게 어루만졌다.

"다른 좋은 점은 뭐가 있나요, 루시?"

"존 선생은 인정이 많아서 모든 사람을 인간적으로 대우하지요. 미개한 야만인이나 극악무도한 범죄자에게도 친절을 베풀 거예요."

"아빠의 친구이신 몇몇 신사들이 그분에 대해 똑같은 이야기를 한 적이 있어요. 병원에 있는 가난한 환자들이 냉혹하고 이기적인 의사들 앞에서 벌벌 떨다가도 그분을 보면 반가워한대요."

"그건 맞는 말이에요. 내 눈으로 직접 봤지요. 언젠가 존 선생이 나를 병원에 데려갔거든요. 환자들이 그를 어떻게 맞이하는지 봤어요. 아버지의 친구 분들 말씀이 맞아요."

그녀가 잠시 눈을 들었을 때 그녀의 눈은 감사의 빛으로 부드럽게 반짝이고 있었다. 아직 할 말이 많은데 시간과 장소 때문에 주저하는 듯했다. 황혼이 내리기 시작했고 응접실 난로가 이미 해질 녘의 불그스름한 빛으로 물들고 있었지만 그녀는 방이 더 어두워지고 시간이 더 가기를 바라는 것 같았다.

나는 그녀를 안심시키려고 이렇게 말했다.

"여기 있으니까 정말 조용하고 한적하네요!"

"그래요? 맞아요. 조용한 저녁이지요. 차를 마시러 내려갈 필요도 없어요. 아빠가 밖에서 저녁을 드시거든요."

여전히 내 손을 잡고 있던 그녀는 무의식적으로 내 손가락을 가지고 놀았다. 자기 반지를 내 손가락에 끼웠다가, 아름다운 머리카락으로 내 손가락을 감쌌다가, 내 손바닥을 자신의 뜨거운 뺨에 갖다댔다 하다가 마침내 목을 가다듬어 종달새처럼 맑은 원래의 목소리를 되찾았다.

"제가 존 선생님 이야기를 이렇게 많이 하는 거나, 질문을 해대고 관심을 보이는 게 이상하다고 생각하시겠지요. 하지만……."

"하나도 이상하지 않아요. 아주 자연스러운 일인걸요. 당신은 그를 좋아하잖아요."

그녀는 약간 서두르며 말했다.

"좋다한다고 해도, 그게 제가 그분 이야기를 하는 이유가 될 수 있나요? 제가 사촌 지네브라처럼 나약하다고 생각하시지요?"

"당신이 지네브라 양과 조금이라도 비슷하다고 생각한다면 이렇게 가만히 앉아서 당신 이야기를 듣지 않았을 거예요. 아마도 일어서서 방 안을 휘젓고 다니면서, 당신이 하려는 말을 전부 예측하고, 기탄없는 충고를 했을 거예요. 자, 이야기를 계속해요."

폴리나가 말을 받았다.

"계속하려고 했다고요. 달리 제가 뭘 하리라고 생각하시나요?"

그녀의 표정과 말투는 쉽게 토라지고 예민한 아이였던 브레튼 시절의 꼬마 폴리를 연상케 했다.

그녀는 단호하게 말했다.

"만약 제가 그를 좋아한다면, 너무 좋아서 죽을 지경이라면, 그 이유만으로도 저는 잠자코 있어야만 하겠죠. 무덤처럼 말없이, 루시 스노 당신처럼 묵묵히 있어야 한다고 생각하겠죠. 제가 자제력을 잃고 저 혼자만 애정을 품고 있어서 불안하다고 한탄한다면 당신은 저를 경멸하겠죠."

"애정의 승리를 자랑스럽게 떠들어대거나 슬픔을 하소연하는 여자들을 대수롭지 않게 여기는 건 사실이에요. 하지만 폴리나, 당신 이야기라면 진심으로 듣고 싶으니까 말해 보세요. 말을 해서 기분이 나아지거나 위안이 된다면 내게 모두 이야기하세요. 더 이상은 묻지 않겠어요."

"저를 좋아하시나요, 루시 양?"

"그래요, 폴리나."

"저는 당신을 사랑해요. 말 안 듣는 말썽꾸러기 꼬마였을 때도 당신과 같이 있으면 이상하게 마음이 놓였죠. 그때는 당신에게 심술이나 변덕을 부리는 게 재미있었지만 지금은 당신이 마음에 들어서 믿고 이야기하려는 거예요. 그러니 들어보세요, 루시."

폴리나는 이렇게 말하고 나서 내 팔에 몸을 살짝 기댔다. 솔직한 판쇼 양처럼 이기적으로 체중을 잔뜩 실어 나를 힘들게 하지는 않았다.

"여기 없는 동안 그레이엄한테서 소식을 들었냐고 조금 전에 당신이 물었을 때, 저는 아빠한테 사업상 편지가 두 통 왔다고 대답했죠. 그건 사실이에요. 하지만 그게 전부는 아니었어요."

"일부러 숨긴 건가요?"

"얼버무리며 말끝을 흐렸던 거죠. 이제 진실을 말할게요. 날도 어두워지고 있으니 편안하게 이야기할 수 있겠네요. 아빠는 종종 저한테 우편함을 열고 편지를 꺼내 달라고 부탁하시죠. 3주쯤 전 어느 날 아침, 바송피에르 씨 앞으로 된 십여 통의 편지 속에서 '바송피에르 양' 이라고 쓰인 편지를 발견하고 제가 얼마나 놀랐는지 모르실 거예요. 편지 더미 속에서 그게 금방 눈에 띄더군요. 저는 '아빠, 브레튼 선생님이 보낸 편지가 한 통 더 있어요' 라고 말하려던 차에 '양' 이라는 글자를 보고 입을 다물었답니다.

남자한테서 편지를 받아보기는 처음이었거든요. 아빠한테 보여드리고 먼저 뜯어서 읽어보시게 해야 했나요? 저는 그럴 수가 없었어요, 루시. 아빠가 저를 어떻게 생각하시는지 너무 잘 알고 있었거든요. 아빠는 제 나이를 잊고 계세요. 다른 사람들이 저를 자랄 만큼 자란 성인으로 여긴다는 것도 모르시고 아직도 여학생인 줄 아시죠. 그래서 말로 표현하기는 어렵지만 자책감과 가슴이 두근거리는 강렬한 감정이 기묘하게 뒤섞인 심정으로 아빠의 재산, 즉 아빠한테 온 편지 열두 통만 전해드렸어요. 그리고 저의 새끼양 한 마리, 그 한 통의 편지는 제가 가지고 있었죠(사무엘하 12 : 5에 부자가 가난한 사람의 새끼양을 빼앗은 이야기가 나온다—옮긴이). 아침식사 내내 그 편지가 제 무릎 위에서 수수께끼 같은 의미를 담아 저를 올려다보고 있어서 저는 이중인격자가 된 기분이었어요, 사랑하는 아빠에게는 어린애지만 저 자신에게는 더 이상 아이가 아닌 사람 말이에요.

아침식사가 끝난 후 편지를 들고 위층으로 올라가서 방문을 잠그고 혼자서 보물의 겉면을 살펴보기 시작했어요. 몇 분간 주소와 수신인을 바라본 후에야 겨우 봉인으로 넘어갔죠. 그렇게 강력한 성채를 한 번의 습격으로 함락시킬 수는 없잖아요. 포위 공격자들이 하는 말처럼 그 앞에서 한동안 버텨야죠. 그레이엄의 필체는 그의 성격과 똑같더군요. 봉인도 그랬어요. 아주 선명하고 확실하고 둥근 모양이었죠. 지저분하게 밀랍을 튀기지 않고 단 한 번 떨어뜨려 속이 꽉 찬 원 모양을 만들었지 뭐예요. 깨끗하고 단정한 글씨는 시신경을 거칠게 자극하는 뾰족한 각이 없어서 읽는 사람의 마음을 편하게 하더군요. 그의 얼굴, 그 조각 같은 이목구비와 똑같아요. 그의 서명을 아세요?"

"본 적 있어요. 이야기를 계속하세요."

"봉인이 너무 예뻐서 찢을 수가 없었어요. 그래서 가위로 동그랗게 잘라냈지요. 마침내 편지를 읽으려다가 의식적으로 한 걸음 물러났어요. 그걸 꿀꺽꿀꺽 마시기에는 너무 일렀던 거죠. 잔 속에서 반짝이는 물방울이 너무 아름다워서 한동안 바라보고 있었지요. 그러자 그날 아침에 기도를 하지 않았다는 생각이 났어요. 아빠가 평소보다 일찍 식사를 하러 내려가시는 소리가 들려서 기다리시지 않게 하려고 옷을 입자마자 서둘러 내려갔거든요.

기도는 나중에 해도 문제가 없으리라는 생각이었죠. 신을 먼저 섬기고 나서 인간을 섬겨야 한다고 말하는 사람도 있겠지만, 아빠를 위해서 하는 일이라면 하나님도 질투하시지 않으리라 생각해요. 제가 미신에 사로잡혀 있나 봐요. 그런데 아빠에 대한 사랑이 아닌 어떤 감정이라면 문제가 된다고 말하는 목소리가 들리는 듯했어요. 간절히 읽고 싶은 편지를 읽기 전에 먼저 기도를 해라, 잠시라도 나 자신을 부정하고 큰 의무를 우선 기억하라고 다그치는 목소리였지요.

아주 어릴 때부터 그런 성향이 있었던 것 같아요. 저는 편지를 내려놓고 기도를 했어요. 그러고는 어떤 일이 있어도 아빠를 슬프게 하거나 다른 사람에게 신경을 쓰느라 아빠에게 소홀해지는 유혹에 빠지거나 그렇게 인도되지 않기를 간구한다고 덧붙였지요. 그런 일이 일어날 수 있다는 생각만 해도 너무나 가슴이 아파서 눈물이 났어요. 그래도 때가 되면 아빠께도 진실을 알려드리고 이성을 따르시도록 설득해야 한다고 느꼈어요."

그녀는 잠시 멈췄다가 말을 이었다.

"저는 편지를 읽었어요. 루시, 인생은 실망으로 가득 차 있다고들 하잖아요. 그런데 저는 실망하지 않았어요. 편지를 읽기 전과 읽는 동안에 제 심장은 그냥 두근거린 게 아니라 덜덜 떨렸죠. 한 번 떨릴 때마다 마치 우물가에 엎드려 물을 마시려는 목마른 동물이 헐떡거리는 것 같았어요. 우물에는 놀랍도록 깨끗한 물이 가득 있었는데 물이 저절로 아낌없이 솟아나더군요. 콸콸 흘러나오는 물속으로 햇빛이 비쳤어요. 세 번 걸러진 황금빛 물을 꿀꺽꿀꺽 들이켰는데 그 속에는 티끌도 이끼도 벌레도 없더군요."

그녀의 말은 계속됐다.

"어떤 사람에게는 삶이 고통이라고들 하지요. 고통의 연속인 길을 따라 여행하는 사람의 전기를 읽은 적이 있어요. '희망' 은 빠른 속도로 그를 앞질러 날아가 버릴 뿐 절대로 가까이 다가오거나 오랫동안 머무르지 않아서, 그 사람은 희망의 손도 한번 잡아보지 못했다고 해요. 눈물을 흘리며 씨를 뿌렸지만 기쁨으로 거두지 못하고(시편 126 : 5 참조—옮긴이) 곡식이 병충해 때문에 너무 일찍 죽어버리거나 갑자기 불어온 돌풍에 날아가 버린 사람들의 이야기도 책에서 읽었어요. 슬픈 일이죠! 이런 사람들 중 몇몇은 창고가 텅 빈 채로 겨울을 맞이해 일 년 중 가장 춥고 어두운 날에 굶어죽고 만대요."

"그렇게 죽은 게 그 사람들의 잘못인가요, 폴리나?"

"항상 그렇진 않죠. 그들 가운데는 열심히 노력하는 선량한 사람들이 있었어요. 저는 열심히 노력하지도 않고 적극적으로 선행을 베풀지도 않지만 하나님께서는 제가 햇살 속에서 적절한 수분을 공급받고 아버지의 안전한 보호 속에서 집을 얻고 자라고 교육을 받도록 해주셨어요. 그리고 지금은…… 다른 걸 주시려고 하시네요. 그레이엄은 저를 사랑해요."

이야기가 절정에 달한 가운데 우리는 잠시 침묵을 지켰다.

나는 나지막한 목소리로 물었다.

"아버지께서도 아세요?"

"그레이엄은 아버지를 매우 존경하지만 아직은 말씀드릴 엄두가 나지 않는 것 같아요. 먼저 자신의 가치를 증명하고 싶대요. 그리고 위험을 무릅쓰고 어떤 행동을 하기 전에 저를 알고 싶고 제 감정에 관해서도 알고 싶다고 했어요."

"당신은 어떻게 답장을 썼죠?"

"짤막하게 썼지만 그를 거절하지는 않았어요. 너무 다정한 답장이 될까봐 조마조마했답니다. 그레이엄의 취향은 아주 까다롭잖아요. 고쳐 쓸 때마다 감정을 순화하고 억제했어요. 졸이고 또 졸여서 마침내는 과일이나 설탕이 아주 살짝 입혀진 한 조각의 얼음을 만들었지요. 그리고 나서는 과감하게 봉인을 하고 부쳤답니다."

"잘 했어요, 폴리나! 당신의 직감은 훌륭해요. 존 선생을 이해하고 있군요."

"그런데 아빠에게는 어떻게 해야 하나요? 그 점에 대해서는 아직도 가슴이 아파요."

"아무것도 하지 말고 일단 기다리세요. 아버지가 모든 걸 아시고 허락하시기 전까지 더 이상은 편지를 주고받지 말고요."

"아빠가 과연 허락하실까요?"

"시간이 가면 알게 되겠죠. 기다려봐요."

"존 선생님은 저의 차분하고 간결한 편지에 고마움을 표하며 편지를 한 통 더 보내왔어요. 하지만 저는 당신이 충고한 바를 미리 실천했지요. 제 마음은 달라지지 않겠지만 아버지가 모르시는 편지를 또 쓸 수는 없다고 말했어요."

"도리에 맞게 행동했네요. 존 선생도 그렇게 느끼고 지금보다 당신을 더 사랑하고 더 자랑스러워할 거예요. 지금보다 더 사랑하고 자랑스러워하는 게 가능한 일이라면 말이죠. 폴리나, 그렇게도 순수하고 예쁜 불꽃을 둘러싸고 있는 당신의 부드러운 서리는 값을 매길 수도 없는 특별한 선물이에요."

"제가 그레이엄의 기질을 느낀다는 걸 아시겠죠? 그에게는 아무리 섬세하게 대해도 지나치지 않은 것 같아요."

"당신이 그를 이해한다는 게 완벽하게 입증됐어요. 그리고 존 선생이 어떤 사람이건 간에, 만약 좀 더 친근하게 대해 주길 원하는 성격이었다 해도, 당신은 진실하고 솔직하고 다정하게 아버지를 대할 거예요."

"루시, 저는 언제나 그렇게 행동할 거예요. 오, 꿈을 꾸고 계신 아빠를 깨워서 내가 더 이상 어린애가 아니라고 말하는 건 고통일 거예요!"

“서두르지 말아요, 폴리나. 진실을 드러내는 일은 ‘시간’과 당신의 친절한 ‘운명’에게 맡기세요. 운명은 당신을 친절하게 보살펴주는 것 같네요. 운명이 당신에게 유리한 환경을 조성하고 알맞은 때를 찾아주리라는 확신을 가지세요. 그래요. 당신이 자신의 삶에 대해 곰곰이 생각해 본 것처럼 나도 당신의 삶에 대해 곰곰이 생각해본 적이 있어요. 당신이 언급한 것과 비슷한 비교를 해본 적도 있고요. 앞날을 미리 알 수는 없는 노릇이지만 지금까지는 순조로웠잖아요.”

나는 잠깐 끊었다가 말을 이었다.

“어린아이였을 때 난 당신을 걱정했어요. 어린 시절의 당신은 그 어떤 생명체보다도 예민했었거든요. 가혹한 대우나 무시를 당했다면 당신의 겉모습도 내적 자아도 지금처럼 성숙해질 수 없었을 거예요. 고통스럽고 두려운 일이 많았다거나 고생을 많이 했다면 당신의 이목구비 선이 이렇게 반듯하지 못했을 테고, 정신적으로 시달리고 수시로 짜증을 내다가 건강과 명랑함과 우아함과 귀여움을 몽땅 잃고 말았을 테지요. 신의 섭리가 당신을 보호하고 잘 가꾸어준 거예요. 내가 보기에는 당신 자신을 위해서는 물론이고 그레이엄을 위해서이기도 한 것 같네요. 존 선생도 행운의 별자리를 타고난 사람이지요. 그의 성격에서 가장 훌륭한 부분을 온전히 계발하려면 당신 같은 동반자가 필요한데 당신이 이렇게 준비를 하고 있으니까요.

당신들은 맺어져야 해요. 라 테라스에서 둘이 함께 있는 걸 처음 본 날부터 그래야 한다는 걸 알았어요. 서로 사랑하는 당신과 그레이엄은 내게 약속과 계획과 조화로 보여요. 명랑한 젊은이인 당신들 두 사람은 결코 폭풍의 시대의 선구자가 되지는 않을 거예요. 평화롭고 행복하게 살아갈 좋은 운명을 타고났다는 생각이 들어요. 천사처럼 살지는 않을지라도 보기 드물게 행복한 사람들에 속한다는 거죠. 세상에는 그런 축복을 받은 사람들이 있답니다. 그게 신의 뜻이에요. 에덴이 실재했다는 확실한 흔적과 증거가 아직 남아 있는 셈이죠.

어떤 사람들은 처음부터 당신들과 다른 길을 간답니다. 어떤 여행자들은 폭풍우가 몰아치는 사납고 변화무쌍한 날씨와 싸우고 반대 방향으로 불어오는 바람을 맞받아 나가며 걸음을 지체하다가 일찍 저무는 겨울밤에게 따라잡히죠. 두 가지 경우 모두 하나님이 허락하시지 않고는 일어날 수 없는 일이에요. 하나님의 끝없는 창조물 가운데 어딘가에는 후자의 가혹한 운명에 대한 공정한 보상도 숨겨져 있을 거예요. 하나님의 보물에는 자비로운 약속의 징표가 반드시 포함된다는 걸 알거든요."

33. 약속을 지킨 폴 선생

우리 모두는, 즉 스무 명의 기숙사생과 네 명의 교사는 5월의 첫날 새벽 5시에 일어나 6시까지 옷을 갈아입고 준비를 끝내라는 통지를 받았다. 폴 에마뉘엘 교수가 우리를 인솔해서 빌레트에서부터 시작되는 행진을 지휘하기로 돼 있었다. 이날 약속대로 우리를 시골로 데려가 아침식사를 대접하겠다고 그가 제안했기 때문이었다. 독자 여러분도 기억하고 있을지 모르겠지만 사실 이 소풍 계획이 처음 나왔을 때 나는 초대받지 못했고 오지 말라는 소리까지 들었다. 하지만 그 사실을 은근히 상기시키면서 어떻게 해야 하냐고 묻자 폴 선생이 내 귀를 잡아당기는 바람에 다시 반항할 엄두조차 내지 못했다.

폴 선생은 마치 나폴레옹처럼 다른 쪽 귀도 잡아당기겠다고 위협하며 근엄하게 말했다(나폴레옹은 부하들의 뺨을 두드리거나 귀를 잡아당기며 애정을 표현했다고 한다—옮긴이).

"참석하는 게 좋을 거요."

나폴레옹 식의 인사는 한 번으로 족했으므로 나는 소풍에 동참하기로 마음먹었다.

정원에서는 새들이 노래하고 더운 날씨의 전조인 옅은 안개와 함께 고요한 여름날의 아침이 밝았다. 모두 날씨가 따뜻할 거라는 이야기를 주고받으며 유쾌한 마음으로 두꺼운 옷을 개어놓고 여름철에 맞는 옷을 꺼내 입었다. 그날 우리는 오직 프랑스 재단사들의 솜씨로만 만들 수 있는 단정하고 산뜻한 날염 옷을 입고 밝은 색깔 밀짚모자를 썼는데, 지극히 소박하면서도 아가씨들에게 썩 잘 어울리는 복장이었다. 빛바랜 비단옷을 입고 으스댄다거나 중고로 구입한 고급 의상을 입은 사람은 아무도 없었다.

6시 종소리가 울리자 우리는 일제히 계단을 내려갔다. 홀과 복도를 지나 현관으로 나가자 우리의 교수가 서 있었는데, 무뢰한처럼 보이는 외투와 수수한 그리스식 모자 대신 허리띠 달린 상의를 입고 가벼운 밀짚모자를 쓰고 있어서 한결 젊어 보였다. 그는 우리 모두에게 더없이 다정하게 아침 인사를 건넸고 우리도 감사의 미소로 답례했다. 우리는 곧 질서 있게 정렬한 후 출발했다. 거리는 아직 조용했고 가로수 길들은 들판과 마찬가지로 상쾌하고 평온했다. 우리는 무척 행복한 마음으로 걸어갔던 것 같다. 우리의 사령관 폴 선생은 마음만 먹으면 남들에게 어떤 행복을 선사하는 비법을 알고 있었다. 물론 정반대로 남들을 두려움에 떨게 만들 수도 있는 사람이었다.

폴 씨는 맨 앞에 서거나 뒤에서 따라오지 않고 우리와 나란히 걸으면서 모든 사람에게 한두 마디씩 말을 건넸다. 그가 총애하는 사람들과 이야기를 많이 나눴지만 평소에 좋아하지 않던 사람들도 완전히 무시하지는 않았다. 나는 어떤 이유가 있어서 그의 관심을 받지 않고 약간의 거리를 유지하고 싶었다. 나는 지네브라 판쇼 양과 짝이었는데 그 천사의 상당히 튼실한 팔이 내 팔을 꾹 누르고 있었다. (그녀는 그 후로도 계속 나에게 예쁘게 기대 있었다. 사랑스러운 그녀의 무게를 떠받치는 건 결코 만만한 일이 아니었다. 더운 날씨에 산책을 하는 동안

제발 이 매력적인 짐을 덜었으면 하는 바람이 이만저만이 아니었다)

하지만 어차피 그녀가 기대고 있는 이상 나는 그 상황을 요령껏 이용해서 나와 폴 선생 사이에 항상 그녀가 끼게끔 했다. 폴 선생이 다가오는 소리가 왼쪽에서 들리면 나는 오른쪽으로 갔고, 오른쪽에서 들리면 나는 왼쪽으로 가서 섰다. 이런 식의 기동작전이 필요했던 이유는 내가 입은 새 날염 드레스가 분홍색이라는 사실과 관련이 있었다. 그의 호위를 받으며 걸어가야 하는 상황에서 분홍색 옷을 입고 있다고 생각하니 마치 빨간 테두리 장식이 달린 숄을 두른 채 황소가 풀을 뜯는 초원을 가로지르는 기분이었다.

한동안 나는 그렇게 자리를 바꾸고 검은 비단 스카프를 조금씩 움직여서 목적을 달성했다. 하지만 시간이 가면서 폴 선생은 그가 어느 쪽으로 가건 항상 지네브라 판쇼 양 옆자리에 서게 된다는 사실을 깨달았다. 그와 지네브라는 사이가 좋은 편이 아니었다. 폴 선생은 지네브라의 영국식 억양을 들을 때마다 신경을 곤두세웠다. 두 사람은 서로 성격이 전혀 맞질 않아서 만났다 하면 삐걱거렸다. 그는 지네브라를 머리가 텅 빈 가식적인 여자로 여겼고, 지네브라는 그를 퉁명스럽고 참견하기 좋아하는 불쾌한 사람으로 간주했다.

여섯 번쯤 자리를 바꿨는데도 매번 원하는 결과를 얻지 못한 그는 마침내 얼굴을 들이밀고 나를 쏘아보며 신경질적으로 물었다.

"뭐 하는 짓이오? 나한테 장난을 치는 거요?"

그는 말을 끝내기도 전에 특유의 기민함으로 사태의 원인을 알아차렸다. 나는 긴 술 장식을 늘어뜨리고 스카프의 넓은 끝단을 펼쳐서 옷을 가리려 했지만 소용이 없었다.

"아하! 분홍색 옷 때문이었군."

그의 이 말이 내게는 초원의 맹수가 돌연 성을 내며 울부짖는 소리처럼 들렸다.

나는 황급히 해명했다.

"이건 그냥 면직물이에요. 값이 싼데다 다른 색보다 빨기가 쉽거든요."

그러자 그가 대답했다.

"루시 양은 파리 아가씨 열 명을 합쳐놓은 것과 똑같은 날라리요. 영국 여자치고 이만한 날라리가 또 있을까. 모자와 장갑과 신발 좀 보라고!"

나의 모자와 장갑과 신발은 동료 교사들의 것과 다르지 않았다. 그들의 것보다 더 소박했으면 소박했지 조금이라도 더 멋지다고는 할 수 없었다. 하지만 폴 선생이 한번 꼬투리를 잡은 이상 설교를 늘어놓을 게 뻔했으므로 나는 짜증이 나기 시작했다. 그런데 그건 여름날에 간혹 위협만 하고 통과하는 폭풍만큼이나 온화하게 지나갔다. 단 한순간 그의 눈에 장난기 어린 미소가 반짝 하고 떠올랐을 뿐이었다. 그는 이렇게 말했다.

"겁먹지 마시오! 사실 난 전혀 유감스럽지 않소. 내가 준비한 작은 소풍에 그렇게 예쁘게 하고 와주어서 행복할 지경이라오."

"하지만 전 예쁜 옷을 입고 온 게 아니에요. 단정한 옷차림일 따름이죠."

"난 단정한 걸 좋아하오."

요컨대 그는 조금도 언짢아하지 않았다. 운 좋은 그날 아침, 태양도 기세 좋게 승리를 거두고 있었다. 바람을 타고 질주하는 구름이 태양을 가리기 전에 태양이 구름을 삼켜버렸던 것이다.

잠시 후 우리는 소위 '숲과 작은 샛길들' 이 있는 시골에 왔다. 한 달만 늦게 왔더라면 여기도 먼지가 풀풀 나고 사람이 북적거렸을 테지만 그날은 5월의 신록과 아침의 고요 속에 숲과 샛길들이 아주 상쾌해 보였다.

우리는 라바세쿠르 사람들의 취향대로 가장자리에 라임나무를 빙 둘러 정연하게 심어놓은 어떤 연못에 도착했다. 여기서 멈추라는 구령이 떨어졌다. 우리는 연못 근처의 초록빛 둔덕에 앉으라는 명령을 받았고, 폴 선생은 우리 한가운데 자리를 잡더니 자기 주위에 삼삼오오 모여 앉으라고 말했다. 그를 두려워하기보다 좋아했던 학생들이 가까이 앉았는데, 대부분은 어린 학생들이었다. 그를 좋아하기보다는 두려워했던 학생들은 조금 떨어져 앉았다. 그에게서 남다른 관심을 받으며 벌벌 떨었던 학생들은 묘한 만족감을 느끼며 가장 먼 거리를 유지했다.

그는 우리에게 이야기를 들려주었다. 그는 원래 입담이 좋았다. 아이들이 열광하고 박식한 사람들도 부러워하는 그의 어투는 힘이 있으면서도 소박했고 소박하면서도 힘이 있었다. 그날 그가 들려준 짧은 이야기는 아름답고 감동적이었다. 이야기를 듣는 동안 눈앞을 맴돌던 달콤한 감정과 색깔 있는 묘사는 내 마음속에 깊숙이 들어와 영영 지워지지 않았다. 그는 황혼의 풍경에 색조를 입혔다. 나는 아직도 그 기억을 간직하고 있다. 그렇게 아름다운 그림은 화가의 붓끝에서도 창조된 적이 없었다.

앞서 언급한 대로 나는 즉석에서 무엇을 해내는 순발력이 없었다. 그래서였을까? 완벽에 가까운 즉흥적 재능을 갖춘 사람을 보면 경탄을 금치 못했다. 폴 에마뉘엘 선생은 책을 쓸 것 같은 사람은 아니었지만 책에서 좀처럼 찾아보기 힘든 풍요로운 정신적 자산을 아까워하지도 않고 아무 때나 펑펑 쏟아내곤 했다. 그의 정신은 나의 도서관이나 다름없었다. 그 도서관이 열릴 때마다 나는 천상의 행복을 맛보았다. 지식이 불완전했으므로 내가 읽을 수 있는 책은 많지 않았다. 장정된 인쇄물들은 거의 다 따분한 내용이어서 정독하려다 지치거나 눈앞이 침침해지게 마련이었다. 하지만 그의 사상이 담긴 책들은 내 마음의 눈에 안약과 같은 작용을 했다. 그 책들을 읽으면 내면의 시야가 더 선명해지고 또렷해졌다. 그가 자기 자신을 사랑하는 것보다 그를 더 사랑하는 사람이 있어서 하늘의 무심한 바람에 아무렇게나 휘날리는 그 지식의 금가루들을 한 움큼씩 집어 고이 간직해 준다면 얼마나 좋을까 싶기도 했다.

그는 이야기를 마치고 나와 지네브라가 약간 떨어져 앉아 있는 작은 언덕으로 다가왔다. 그는 다른 사람의 의견을 물을 때 늘 하는 방식대로(그는 성격상 사람들이 자발적으로 의견을 말할 때까지 잠자코 기다리지 못했다) 대뜸 물었다.

"재미있었소?"

나는 평소의 내성적인 습관대로 짧게 대답했다.

"네."

"이야기가 괜찮았소?"

"아주 좋았어요."

"하지만 글로는 쓸 수가 없구려."

"왜요?"

"기계적인 노동을 혐오하기 때문이오. 허리를 구부리고 가만히 앉아 있는 게 싫거든. 하지만 호흡이 잘 맞는 서기가 있다면 기쁜 마음으로 구술하겠소. 루시 양, 내가 부탁하면 써줄 수 있겠소?"

"선생님이 말하는 속도가 너무 빠를 것 같은데요. 제 펜이 선생님이 말하는 속도를 따라잡지 못하면 저를 재촉하다가 화를 내시겠죠."

"언제 한번 해봅시다. 그런 상황에서 내가 어떤 괴물로 변신할 수 있는지 한번 보지요. 하지만 지금은 받아쓰기가 문제가 아니요. 다른 일로 당신의 도움이 필요하오. 저기 저 농가가 보이오?"

"나무로 둘러싸인 집이요? 네, 보여요."

“저기서 아침식사를 할 거요. 선량한 농부의 아내가 큰 냄비에다 우유를 듬뿍 탄 카페오레를 만드는 동안 당신은 내가 지정하는 사람 다섯 명을 데리고 롤빵 50개와 버터를 식탁에 차려주시오.”

그는 우리에게 다시 줄을 서라고 한 다음 농가를 향해 똑바로 행진하라는 명령을 내렸다. 농가는 우리의 기세를 보고 무조건 항복했다.

깨끗한 나이프와 접시와 신선한 버터가 준비돼 있었다. 교수가 정한 우리 여섯 명은 그의 지시에 따라 일에 착수했다. 빵집에서 농가로 배달된 커다란 바구니에서 롤빵을 꺼내 아침식사를 차렸다. 커피와 코코아는 이미 따뜻하게 데워져 있었고, 여기에 크림과 신선한 달걀이 곁들여졌다. 인심이 후한 폴 에마뉘엘 선생이 햄과 잼을 추가로 주문하려 했으나 우리의 영향력을 과신한 몇몇이 용감하게 나서서 그건 분별없이 음식을 낭비하는 일이라고 주장했다. 그는 우리를 ‘인색한 주부들’이라고 부르며 비난했지만 우리는 그가 뭐라고 하든 말든 우리 식대로 알뜰한 식사를 했다.

폴 선생은 농가의 부엌 화로 곁에 서서 한없이 유쾌한 표정으로 우리를 바라보았다. 그는 다른 사람들이 행복해하는 모습을 보면서 행복을 느끼는 사람이었고, 주위가 떠들썩하고 먹고 마시고 즐길 거리가 풍부한 걸 좋아했다. 우리는 그에게 어디에 앉으시겠냐고 물었다. 그는 자기가 우리의 노예이며 우리는 폭군인데 어떻게 우리의 허락 없이 자리를 고르겠냐고 대답했다. 그래서 우리는 긴 탁자의 맨 앞쪽에 있는 커다란 농부 의자로 그를 데려가서 앉혔다.

그는 성미가 괄괄해서 폭풍처럼 분노를 터뜨리는 사람이긴 했지만 때때로 지금처럼 인자하고 온화해질 때는 우리도 그를 좋아할 수밖에 없었다. 사실 최악의 경우에도 그는 그저 신경질을 낼 뿐이지 근본 성격이 고약한 건 아니었다. 살살 달래고 이해하고 위로를 해주면 한 마리 양처럼 순해졌다. 그는 파리 한 마리도 해치지 못할 사람이었다. 매우 어리석고 심술궂은 사람이나 인정머리 없는 사람에게만 아주 약간 위험하다고 할 수 있었다.

폴 선생은 언제나 신앙을 잊지 않는 사람이었으므로 일행 중 가장 어린 학생에게 식전 기도를 시키고 나서 마치 여인네처럼 정숙한 동작으로 성호를 그었다. 그가 기도하는 모습이나 성호를 긋는 모습을 보기는 처음이었다. 어린애 같은 믿음으로 소박하게 신을 섬기는 그를 바라보다 기분이 좋아진 나는 빙그레 웃고 말았다. 그는 나의 미소를 보더니 친절하게 손을 내밀며 말했다.

"자, 손을 이리 주시오! 형식은 다를지라도 우리는 같은 마음으로 같은 신을 섬기잖소."

그의 동료 교수들은 대부분 개화된 자유사상가이거나 이단자 혹은 무신론자들이었다. 그들의 삶을 면밀히 살펴보면 이런저런 결함이 많았다. 하지만 폴 선생은 중세 기사에 가까운 사람이어서 나름대로 신앙심이 깊고 흠 잡을 데 없는 평판을 지니고 있었다. 순진무구한 아이들과 아름다운 청년들도 그의 곁에 있으면 안전했다. 그는 정열적이고 감수성이 예민한 사람이었지만 그 순수한 위엄과 진실한 신앙심은 무척이나 매력적이어서 그 사자들도 얌전히 웅크리고 있을 수밖에 없었다.

아침식사는 명랑하게 진행됐는데 그저 떠들썩하기만 한 명랑함은 아니었다. 폴 선생은 명랑한 분위기를 조성하고 주도하고 통제하고 강화했다. 그는 사교적이고 활기찬 성격을 감추거나 억제하지 않고 유감없이 발휘했다. 여자들과 아이들에게 둘러싸여 있었으므로 그에게 반항하거나 신경을 거스를 사람도 없었다. 그는 기분 좋게 자기 방식대로 행동했다.

식사가 끝나자 학생들은 초원에서 마음껏 뛰어놀았고, 남은 사람 몇몇은 농부의 아내가 식기를 치우는 일을 거들었다. 폴 선생은 일을 거들고 있는 나를 불러내더니 나무그늘 아래 자기 옆자리에 앉으라고 했다. 학생들이 넓은 풀밭에서 뛰어노는 모습이 잘 보이는 자리였다. 폴 선생은 자기가 시가를 피우는 동안 책을 읽어달라고 부탁했다. 그는 통나무 의자에 앉고 나는 나무뿌리에 걸터앉았다. 내가 책(문고판이었는데 17세기 프랑스 극작가 코르네유의 작품이었다. 나에겐 별로였지만 그는 그 작품을 좋아했고 거기서 내가 한 번도 발견하지 못한 아름다움을 찾아냈다)을 읽는 동안 그는 차분하게 귀를 기울였다. 평소의 격렬한 성격에 비추어볼 때 차분한 모습은 아주 인상적이었다. 그의 푸른 눈은 심오한 행복으로 가득 찼고 넓은 이마에도 윤기가 흘렀다. 나 역시 행복했다. 맑은 날씨 때문에 행복했고 그가 곁에 있어서 더 행복했으며 무엇보다 그가 다정해서 행복했다.

얼마 후 그는 거기 앉아 있기보다 친구들에게 달려가고 싶지 않느냐고 물었다. 나는 아니라고, 그와 함께 있는 것도 괜찮다고 대답했다. 그러자 그는 만약 내가 자기 여동생이라면 언제나 즐거운 마음으로 오빠 곁에 있어 주겠냐고 물었다. 나는 그럴 거라고 대답했고 실제로도 그런 마음이었다. 그러자 그는 만일 자기가 빌레트를 떠나 멀리 떨어진 곳으로 가버리면 섭섭하겠냐고 물었다. 나는 대답하지 않았다. 코르네유의 책이 바닥에 떨어졌다.

"누이동생이여, 우리가 헤어진다면 얼마나 오랫동안 나를 기억하겠소?"

"선생님, 그건 대답할 수 없어요. 얼마나 시간이 지나야 제가 지상의 모든 걸 잊게 될지 모르니까요."

"내가 2년이나 3년…… 아니 5년쯤 해외에 나간다면 돌아올 때 반갑게 맞아주겠소?"

"선생님, 그동안 저는 어떻게 살아가라고요?"

"하지만 난 당신에게 무척 가혹하고 까다롭게 굴었잖소."

나는 눈물로 범벅이 된 얼굴을 책 속에 파묻고는 왜 그런 소리를 하냐고 물었다. 그는 이제 그만 하겠다면서 친절하기 이를 데 없는 격려의 말로 다시 내 기분을 풀어주었다. 그래도 그날의 나머지 시간 동안 나를 대하는 그의 자상한 태도에는 어딘가 가슴 아픈 데가 있었다. 지나치게 살가워서 슬펐던 것이다. 차라리 평소대로 윽박지르고 변덕을 부리고 격노하는 게 나을 듯했다.

우리가 예상했던 대로 그날은 6월처럼 무더웠으므로, 뜨거운 정오가 되자 우리의 목자는 초원에 나가 있는 양 떼를 불러 모아 집으로 얌전히 몰고 가려 했다. 하지만 우리가 아침식사를 한 농가는 빌레트에서 멀리 떨어져 있었으므로 5킬로미터 가까이 걸어가야 할 판이었다. 특히 어린 아이들은 뛰어노느라 지쳐 있었다. 한낮의 뜨거운 햇볕이 내리쬐는 먼지투성이 자갈길을 걸어야 한다는 생각에 다들 맥이 풀렸다. 그런데 폴 선생은 이런 사태를 다 예견하고 대책을 마련해 놓았다. 농장 울타리를 넘어가자마자 우리를 데리러온 널찍한 마차 두 대가 보였다. 교사와 학생들을 태우고 가려고 일부러 마차를 빌렸던 것이다. 요령껏 끼어 앉았더니 모두가 탈 수 있었고, 한 시간 후 폴 씨는 양 떼를 포세트가로 안전하게 데려다주었다. 즐거운 하루였다. 그날의 햇살을 흐려버린 한순간의 우울한 분위기만 없었다면 완벽했을 것이다.

그날 저녁에 우울한 일이 또 생겼다.

해질 무렵 나는 폴 선생이 베크 부인과 함께 현관문 밖으로 나오는 모습을 보았다. 그들은 한 시간가량 중앙 오솔길을 거닐며 열심히 뭔가를 이야기했다. 폴 선생은 안절부절못하면서도 진지한 얼굴이었고 베크 부인은 놀란 얼굴로 뭐라고 설득하고 타이르는 듯했다.

나는 그들이 무엇을 의논하는지 궁금했다. 날이 어두워지자 베크 부인은 정원에서 서성거리는 사촌 폴 선생을 남겨두고 집안으로 들어갔다. 나는 혼자 중얼거렸다.

"그는 오늘 아침 나를 '누이동생' 이라고 불렀지. 그가 진짜 나의 오빠라면 지금 당장 달려가서 그의 마음을 짓누르는 근심거리가 뭐냐고 물어봐야 할 텐데. 나무에 몸을 기대고 팔짱을 낀 채 고개를 숙이는 모습 좀 봐. 위로가 필요한 거야. 베크 부인은 위로하지 않고 비난만 했을 거야. 이제 어쩐다……?"

가만히 있던 폴 선생은 갑자기 몸을 움직여 빠른 걸음으로 정원을 똑바로 가로질렀다. 홀의 문들은 아직 열려 있었다. 나는 그가 가끔 하는 대로 화분의 오렌지나무에 물을 주러 가는 줄 알았는데, 그는 뜰에 들어서더니 갑자기 몸을 돌려 정자와 1반 교실 쪽으로 나아갔다. 1반 교실에서 그를 지켜보고 있었던 나는 그가 다가올 때까지 기다릴 용기가 없었다. 그가 너무 갑작스럽게 몸을 돌려 빠르게 걸어오는 것이 조금 이상해 보였기 때문이다. 내 안에 있는 '비겁' 이 창백해지면서 몸을 움츠리더니 '이성' 의 말을 듣지 않았다. 폴 선생이 관목을 부러뜨리고 자갈을 밟으며 다가오는 소리가 들리자 '비겁' 은 공포의 날개를 달고 날아갔다.

나는 계속 달아나다가 텅 빈 예배실 안으로 들어가 숨었다. 그곳에서 귀를 쫑긋 세우고 있자니 심장이 쿵쾅거리고 뭐라 설명하기 어려운 불안이 솟아났다. 폴 선생이 교실을 하나씩 지나칠 때마다 신경질적으로 문을 쾅 닫는 소리가 들렸다. 신성한 통제 속에서 '경건한 낭독' 이 진행되고 있는 휴게실에 그가 불쑥 들어가는 소리도 들렸다. 곧이어 그는 이렇게 물었다.

"루시 양은 어디 갔소?"

나는 용기를 내어 아래층으로 내려가서 세상에서 가장 하고 싶은 일, 즉 그를 만나는 일을 하려고 마음먹었다. 그런데 그 순간 생피에르 양의 힘차고 매끄러운 목소리가 가식적으로 울렸다.

"루시 양은 잠자리에 들었어요."

그러자 그는 초조한 듯 발을 쾅쾅 구르며 복도로 나왔다가 베크 부인과 마주쳤다. 베크 부인은 그를 붙잡아 잔소리를 늘어놓은 후 대문으로 데려가서 마침내 내쫓아 버렸다.

대문이 닫히는 순간 나 자신의 이상한 행동을 퍼뜩 깨닫고 커다란 충격을 받았다. 그가 원한 사람은 나였고 그가 찾고 있던 사람도 나였다는 걸 처음부터 알고 있지 않았던가? 그리고 나도 그를 원하지 않았던가? 대관절 왜 달아난 걸까? 무엇에 홀려 그에게서 도망친 걸까? 그는 뭔가 할 말이 있었고 나에게 이야기하려 했다. 내 귀는 그 말을 들으려고 긴장하고 있었다. 그런데 내가 그의 고백을 막았다니. 그의 말을 경청하고 위로해 주는 걸 꿈도 꿀 수 없는 일이라고 여겼을 때는 그러고 싶은 마음이 간절했다. 그런데 완벽한 기회가 갑작스럽게 찾아오자마자 그게 나를 겨누는 치명적인 독화살이라도 되는 것처럼 한사코 피했던 것이다.

나의 어리석고 부조리한 행동은 그 대가를 치렀다. 숨 막히는 공포를 억누르고 잠시만 의연하게 서 있었으면 어떤 위안과 만족감을 얻었겠지만, 그렇지 못했기에 내게는 죽음 같은 공허와 의구심과 따분한 유예기간밖에 남지 않았다.

나는 죄의 대가를 베개에 올려놓고 밤을 꼬박 새우며 그걸 헤아렸다.

34. 멀레벌라

목요일 오후에 베크 부인이 나를 부르더니 따로 볼일이 없으면 시내에 나가서 상점에 들러 물건 몇 개를 사다줄 수 있냐고 물었다.

달리 할 일이 없으니 무엇이든 말만 하라고 이야기했더니 그녀는 곧바로 학생들이 바느질을 하는 데 필요한 모직, 비단, 수실 등의 물품 목록을 주었다. 구름이 많고 무더워질 기미가 보였으므로 날씨에 맞게 옷을 차려입고 대문의 빗장을 빼내려는 순간 베크 부인이 나를 불러서 다시 거실로 들어갔다. 그녀는 갑자기 뭔가가 생각난 것처럼 서두르며 소리쳤다.

"미안해요, 루시 양! 부탁할 일이 하나 더 생각나서 그러는데, 너무 부담스럽지만 않다면 너그러운 마음으로 맡아줄래요?"

물론 나는 부담스럽지 않다고 '너그러운 마음으로' 말했다. 그러자 베크 부인은 응접실로 달려가 예쁜 바구니를 들고 왔다. 바구니 안에는 온실에서 키운 불그스름하고 모양 좋고 맛있어 보이는 과일들이 밀랍 같은 진녹색 이파리와 이름 모를 이국적인 식물의 연노랑 별 모양 잎사귀 사이에서 잠을 자고 있었다.

"여기 있어요. 무겁지는 않아요. 집안일이나 하인에게 시키는 잡일이 아닌 만큼 선생님의 깔끔한 옷차림을 무색케 하지도 않을 거예요. 이 조그만 바구니를 발라벤스 부인 댁에 가져다주고 생일을 축하한다고 좀 전해 줘요. 주소는 구시가지의 마지가 3번지예요. 길이 좀 멀게 느껴질 수도 있겠지만 오후 시간을 다 써도 되니까 서두르지 마세요. 저녁식사 때까지 돌아오지 않으면 식사를 1인분 남겨놓으라고 할게요. 아니면 루시 양을 아주 좋아하는 요리사 고통에게 특별한 음식을 만들어주라고 하지요. 좌우간 잊어버리지는 않을게요, 친애하는 루시 양. 그러니까, 오, 부디! (나를 다시 한 번 부르면서) 반드시 발라벤스 부인을 직접 만나야 한다고 말하고 바구니를 그녀의 손에 넘겨주세요. 격식을 따지는 분이어서 실수가 없도록 하려는 거예요. 그럼 잘 다녀와요!"

마침내 나는 길을 나섰다. 색깔을 맞춰 가며 비단과 모직을 고르는 건 언제나 까다로운 작업이었으므로 가게에서 볼일을 보는 데는 시간이 좀 걸렸다. 하지만 결국에는 목록에 있는 물건을 다 샀다. 슬리퍼를 만들기 위한 본(本), 초인종 끈, 작은 주머니는 골랐고…… 가방에 붙일 술 장식도 골랐으니…… 이제 '성가신' 볼일은 머릿속에서 지워버리고 과일 바구니와 축하인사에만 신경 쓰면 될 터였다.

음산한 바스빌의 구시가지로 깊숙이 들어가서 한참 동안 걸을 생각을 하니 기분이 괜찮아졌다. 도시 위의 저녁 하늘이 검푸른 금속 덩어리처럼 굳어지고 가장자리부터 달구어지다가 서서히 불이 붙어 시뻘건 색으로 변해 가고 있었지만 산책이 꺼려지지는 않았다.

세찬 바람이 두렵기는 했다. 폭풍이 부는 거리에서 힘들게 움직이며 나아가는 건 언제나 고통스러운 일이기 때문이었다. 하지만 펑펑 내리는 눈이든 어둡게 몰아치는 비든 간에 무언가가 음침하게 쏟아질 때는 조용히 체념하는 수밖에 없다. 옷도 사람도 흠뻑 젖도록 그냥 내버려두어야 한다. 그 대신 눈과 비는 우리 눈앞의 거대한 도시를 말끔히 쓸어주고, 넓은 큰길을 조용히 걷도록 해준다. 동양의 마법처럼 살아 있는 도시를 화석으로 바꾸고 빌레트를 다드몰(역대하 8 : 4에 나오는 도시 이름—옮긴이)로 바꿔놓는다. 그러니 비가 오려거든 오고 홍수가 나려거든 날지어다. 다만 이 과일 바구니를 처치할 시간만 주고 나서.

낯선 탑(성 요한 성당의 종소리는 너무 멀어서 들리지 않았다)에서 울리는 낯선 종소리가 5시 45분을 알릴 때쯤 아까 베크 부인이 알려준 거리의 집에 도착했다. 사실 그곳은 거리가 아니라 광장의 일부였다. 조용한 곳이었고, 길바닥에 깔린 넓적한 회색 돌들 사이사이로 잡초가 자라고 있었으며, 집들은 크지만 매우 낡아 보였다. 집들 너머로 나무가 보이는 걸로 봐서 뒤뜰이 있는 모양이었다. 사방에 고색창연한 분위기가 가득했고 상점은 하나도 보이지 않았다. 예전에는 부유한 사람들의 주거지로서 장엄한 느낌이 났던 곳이었다. 광장 위로는 반쯤 허물어진 검은 탑이 솟아 있었다. 유서 깊은 마지(동방박사라는 뜻—옮긴이)의 성소로 한때 번성했던 성당의 탑이었다. 하지만 부와 위용은 황금빛 날개를 펴고 날아간 지 오래였다. 그들이 남기고 떠나간 오래된 둥지들은 한동안 '가난'의 거처가 됐든가 겨우내 아무도 살지 않는 추운 빈집으로 전락해 썩어 갔으리라.

이 황량한 '광장'을 지나는 동안 광장 바닥에 깔린 5프랑 동전만한 자갈들에 차츰 어둠이 깔리고 있었다. 지팡이를 짚고 허리를 구부린 채 지나가는 노쇠한 신부를 제외하면 광장 전체에 인기척이 하나도 없었다. 신부는 나이가 들어서 병약해진 노인의 전형이었다.

신부는 나의 목적지인 바로 그 집에서 나온 사람이었다. 내가 발걸음을 멈추었을 때 그가 나오고 대문이 닫혔다. 내가 초인종을 울리자 그는 고개를 돌려 나를 바라보았다. 그는 한동안 시선을 거두지 않았다. 나이가 많지 않아 위엄도 없는 내 모습과 여름 과일이 든 바구니를 보고 그런 집에 어울리지 않는 사람이라고 여긴 모양이었다. 하긴 나라도 대문을 열어준 사람이 젊고 혈색 좋은 하녀였다면 그녀가 이 집과 어울리지 않는다고 생각했을 것이다. 하지만 나를 맞이한 사람은 구식 농부 의상을 입고, 값이 비싸지만 보기 흉한 모자를 쓰고, 토산품 레이스를 길게 나부끼고, 치마와 겉옷을 걸치고, 신발이라기보다는 작은 보트 같은 나막신을 신은 나이 든 여인이었다. 그녀를 보니 이 집에 걸맞은 인물 같아서 마음이 놓였다.

그러나 옷과 달리 그녀의 얼굴 표정은 위안이 되지 않았다. 세상에 그보다 심술궂은 표정이 있을까? 발라벤스 부인에 관해 물어도 그녀는 대꾸하지 않으려 했다. 늙은 신부가 절뚝거리며 다가가 그녀를 저지하고 심부름을 왔다는 나의 설명에 몸소 귀를 기울이지 않았다면 그녀는 틀림없이 내 손에서 과일 바구니를 낚아챘을 것이다.

노신부는 귀가 잘 들리지 않았으므로 발라벤스 부인을 만나서 과일을 직접 전해야 한다는 말을 완전히 이해시키기가 수월하지는 않았다. 하지만 결국 그는 내가 그런 지시를 받았으며 한 치도 어김없이 수행해야 한다는 사실을 알게 됐다. 그가 프랑스어가 아닌 라바세쿠르 토착어로 나이 든 하녀를 설득한 덕택에 나는 그 불친절한 집의 문지방을 넘어갈 수 있었다. 신부가 직접 나를 위층으로 데리고 올라갔다. 나는 응접실 같은 방으로 안내되어 홀로 남았다.

널찍한 응접실에는 멋지고 고풍스러운 천장이 있었고 교회에 있는 것처럼 색유리로 장식된 창문도 있었다. 하지만 전체적으로 황량한 분위기였는데 다가오는 폭풍의 그림자 때문에 더 이상하고 음산해 보였다. 응접실 안에는 작은 내실로 통하는 문이 있었지만 내실에는 블라인드가 내려져 있었다. 깊은 어둠 속을 들여다보아도 가구가 어떻게 생겼는지 거의 보이질 않았다. 그나마 보이는 몇 가지는 흥미로워서 더 자세히 보고 싶었다. 특히 어슴푸레하게 보이는 벽에 걸린 그림에 눈이 갔다.

그 그림은 차츰 사라지는 것처럼 보였다. 당황스럽게도 그림이 흔들리면서 밑으로 가라앉더니 뒤로 밀려나 아예 모습을 감추었다. 그림이 있던 자리에는 아치형의 입구가 생겼고, 그 입구는 아치형 지붕과 신비로운 나선계단이 있는 복도로 이어졌다. 복도와 계단은 둘 다 카펫도 깔려 있지 않고 페인트칠도 되지 않은 차가운 돌로 만들어졌다. 성곽의 내부 같은 계단을 내려가니 지팡이 소리 같은 똑, 똑 소리가 들리더니 곧 계단 위에 그림자 하나가 나타났다. 드디어 살아 있는 존재와 마주쳤던 것이다.

하지만 아치의 일부를 가려 통로를 어둡게 하면서 나를 향해 다가오는 저게 진짜 살아 있는 존재일까?

가까이 다가오자 더 잘 보였다. 나는 내가 어디에 있는지 깨닫기 시작했다. 이 오래된 광장이 마지 구역이라고 불리는 데는 이유가 있었다. 광장 위로 솟은 세 개의 탑은 죽음의 기술과 흑마술에 능한 신비로운 현인 세 명을 대부로 모시고 있었다. 즉 이곳은 오래된 마법이 지배하는 장소였다. 그러니까 나는 어떤 마법에 걸려 요정의 나라에 왔고, 아까 본 감옥 같은 방과 사라지는 그림, 아치와 복도, 돌로 만든 계단은 모두 요정 이야기에 나오는 소품이었다. 그리고 이러한 소소한 풍경보다 더욱 뚜렷한 증거로서 이야기의 주인공이 눈앞에 서 있질 않은가. 마녀 퀴네공드(볼테르의 소설 〈캉디드〉에 나오는 여주인공으로, 젊은 시절에는 아름다웠지만 많은 고생 끝에 추하게 변한다—옮긴이), 사악한 요정 멀레벌라(여자에게 불행을 가져오는 요정—옮긴이)! 그녀가 어떤 모습이었냐고?

키는 90센티미터 정도로 보였으나 형체가 없는 거나 마찬가지였다. 그녀는 뼈만 앙상한 두 손을 포개어 잡고 상아로 만든 지팡이의 황금 손잡이를 꽉 쥐고 있었다. 넓적한 얼굴은 어깨 위가 아니라 가슴 앞에 있어서 목이 없는 사람처럼 보이기도 했다. 얼굴에는 백 년쯤 되는 세월의 흔적이 있었고 눈 속에서는 더 오랜 세월이 느껴졌다. 두 눈에는 사악한 적의가 가득했고, 눈썹은 회색이고 숱이 많았으며, 눈꺼풀은 동그란 모양에 검푸른 색이었다. 바로 그 눈이 음울한 불쾌감 같은 걸 표현하며 얼마나 무섭게 나를 노려보던지!

이 노파는 용담꽃 같은 하늘색 가운을 입고 화려한 테두리 장식이 달린 값나가는 숄을 걸치고 있었는데, 숄이 그녀의 몸에 비해 너무 커서 갖가지 빛깔의 술 장식이 바닥에 쓸렸다. 하지만 가장 눈에 띄는 건 보석이었다. 그녀는 흉내를 낼 수도 모조품을 만들 수도 없을 만큼 찬란하게 빛나는 길고 투명한 귀걸이를 하고 있었다. 해골 같은 손에는 팔찌를 여러 개 차고 있었다. 두툼한 금고리에 각각 자주색, 초록색, 자주색, 피처럼 붉은 색의 돌이 박힌 팔찌였다. 등이 굽고 왜소하고 노망난 노인이었지만 야만족의 여왕처럼 호화롭게 치장하고 있었던 것이다.

"용건이 뭐야?"

노파의 목소리라기보다는 영감같이 쉰 목소리였다. 사실 그녀의 턱에는 은빛 수염까지 나 있었다.

나는 바구니를 건네주면서 베크 부인의 말을 전했다. 그러자 그녀가 물었다.

"이게 다야?"

내가 대답했다.

"네."

"흥, 훌륭하기도 하셔라. 베크 부인에게 돌아가서 과일이 필요하면 내가 살 수 있다고 전해. 축하인사 따위는 안중에도 없더라고 이야기하고!"

그러고 나서 이 정중한 노파는 등을 돌렸다.

그녀가 돌아서는 순간 천둥이 치면서 응접실과 내실 위로 커다란 번개가 번쩍였다. 이 마법 같은 이야기는 적절한 효과들과 함께 진행되는 모양이었다. 나는 마법의 성으로 유인된 방랑자였고, 밖에서는 마법을 깨우는 폭풍이 이는 소리가 들렸다.

이런 일들을 겪고 나니 베크 부인을 어떻게 생각해야 할지 난감했다. 그녀는 이상한 친구를 사귀고 있었고, 기괴한 성소에 전갈과 선물을 보냈으며, 그녀가 숭배하는 무례한 인물의 거동은 불길해 보였다. 그 음울한 시돈(고대 페니키아의 번창하던 도시국가 이름—옮긴이) 땅의 노파는 중풍의 화신처럼 덜덜 떨고 휘청거리면서, 나무쪽으로 모자이크한 마루를 상아 지팡이로 딱딱 치고 독설을 내뱉으며 멀어져갔다.

장대비가 쏟아졌고 하늘은 아주 낮아졌다. 조금 전까지만 해도 불그스름하던 구름이 온통 시커멓게 변하고 마치 겁에 질린 것처럼 창백해졌다. 조금 전에 소나기가 두렵지 않다고 큰소리를 치긴 했지만 이렇게 억수 같이 쏟아지는 빗속으로 나가고 싶지는 않았다. 번개가 무시무시하게 번쩍였고 아주 가까이에서 천둥 치는 소리가 났다. 빌레트의 하늘로 모여들었던 폭풍이 절정에 도달해서 폭발을 일으키고 이내 급강하했다. 수직으로 떨어지는 물줄기를 번개가 비스듬히 뚫고 지나갔다. 하얀 금속처럼 표백된 폭포에 붉은 빛이 지그재그 모양으로 섞여 들어갔다. 그러더니 한껏 부풀어 오른 시커멓고 묵직한 하늘에서 모든 게 산산이 부서졌다.

나는 불친절한 발라벤스 부인 집의 응접실을 벗어나 차가운 계단으로 갔다. 계단참에 의자가 하나 있기에 거기 앉아서 기다렸는데 바로 위의 통로에서 누군가가 미끄러지듯 걸어오고 있었다. 나이 든 신부였다.

그가 나를 향해 말했다.

"아가씨가 거기 앉아 있으면 안 됩니다. 이 집에서 낯선 사람이 이런 대접을 받은 걸 우리의 후원자가 아시면 언짢아 할 테니까요."

신부가 응접실로 돌아가자고 간곡하게 이야기하는 바람에 예의상 따라가지 않을 수가 없었다. 그의 안내로 들어간 작은 내실은 큰 방에 비해 가구가 잘 갖춰져 있어서 그런대로 있을 만했다. 블라인드를 조금 걷었더니 내실이라기보다는 기도실에 가까운 아주 경건한 분위기의 작은 방이 나왔는데, 당장 이용하고 휴식을 취하기 위해서가 아니라 유물과 추억을 간직하기 위해 만든 장소 같았다.

마음 착한 신부도 나와 함께 있어주려는 듯 자리에 앉았다. 하지만 나와 이야기를 나누지는 않고 책을 한 권 꺼내 한 페이지에 눈을 고정시키고 입속에서 뭐라고 중얼거리기만 했다. 기도나 탄원인 것 같았다. 하늘에서 내려온 번개가 노랗게 번쩍이자 그의 대머리가 금빛으로 물들었다. 그는 짙은 자줏빛 그늘 속에 있었는데 기도를 하느라 내 존재를 망각했는지 조각처럼 꼼짝 않고 앉아 있었다. 위험이 다가오는 징후가 있을 때, 즉 번개가 더 사납게 치거나 천둥소리가 더 커지고 가깝게 들릴 때만 잠깐씩 고개를 들었다. 그럴 때조차도 그가 눈을 치켜뜨는 이유는 두려움이 아닌 경외감 때문이었다. 나도 자연의 힘에 압도되기는 했지만 공포에 사로잡힌 건 아니었으므로 이런저런 생각을 하면서 자유롭게 주위를 관찰했다.

솔직히 말하자면 그 늙은 신부가 내가 베긴회 성당에서 무릎을 꿇고 고해했던 실라스 신부를 닮았다는 생각이 떠오르기 시작했다. 고해성사 때는 어슴푸레한 곳에서 옆모습만 봤기 때문에 확실하지는 않았지만 그래도 닮은 구석이 있는 것 같았고 목소리도 비슷하다는 생각이 들었다. 이렇게 바라보고 있는 동안 신부가 단 한 번 고개를 들었다. 내가 자기를 유심히 본다는 걸 알아차렸다는 표시였다. 나는 그의 눈길을 피해 방을 둘러보았다. 그 방도 어딘가 신비롭고 흥미를 유발하는 데가 있었다.

값비싼 미사 전서와 흑단으로 만든 로자리오 묵주를 갖추어놓은 검붉은 기도대 위로, 낡은 상아를 독특하게 조각해서 만든 십자가가 세월이 흘러 누렇게 바랜 채 비스듬히 아래를 굽어보고 있었다. 십자가 옆에는 아까 희미한 윤곽선만으로 내 눈길을 끌었던 그림이 걸려 있었다. 그 그림이 움직이면서 벽과 함께 사라져 유령들을 불러들였던 것이다. 아까는 잘 보이지 않아서 성모 마리아인 줄 알았는데 밝은 빛에 비추어보니 수녀복을 입은 여인의 초상화였다. 아름답지는 않지만 호감이 가고, 젊지만 창백했으며, 슬픔 때문인지 병 때문인지 그늘이 드리워진 얼굴이었다. 다시 말하건대 그 여인은 아름답지 않았고 지적으로 보이지도 않았다. 연약한 체격과 수동적인 애정과 순응하는 습관 때문에 사랑스러워 보일 따름이었다. 그런데도 나는 그 그림에서 시선을 떼지 못하고 오랫동안 바라보았다.

처음에는 완전히 귀가 먹고 기력이 쇠한 것처럼 보였던 늙은 신부는 이제 보니 감각이 어느 정도 살아 있는 게 분명했다. 그는 고개 한 번 들지 않고 (내가 보기에는) 시선도 한 번 돌리지 않고 책에 몰두하고 있었는데도 내가 무엇을 보고 있는지 알아차렸다. 그리고 또렷한 목소리로 천천히 그 그림에 관해 다음 네 마디를 했다.

"그녀는 무척 사랑받았습니다."

"그녀는 하나님께 자신을 바쳤습니다."

"그녀는 젊은 나이에 죽었습니다."

"아직도 그녀를 기억하면서 슬퍼하는 이가 있습니다."

나는 그 오랜 사별의 아픔 속에서 아까 만난 노파의 절망적이고 음산한 분위기를 설명하는 열쇠를 발견했다고 지레짐작하고 이렇게 물었다.

"나이 든 발라벤스 부인이 슬퍼하신다는 이야기죠?"

신부는 보일락 말락 하게 웃으며 고개를 가로저었다.

"아니오, 아니오. 물론 손녀에 대한 할머니의 애정은 대단히 크지요. 손녀를 잃은 슬픔이 가시지 않았을 수도 있고요. 하지만 주스틴 마리를 잃고 아직도 슬퍼하는 사람은 약혼자지요. 운명과 신념과 죽음이 한꺼번에 가로막는 바람에 그녀와 결합하는 축복을 얻지 못했던 연인이지요."

신부는 내가 질문하기를 바라는 것 같았다. 그래서 나는 '주스틴 마리' 라는 사람과 사별하고 아직도 슬퍼하는 사람이 누구냐고 물었다. 그리고 대답으로 꽤나 낭만적인 이야기를 들었는데, 잠잠해지고 있는 폭풍 속에서 들으니 더욱 인상적이었다. 프랑스적인 냄새가 그렇게 강하지 않았다면, 루소풍의 감상적인 표현과 부연설명이 많지 않았다면, 효과에 신경을 많이 쓰지 않았다면 훨씬 유익한 이야기가 됐을 것이다. 하지만 그 훌륭한 신부는 프랑스에서 태어나 자란 사람이었고(그가 나의 고해를 들은 신부와 비슷하다는 생각이 갈수록 강해졌다) 진실한 로마 가톨릭의 아들이었다. 마침내 그가 눈을 들어 곁눈질로 나를 보았다. 과연 70년 동안의 풍상을 너끈히 견디고 이겨낼 만큼 섬세하고 날카로운 눈길이었다. 그래도 나는 아직까지 그가 선량한 노인이었다고 믿는다.

이야기의 주인공은 전에 노신부의 제자였고 이제는 그의 후원자가 된 사람이었다. 그 사람은 큰 유산을 상속받은 여자를 탐내도 이상할 게 없을 정도로 성공 가도를 달리던 시절에 창백한 부잣집 딸인 주스틴 마리와 사랑에 빠졌다. 그런데 한때 부유한 은행가였던 부친이 사업에 실패해 그에게 오로지 빚과 가난만 남기고 죽었다. 그래서 그 주인공은 주스틴 마리를 연모할 수 없는 처지가 됐다. 특히 조금 전에 만난 늙은 마녀 발라벤스 부인이 그들의 결혼을 격렬하게 반대했다고 한다. 기형인 사람들이 광적으로 성질을 부리는 일이 종종 있지 않은가. 온순한 성격이었던 주스틴 마리는 거짓말을 할 만큼 뻔뻔하지도 않았고 연인을 지킬 만큼 강인하지도 못했다. 그녀는 첫 번째 구혼자를 포기한 후 지갑이 더 두툼했던 두 번째 구혼자도 거부하고 수도원에 틀어박혀 지내다가 수련 기간에 숨을 거두었다.

그녀를 사랑했던 충실한 연인은 오래도록 슬픔을 떨치지 못했다. 그 사랑과 슬픔의 진실이 어떻게 밝혀졌는가 하는 이야기는 나에게도 진한 감동으로 다가왔다.

주스틴 마리가 세상을 떠난 지 몇 년 후 그녀의 집안에도 재앙이 닥쳤다. 그녀의 아버지는 명목상으로는 보석상이었지만 증권거래소에서 거래를 많이 했는데, 발각되면 파산할 정도의 벌금을 물어야 하는 어떤 계약에 연루돼 있었던 것이다. 그는 손실로 인한 슬픔과 불명예로 인한 수치심 때문에 죽었다. 늙은 곱사등이 어머니와 과부가 된 아내는 무일푼이 돼서 하마터면 그들까지 가난으로 세상을 떠날 뻔 했다. 그러나 한때 그들에게 멸시당하긴 했으나 죽은 딸을 진심으로 사랑했던 그 제자가 두 여인의 딱한 사정을 듣고 변함없이 충실한 마음으로 그들을 구하러 달려왔다. 그는 그들의 거만을 가장 순수한 자비로 갚았다. 어떤 아들보다도 친절하고 유능하게 집을 마련해주고 그들을 보살피고 신경을 써주었다. 그런 대로 선량한 여인이었던 마리의 어머니는 그를 축복하며 숨을 거두었고, 신앙도 인정도 없는 괴상하고 무정한 인간혐오자인 할머니는 여태까지 이 희생적인 사람에게 전적으로 의지해 살아가고 있다고 했다. 그녀가 그의 인생을 망쳤고 그의 희망을 꺾었고 그에게 사랑과 가정적 행복 대신 긴 애도와 음침한 고독을 선사했는데도, 그는 착한 아들이 상냥한 어머니에게 하듯이 그녀를 공경했다. 그리고 그녀를 이 집으로 모셔왔다. 신부는 정말로 눈물을 글썽이며 이야기를 계속했다.

"그리고 그는 옛 선생이던 나와 자기 아버지 댁에 있던 나이 든 하녀 아그네스까지 이곳에 살도록 해주었소. 내가 알기로 그는 우리를 부양하는 일과 여타 자선사업에 수입의 4분의 3을 바친다오. 자기는 나머지 4분의 1로 근근이 끼니를 이으며 초라하기 짝이 없는 집에 살면서 말이오. 결혼하기가 불가능한 환경을 만든 셈이지요. 마치 신부인 나처럼 자기 자신을 하나님께, 그리고 천사가 된 연인에게 바쳐온 거요."

신부는 이 마지막 말을 하기 전에 눈물을 훔쳤다. 그리고 말하는 도중에 잠시 눈을 들어 내 눈을 바라보았다. 분명치 않은 움직임이었지만 나는 이 눈짓을 알아차렸고 여기에 어떤 의미가 숨어 있다는 생각이 머리를 스쳤다.

구교도들은 참 이상하다. 구교도 가운데 어떤 이는, 나에게 페루의 마지막 잉카나 중국 최초의 황제만큼이나 낯선 사람인데도 불구하고 나와 나의 관심사에 관해 모조리 알고 있다. 그리고 내가 보기에는 순간적인 충동에 의해 즉흥적으로 대화를 나눈 것 같아도 그들이 나에게 어떤 이야기를 할 때는 다 이유가 있다. 어떤 구교도들은 계획을 짜서 내가 어떤 날 어떤 상황 아래 어떤 장소를 방문하게 만든다.

그럴 때 내가 있는 그대로 받아들이면 모든 일이 우연의 섭리이거나 반드시 필요해서 생긴 일이라고 착각하게 된다. 베크 부인이 갑자기 생각해 낸 전갈과 선물, 마지 광장으로 순진하게 심부름을 온 일, 마침 노신부가 계단을 내려와 광장을 지나고 있었던 일, 하녀에게 쫓겨날 뻔 했는데 신부가 끼어들어 도와준 일, 그가 계단 위에 다시 나타나 나를 이 방으로 끌어들인 일, 초상화, 그리고 친절하게도 자진해서 들려준 이야기…… 이 모든 작은 사건들은 있는 그대로 받아들이면 서로 관련 없이 독립적으로 일어난 것처럼 보인다. 즉 꿰지 않은 구슬 한 줌이었다.

하지만 그 예수회 신부의 잽싸고 교활한 눈짓을 보는 순간 그 구슬들은 기도대에 놓인 묵주처럼 긴 줄에 꿰어져 목걸이로 변했다. 하지만 연결 고리는 어디에 있을까? 수도원 냄새가 나는 이 목걸이의 작은 걸쇠는 어디에 있는가? 어딘가 연결되는 지점이 있으리라는 막연한 느낌은 들었으나 연결되는 지점을 찾을 수도 연결할 방법을 알아낼 수도 없었다.

내가 말없이 생각에 잠겨 넋을 놓고 있는 모습이 수상쩍게 여겨졌는지 그가 점잖게 말을 걸었다.

"아가씨, 홍수가 난 거리를 뚫고 멀리까지 가야 하는 건 아니겠지요?"

"1킬로미터 가까이 걸어가야 한답니다."

"어디에 사시죠?"

"포세트가에요."

"설마 (활기를 띠며) 베크 부인의 기숙학교에 사는 건 아니겠죠?"

"바로 그곳인데요."

"그렇다면, (손뼉을 치면서) 그렇다면 나의 고귀한 제자인 폴을 아시겠군요."

"문학 교수인 폴 에마뉘엘 씨 말씀이세요?"

"바로 그 사람이오."

잠시 침묵이 흘렀다. 갑자기 연결 고리가 손에 잡혔다. 압력을 받은 고리가 벌어지는 느낌마저 들었다.

나는 지체 없이 물었다.

"지금까지 들려주신 게 폴 선생 이야기였나요? 신부님의 제자이자 발라벤스 부인의 후원자라는 사람이 그분인가요?"

"그렇습니다. 그는 늙은 하녀 아그네스의 후원자이기도 하지요. 그리고 (힘주어) 하늘에 있는 성자 주스틴 마리의 진실하고 한결같고 영원한 연인이라오."

나는 다시 물었다.

"그러면 신부님께서는 누구신지요?"

강한 어조로 묻긴 했으나 사실 그런 물음은 불필요했다. 대답도 이미 짐작하고 있었으니까.

"나는 실라스 신부입니다. 거룩한 천주교회의 미천한 아들이고, 그대의 고귀하고 감동적인 고백을 들었던 사람이지요. 당신은 마음 깊은 곳과 그곳에 있는 정신의 사원을 나에게 보여주었소. 엄숙히 말하건대 나는 유일하고 진정한 신앙의 대변자로서 당신의 그런 정신이 탐났소. 그래서 하루도 당신에게서 눈길을 떼지 않았고, 매시간 당신에게 깊은 관심을 기울이고 있었다오. 나는 천주교의 지식을 물려받았고, 천주교의 고귀한 훈련을 받으며 성장했고, 천주교의 건전한 교리를 주입받았고, 천주교만이 주는 열정에 감화된 사람이기 때문에 당신의 정신적 수준과 실제적 가치가 얼마나 큰지를 알 수 있소. 그래서 이교의 제물을 선망하고 있어요."

아주 특이한 상황이었다. 어찌 보면 나도 그와 같은 환경에서 살고 있다는 생각도 들었다. 지식을 물려받고, 훈련을 받고, 교리를 주입당하고 있었으니까. 나는 속으로 '그렇게는 안 되죠' 라고 생각했지만 반론을 자제하고 조용히 앉아 있었다.

그러다가 나를 개종시키려는 신부의 허망한 꿈보다 더 유익하게 여겨지는 주제를 찾아서 다시 입을 열었다.

"폴 선생님이 여기 사시는 건 아니죠?"

"여기 살진 않소. 이따금씩 들러서 자기가 사랑하던 성인을 경배하고, 내게 고해를 하고, 어머니라고 부르는 여인에게 문안인사를 드릴 뿐이라오. 그는 방 두 개짜리 집에서 하인도 없이 살고 있소. 그래도 발라벤스 부인이 가진 휘황찬란한 보석들은 처분하지 못하게 한다오. 당신도 그녀가 몸에 지닌 보석을 봤겠지만 부인은 그 보석에 대해 유치한 자부심을 가지고 있소. 부인이 젊은 시절에 걸치던 장신구인데 보석상이었던 아들의 부를 상징하는 마지막 유품이기도 해서 그렇다오."

나는 혼잣말로 중얼거렸다.

"폴 선생은 사소한 일에 아량이 없어 보일 때가 정말 많았지! 하지만 큰 일에는 참으로 관대하단 말이야!"

솔직히 고백하건대 나는 그가 고해를 했다는 사실이나 성인을 숭배한다는 사실은 관대함의 증거에 포함시키지 않았다.

나는 주스틴 마리를 쳐다보면서 신부에게 물었다.

"저 아가씨가 죽은 지는 얼마나 됐나요?"

"20년쯤 됐소. 그녀는 폴보다 나이가 많았소. 그 당시에 그는 아주 젊었소. 지금도 마흔이 조금 넘었을 뿐이니……."

"아직도 그녀를 애도하나요?"

"마음속으로 영원히 그녀를 애도할 거요. 지조는 폴의 성격에서 핵을 이룬다오."

신부는 이 말을 유난히 강조했다.

드디어 핏기 없고 축축한 해가 나왔다. 비는 계속 내리고 있었지만 태풍은 불지 않았다. 뜨겁게 달구어진 하늘이 쩍 갈라지더니 번개가 쳤다. 더 지체하다가는 돌아가는 길에 날이 저물 것 같았으므로 나는 자리에서 일어나 신부의 호의와 이야기에 감사를 표했다. 신부는 온화한 말투로 "평화를 빕니다"라고 대답했다. 그건 진정 자애로운 말로 들렸기 때문에 나도 따뜻하게 받아들였다. 하지만 그다음에 나온 아리송한 말은 별로 달갑지 않았다.

"그대는 운명이 정해준 대로 될 거요!"

나는 그 집 대문을 나서면서 신부의 예언에 대해 어깨를 으쓱했다. 자기한테 어떤 일이 닥칠지 확실히 아는 사람은 없을 것이다. 하지만 지금까지의 모든 경험에도 불구하고 나는 건전한 정신을 가진 신교도로 살고 신교도로서 죽기를 원했다. 소위 '거룩한 천주교회'는 안이 텅 비어 있으면서도 주변은 번성했는데 그건 나에게 큰 유혹이 못 됐다.

나는 계속 걸어가며 여러 가지 생각을 했다. 가톨릭교가 어떻든 간에 세상에는 훌륭한 가톨릭교도들도 있다. 폴 에마뉘엘 씨야말로 최고의 가톨릭교도가 아닐까? 필시 미신과 성직자들의 영향력에 이끌려서 한 일이겠지만 그의 무조건적인 믿음과 경건한 헌신과 자기희생과 끝없는 자비는 참으로 경이로웠다. 가톨릭교 성직자들이 그런 정신을 어떻게 대우하는지는 앞으로 두고 볼 일이었다. 그들 자신과 하나님을 위해서 그걸 소중히 간수할까, 아니면 그걸로 고리대금업을 해서 이자 소득을 얻을까?

집에 도착할 무렵에는 해가 저물어 있었다. 무척 배가 고팠는데 요리사 고통이 친절하게도 내 몫의 식사를 남겨놓았다. 고통은 나를 작은 방으로 불러 식사를 하라고 했는데, 잠시 후 베크 부인이 그곳에 나타나 내게 포도주를 한 잔 가져다주었다.

베크 부인은 킬킬거리며 내게 말을 걸었다.

"돌아왔군요. 발라벤스 부인에게 어떤 환대를 받았나요? 참 괴팍한 노파죠?"

나는 그녀에게 내가 들은 정중한 말을 그대로 전하고 있었던 일들을 보고했다. 그러자 그녀는 웃으며 말했다.

"오, 그 이상한 곱사등이 노파 같으니! 그녀가 날 싫어하는 이유를 알겠어요? 내가 사촌인 폴을 사랑하는 줄 알고 그러는 거예요. 폴은 신앙심이 깊은 사람이어서 신부님의 허락 없이는 꿈쩍도 안 할 텐데. 게다가 (그녀는 프랑스어에서 영어로 바꾸어 말을 계속했다) 그는 나하고든 다른 누구하고든 결혼하고 싶어도 그럴 수가 없어요. 지금도 그에게 의지해서 사는 군식구가 너무 많거든요. 어머니처럼 모시는 발라벤스 부인에, 실라스 신부에, 아그네스 아줌마에, 이름도 모르는 한 무리의 가난뱅이들까지 떠맡고 있죠. 그 사람처럼 자기한테 벅찬 무거운 짐을 지고 쓸데없는 책임을 자진해서 맡는 사람은 다시없을 거예요. 더욱이 창백한 얼굴의 마리 주스틴에 대해 낭만적인 생각을 품고 있다고요. 내가 보기에는 멍청한 여자 같던데. (베크 부인의 불경한 말이었다) 지난 20년간 천국에서, 아니면 다른 어딘가에서 천사로 살았겠죠 뭐. 그런데 폴은 지상의 모든 인연에서 자유로워질 때 백합처럼 순결한 상태로 그녀에게 가겠다고 하더군요.

오, 루시 양이 폴 선생의 괴벽을 반만 알아도 웃음을 터뜨릴 거예요! 그런데 내가 식사를 방해하고 있었네요. 친구여, 배가 고플 텐데 어서 음식을 들고 포도주를 마셔요. 천사니, 노파니 하는 것들은 다 잊어버려요. 무엇보다 폴 선생을 싹 잊어버리세요. 그럼 안녕!"

35. 오누이의 정

베크 부인은 "폴 선생을 싹 잊어버리세요"라고 말했다. 그녀는 현명한 여자였지만 그런 말은 하지 말았어야 했다. 그 말을 입 밖에 낸 건 실수였다. 그날 밤에는 나를 가만히 내버려 두었어야 했다. 내가 흥분하지 않고 별다른 흥미도 관심도 느끼지 못하는 상태에서 나만의 추측과 남들의 추측을 혼자 되새기도록 했어야 했다. 내가 두 번째로 잊어야 할 이 사람과 연관되는 생각조차 떠올리지 않도록 했어야 했다.

폴 선생을 잊어버리라고? 아하! 그를 잊게 하려고 주도면밀하게 계획한 일이었구나! 교활한 사람들! 그들은 내게 그가 얼마나 훌륭한 사람인지 보여주었다. 내가 소중히 여기는 그를 흠 한 점 없는 작은 영웅으로 만들고 나서 그의 헌신적인 사랑에 관해 시시콜콜 이야기했다. 하지만 그날 이전에는 그가 사랑을 할 줄 아는 사람인지 아닌지 확인할 길도 없지 않았던가?

그전까지 나는 폴 선생을 시기심과 의심이 많은 사람으로 알고 있었다. 부드러움과 변덕도 있다고 생각하긴 했다. 부드러움은 따스한 바람처럼 다가왔고 연민은 새벽이슬처럼 지나갔으나 그가 짜증을 부리면 열기 때문에 다 사라져버렸다. 내가 알고 있었던 건

이게 다였다. 그런데 실라스 신부와 겸손한 마리아 베크 부인(두 사람이 협력해서 꾸민 일이 분명했다)이 폴 선생의 마음속 성소를 열고 위대한 사랑을 나에게 보여주었다. 남부 사람다운 성품을 가진 그 젊은이의 사랑은 강하고도 완전했다. 그 사랑은 '죽음'을 비웃었고, 죽음의 야비한 방해를 경멸했고, 불멸의 영혼을 끝까지 믿었으며, 극기와 믿음 속에서 한 사람의 무덤 곁을 20년이나 지켰다.

그건 무익한 행동이 아니었다. 단순히 공허한 감정에 탐닉한 것도 아니었다. 자신의 가장 훌륭한 힘을 이타적인 목적에 바치고 끝없는 개인적 희생을 통해 정절을 입증했던 것이다. 약혼녀가 생전에 소중히 여겼던 사람들을 예우한 그의 행위는 복수심을 버리고 십자가를 진 거나 다름없었다.

그러면 주스틴 마리는? 내 눈으로 직접 보지는 않았지만 그녀가 어떤 사람인지는 훤히 알 수 있었다. 그녀는 제법 괜찮은 여자였을 것이다. 베크 부인의 학교에도 그녀와 비슷한 아가씨들이 있었다. 기력이 약한 아가씨들, 다시 말해서 창백하고 느리고 움직임이 둔하지만 천성이 친절해서 악과는 인연이 없고 그렇다고 특별히 선하지도 않은 아가씨들이었다.

주스틴 마리가 달고 있다는 천사의 날개가 누구의 시적 상상력이 빚어낸 작품인지 알 것 같았다. 그녀의 이마에 반사되어 비치는 신성한 고리 모양의 후광이 누구의 눈에서 이글거리는 불꽃인지도 알 것 같았다.

그래서? 내가 주스틴 마리 때문에 겁을 집어먹어야 하는가? 초상화 속의 창백한 죽은 수녀가 일어나서 영원한 장벽을 쌓았는가? 폴 선생이 세속적인 부를 고스란히 자선활동에 바치는 걸 어떻게 봐야 할까? 독신으로 살겠다고 맹세한 그의 마음에 대해서는?

베크 부인 그리고 실라스 신부님, 당신들은 이런 질문을 던지지 말았어야 했다. 그 질문들 하나하나가 내게는 가장 심오한 수수께끼였고 가장 강력한 장애물이자 가장 날카로운 자극이었다. 나는 일주일 밤낮으로 잠에 취해서 지냈다. 꿈을 꾸다가 일어나도 이 질문들과 마주쳤다. 질문에 대한 답은 이 세상 어디에도 없었다. 오직 한 군데에 장식이 달린 그리스풍 모자를 쓰고 잉크로 얼룩진 칙칙하고 허름한 외투를 걸친 작고 까무잡잡한 남자가 서 있고, 앉아 있고, 걸어 다니고, 수업을 하는 곳에 그 답이 있을 터였다.

마지 가에 다녀온 날 이후로 그를 다시 만나고 싶은 마음이 간절했다. 새로운 사실을 알게 된 만큼 그의 얼굴에서 어느 때보다 명료하고 흥미진진한 기록을 읽어낼 수 있으리라 믿었다. 나는 그의 얼굴을 들여다보면서 실라스 신부가 이야기했던 그의 순수한 헌신성과 중세의 기사 같기도 하고 성자 같기도 한 영웅적 자질을 찾아보고 싶었다. 그는 어느새 나의 기독교적 영웅이 되어 버렸으므로 그런 견지에서 그의 모습을 보고 싶었던 것이다.

기회는 금방 찾아왔다. 다음 날 나의 새로운 인상을 시험할 수 있었다. 드디어 나의 '기독교적 영웅'과 대면했던 것이다. 영웅적이거나 감상적인 분위기는 아니었고 성경과도 관련이 없었지만 나름대로 극적인 만남이었다.

오후 3시쯤 1반 교실에는 베크 부인의 조용한 통치 아래 평화가 순조롭게 정착되는 듯했다. 베크 부인이 몸소 와서 논리정연하고 유익한 수업을 하고 있었기 때문이다. 그런데 외투를 입은 침입자가 거칠게 뛰어 들어오는 바람에 갑자기 교실의 평화가 깨졌다.

그때 나는 누구보다 평온한 마음으로 앉아 있었다. 베크 부인이 있어서 평소보다 나의 부담이 적었고, 그녀의 고른 억양이 마음을 가라앉혀 주었으며, 수업 주제에 관한 그녀의 명확한 설명(그녀는 정말 잘 가르치는 선생이었다)을 들으면서 기분 좋게 교양을 쌓을 수 있었다. 나는 책상 위로 몸을 구부린 채 그림을 그리고 있었다. 선이 정교한 동판화를 모사하는 작업이었는데 원본과 똑같아 보이게 하려고 끈질기게 마지막 손질을 하는 중이었다. 내가 생각하는 실용적인 예술이란 그런 거였다. 이상하게 들릴지 모르겠지만 난 그런 노역을 무척 즐겼으며 강철이나 동판에 새겨서 만든 정교한 중국 판화도 똑같이 모사할 수 있었다. 그런 판화들의 가치라고 해봐야 모직물에 수를 놓은 흔해빠진 작품들과 비슷한 정도였지만 당시에 나는 그것들을 꽤 높이 평가하고 있었다.

무엇이 문제였냐고? 내 그림과 연필과 소중한 모사본이 한데 모여 어떤 손에 꽉 쥐어진 후 내 눈앞에서 사라졌다. 내 몸도 흔들리는가 싶더니 의자에서 떨어져 나왔다. 흥분한 요리사가 향료병을 쥐고 흔들자 병 속에 딱 하나 남아 있던 시든 육두구가 빠져나오는 것 같았다. 난폭한 외투가 내 의자와 책상을 붙잡아 한 팔에 하나씩 들고 어디론가 운반했다. 눈 깜짝할 사이에 나도 옮겨졌다. 2분 후 책상과 의자와 나는 무용이나 합창 연습을 할 때를 빼면 거의 쓰이지 않는 넓은 강당 한가운데에 놓였다. 다시는 그 자리를 벗어날 수 없으니 그런 희망은 일체 가지지 말라는 강한 명령이 전달되는 듯했다.

혼비백산한 정신을 좀 수습하고 보니 두 남자, 아니 두 신사가 내 앞에 있었다. 한 사람은 피부가 검은 편이고 또 한 사람은 흰 편이었다. 한 사람은 군인처럼 딱딱한 분위기를 풍겼고 테두리 장식이 달린 외투를 입고 있었다. 또 한 사람은 옷차림이나 거동이 자유스러운 편이어서 학생이나 예술가 부류에 더 가까워 보였다. 둘 다 콧수염과 구레나룻을 길러 위엄을 과시하고 있었다. 폴 선생은 두 신사와 약간 거리를 두고 서 있었는데 표정과 눈빛에 언짢은 기색이 역력했다. 그는 교단에 서 있을 때처럼 불쑥 손을 내밀며 말했다.

"루시 양, 당신의 임무는 이 신사들께 내가 거짓말쟁이가 아니라는 걸 증명하는 거요. 당신의 능력을 최대한 발휘해 질문에 대답하고 이분들이 제시하는 주제로 작문을 하시오. 이분들의 눈에는 내가 형편없는 사기꾼으로 보이는 모양이오. 내가 글을 쓴 다음 일부러 학생 이름을 써 넣어 위조하고 학생 작품이라고 자랑한다는 거요. 당신이 내 혐의를 벗겨줄 수 있을 거요."

하나님 맙소사! 오랫동안 피해왔던 공개 시험이 날벼락처럼 닥치고야 말았다. 콧수염을 기르고 테두리 장식 외투 차림으로 비웃음을 머금고 있는 번지르르한 두 신사는 대학의 멋쟁이 교수 부아세크 씨와 로슈모르트 씨였다. 둘 다 옷차림에 신경 쓰는 냉혈한이었고 공론을 일삼는 냉소적인 회의주의자였다. 아마 폴 선생이 내가 전에 쓴 글을 경솔하게 내보였던 것 같다. 정작 나한테는 한 번도 칭찬한 적이 없었고 언급조차 하지 않아서 잊힌 줄로만 알았던 글이었다. 사실 눈이 휘둥그레지는 걸작도 아니었다. 외국인 학교 여학생들의 평균적인 작문 솜씨와 비교하면 대단해 보였겠지만 영국 학교에서였다면 그 정도는 눈에 띄지도 않고 묻혔을 것이다. 그러나 부아세크 씨와 로슈모르트 씨는 진짜로 학생이 쓴 글인지 의심스럽다는 판단을 내리고 위조한 게 아니냐고 암시했다. 이제 나는 그들에게 시험당하는 고통을 겪으면서 그게 진짜라는 증거를 보여주어야 할 판국이었다.

그 후로 가히 기억에 남을 만한 장면들이 이어졌다.

시험은 고전으로 시작됐다. 나는 입도 뻥긋 못했다. 그러자 시험관들은 프랑스 역사로 넘어갔다. 나는 메로베(15세기 중반 프랑크 왕국을 다스린 왕—옮긴이)와 파라몽(프랑스의 첫 번째 국왕—옮긴이)도 구별하지 못했다. 그들은 다양한 학문에 관해 질문을 던졌으나 나는 매번 고개를 저으며 "아는 게 없네요"라는 대답만 되풀이했다.

그들은 잠시 의미심장한 침묵을 지키다가 일반 상식으로 넘어갔다. 내가 잘 알고 있었고 자주 사색하곤 했던 주제도 한두 가지 나왔다. 지금까지 동짓날처럼 어두운 표정으로 서서 바라보기만 하던 폴 선생의 얼굴이 약간 밝아졌다. 적어도 내가 바보는 아니라는 사실이 밝혀지리라고 예상했기 때문이다.

그의 예상은 틀린 걸로 판명됐다. 질문에 대한 대답들이 샘물처럼 빠르게 솟아나 머릿속을 꽉 채우는 바람에 개념은 분명히 있는데 적절한 어휘가 떠오르지 않았다. 말을 할 수가 없었던 건지, 하지 않으려 했던 건지 지금도 잘 모르겠다. 신경과민 탓도 있었고 기분이 상한 탓도 있었으리라고 생각된다.

시험관 중 테두리 장식 외투를 입은 사람이 동료 교수에게 속삭이는 소리가 들렸다.

"바보 아니야?"

나는 속으로 생각했다.

'그래요, 당신 같은 사람들 눈에는 내가 바보로 보이겠죠.'

하지만 나는 몹시 괴로운 심정이었다. 폴 선생의 이마에 송골송골 땀이 맺혔다. 그의 눈이 강렬하고도 슬픈 책망의 빛으로 나를 바라보았다. 그는 나에게 보편적인 지식이 없다는 사실을 믿지 않았고, 의지만 있으면 나도 즉석에서 대답할 수 있다고 생각했다.

마침내 나는 더듬거리며 입을 뗐다. 그의 괴로움을 덜어주고 교수들과 나 자신도 해방시키기 위해서였다.

"신사 여러분, 절 그냥 보내주시는 게 낫겠어요. 훌륭한 대답은 나오지 않을 거예요. 두 분 말씀처럼 전 바보거든요."

차분하고 위엄 있게 말했거나 아예 입을 다물고 있을 만큼 현명했더라면 좋았으련만, 의리 없는 혓바닥은 더듬거리며 실수를 했다. 시험관들이 폴 선생에게 냉혹한 승리의 눈길을 보내고 내 목소리가 불안하게 떨린다는 걸 의식하는 순간 나는 참고 있던 울음을 터뜨렸다. 슬픔보다는 분노가 훨씬 컸다. 내가 힘센 남자였다면 그 자리에서 둘에게 결투를 신청했을 것이다. 하지만 그건 어디까지나 감정일 뿐이었고, 천벌을 받는 한이 있어도 감정을 드러내긴 싫었다.

한심한 교수들! 그들이 사기라고 주장한 작문 속에서 초심자의 조야한 솜씨를 대번에 알아보지 못했단 말인가? 그건 고전적인 주제를 다룬 글이었다. 폴 선생은 생전 처음 듣는 말로 작문을 이러저러하게 쓰라고 정해주었다. 나에게 그 주제는 낯설기 짝이 없었고 적합한 소재도 가지고 있지 않았지만 나는 책을 많이 읽으면서 현실이라는 바싹 마른 뼈다귀로 열심히 골조를 만든 다음 옷을 입히고 생명을 불어넣으려 애썼다. 생명을 불어넣는 마지막 과정은 즐거웠지만 사실들을 발견하고 취사선택한 후 적절하게 배합할 때까지는 어렵고 초조한 시간을 보냈다. 정확한 골격이 나와서 만족하기 전까지는 연구와 노력을 중단하지도 못했다. 잘못된 생각과 거짓을 혐오하는 특유의 성격 덕택에 터무니없는 실수를 저지르지는 않았다.

하지만 지식은 숙성된 상태로 머릿속에 준비돼 있는 게 아니었다. 봄에 씨를 뿌리고 여름에 기르고 가을에 거두어 겨울에 저장한 지식이 아니었으므로 원하는 게 있을 때마다 나가서 새로 거두어야 했다. 나는 야생 약초를 앞치마 가득 따서 녹색으로 짓이겨 냄비에 넣었던 셈이다. 부아세크 씨와 로슈모르트 씨는 그런 줄도 모르고 내 작문을 원숙한 학자가 쓴 글로 오해했던 것이다.

그들이 선뜻 보내주지 않았으므로 나는 그들 앞에 앉아서 작문을 해야만 했다. 내가 떨리는 손으로 펜에 잉크를 찍고 눈물에 흐려진 눈으로 흰 종이를 뚫어져라 바라보자 시험관 중 한 명이 거들

먹거리며 사과의 말을 했다.

"우리가 이러는 건 진실을 밝히기 위해서지 당신을 괴롭히려는 건 아닙니다."

그러자 경멸하는 마음이 생기면서 용기가 났다. 나는 이렇게만 대답했다.

"주제를 이야기하세요, 선생님."

로슈모르트는 '인간의 정의' 라는 주제를 정했다.

인간의 정의라니! 내가 그런 주제에 대해 뭘 쓸 수 있을까? 나에게 '인간의 정의' 란 공허하고 차갑고 추상적인 개념일 뿐이어서 어떤 생각도 하나 떠오르지 않았다. 폴 선생은 사울처럼 슬프고(사무엘상에 사울이 비통해하는 내용이 있다—옮긴이) 요압(사무엘하에 나오는 냉혹한 전사—옮긴이)처럼 냉혹하게 서 있었고, 그를 비난하는 사람들이 승리를 거두고 있었다.

의기양양한 두 사람을 바라보고 있자니 용기를 내어 솔직히 말하고 싶어졌다. 나는 당신들을 위해서는 단 한 마디도 쓰거나 말하기 싫고, 당신들이 정해 준 주제는 내게 맞지 않으며, 당신들이 눈앞에 있으면 영감이 떠오르지 않고, 폴 선생의 명예를 조금이라도 의심한다면 정의의 심판관을 자처한 당신들이 진리를 모독하는 꼴이라고 말할 작정이었다. 그런데 이 말들을 쏟아내려는 순간 갑자기 기억 속에 한 줄기 빛이 스쳤다.

숱 많은 긴 머리와 콧수염과 구레나룻 사이로 나를 바라보는 두 얼굴! 차갑고 뻔뻔하고 수상쩍고 대담한 두 얼굴! 저건 내가 홀로 빌레트에 도착한 첫날밤 주랑현관 기둥 뒤에 숨어 있다가 가스등 불빛을 받으며 갑자기 나타나 나를 죽도록 무섭게 만들었던 얼굴들이 아닌가. 의지할 데 없는 외국인을 몰아붙여 정신과 기운을 쏙 빼놓고 시내의 끝까지 쫓아와 숨이 턱에 닿도록 만들었던 장본인들이 아닌가. 나는 확신할 수 있었다.

'엄숙한 스승들이라! 젊은이들의 순결한 인도자라! 만약 인간의 정의란 게 제대로 지켜진다면 당신들 둘은 지금의 지위를 보전하지도 못하고 지금처럼 명성을 누리지도 못할 거야.'

일단 생각이 떠오르자 나는 열심히 써내려갔다. '인간의 정의'는 내 앞에 새로운 모습으로 다가왔다. 양손을 허리에 대고 팔을 벌리고 아무렇게나 행동하는 시뻘건 마귀할멈의 모습이었다. 그녀가 있는 곳은 지저분한 소굴 같은 집이었다. 하인들이 지시를 기다리거나 도움을 청했지만 그녀는 도와주지 않았다. 문간에는 거지들이 서서 기다리다가 아무도 모르는 사이에 굶어죽어 갔다. 병든 말썽꾸러기 아이들이 잔뜩 몰려와 그녀의 발치를 기어 다니면서 그녀의 귀에 대고 제발 자기들을 쳐다보고 어여삐 여겨 치료해 달라고 고함쳤다.

훌륭한 마귀할멈은 이런 일들에 전혀 신경을 쓰지 않았다. 그녀에게는 난롯가의 따뜻한 자리가 있었고, 위안을 주는 짧은 검은색 파이프가 있었고, 스위니 부인이 홀짝이던 마음을 달래주는 음료도 한 병 있었다. 담배를 피우고 술을 한 모금씩 마시며 그녀만의 천국을 즐기면 그만이었다. 주변에서 고통 받는 사람들의 날카로운 비명소리가 귀에 거슬릴 때면 이 명랑한 마귀할멈은 부지깽이나 난로용 솔을 집어 들었다. 귀찮게 하는 사람이 학대받는 사람이나 병자나 약자일 경우 손쉽게 진압해 버렸다. 반대로 강하고 힘세고 폭력적인 사람일 경우는 위협만 하고 주머니 깊숙이 손을 집어넣어 꺼낸 사탕을 넉넉히 던져주었다.

나는 이런 식으로 표현된 '인간의 정의'를 종이에 급히 갈겨써서 부아세크 씨와 로슈모르트 씨에게 제출했다. 폴 선생은 내 어깨 너머로 읽어보았다. 나는 평가를 기다리지 않고 세 사람에게 정중히 인사한 후 강당을 나와 버렸다.

그날 방과 후 폴 선생과 나는 다시 마주쳤다. 물론 처음에는 만남이 순조롭지 못했다. 나는 강제로 시험을 치르게 했던 일을 도저히 이해할 수 없다고 그에게 따져야 했다. 불평으로 점철된 대화는 그가 나를 '잔인하고 냉소적인 아가씨' 라고 부르며 잠시 자리를 뜨는 걸로 끝이 났다.

나는 폴 선생이 아주 가버리는 걸 바라지는 않았다. 그날 그런 자리를 마련한 데 대해서는 완전한 면죄부를 줄 수 없다는 뜻을 전하려던 것뿐이었다. 그래서 잠시 후 정자에서 정원 손질을 하고 있는 그를 보았을 때 내심 반가운 생각마저 들었다. 그가 유리문으로 다가왔고 나 역시 그에게 다가갔다. 우리는 주변에 핀 꽃들에 관한 이야기를 주고받았다. 이윽고 폴 선생이 삽을 내려놓고 대화다운 대화를 다시 시작했다. 대화는 다른 주제들로 넘어갔다가 마침내 우리의 관심사에 접근했다.

그날 자신의 행동이 지나치다는 비난을 받을 만했다는 사실을 알고 있었던 폴 선생은 넌지시 사과를 했다. 항상 기분이 오락가락하는 데 대해서도 조금 미안해하는 눈치였다. 그러면서도 자기를 조금은 이해해 주어야 한다고 말했다.

"하지만 루시 양, 당신에게 그런 기대를 하는 건 무리겠지. 당신은 나를 모르고 내가 처한 입장이나 내 과거를 모르잖소."

그의 과거라! 나는 그 말을 당장 낚아채서 화제로 삼았다.

"그렇죠. 말씀하신 것처럼 저는 선생님의 과거, 선생님의 지위, 희생과 슬픔과 시련, 애정과 일편단심을 전혀 모른답니다. 오, 그럼요! 선생님에 관해서 아는 게 하나도 없죠. 저한테 선생님은 낯선 사람이나 다름없어요."

그는 놀라서 눈썹을 치켜세우며 중얼거렸다.

"지금 뭐라고 했소?"

"그야, 저는 선생님을 교실에서만 보잖아요. 선생님은 엄격하고 교조적이고 성급하고 독단적이에요. 시내에 계실 때 선생님이 어떤 분인지는 이야기로만 들었어요. 활동적이고 고집이 세고, 빠르게 일에 착수하고 앞장서기를 좋아하지만 설득하거나 주장을 굽히게 하기가 힘든 분이라고 하더군요. 선생님처럼 가족도, 부양할 사람도, 의무도 없으신 분은 아무데도 애착을 가질 수 없겠죠. 우리와 접촉하시긴 하지만 우리가 기계로만 보이시죠? 감정 따위는 상관하지 않고 여기저기 내던져도 되는 기계 말이에요. 그리고 저녁이면 연회장 샹들리에 불빛 아래서 즐길 거리를 찾으시겠죠. 이 학교와 저쪽의 대학은 학생이라는 제품을 생산하는 선생님의 작업장에 불과하겠죠. 선생님이 어디 사시는지 저야 모르지만 가정이 없고 가정을 필요로 하시지도 않는다는 게 자연스러워 보여요."

"내가 심판을 받았구려. 당신이 나를 그렇게 생각하고 있다는 건 알고 있었소. 당신에게 나는 남자도 아니고 기독교인도 아니겠지. 나를 애정도 신앙도 없는 사람, 친구와 가족도 없는 사람, 원칙과 신념을 따르지도 않는 사람으로 보는구려. 좋소, 루시 양. 인생에서 받는 보상이란 원래 그런 식이니까."

"선생님은 철학자시군요. 금욕적인 철학자 말이에요. (이렇게 말하고 나서 내가 그의 외투를 쳐다보자 그는 그 칙칙한 소매를 손으로 문질렀다) 인류의 약한 면을 경멸하고 인생의 사치나 안락에도 관심이 없으니까요."

"그럼 당신은 어떻소? 당신은 고상하고 우아하고 지독하게 무신경한 사람이잖소."

"하지만 선생님, 지금 와서 생각해 보니 선생님도 사는 곳은 있겠군요. 어딘지 말해 주세요. 하인은 몇 명이나 두고 계시나요?"

그는 확연한 경멸을 드러낼 태세로 무섭게 아랫입술을 삐죽 내밀고 말을 쏟아냈다.

"나는 누추한 집에 살고 있소! 콧대 높은 당신은 발을 들여놓지도 않으려 할 동굴에 산다오. 전에 저 대학에 내 '연구실'이 있다고 말한 적이 있잖소. 그땐 비겁하게도 사실을 있는 그대로 이야기하는 게 창피했던 거요. 바로 그 '연구실'이 내 집이오. 거기에 내 침실과 거실이 있고, '하인' (내 말투를 흉내 내며)은 열 명이나 된다오. 바로 여기에 말이오."

그는 얼굴을 찡그리고 열 손가락을 펴서 내 눈앞에 바짝 들이댔다. 그러고는 퉁명스럽게 말을 이었다.

"나는 구두를 직접 닦고 외투 손질도 직접 하오."

나는 토를 달았다.

"아닐 걸요. 그건 너무 평범한 일이잖아요. 선생님이 그런 걸 하실 리가 없어요."

"침대 정돈과 집안 살림도 내가 한다오. 저녁식사는 식당에서 하고, 점심식사는 저절로 해결되더군. 낮 시간은 열심히 일하면서 애착 없이 흘려보내고 밤 시간은 길고 외롭게 보낸다오. 나는 성질이 사납고 수염을 기른 수도자처럼 살고 있소. 나처럼 낡아서 다 해진 마음을 가진 몇몇 사람들, 그리고 물질적으로도 가난하고 정신적으로도 가난해서 고통 받는 몇몇 사람들을 빼고는 이 세상의 어느 누구도 나를 사랑하지 않소. 그들은 지상의 왕국들에서는 거부당한 사람들이지만 신의 뜻과 예언에 따라 천국을 약속받은 사람들이라오."

"아, 선생님, 저도 알아요!"

"뭘 안다는 거요? 당신이 지식이 풍부하긴 하지만 나에 대해서는 모를 거요, 루시!"

"바스빌의 쾌적한 구시가지에 쾌적한 고택을 가지고 계시다는 걸 알아요. 왜 거기서 살지 않으세요?"
그가 다시 물었다.
"지금 뭐라고 했소?"
"전 그 집이 마음에 들던데요? 문으로 올라가는 계단, 현관에 깔린 회색 판석, 뒤에서 고갯짓하는 나무들…… 덤불이 아니라 오래도록 자라서 짙푸르고 키가 큰 진짜 나무였죠. 그리고 그 내실처럼 생긴 기도실도요. 그 방을 서재로 쓰시지 그래요? 아주 조용하고 경건한 곳이던데요."
그는 반쯤은 웃음을 짓고 반쯤은 얼굴을 붉히며 나를 응시했다.
"그런 이야기를 어디서 들었소? 누가 당신에게 이야기했소?"
"아무도 안 했어요. 선생님, 제가 꿈을 꾼 걸까요?"
"내가 당신의 환상을 이해할 수 있겠소? 여자의 꿈도 모르는데 백일몽을 어찌 알겠소?"
"제가 꿈을 꾼 거라면, 제 꿈속에는 집만 있는 게 아니라 사람들도 있었어요. 허리가 굽은 백발의 노신부와 늙고 괴상한 하인을 봤죠. 그리고 화려하지만 이상한 여인이 있었어요. 머리가 제 팔꿈치에 닿을락 말락 하는데도 어찌나 위엄이 있는지 공작도 저리가라였어요. 보석처럼 반짝이는 가운을 입고 1,000프랑은 될 법한 숄을 둘렀더군요. 몸에 걸친 장신구는 또 어찌나 밝게 빛나던지, 그렇게 아름다운 광채는 처음 봤네요. 하지만 몸은 둘로 쪼개서 구부려놓은 것 같았어요. 인간의 평균 수명보다 오래 살아서 수고와 슬픔만을 얻은 것처럼 보였어요(시편 90 : 10 참조—옮긴이). 시큰둥해지다 못해 심술궂은 느낌까지 나더군요. 하지만 누군가가 자기 죄를 용서받기를 바라면서 그녀의 죄를 용서하고 노쇠한 그녀를 돌봐준 모양이던데요. 제가 말한 세 사람, 여주인과 사제와 하인은 다 같이 살고 있었어요. 늙고 쇠약한 사람들 모두가 친절한 천사의 날개 아래 기거하고 있었던 거죠."

폴 선생은 손으로 얼굴 윗부분을 가렸지만 입은 가리지 않았으므로 나는 그의 얼굴에 떠오르는 표정을 볼 수 있었다. 나는 그 표정이 마음에 들었다.

"당신이 내 비밀을 알게 됐구려. 어떻게 된 일이오?"

나는 심부름을 갔던 일이며 폭풍우 때문에 발이 묶였던 일이며 노파가 퉁명스럽게 대하고 신부가 친절을 베풀었던 일들을 그에게 모두 이야기했다.

"비가 그치기를 기다리며 앉아 있는데 실라스 신부님이 이야기로 지루함을 달래주셨죠."

"이야기라고! 무슨 이야기요? 실라스 신부는 낭만적인 사람이 아닌데."

"무슨 이야기인지 말씀드려도 될까요?"

"말해 보시오. 처음부터 다 이야기하시오. 어디 루시 양의 프랑스어를 들어봅시다. 최고의 실력이든 최악의 실력이든 별 상관은 없소. 야만스러운 프랑스어 억양에 섬나라의 억양이 잔뜩 섞여 있는 이야기를 들어보자는 말이오."

"대단히 거창한데다 중간에 화자가 들러붙어 있는 이야기를 들으면 선생님은 그다지 좋아하지 않으실 거예요. 하지만 제목은 말씀드릴 수 있어요. '신부의 제자' 라는 이야기였죠."

폴 선생의 까무잡잡한 얼굴이 다시 붉어지면서 뺨도 붉게 물들었다.

"이런! 그 선량한 노신부가 최악의 주제를 골랐군. 그분은 그게 문제야. '신부의 제자' 가 어떻게 됐다는 거요?"

"오! 사연이 많던데요."

"어떤 사연이었는지 확실히 이야기해주는 게 좋겠소. 정말로 알고 싶소."

"제자의 젊은 시절과 성인이 된 이후의 이야기였어요. 그의 탐욕과 배은망덕과 완고함과 변절에 관한 이야기였죠. 무슨 제자가 그렇게 형편없나요? 감사할 줄 모르고, 매몰차고 무례한데다 용서할 줄도 모른다지요!"

폴 선생은 시가를 집어 들며 물었다.

"그래서 어떻게 됐소?"

"그래서 어떻게 됐냐고요? 그에게 재앙이 닥쳤을 때 아무도 불쌍해하지 않았고, 그가 불행을 견뎌내도 아무도 그 정신력을 칭찬하지 않았고, 그가 부당한 대우를 감내했는데도 아무도 동정심을 느끼지 않았대요. 마침내 그는 기독교 정신을 어기고 적의 머리에 핀 숯을 올려놓는 복수를 감행했다더군요."(잠언 25 : 22 '그리 하는 것은 핀 숯을 그의 머리에 놓는 것과 일반이오' 참조—옮긴이)

그러자 폴 선생이 말했다.

"그게 다가 아닐 텐데."

"거의 다 이야기했을 걸요. 실라스 신부가 해준 이야기의 소제목들을 다 읊었거든요."

"빼먹은 게 하나 있소. 그 제자의 애정 결핍과 완고하고 차갑고 수도승 같은 마음을 다룬 장을 잊었구려."

"맞아요. 이제 생각나네요. 실라스 신부님은 그 제자가 성직자와 비슷한 소명 의식을 지니고 있다고 했어요. 하나님께 삶을 바쳤으니까요."

"어떤 인연이나 책임 때문에 그런다고 들었소?"

"과거의 인연과 현재의 자비심 때문이라던데요."

"모든 걸 다 들었단 말이오?"

"제가 들은 이야기를 그대로 전해 드린 거예요."

폴 선생은 묵묵히 생각에 잠겼다가 입을 열었다.

"루시 양, 나를 보시오. 당신이 고의로 진실을 왜곡할 사람은 아닐 거라고 믿소. 내 질문에 솔직하게 대답하시오. 고개를 들고 내 눈을 쳐다보시오. 주저하지 말고 부디 나를 믿으시오. 나는 믿을 만한 사람이오."

나는 눈을 들었다.

"나의 과거와 나의 모든 책무를 알았고, 나의 단점이야 전부터 알고 있었으니 이제 나에 대해 속속들이 알게 됐구려. 그래도 나와 친구로 지낼 수 있겠소?"

"선생님이 저를 친구로 삼고 싶으시다면 저도 기꺼이 선생님을 친구로 삼겠어요."

"하지만 내가 말하는 건 가까운 친구요. 친밀하고 진실한 친구, 피만 섞이지 않았다 뿐이지 닮은 데가 많은 친구 말이오. 루시 양은 지독하게 가난하고, 무거운 족쇄를 차고 있으며, 짐을 지고 빚에 시달리는 남자의 누이동생이 돼도 좋소?"

말로는 대답할 수 없었다. 하지만 대답한 거나 다름이 없었다고 생각한다. 그가 내 손을 잡았고, 내 손은 그의 손 안에서 편안함을 느꼈다. 다른 사람은 몰라도 그의 우정은 쉽게 흔들리는 불안정한 이해타산이 아니었고, 차갑고 아득한 희망이 아니었고, 손가락 하나의 무게도 견디지 못하고 깨져버릴 약한 감정이 아니었다. 그의 우정이 바위처럼 굳건하게 나를 받쳐주는 게 느껴졌다(혹은 느꼈다고 생각했다).

그가 힘주어 되풀이했다.

"내가 우정에 대해 말할 때는 '진정한' 우정을 뜻하는 거요."

그렇게 진실한 말들이 내 귓가에 울려 퍼진다는 게 믿기지 않았다. 초조하게 대답을 기다리는 다정한 그의 표정이 도무지 현실 같지 않았다. 그가 '진짜로' 나의 신뢰와 관심을 바라고 있으며 나에게도 그의 신뢰와 관심을 준다면 그 이상 좋은 일은 없을 것 같았다. 그게 정말이라면 나는 강하고 부유한 사람이 된 것이다. 순식간에 확실한 행복을 움켜쥔 것이다. 이 문제를 돌이킬 수 없는 사실로 못박아두기 위해 나는 다시 물었다.

"선생님, 진심이신가요? 정말로 저를 필요로 하시나요? 여동생처럼 저에게 관심을 쏟아주실 건가요?"

그가 대답했다.

"물론이오. 나처럼 여동생 하나 없는 외로운 사람이 한 여인에게서 여동생 같은 순수한 애정을 발견하면 무척 기뻐하는 게 당연하오."

"선생님의 호의에 기대도 될까요? 이야기하고 싶을 때마다 언제든지 해도 될까요?"

"누이동생이여, 시험을 해보시오. 약속은 하지 않겠소. 고집불통 오빠를 놀리고 귀찮게 해서 누이동생이 원하는 사람으로 한번 만들어보시오. 당신은 나를 상대하는 걸 별로 어려워하지 않잖소."

이렇게 말하는 폴 선생의 어조와 애정 어린 눈빛에서 나는 전에는 결코 느껴보지 못했던 즐거움을 맛보았다. 연인을 가진 아가씨도 신랑을 가진 신부도 남편을 가진 아내도 부럽지 않았다. 자진해서 내 친구가 되겠다고 나선 이 사람에게 만족했다. 그가 믿을 만하다는 게 증명되고 내 눈에도 믿음직해 보이는 마당에 우정 이상의 무엇을 더 바라겠는가?

'하지만 전처럼 모든 게 꿈처럼 녹아버리면 어쩌지?'

이런 생각으로 말미암아 내 마음이 무거워지고 얼굴빛이 어두워지자 그가 물었다.

"그런데 왜 그러오? 무엇 때문이오?"

나는 그에게 이유를 말해 주었다. 그러자 그는 잠시 입을 다물고 생각에 잠겨 있다가 빙그레 웃으면서 자기도 똑같은 걱정을 했다고 말해 주었다. 내가 까다롭고 변덕스러운 그에게 싫증을 낼까봐 하루 이상, 아니 한 달 이상 걱정했다는 이야기였다.

그런 이야기를 들으니 차분한 용기가 생기고 기운이 났다. 나는 과감하게 그를 안심시키는 말을 해주었다. 그는 내 말을 기분 좋게 들었을 뿐 아니라 다시 한 번 말해 달라고 부탁했다. 그를 안심시키고 만족시키고 진정시키면서 나도 무척 행복해졌다. 너무 행복해서 이상할 지경이었다. 어제까지만 해도 이 세상에, 아니 내 인생에 지금과 같은 순간이 있으리라고는 생각지도 못했다. 미리 예측했던 슬픔이 어두운 그림자를 드리우며 다가오는 걸 그저 바라보는 게 내 운명이었던 적은 무수히 많았다. 하지만 감히 바라지도 않았던 행복이 찾아와서 자리를 잡고 시간이 갈수록 더 확고해지는 건 참으로 생소한 경험이었다.

여전히 내 손을 잡고 있던 폴 선생이 나지막하게 물었다.

"루시, 그 고택의 내실에 걸려 있는 그림을 봤소?"

"네. 패널에 그려진 그림을 봤어요."

"수녀 초상화를 말하는 거겠지?"

"네."

"그녀의 이야기도 들었소?"

"네, 들었어요."

"요전 날 밤에 우리가 정자에서 본 걸 기억하시오?"

"그걸 어떻게 잊겠어요?"

"당신은 두 가지를 연결시키지는 않는구려. 그건 어리석은 짓이겠지?"

"초상화를 봤을 때 그 유령을 떠올리긴 했어요."

그건 사실이었다.

폴 선생이 다시 말했다.

"설마 하늘에 있는 성자가 지상의 경쟁자들 때문에 언짢아한다는 허망한 상상을 하지는 않았겠지요? 신교도들은 대개 미신을 믿지 않으니까. 그런 섬뜩한 공상에 시달리는 일은 없겠지?"

"어떻게 봐야 할지 아직은 모르겠네요. 하지만 이 수수께끼가 완전하고 자연스러운 결론에 도달할 날이 있으리라고 믿어요."

"그렇소, 그렇고말고. 순수하고 행복한 천사는 말할 것도 없고 살아 있는 착한 여인이라 해도 우리가 나누는 우정 때문에 질투를 하지는 않을 거요. 그렇지 않소?"

내가 미처 대답하기도 전에 베크 부인의 딸 피핀이 장밋빛이 된 얼굴로 불쑥 들어와서 나를 불러냈다. 입학을 신청한 어느 영국 학생의 가정을 방문하러 베크 부인이 시내에 나가는데 내가 통역을 해줬으면 한다는 것이었다. 이번에는 불순한 방해로 느껴지지는 않았다. 하루의 악은 그날 겪은 걸로 족했고 행복도 그 정도면 충분히 맛보았으니까. 하지만 폴 선생에게 그가 경고한 '섬뜩한 공상'이 온전히 그의 머릿속에서 나온 것인지 묻고 싶기는 했다.

36. 분쟁의 씨앗

우정의 서약이 비준되기 전에 폴 선생과 나에게 할 말이 있는 사람은 피핀 베크의 어머니 외에도 또 있었다. 우리는 밤낮으로 감시의 눈초리를 받았다. 가톨릭교회가 신비로운 문을 통해 자기 아들을 빈틈없이 지켜보고 있었다. 한때 나도 그 문에 무릎을 꿇었던 적이 있었고, 폴 선생은 다달이 그 문에 가까워졌다. 그건 고해소의 미닫이문이었다.

독자들은 "폴 선생과 친구가 된 게 뭐가 그렇게 기쁘냐?" 고 물을지도 모른다. "오랫동안 그 사람과 친구로 지내지 않았던가? 그가 당신에게 어떤 호감을 가지고 있다는 증거를 여러 번 보여주지 않았던가?"

그건 그랬다. 그래도 그가 나와 친밀하고 진실한 친구가 되겠다고 진지하게 이야기하는 걸 들으니 기뻤다. 그의 겸손한 조바심과 따스한 존중이 마음에 들었다. 나 역시 신뢰할 수 있는 친구를 원하고 있었는데 방법을 찾아서 다행이었다. 그는 나를 '누이동생' 이라고 불렀다. 그것도 괜찮았다. 그가 나를 신뢰하기만 한다면 호칭이야 원하는 대로 불러도 좋았다. 나는 기꺼이 그의 누이동생이 될 생각이었다. 나중에 그가 아내로 맞이할 어떤 여자에게 시누이 역할을 해달라고 요청한다면 곤란하겠지만 그는 독신으로 살겠다는 침묵의 서약을 한 사람이었으므로 그런 문제가 생길 가능성은 거의 없어 보였다.

그날 밤 시간의 대부분은 저녁에 주고받은 대화를 음미하며 보냈다. 어서 동이 트고 종소리가 울렸으면 하는 마음이 간절했다. 종이 울리고 옷을 갈아입은 후에도 기도와 아침식사 시간이 너무 길게 느껴졌다. 모든 시간이 정지된 것만 같다가 드디어 문학 수업에 들어갈 시간이 됐다. 나는 우리의 오누이 같은 관계를 더 확실히 이해하고 싶었다. 다시 만난 자리에서 그가 얼마나 오빠답게 처신하는지 보고 싶었고, 나의 감정은 누이동생에 얼마나 가까운지를 판단하고 싶었다. 과연 나는 누이동생처럼 과감하게 행동할 수 있을까? 그는 오라버니처럼 솔직한 태도로 나를 대할 수 있을까?

폴 선생이 교실에 들어왔다. 원래 인생에서 벌어지는 사건들은 우리의 기대와는 다르고 기대한 대로 될 수도 없는 법이다. 그는 온종일 나에게 말을 걸지 않았고, 다른 날보다 조용하고 온화하고 엄숙하게 수업을 진행했다. 학생들에게는 아버지 같은 태도였지만 내게는 오빠 같은 태도가 아니었다. 교실 밖으로 나가기 전에 말은 걸지 않더라도 미소쯤은 지어줄 줄 알았는데 그냥 가버렸다. 황급히 나가면서 나를 향해 어색하게 고개를 한 번 끄덕였을 뿐이다.

이 서먹함은 우연이라고, 의도한 게 아니니까 인내심 있게 기다리면 사라질 거라고 생각했다. 하지만 그렇지가 않았다. 며칠이 지나도 서먹함이 사라지기는커녕 더 커졌다. 나는 놀라운 마음을 진정시켰고 솟구치려는 감정들을 무조건 억눌렀다.

그가 오누이처럼 지내자고 제안했을 때 "당신을 믿어도 되나요?"라고 물었더라면 좋았을 것이다. 그는 자기 성격을 잘 아는 사람인만큼 일체의 약속을 보류하는 게 나았을 것이다. 사실 그는 나에게 시험을 한번 해보라고, 그를 놀리고 귀찮게 하라고 말하지 않았던가. 헛된 권유여! 이용할 수도 없는 허울 좋은 권리여! 물론 어떤 여자들은 이런 상황에서도 권리를 누리겠지만 능력과 성격을 고려할 때 나는 그렇게 용감한 무리에 포함되지 않았다. 혼자 남은 나는 자신감을 잃었다. 거절당한 기분으로 뒤로 물러났다. 그가 나를 잊었는데 입을 열지도 기억해 달라는 눈빛을 보내지도 못했다. 어딘가에서 내 계산이 틀린 모양이니 시간을 두고 어디가 틀렸는지 알아내고 싶었다.

하지만 여느 때처럼 그가 나를 가르쳐야 할 날이 왔다. 요전 날 저녁 7시에 그는 인자한 태도로 한참 동안 나를 가르쳐주면서 지난주에 공부한 내용을 과목별로 점검하고 다음에 공부할 내용을 예습시켰다. 이렇게 둘이서 공부할 때는 학생들과 동료 교사들이 어디에 있든, 그들이 근처에 있든 아니든 개의치 않고 아무데나 교실로 삼았다. 대개는 넓은 2반 교실에서 공부를 했다. 2반 교실은 왁자지껄하던 통학생들이 가버리고 나면 기숙사생 몇 명이 감독 교사 교단 주위에 모여 있을 뿐이어서 조용한 구석을 찾기가 쉬운 곳이었다.

우리가 늘 공부하던 날 저녁, 늘 공부하던 시각을 알리는 종소리가 나자 나는 책과 종이와 펜과 잉크를 챙겨 2반 교실로 갔다.

서늘하고 깊은 그림자로 뒤덮인 교실 안에는 아무도 없었다. 하지만 열려 있는 문을 통해 학생들이 바글바글하게 있는 환한 홀이 보였고, 그 너머로는 서쪽으로 넘어가는 불그스름한 해가 보였다. 붉은 노을이 어찌나 짙고 생생했던지 벽의 색조와 학생들이 입은 옷의 다양한 색깔이 모두 녹아 따사로운 붉은 빛으로 변한 것만 같았다. 소녀들은 자리에 앉아서 공부를 하거나 바느질을 하고 있었다. 그들

한가운데에 폴 선생이 서서 어느 교사와 유쾌하게 이야기를 나누고 있었다. 반사광 때문에 칙칙한 외투와 검은 머리가 새빨갛게 물들어 있었다. 그는 스페인 사람 같은 얼굴을 잠깐 들어 태양의 열렬한 키스에 열렬한 미소로 답했다. 나는 책상에 자리를 잡았다.

오렌지나무를 비롯한 나무들이 밝은 색깔 꽃들을 한가득 피우고 있었고, 태양은 깔깔 웃으며 뜨거운 햇살을 아낌없이 쏟아주었다. 종일 햇볕을 받은 나무들은 이제 물을 달라고 했다. 폴 선생은 정원 가꾸기에 취미가 있었다. 그는 식물을 가꾸고 기르는 일을 좋아했으며 삽이나 물뿌리개를 들고 관목 사이에서 일할 때면 성격도 누그러지는 듯했다. 폴 선생은 종종 정원을 가꾸며 기분 전환을 했다. 그날 저녁에는 오렌지나무와 제라늄과 대단히 아름다운 선인장을 돌보면서 목이 타는 나무들에게 물을 주어 모두 싱싱하게 되살려놓았다. 그러는 동안에도 입에는 그의 필수품이자 최고의 사치품인 시가를 물고 있었다. 꽃 사이로 푸른 담배 연기가 저녁 햇살을 받으며 예쁘게 피어올랐다.

폴 선생은 더 이상 학생들이나 교사들에게 말을 걸지 않고 작은 스패니얼레스(새로운 단어를 만들어도 된다면)에게 다정한 말을 퍼붓고 있었다. 실비라는 이름의 그 개는 명목상으로는 이 집의 소유였지만 실제로는 폴 선생을 주인으로 알고 있었고 이 집에 사는 사람들 중에 폴 선생을 가장 좋아했다. 섬세하고 보드랍고 사랑스럽고 애교가 많은 자그마한 강아지였다. 그날 실비는 풍부한 감정과 애착을 담은 눈으로 폴 선생의 얼굴을 올려다보며 그의 곁에서 종종걸음을 쳤다. 그러다 폴 선생이 장난으로 모자나 손수건을 떨어뜨리면 왕국의 깃발을 지키는 작은 사자처럼 그 옆에 몸을 웅크렸다.

나무가 상당히 많았고 아마추어 정원사가 직접 샘에 가서 열심히 손을 놀려 물을 길어왔으므로 정원 일은 길어졌다. 커다란 학교

시계가 째깍거렸다. 한 시간이 더 지났다. 홀에 있던 학생들에게 드리웠던 노을의 환영은 사라지고 어느덧 날이 저물고 있었다. 오늘 나의 수업은 아주 짧아질 것 같았다. 하지만 오렌지나무와 선인장과 동백나무에 물을 다 주었으니 이제는 내 차례겠지?

이런! 정원에는 돌봐주어야 할 식물들이 더 있었다. 그가 좋아하는 장미 덤불과 선택받은 어떤 꽃들이었다. 작은 실비는 기뻐서 컹컹 짖고 낑낑거리는 소리를 내며 오솔길을 따라 멀어지는 외투를 따라갔다. 나는 가져온 책을 다 보지 못하겠다고 판단하고 몇 권을 치웠다. 그러고는 앉아서 생각에 잠겼다. 기다리는 동안 나도 모르게 땅거미의 우울한 습격에 화를 내고 있었다.

실비가 명랑하게 까부는 모습이 다시 눈앞에 나타났다. 외투가 돌아온다는 신호였다. 물뿌리개도 임무를 마치고 샘가에 놓였다. 얼마나 기뻤던지! 폴 선생은 돌로 만든 작은 수반에서 손을 씻었다. 기도 시간을 알리는 종소리가 울리기 직전이므로 이제 수업을 할 시간은 남아 있지 않다. 그래도 우리는 만나야 한다. 그가 나에게 말을 건넬 것이다. 그의 눈을 들여다보면 왜 그렇게 수줍어했는지 알아낼 수 있을 것이다. 그는 손을 씻고 일어서서 천천히 소매를 여미면서 오팔 빛깔 하늘에서 창백하게 빛나는 초승달과 성 요한 성당 퇴창에 비치는 희미한 달빛을 바라보았다. 그의 관조적인 분위기를 살피다 지친 실비는 침묵을 깨기 위해 낑낑대는 소리를 내며 뛰어올랐다. 폴 선생이 실비를 내려다보며 말했다.

"까다로운 녀석. 잠시도 너를 잊으면 안 된다 이거지?"

그는 몸을 굽혀 실비를 팔에 안아 올렸다. 그러고는 천천히 뜰을 가로질러 내가 앉아 있는 교실 유리창에서 1미터도 되지 않는 곳까지 왔다. 그는 가슴팍에 안고 있는 개를 쓰다듬고 다정한 목소리로 이름을 부르면서 어슬렁어슬렁 걸었다. 현관 계단에 이르자 몸을 돌려 달과 회색 성당, 푸른 바다처럼 펼쳐진 밤안개 속으로 아스라이 멀리 있는 첨탑과 지붕을 다시 한 번 쳐다보았다.

황혼의 달콤한 숨결을 맛보고 정원의 닫힌 꽃봉오리를 감상했다. 그러다가 갑자기 주위를 둘러보았다. 날카로운 눈빛이 교실의 흰 벽을 훑고 나서 길게 늘어선 유리창을 휩쓸고 지나갔다. 그가 고개를 꾸벅했던 것 같기도 한데 내가 답례할 시간은 없었다. 그는 눈 깜짝할 새에 사라졌다. 닫힌 현관 문 앞에는 하얀 문지방 위로 달빛이 비칠 뿐 그림자 하나 없었다.

나는 책상 위에 늘어놓은 것들을 모두 그러모은 후, 결국 펼쳐보지도 못한 책 더미를 3반 교실에 도로 가져다놓았다. 마침 기도 시간을 알리는 종소리가 울려서 나는 순순히 기도하러 갔다.

다음 날은 그가 대학에만 있는 날이었으므로 포세트가에 올 일이 없었다. 나는 수업을 마쳤다. 수업과 수업 사이의 시간들은 그럭저럭 넘겼다. 저녁이 다가오고 있었으므로 답답하고 지루한 시간을 이겨낼 준비를 단단히 했다. 동료들과 함께 있는 것과 혼자 앉아 있는 것 중 어떤 게 더 나쁠까를 고민하지도 않고 자연스럽게 혼자 있는 방안을 택했다. 잠시 위안을 얻는 게 가능하다 해도 이 집 식구들의 마음이나 머리에서 나오는 위안은 아닐 것 같았다. 나의 위안이 머물 수 있는 곳은 책상 뚜껑 아래밖에 없었다. 위안은 책갈피 사이에서 쉬고 있거나 연필심 끝과 펜촉에서 미끄러지고 있거나 잉크병 속에서 검은 액체에 물들고 있을 것 같았다. 나는 괴로운 심정으로 책상 뚜껑을 열고 지친 손으로 내용물을 뒤적거렸다.

익히 아는 책들, 낯익은 표지로 제본된 책들을 하나씩 꺼냈다가 하릴없이 도로 내려놓기를 반복했다. 그 책들은 내 마음을 끌지도 위안을 주지도 못했다. 그런데 이 라일락 빛깔 소책자는 새로운 건가? 처음 보는 건데. 게다가 그날 오후에 책상을 정리하지 않았던

가. 한 시간 전 다들 저녁식사를 하고 있는 동안 누가 그 소책자를 갖다놓은 게 분명했다.

나는 책을 펼쳤다. 이게 뭐지? 나에게 뭘 말하려는 거지?

그 책은 소설이나 시가 아니었다. 수필이나 역사도 아니었다. 노래도 이야기도 토론도 하지 않았다. 설교와 설득으로 이루어진 신학 서적이었다.

소책자이긴 해도 나름대로 나의 관심을 잡아끄는 매력이 있었으므로 나는 그 책의 설교에 기꺼이 귀를 기울였다. 가톨릭 교리를 설파하면서 개종하라고 설득하는 책이었다. 그 교활하고 작은 책의 목소리는 달콤했고 어조에는 온통 성유와 향유가 넘쳐흘렀다. 로마의 천둥소리라든가 가톨릭의 성난 숨결이 일으키는 돌풍 이야기는 없었다. 이단자인 신교도가 교황주의자로 돌아서야 하는 이유는 지옥에 갈 일이 두려워서가 아니라 거룩한 성당이 평안과 은혜와 애정을 주기 때문이라고 했다. 위협하거나 강요하는 건 가톨릭과 거리가 멀다. 단지 인도로써 신자를 얻으려 한다. 가톨릭이 박해를 한다고요? 세상에, 그런 일은 없습니다! 절대로 없어요!

이 얌전한 책은 냉정하고 세속적인 사람에게 설교하는 게 아니었다. 튼튼한 사람을 위한 질긴 고기가 아니라 아기에게 먹일 우유였고, 가장 사랑스러운 막내아이를 향한 어머니의 온유한 사랑이었다. 마음이 먼저 움직여야 머리가 따라오는 사람들만을 겨냥한 책이었다. 그 책은 지성에 호소하지 않았다. 마음이 따뜻한 사람에게는 따뜻한 마음을, 동정심 있는 사람에게는 동정심을 자극하려 했다. 뱅상 드 폴(17세기에 프랑스에서 활동했던 가톨릭 신부이자 성인—옮긴이)이 고아들을 모아놓고 이야기를 들려준대도 그보다 더 달콤하지는 않았으리라.

내 기억에 의하면 그 책에서 개종을 권장했던 중요한 근거 중 하나가 구교도는 가까운 친구들이 죽을 때 그들을 연옥에서 구해 달라고 기도드리는 데서 이루 말할 수 없는 위안을 얻을 수 있다는 사실이었다. 저자는 애당초 연옥이라는 개념이 없는 신앙을 가진 사람들이 누리는 더 확고한 마음의 평화에 대해서는 언급하지 않았다. 하지만 나는 그 점에 생각이 미쳤고 전반적으로 신교 교리가 더 큰 위안을 준다는 판단이 섰다. 소책자는 재미있었고 크게 불쾌하거나 거슬리지 않았다. 비록 위선적이고 감상적이고 피상적이긴 했지만 어떤 측면에서는 우울했던 기분을 바꿔주고 웃음을 선사했다. 못된 새끼 늑대가 양털을 뒤집어쓰고 순진한 양의 울음소리를 흉내 낸다는 이야기가 우스웠다. 일부 내용은 어린 시절에 읽은 적이 있는 웨슬리 교파의 감리교 책자를 연상시켰다. 사람을 흥분시켜 광신도로 만들기 위해 첨가한 조미료가 똑같았기 때문이다. 이 가톨릭 소책자의 저자는 훈련된 교활함으로 그가 속한 종교의 날카로운 발톱을 끊임없이 드러내긴 했지만 사악한 사람은 아니었기 때문에, 나는 그의 위선을 비난하기 전에 잠시 주저할 수밖에 없었다. 하지만 그의 판단력은 위태롭기 짝이 없어서 치료를 받아야 할 수준이었다.

일곱 언덕의 자주색 옷을 입은 여자(요한계시록 17장에 나오는 악녀—옮긴이)가 보여주는 모성애 이야기는 나를 웃음 짓게 했다. 이렇게 달콤하고 감동적인 사랑을 내가 받아들이지 않는다는 것도 우스웠다. (그런 사랑을 받아들일 줄 모른다는 이야기는 아니다) 나는 속표지를 보다가 '실라스 신부' 라는 이름을 발견했다. 속표지 뒤의 백지에는 작지만 선명하고 낯익은 연필 글씨로 'P.C.D.E.가 루시에게' 라고 쓰여 있었다. 그걸 보니 웃음이 나왔다. 하지만 소책자를 읽으면서 웃음을 터뜨릴 때와는 다른 기분이었다. 나는 다시 살아난 기분이었다.

괴로운 당혹감이 별안간 머릿속과 눈앞에서 싹 사라졌다. 스핑크스의 수수께끼는 풀렸다(스핑크스가 행인들을 붙잡고 '아침에는 네 발로, 낮에는 두 발로, 저녁에는 세 발로 걷는 짐승은 무엇인가?' 라는 수수께끼를 냈다는 전설을 가리킴—옮긴이). 실라스 신부와 폴 에마뉘엘이라는 두 이름을 조합하니 열쇠를 손에 넣을 수 있었다. 폴 선생은 참회하면서 그의 스승에게 갔고, 아무것도 숨기지 말라는 명령을 받았고, 마음 한구석이라 해도 하나님과 자기 자신에게만 알려줄 수 없어서 최근에 우리가 나눈 대화를 모조리 털어놓았던 것이다. 의남매를 맺기로 약속한 일을 고백하고 새로 얻은 누이동생에 대해 다 말해버린 것이다. 하지만 가톨릭교회가 어떻게 그런 서약과 그런 관계를 용인할 수 있겠는가? 이교도와 남매 사이로 지낸다니! 불경한 약속은 무효라고 말하고, 고해자에게 그건 위험한 일이라고 경고하고, 제발 다시 생각해 보라고 설득하고는 실라스 신부의 말소리가 귀에 울리는 듯했다. 아니, 실라스 신부는 성직자의 권위를 십분 활용하고 폴 선생에게 가장 소중하고 신성하게 간직된 이름과 추억을 들먹이며 예전에 내 골수를 서늘하게 했던 새로운 신앙을 내게 강요해야 한다고 명령했을지도 모른다.

이건 유쾌한 가설은 아닐지라도 상대적으로는 환영할 만한 일이었다. 폴 선생이 갑자기 딴 사람으로 변했다는 두려운 생각에 비하면, 유령 같은 신부가 뒤에서 맴돌며 문제를 일으키는 상황은 아무것도 아니었다.

오랜 세월이 흐른 지금에 와서 돌이켜보니 나의 추측이 어디까지가 내가 생각해 낸 거고 어디까지가 다른 사람에게 듣거나 확인한 건지를 잘 모르겠다. 남들이 들려준 이야기도 많았던 걸로 기억한다.

그날 저녁 해 지는 풍경은 화려하지 않았다. 동쪽 하늘이고 서쪽 하늘이고 할 것 없이 구름이 잔뜩 껴 있었다. 장밋빛이 살짝 도는 푸른색의 여름철 밤안개도 없어서 원경이 또렷이 보였다. 대신 늪지에서 만들어진 끈적끈적한 농무가 빌레트를 회색으로 뒤덮었다. 그날 밤 물뿌리개는 샘 옆 구석 자리에서 쉬고 있었다. 오후 내내 보슬비가 내렸는데 저녁에도 빠른 속도로 조용히 빗방울이 떨어지고 있었기 때문이다.

오솔길의 나무에서 물이 뚝뚝 떨어졌으므로 산책하기에 적합한 날씨는 아니었다. 그런데 정원에서 실비가 갑자기 컹컹대는 소리가 들려서 나는 깜짝 놀랐다. 누군가를 반기는 소리였다. 실비와 함께 정원에 나간 사람은 없었다. 그리고 단 한 사람에게 경의를 표할 때를 제외하면 실비가 이렇게 기뻐하며 빠르게 짖는 일은 없었다.

유리문과 아치 모양 정자 너머로 금단의 오솔길을 깊숙한 곳까지 들여다보니 그곳에서 실비가 하얀 불두화(guelder rose)처럼 어둠 속을 내달리고 있었다. 실비는 이쪽저쪽으로 뛰어다니면서 낑낑대기도 하고 폴짝폴짝 뛰기도 하고 덤불 속의 작은 새들을 쫓아다니기도 했다. 5분간 지켜봤으나 예상했던 사건은 일어나지 않았다. 나는 다시 책으로 눈을 돌렸다. 그런데 실비의 날카로운 소리가 갑자기 멈췄다. 나는 고개를 들었다. 실비는 불과 몇 미터 거리에서 털이 북슬북슬한 하얀 꼬리를 최대한 빠른 속도로 흔들어 대면서, 어떤 지칠 줄 모르는 손에 의해 부지런히 휙휙 움직이는 삽을 빤히 보고 있었다. 폴 선생이 거기 있었다. 그는 땅 위로 몸을 굽히고 비에 흠뻑 젖어 물이 줄줄 흐르는 관목 사이로 축축한 땅을 파고 있었다. 문자 그대로 이마에 땀을 흘려야 그날 일용할 양식을 얻을 수 있다는 듯 부지런히 일하는 모습이었다.

이건 그가 심란하다는 증거였다. 불안이든 흥분이든 슬픈 자책감이든 간에 괴로운 감정 때문에 내적 동요가 일 때면 그는 차디찬 겨울날 얼어붙은 눈을 이렇게 파곤 했다. 몇 시간 내내 이마를 찌푸리고 이를 악문 채 땅을 파면서도 한 번도 고개를 들거나 입을 열지 않았다.

실비는 그쪽을 바라보다가 싫증이 난 모양이었다. 다시 빙빙 돌면서 여기서 펄쩍 뛰고 저기로 질주하며 가는 곳마다 킁킁 냄새를 맡던 실비는 마침내 교실에 있는 나를 발견했다. 실비는 냉큼 달려와 창문을 향해 짖어댔다. 마치 나더러 자신의 즐거움이나 주인의 노고를 함께 나누자고 재촉하는 듯했다. 내가 폴 선생과 함께 오솔길을 걷는 모습을 가끔 보았던 실비는 땅이 젖어 있긴 하지만 내가 당장 그의 곁으로 가야 한다고 여겼던 것이다.

실비가 하도 법석을 떠는 바람에 폴 선생이 마침내 고개를 들었다. 물론 개가 누구를 보고 왜 짖는지도 알아차렸다. 그가 개를 쫓으려고 휘파람을 불자 개는 더 큰소리로 짖어댔다. 어떻게든 유리문을 열겠다고 결심한 것 같았다. 집요하게 구는 실비에게 두 손을 들었는지 그는 삽을 내던지고 다가와 문을 열어주었다. 그러자 실비는 냅다 뛰어 들어와서 내 무릎 위로 펄쩍 뛰어올라, 앞발을 내 목에 걸치고 조그만 코와 혀로 내 얼굴과 입과 눈가를 다소 위압적으로 잽싸게 핥으며, 책상 위로 북슬북슬한 꼬리를 휘둘렀다. 책과 종이들이 멀리 날아가고 여기저기에 널렸다.

폴 선생은 소란을 진정시키고 어질러진 걸 수습하려고 교실 안으로 들어왔다. 그는 책을 한데 모으고 나서 실비를 붙잡아 외투 아래 집어넣었다. 실비는 외투 밖으로 머리만 삐죽 내민 채 쥐새끼처럼 얌전히 있었다. 아주 작은 강아지였던 실비는 더없이 예쁘고 조그맣고 순진한 얼굴, 보들보들하고 길쭉한 귀, 세상에서 제일 예쁜 까만 눈동자를 지니고 있었다. 나는 실비를 볼 때마다 폴리나

드 바송피에르 양을 떠올렸다. 독자여, 이런 식의 연상을 용서하시라. 종종 이런 생각을 한 게 사실인데 어쩌겠는가.

폴 선생은 실비를 어루만지고 토닥였다. 그 개가 귀여움을 받는 건 당연한 일이었다. 아름다운 외모와 생기발랄한 행동으로 스스로 애정을 불러들였으니까.

폴 선생은 스패니얼을 어루만지면서 눈으로는 방금 제자리에 가져다둔 종이와 책들을 훑었다. 그는 천주교 소책자에 시선을 고정하더니 무슨 말을 하려고 입술을 움직이다 그만둬 버렸다. 뭐야! 다시는 나와 말을 섞지 않겠다는 서약이라도 한 거야? 만약 그런 상황이었다면 그의 성격 가운데 훌륭한 부분이 그 서약을 "지키는 것보다 어기는 게 더 명예로운 일이다"라고 선언했던 게 틀림없다. 그가 다시 입을 열어 말을 건넸기 때문이다.

"그 소책자는 아직 안 읽었겠지요? 마음이 별로 동하지 않소?"

나는 읽어봤다고 대답했다.

그는 질문을 받지도 않은 내가 의견을 말해 주기를 바라는 양 잠자코 기다렸다. 하지만 그가 묻지 않은 이상 나는 어떤 말도 행동도 하고 싶지 않았다. 내가 조금이라도 양보해야 한다거나 어떤 진전을 이뤄내야 한다는 건 실라스 신부의 고분고분한 제자가 신경 쓸 일이었을 뿐 내가 상관할 일은 아니었다. 그는 부드러운 눈길로 나를 지그시 바라보았다. 푸른 눈 속에서 온화한 빛이 번쩍였다. 그 눈 속에는 간청이 있었고, 애수의 그림자가 있었다. 복합적이고 상반되는 의미가 담겨 있었다. 비난이 녹아 후회로 바뀌고 있었다. 그 순간 내가 감정을 조금이라도 드러냈더라면 그는 기뻐했을 테지만 나는 감정을 드러낼 수 없었다. 책상에서 깃펜을 꺼내 차분하게 다듬지 않았더라면 동요하는 마음이 금방 드러났을 것이다.

내가 그런 행동을 하면 그의 기분이 바뀌리라는 걸 알고 있었다.

그는 내가 펜을 다듬는 걸 보고 흡족해한 적이 없었다. 내 칼은 언제나 날이 무뎠고 내 손놀림은 언제나 서툴렀기 때문이다. 나는 펜을 마구 자르고 깎아냈다. 그리고 이번에는 다분히 의도적으로 내 손가락을 베었다. 폴 선생이 본래의 모습으로 돌아가 편안한 마음으로 나에게 잔소리를 하게 만들고 싶었다.

마침내 그가 소리쳤다.

"저렇게 서툴러서야! 손가락을 다 잘라내겠구만."

그는 팔에 안고 있던 실비를 모자 옆에 조용히 눕혀놓은 후 내 손에서 펜과 칼을 빼앗아 기계처럼 정확하고 민첩하게 펜 끝을 깎아내고 뾰족하게 다듬어주었다.

그러고 나서 그가 물었다.

"소책자는 괜찮았소?"

나는 하품을 참는 시늉을 하며 잘 모르겠다고 대답했다.

"감동적이지 않았소?"

"실은 조금 졸렸어요."

(잠시 침묵하다가) "말도 안 돼! 나한테 그런 식으로 말해 봐야 소용없소. 당신이 나빴소. 그리고 당신의 단점을 한꺼번에 다 이야기려니 미안하긴 하지만, 신과 대자연이 당신에게 '지나치게 많은 감성과 동정심'을 주셨는데 그렇게 감동적인 호소에 마음이 움직이지 않았단 말이오?"

나는 재빨리 일어서면서 대답했다.

"진짜예요! 감동적이지 않았어요. 전혀요."

나는 아직도 깨끗하게 접혀 있는 물기 없는 손수건을 호주머니에서 꺼내 증거로 제시했다.

그러자 무례하고 신랄한 비난이 쏟아졌다. 나는 흥미롭게 귀를 기울였다. 이틀 동안 부자연스러운 침묵이 이어진 후여서 폴 선생이 예전처럼 장광설을 늘어놓는 소리가 음악보다 감미롭게 들렸다. 나는 설교를 들으면서 사탕통에서 초콜릿 사탕을 꺼내 실비와 나눠먹는 걸로 위안을 삼았다. 폴 선생의 사탕 과자 선물은 계속되고 있었던 것이다. 비록 작은 거였지만 자기가 준 선물에 적절한 감사의 표시를 하는 모습을 보고 폴 선생은 기분이 좋아졌다. 그는 사탕을 먹는 나와 실비를 흘끗 바라보다가 펜나이프(깃펜 깎는 칼)를 집어 들었다. 그러고는 새로 깎은 깃펜 다발로 내 손을 톡톡 건드리면서 말했다.

"누이동생이여, 말해 보시오. 지난 이틀 동안 나에 대해 무슨 생각을 했소? 솔직히 말해 주시오."

(다른 건 몰라도) 이 질문만은 못 들은 척하고 싶었다. 그 말을 들으니 눈에 눈물이 가득 고였다. 나는 실비를 부지런히 쓰다듬기만 했다. 폴 선생은 책상 위로 몸을 기울이며 나를 향해 말했다.

"나는 당신의 오라버니가 되겠다고 말했잖소. 사실은 잘 모르겠소. 내가 오빠인지, 아니면 친구인지…… 좌우간 나는 늘 당신을 생각하고 당신이 잘 되길 바라오. 하지만 나 자신을 통제해야 하고 당신을 두려워해야만 하오. 아주 가까운 사람들이 나에게 위험을 지적하고 조심하라고 귀띔하고 있다오."

"지인들의 말씀은 새겨들으셔야죠. 부디 조심하세요."

"문제는 당신의 종교요. 자기 충족적이고 난공불락인 그 이상한 신앙의 영향력이 뭐랄까, 저주받은 갑옷처럼 당신을 감싸고 있소. 당신은 선한 사람이오. 실라스 신부님도 당신이 선한 사람이라고 했고, 당신에게 애정을 기울이고 계신다오. 하지만 당신이 믿는 끔찍하고 오만하고 열광적인 신교, 그게 위험하다는 거요. 가끔 당신 눈 속에서 그런 신앙이 모습을 드러낸다오. 당신의 말투와 몸짓이 나를 섬뜩하게 할 때도 있소. 물론 당신은 법석을 떠는 사람이 아니지. 하지만 방금 그 소책자에 대해 이야기할 때도, 오, 세상에! 악마가 웃음을 짓는 줄 알았지 뭐요."

"저는 그 소책자를 높이 평가하지 않는데, 그게 어때서요?"

"높이 평가하지 않는다고? 그건 믿음과 사랑과 박애의 정수란 말이오! 나는 당신이 감동을 받을 줄 알았소. 그렇게 온화한 설득이 통하지 않을 리 없다고 믿었소. 당신 책상에 소책자를 집어넣으면서 기도를 올렸단 말이오. 하늘이 내 마음에서 우러난 가장 뜨거운 기도를 들어주지 않는 걸 보면 내가 죄인인 게 틀림없구려. 게다가 당신은 내 작은 선물을 경멸하고 있잖소. 오, 가슴이 아프오!"

"선생님, 전 그걸 경멸하지 않아요. 적어도 선생님의 선물이라고 여기며 경멸하지는 않는답니다. 자, 잠시 앉아서 제 말을 들어보세요. 남들이 떠드는 것과 달리 저는 이교도가 아니에요. 완고한 사람도 아니고, 기독교를 부정하는 사람도 아니고, 위험한 사람도 아니지요. 선생님의 신앙 때문에 괴로워하지도 않아요. 선생님과 마찬가지로 저도 하나님과 예수님과 성경을 믿으니까요."

"당신도 성경을 믿는다고? 당신도 계시를 받아들인다는 거요? 당신네 나라와 당신네 교파의 무책임하고 무신경하고 뻔뻔한 태도는 끝이 없다면서? 실라스 신부님은 암울한 이야기를 하셨소."

나는 그를 설득한 끝에 신부가 했다는 암울한 이야기의 내용을 반쯤 알아냈다. 그건 예수회 신자들의 교활한 중상모략이었다. 그날 밤 폴 선생과 나는 속내를 터놓고 진지한 대화를 나누었다. 그는 논리적으로 설득하고 간청하려 했다. 하지만 나는 설득을 할 수가 없었고, 그런 능력이 없어서 오히려 다행이었다. 내가 논리를 가지고 당당하게 반박했더라면 그의 스승이 원하는 대로 됐을 것이다.

하지만 나는 나대로 이야기하는 방식이 있었다. 폴 선생은 그 방식에 익숙했기 때문에 두서없는 이야기를 잘 따라오면서 빈틈을 메워주었으며 내가 어색하게 더듬거려도 그러려니 하고 넘어갔다. 그와 함께 있어서 마음이 편했던 나는 내 종교와 신앙을 내 식대로 옹호할 수 있었고 그의 편견을 어느 정도 완화하는 성과도 거뒀다. 그는 만족스러워 하지도 않았고 마음의 위안도 거의 받지 못했지만, 신교도들이 반드시 자기 스승이 말한 대로 불경한 이교도는 아니라는 사실만은 똑똑히 알고 돌아갔다. 그는 빛과 생명과 말씀을 존중하는 신교도의 방식을 조금은 이해하게 됐다. 또한 거룩한 것들을 숭배하는 신교도의 의식은 성당에서 계발된 것과는 상당히 다르지만 나름의 힘, 어쩌면 더 경건한 힘과 더 큰 경외심을 내포하고 있다는 사실을 어렴풋이 깨달았다.

나는 실라스 신부(다시 말하건대 그는 불온한 주장을 옹호하긴 했어도 나쁜 사람은 아니었다)가 모든 신교도에게 부정적인 낙인을 찍었고 추측에 의거해 나에게도 낙인을 찍었다는 사실을 알아냈다. 그는 신교도들이 이상한 '주의들'을 신봉한다면서 우리를 이상한 이름으로 불렀던 것이다. 아무것도 숨길 줄 모르는 사람이었던 폴 선생은 특유의 솔직한 태도로 이 모든 걸 털어놓았다. 그는 선의와 강렬한 우려를 담은 눈으로 나를 쳐다보면서 말하는 내내 혹시 그 비난이 사실일까봐 걱정하며 몸을 떨다시피 했다. 아마도 나를 면밀하게 감시하던 실라스 신부는 내가 빌레트에 있는 세 군데의 신교 교회를 특별히 구분하지 않고 번갈아 갔다는 사실을 알아낸 모양이었다. 세 군데의 교회는 각각 프랑스, 독일, 영국 교회였는데 교파로 따지면 장로파, 루터파, 감독교회였다.

나의 자유분방한 행동이 실라스 신부의 눈에는 심각한 무관심의 증거로 비쳤다. 모든 걸 받아들이는 사람은 결국 어디에도 애착을 가질 수 없다는 게 그의 논리였다. 사실 나는 그 세 교파의 차이가 사소하고 하찮은 것이며 핵심적인 교리는 거의 일치한다는 점에 남몰래 놀라워하고 있었다. 언젠가 모든 교파가 하나의 거대한 '신성동맹'으로 통합되지 못할 이유가 없어 보였다. 교파마다 형식적인 문제점과 사소한 차이와 장애물은 있었지만 나는 모든 교파를 존중했다. 나는 이러한 내 생각을 폴 선생에게 그대로 이야기했고, 내가 궁극적으로 기대는 곳, 내가 우러러보는 인도자, 나의 스승은 성경 그 자체이지 어떤 교파의 이름이나 국적이 중요한 게 아니라고 설명했다.

폴 선생은 기분이 풀리긴 했지만 여전히 수심에 차서, 만약 내가 잘못된 길에 들어선 거라면 하나님께서 올바르게 인도해주시길 바란다는 강렬한 소망을 기도처럼 표현하면서 자리를 떴다. 자신의 희망이 곧 나의 희망이 되게 해달라는 깊은 열망을 '하늘에 계신 성모 마리아'께 열렬히 토로하는 소리가 문지방 너머에서 들려왔다.

이상하기도 해라! 나는 폴 선생이 조상 대대로 내려온 종교를 버리기를 희구하지 않았다. 천주교는 금과 점토를 섞어 만든 거대한 형상일 뿐이며 잘못된 교리라고 생각했지만, 천주교도 중에서도 이 사람만은 순결한 마음속에 더욱 순수한 믿음의 요소를 간직하고 있어서 하나님께서도 사랑할 수밖에 없을 것 같았다.

우리가 그런 대화를 나눈 건 그날 저녁 8시와 9시 사이, 조용한 포세트가의 한 교실에서였다. 교실 문은 담으로 둘러싸인 정원을 향해 열려 있었다. 아마 다음 날 저녁 같은 시각이나 한두 시간쯤 늦은 시각에 마지가의 고색창연한 성당 고해실 창 앞에서는 신성한 명령에 따라 수집해 온 우리의 대화가 축약판으로 한 번 더 반복됐을 것이며, 누군가가 주의 깊게 듣고 있었을 것이다. 그러고 나서 실라스 신부가 베크 부인을 찾아왔다. 나로서는 알 길이 없는 어떤 복잡한 이유로 자극을 받은 신부는 "얼마 동안 그 영국 여선생을 영적으로 인도해 보겠다"고 베크 부인을 설득했다.

이렇게 해서 나는 몇 권의 책을 읽게 됐다. 사실인즉 신부가 빌려준 책들을 대충 훑어보았을 뿐이다. 나한테는 도무지 맞지 않는 책들이어서 제대로 읽고 표시를 해가며 내용을 소화하기란 불가능했다. 더욱이 나는 다른 책이 있었다. 위층 침실의 내 베개 밑에 책 한 권을 숨겨두고 있었는데, 그 책의 어떤 장들이 영적 지식에 관한 나의 갈망을 채워주었고 영적인 가르침과 본보기도 제시해 주었다. 나는 그보다 훌륭한 가르침과 본보기는 있을 수 없다고 마음 속 깊이 확신하고 있었다.

책읽기가 끝나자 실라스 신부는 내게 천주교의 훌륭한 면과 업적들을 보여주면서 과실을 보고 나무를 판단하라고 충고했다.

하지만 나는 그런 업적들이 천주교의 '열매'가 아니라고 생각했고 신부에게도 그렇게 말했다. 그 업적들은 천주교라는 나무에 탐스럽게 피어난 꽃송이였으며 천주교가 세상에 내보이는 그럴싸한 약속에 불과했다. 꽃이 활짝 피어 있을 때도 자비의 향기가 나지는 않았고, 다 익은 열매는 무지와 타락과 편협한 신앙이었다.

천주교는 사람들의 고통과 애정을 이용해 그들을 노예로 만들었다. 빈민을 먹이고 입히고 재우는 건 '성당'에 대한 의무를 지우기 위해서였고, 고아를 양육하고 가르치는 건 그 고아가 '성당'이라는 울타리 안에서 자라나도록 하기 위해서였으며, 병자들을 돌보는 건 그들이 '성당'의 형식과 의식에 따라 죽게 하기 위해서였다. 남자들은 과로를 했고 여자들은 살인적인 희생을 했다. 하나님께서 피조물을 위해 쾌적하게 만든 이 세상을 포기하고 남녀 모두 터무니없이 무거운 십자가를 졌다. 그것도 모두 천주교를 섬기고 그 거룩함을 입증하고 그 힘을 확증하고 독재자 '성당'의 영토를 넓히기 위해서였다.

천주교에서는 인간을 위해 행하는 일이 별로 없었고 신의 영광을 위해 행하는 일은 그보다 더 적었다. 대신 고통과 피땀과 시간 낭비로 얼룩진 길이 수천 개나 열려 있었다. 가슴팍으로 산을 가르고 발밑에서 바위가 갈라졌다. 그게 다 무엇을 위해서인가? 신부가 앞으로, 위로 행진해 모든 걸 지배하는 위치에 올라간 후 마침내 그들의 몰렉인 '성당'의 홀을 펼치려는 속셈이 아닌가(레위기 18 : 21 '너는 결단코 자녀를 몰렉에게 주어 불로 통과하게 함으로 네 하나님의 이름을 욕되게 하지 말라 나는 여호와니라' 참조. 여기서는 가톨릭교회 자체가 우상이 되는 현상을 의미한다—옮긴이).

그러나 그렇게 되지는 않을 것이다. 하나님은 로마에 계시지 않는다. 하나님의 아들이 여전히 인간을 위해 슬퍼한다면, 옛날에 몰락한 예루살렘에 창궐하는 범죄와 환난을 보고 슬퍼했듯이 지금은 천주교의 잔인함과 야심을 보고 울지 않겠는가?

오, 권력을 사랑하는 자들이여! 오, 주교의 관을 쓰고 지상의 왕국을 꿈꾸는 자들이여! 당신들에게도 때가 올 것이다. 박자가 어긋날 때마다 힘없이 멈춰버리는 당신네들의 심장에도 때가 올 것이다. 그때가 되면 인간의 동정심을 넘어서는 '자비'가 있을 것이며, 당신네들조차 피해가지 못하고 그 앞에 거꾸러지는 힘센 죽음보다 더 힘센 '사랑'이 있을 것이다. 어떤 죄보다도, 심지어는 당신네들의 죄보다도 강력한 '박애'가 있을 것이다. 세상을 구원하는, 아니, 성직자들을 사면하는 '연민'이 있을 것이다.

* * * * *

나를 시험한 세 번째 유혹은 번창하는 천주교 왕국의 장관이었다. 실라스 신부는 국경일이나 축일처럼 경건한 의미가 있는 날마다 나를 성당으로 데려가 천주교의 의식과 예식을 보여주었다. 나는 잠자코 구경했다.

어느 모로 보나 나보다 훨씬 똑똑한 수많은 사람들이 이런 광경을 인상 깊게 보았고 그들의 '이성'은 저항했으나 '상상'이 굴복했다고 공언한 바 있었다. 그런데 나는 그런 말을 할 수가 없다. 성대한 행렬도, 장엄한 미사도, 수백 개의 양초도, 흔들리는 향로도, 사제들의 모자도, 아름다운 보석도 나의 상상력을 자극하지 못했다. 장엄하다기보다는 겉만 번드르르하고, 시적이고 영적이기커녕 상스럽고 물질적인 광경으로 보였다.

실라스 신부에게 이렇게 말했다는 건 아니다. 덕망 있는 노신부였던 그는 매번 실험이 실패해 실망을 거듭하면서도 나에게 개인적으로는 다정하게 대해주었다. 그래서 나도 그의 마음을 상하게 하고 싶지 않았다. 하지만 어느 날 저녁 커다란 저택의 발코니에서 성당과 군대가 함께 참여하는 성대한 행렬을 보게 됐다. 성물을 든 사제들, 무기를 든 군인들, 레이스로 장식된 아마포 옷을 입은 뚱뚱한 노주교가 있었는데 이들은 희한하게도 극락조 깃털을 달아서 회색 갈까마귀처럼 보였다. 동화 속에 나오는 것 같은 옷차림을 하고 화관을 쓴 소녀들도 있었다. 그날 나는 폴 선생에게 솔직한 의견을 이야기했다.

"마음에 들지 않았어요. 저한테는 이런 의식이 대단해 보이지도 않아요. 이제 그만 보고 싶다고요."

이렇게 선언하고 양심의 가책을 떨쳐버린 나는 평소보다 더 유창하고 명확한 말투로 신교 신앙을 고수할 작정이라고 밝혔다. 천주교를 가까이에서 볼수록 점점 더 신교에 확신을 가지게 된다고 말했다. 물론 모든 종교에 결함은 있겠지만, 나의 찬양을 받으려고 야하게 화장한 얼굴을 드러낸 천주교와 비교해 보니 나의 종교가 얼마나 깨끗하고 순수한가를 깨달았다고 말했다. 그리고 신교에서는 인간과 하나님 사이에 거창한 격식을 마련하지 않으며 인류의 집단적 본성에 의거해 반드시 필요한 정도의 예식만 거행한다고 말해 주었다. '무한' 에 거하시고 존재 자체가 '영원' 이신 분께 내밀한 찬양을 바쳐야 할 시간에 꽃과 금박과 양초와 자수 따위를 쳐다보고 있을 수는 없노라고 말했다. 죄와 슬픔, 지상의 부패, 인간의 타락, 지상의 비애를 생각해야 할 시간에 찬송가를 부르는 신부나 침묵하는 군인에게 주의를 돌릴 수는 없노라고 말했다. 존재의 고통과 사멸의 공포가 밀려올 때, 미래에 대한 강렬한 희망과 끝없는 의심이 눈앞을 가릴 때, 그럴 때 우리의 마음은 오직 "하나님, 죄인인 저를 불쌍히 여기소서!"라고 외치기만을 간구하기 때문에 과학적인 분석이나 사어(死語)인 라틴어로 된 유식한 기도문조차 방해가 된다고 말했다.

이런 말로 나의 믿음을 선언하고 폴 선생으로부터 나 자신을 멀리 떨어뜨려 놓았을 때, 비로소 대립하는 두 영혼에게서 일치하는 음조, 서로에게 대답하는 울림, 하나의 감미로운 화음이 나왔다.

폴 선생이 나지막한 소리로 말했다.

"성직자와 논쟁하기 좋아하는 사람들이 하는 말에 신경 쓰지 맙시다. 위대한 하나님께서는 모든 진실을 사랑하신다오. 그러니 당신의 능력을 믿으시오. 우리가 할 수 있다고 믿어봅시다. 적어도 우리가 공통으로 올리는 기도가 하나는 있잖소. 나 역시 '하나님, 불쌍히 여기소서, 나는 죄인이로소이다' 라고 외친다오!"

그는 내 의자 등받이에 몸을 기대고 잠시 생각하다가 다시 입을 열었다.

"하나님은 우주 만물을 창조하신 분이고, 생명이 있는 모든 존재는 이 땅에 있거나 저기 반짝이는 별들 속에 있다고 말씀하신 분이오. 그런 하나님의 눈에 인간들끼리의 차이가 어떻게 비칠 것 같소? 하나님은 시간과 공간을 초월하시는 분이기 때문에 측정하거나 비교할 수도 없다오. 인간이 미미한 존재라는 걸 인정하고 겸허해지는 게 옳은 것 같소. 어쩌면 우리가 하나님께서 정해 주신 한 가지 믿음을 성실하게 고수하는 게 하나님께는 위성이 언제나 행성 주위를 돌고, 행성은 태양 주위를 돌고, 태양은 눈에 보이지 않으며 이해할 수 없고 기발한 상상력을 발휘해도 추측밖에 할 수 없는 강력한 중심의 주위를 도는 것만큼 중요한 일일지도 모르겠소.

하나님, 우리 모두를 인도하소서! 루시, 당신에게 하나님의 축복이 있기를!”

37. 햇빛

폴리나가 아버지에게서 교제를 허락받기 전까지 존 박사와 더 이상 편지를 주고받지 않겠다고 한 건 아주 현명한 일이었다. 하지만 존 박사는 크레시 가 근처에 살지 않았으므로 자주 방문하기가 쉽지 않았다. 연인들은 처음에는 어느 정도 거리를 두고 지낼 작정이었던 것 같다. 공공연히 구애하지 않았다는 점에서는 결심을 잘 지킨 셈이었다. 하지만 감정적으로는 곧 아주 가까운 사이가 됐다.

존 박사의 기질이 폴리나를 원하고 있었다. 그녀와 함께 있으면 그의 내면에 있던 어떤 고상한 본성이 깨어나 성장했다. 예전에 지네브라를 좋아했을 때는 그의 지성이 일체 관여하지 않았을 것이다. 하지만 이제는 그가 가진 모든 지적 능력과 가장 고상한 취향이 관여하고 있었다. 그의 다른 능력들과 마찬가지로 지적 능력과 취향도 활기차게 움직이며 영양분을 갈구했고 그걸 얻으면 열렬한 감사를 표했다.

폴리나가 의도적으로 존 박사로 하여금 책 이야기를 하게 했다거나 그가 생각에 잠기는 순간을 만들기로 작정했다거나 그의 정신적 수준을 높일 계획을 세웠던 건 아니다. 폴리나는 그가 완벽하다고 여겼으므로 그의 정신세계에 개선할 점이 하나라도 있다고는 생각지도 않았을 것이다. 맨 처음 책 이야기를 꺼낸 건 존 박사였다. 그는 자기가 읽고 있던 책 이야기를 아주 우연히 꺼냈다가 폴리나의 대답에서 그의 영혼을 기쁘게 하는 반가운 공감의 화음을 발견했다. 그래서 그는 책 이야기를 계속했다. 그가 그런 주제에 대해 그렇게 오랫동안 그토록 훌륭하게 이야기한 적은 일찍이 없었을 것이다. 폴리나는 기쁜 마음으로 귀를 기울이다가 재기 발랄한 대답을 했다. 존 박사는 점점 더 아름다워지는 음악을 듣는 기분이었다. 그는 그녀의 대답 하나하나에서 두뇌를 자극하는 설득력 있는 마법의 악센트를 찾아냈다. 그 마법은 존 박사 자신도 잘 몰랐던 내면의 보물 창고를 열었고 생각지도 못했던 그의 능력을 드러냈으며, 나아가 그의 마음속에 잠재된 선량한 마음을 일깨웠다.

두 사람은 상대방이 이야기하는 방식을 좋아했다. 상대방의 목소리와 어법과 표현법을 좋아했고 상대방의 재치를 즐겁게 음미했다. 신통할 정도로 빠르게 서로의 말뜻을 알아차렸고, 세심하게 고른 한 쌍의 진주처럼 생각이 잘 맞았다. 존 박사는 천성이 명랑한 사람이었다. 폴리나는 원래 활기가 넘치는 사람은 아니어서 흥분할 때를 제외하면 늘 신중하고 사색적인 편이었다. 하지만 이제는 한 마리 종달새처럼 명랑해 보였다. 다정한 연인과 함께 있을 때는 눈에서 부드러운 기쁨의 빛을 발했다. 행복 속에서 그녀가 얼마나 아름다워졌는지는 말로 다 표현할 수가 없다. 내가 그녀를 보고 깜짝 놀랐다고만 해두자. 그녀의 무기였던 예의 부드러운 얼음은 어디로 갔을까? 아하! 존 박사가 그걸 오래 견디지 못했던 것이다. 그는 관대한 마음을 가져와서 그녀 스스로 덮어쓴 그 수줍음의 얼음을 녹여버렸다.

브레튼의 옛 시절도 화제에 올랐다. 처음에는 겸연쩍게 웃으며 띄엄띄엄 옛날 이야기를 하다가 점점 솔직하게 속마음을 터놓았을 것이다. 존 박사는 나에게 얻어달라고 부탁했던 것보다 더 나은 기회를 스스로 손에 쥐었다. 몰인정한 루시가 그의 작은 부탁을 거절했으나 그는 혼자서 잘 해냈다. '꼬마 폴리' 에 관한 모든 추억들은 존 박사 본인의 잘생긴 입술에서 정답고 유쾌한 어조로 적절하게 표현됐다. 내가 전해 주는 것보다 훨씬 나았으리라.

나와 단둘이 있을 때 폴리나는 브레튼 시절에 대한 존 박사의 기억이 무척 풍부하고 정확해서 놀랍기도 하고 신기하기도 하다는 이야기를 두어 번 했다. 존 박사는 폴리나를 바라보고 있다가 문득 추억을 떠올리곤 했다. 그는 언젠가 꼬마 폴리가 그의 머리를 양팔로 감싸고 사자 갈기 같은 머리를 쓰다듬으며 "그레이엄, 난 당신이 좋아!"라고 말했던 일을 그녀에게 상기시켰다. 꼬마 폴리가 그의 옆에 놓인 낮은 스툴을 딛고 그의 무릎 위로 올라왔던 일도 생각해냈다. 바로 그날에는 폴리가 작은 손으로 자기 뺨을 어루만지거나 숱 많은 머리카락 속에 손을 집어넣던 감각이 기억난다는 이야기를 했다고 한다. 호기심에 차서 바르르 떨던 작은 집게손가락이 그의 오목한 턱을 더듬던 촉감, 혀짤배기소리로 '귀여운 보조개' 라고 말하던 일, 그러고 나서 그의 눈을 바라보며 왜 그렇게 눈빛이 날카롭냐고 묻고는 '잘생겼는데 이상한 얼굴이야. 오빠 어머니보다도, 루시 스노보다도 훨씬 잘생기고 훨씬 이상한 얼굴' 이라고 평했던 일이 기억난다고 했다.

폴리나가 나에게 말했다.

"어릴 때는 어떻게 그렇게 대담했는지 모르겠어요. 지금은 그 사람의 모든 게 신성하게만 보이고 그의 머리카락에는 손도 못 대는데. 루시, 그의 대리석처럼 단단한 턱과 그리스 사람처럼 곧은 이목구비를 보면 외경심마저 든답니다. 여자들을 보고는 아름답다고 말하지만 그는 여자가 아니니까 아름답다고 할 순 없겠고, 뭐라고 해야 하죠? 다른 사람들도 저와 같은 눈으로 그를 볼까요? 당신이 보기에도 그가 잘생겼나요?"

나는 그녀의 여러 가지 질문을 하나로 뭉뚱그려 대답했다.

"내가 어떻게 하는지 말해줄게요, 폴리나. 나는 그를 유심히 보지도 않아요. 일 년 전쯤 그가 나를 알아보기 전에 두세 번 그를 관찰한 적이 있었죠. 그 이후로는 눈을 감아버렸어요. 매일 일출과 일몰 사이에 열두 번씩 그가 눈앞을 스치더라도 어떤 형상이 지나갔는지 알려고도 하지 않아요. 기억 속에 저장된 모습만 알고 있으려고요."

폴리나는 숨을 죽이며 물었다.

"루시, 그게 무슨 뜻이에요?"

"나는 환상을 소중하게 여기고, 돌처럼 굳어져 눈이 멀까봐 두렵다는 뜻이에요."

대번에 단호하게 대답해서 다시는 그렇게 열정적인 애정 표현을 못하도록 하는 게 상책이었다. 그런 이야기는 폴리나의 입술에는 달콤한 꿀을 남기지만 내 귀에는 뜨겁게 녹아내리는 납을 똑똑 떨어뜨렸으니까. 그 이후로 그녀는 나에게 자기 연인의 아름다운 외모 이야기를 삼갔다.

하지만 그에 관한 이야기는 계속했다. 때로는 수줍은 태도로 짧고 조용하게 말했고 때로는 부드러운 가락을 넣어 말했는데 아름다운 음악이 따로 없었다. 하지만 그 음악을 듣고 있노라면 속이 상하고 짜증이 날 때가 종종 있었다. 그럴 때면 나는 엄격한 표정과 쌀쌀맞은 말투로 그녀를 대했다. 그러나 완전한 행복에 취해 있었던 그녀는 타고난 눈썰미를 제대로 발휘하지 못하고 그저 루시가 변덕을 부린다고만 생각했다.

폴리나는 미소를 지으며 내게 이렇게 말하곤 했다.

"스파르타 여자처럼 엄격하고 거만한 루시! 그레이엄도 자기가 아는 여자들 중에 당신이 가장 독특하고 변덕스럽다고 했답니다. 하지만 당신은 훌륭한 사람이에요. 우리 둘 다 그렇게 생각해요."

내가 대꾸했다.

"당신들 둘은 나를 잘 알지도 못하면서 나를 판단하고 있군요. 부탁인데 둘이서 이야기하거나 생각할 때 나를 화제로 삼지 말아줘요. 나는 당신들과 전혀 다른 삶을 살고 있으니까요."

"하지만 루시, 우리의 삶은 아름답고 앞으로도 아름다울 거예요. 당신도 그 삶을 함께 나누면 좋겠는데."

"나는 남녀를 막론하고 이 세상의 어떤 사람과도 삶을 함께하지 않을 거예요. 당신이 생각하는 함께 나눈다는 개념으로는 절대 아니에요. 나에게도 친구가 한 명 있다는 생각은 드는데 그것도 확실하지는 않군요. 확신이 들 때까지는 혼자 살아갈 작정이에요."

"하지만 고독은 슬프잖아요."

"슬프죠. 하지만 인생에는 그보다 더한 일도 많아요. 애수보다 깊은 곳에는 가슴이 찢어지는 슬픔이 있죠."

"루시, 당신을 온전히 이해하는 사람이 과연 있을지 궁금하네요."

연인들은 자기애에 심취하는 경향이 있어서 어떤 대가를 치르든 간에 그들의 행복을 누군가에게 보여주고 싶어 한다. 폴리나가 편지를 쓰지 말라고 했는데도 존 선생은 편지를 썼다. 그녀는 답장을 하지 않기로 마음먹고 있었지만 순전히 그를 나무라기 위해 답장을 썼다면서 내게 편지들을 보여주었다. 그녀는 버릇없는 아이 같은 고집과 백작의 딸다운 오만함으로 나에게 그걸 읽으라고 강요했다. 존 선생의 편지를 읽어보니 그녀가 강요한 게 놀랄 일이 아니며 그녀의 자부심도 이해할 만하다는 생각이 들었다. 편지들은 모두 훌륭했다. 남자답고 다정했으며, 겸손하면서도 당당했다.

폴리나가 쓴 편지들도 그에게 아름다워 보일 게 분명했다. 자기 재주를 과시하기 위해 쓴 편지는 아니었다. 그렇다고 애정을 표현하기 위해 쓴 편지는 더더욱 아니었다. 반대로 사랑의 감정을 숨기고 연인의 열정을 제어하려는 사명감에서 쓴 것 같았다. 하지만 그런 편지들로 어떻게 그 목적을 달성할 수 있겠는가? 존 선생은 이미 그녀 자신의 인생만큼이나 소중해져서 강력한 자석처럼 그녀를 끌어당겼다. 그가 말하고 쓰고 생각하고 쳐다보는 모든 게 그녀에게 이루 말할 수 없이 큰 영향을 미쳤다. 그녀의 편지는 고백 아닌 고백으로 불탔고, 첫머리의 인사말부터 작별인사에 이르기까지 활활 타오르고 있었다.

폴리나가 걱정스럽게 중얼거리기 시작했다.

"아빠가 아셔야 할 텐데. 정말로 아빠가 아시면 좋겠어요! 그러기를 바라면서도 겁이 난답니다. 그레이엄이 아빠한테 말씀드리는 걸 제가 말릴 수는 없죠. 솔직히 말해서 이 문제가 일단락되면 더 바랄 나위가 없을 거예요. 그런데 위기의 순간이 두려워요. 처음에는 아빠가 화를 내실 게 틀림없고 저를 미워하실 수도 있으니까요. 아빠한테는 성가시고 놀랍고 충격적인 일일 거예요. 총체적으로 어떤 결과를 낳을지는 예측할 수도 없네요."

사실은 오랫동안 잠잠하던 그녀의 아버지도 조금씩 동요하고 있었다. 한 가지 사실만은 한사코 보지 않으려던 그의 눈가에도 빛이 집요하게 침투하기 시작했다.

그는 딸에게는 아무 말도 하지 않았다. 하지만 딸이 자기를 쳐다보지 않고 자기를 생각하지도 않는 걸로 보일 때마다 딸을 바라보며 명상에 잠기곤 했다.

어느 날 저녁, 폴리나는 화장대가 있는 방에 가 있었다. 책을 읽다가 나를 서재에 남겨놓고 가버린 걸로 보아 존 선생에게 편지를 쓰고 있는 모양이었다. 그때 바송피에르 씨가 서재에 들어와서 의자에 앉았다. 나는 나가려 했으나 그는 내게 그냥 있어 달라고 부탁했다. 정중한 부탁이긴 했지만 꼭 그렇게 해주기를 바라는 마음이 느껴졌다. 바송피에르 씨는 나에게서 조금 떨어진 창가에 자리를 잡고 책상을 열어 수첩을 꺼내더니 어떤 항목을 몇 분간 자세히 들여다보았다.

그는 수첩을 내려놓으며 나에게 물었다.

"스노 양, 내 딸아이가 몇 살인지 아시오?"

"열여덟 살쯤 되지 않았나요?"

"그런 것 같소. 그 아이가 1800년 5월 5일에 태어났다고 이 낡은 수첩에 쓰여 있소. 이상하게도 그동안 딸아이의 진짜 나이를 잊어버리고 있었소. 그저 열두 살, 아니면 열네 살쯤 됐다고 막연하게만 생각했지. 어린애로만 보이니 어쩌겠소."

"따님은 열여덟 살쯤 됐어요. 어엿한 성인이지요. 더 이상 자라지도 않을 거고요."

"내 작은 보물!"

바송피에르 씨의 말투에는 폴리나의 말투와 마찬가지로 가슴을 울리는 무언가가 있었다. 그는 깊은 생각에 잠겨 앉아 있었다.

말로 표현하지는 않았지만 그의 감정이 전해졌기 때문에 나는 그를 위로했다.

"백작님, 슬퍼하지 마세요."

그러자 바송피에르 씨가 말했다.

"그 아이는 나에게 딱 하나 있는 진주라오. 그런데 이제는 다른 사람들이 그 애가 값진 진주라는 걸 알고 탐을 낼 거요."

나는 대답하지 않았다. 조금 전에 존 선생은 우리와 함께 식사를 했다. 그의 얼굴과 그가 하는 이야기는 반짝반짝 빛났다. 어떤 자부심이 활짝 피어나 그의 외모를 아름답게 꾸며주고 그의 대화를 향기롭게 숙성시켰는지는 모르겠다. 벅찬 희망에 부풀어 있었던 그의 행동거지 하나하나가 어쩐지 눈길을 끌었다. 그날 그는 자신이 열심히 노력하는 이유가 무엇이며 그가 어떤 목표를 추구하는가를 밝히려 했다. 과정이야 어떻든 간에 바송피에르 씨도 존 선생이 누구를 향해 어떤 경의를 표하고 있는지 알아차릴 수밖에 없었다. 바송피에르 씨는 눈치가 빠르지는 않았지만 논리적으로 추론할 줄 아는 사람이었다. 일단 실마리를 움켜쥔 후에는 그걸 토대로 긴 미로를 헤쳐나갔다.

그가 나에게 물었다.

"폴리나는 어디 있소?"

"위층에요."

"뭘 하고 있소?"

"편지를 쓰고 있어요."

"편지를 쓴다고? 그 애한테 편지를 보내는 사람이 있소?"

"저한테 다 보여줄 정도의 편지랍니다. 그리고 따님은, 아니 그 둘은 전부터 백작님께 말씀드리고 싶어 했어요."

"흥! 나야 안중에도 없겠지. 나이 든 아버지가 방해된다고 생각할 테지요."

"아, 바송피에르 백작님, 그렇지 않아요. 그럴 리가 있나요! 폴리나가 자기 입으로 말해야지요. 존 선생님도 자기 입장을 밝히실 거예요."

"좀 늦었소. 일이 많이 진척된 것 같은데."

"백작님이 허락하시기 전까지는 아무것도 진척되지 않아요. 그 둘은 단지 서로 사랑할 뿐이랍니다."

그는 내 말을 되풀이했다.

"단지 사랑할 뿐이라!"

운명이 나를 의논 상대 겸 중재자 역할로 점찍었기 때문에 나는 이야기를 계속할 수밖에 없었다.

"존 선생이 그 문제에 관해서 말씀드리려고 했던 순간이 얼마나 많았는지 몰라요. 하지만 그렇게 용감한 존 선생도 백작님을 무서워했던 거죠."

"그래야지. 내가 가진 보물에 손을 댔으니 당연히 무서워해야 하오. 그가 가만 내버려뒀으면 폴리나는 몇 년 더 아이로 남아 있었을 텐데. 둘이 약혼이라도 했소?"

"선생님의 허락 없이 어떻게 약혼을 하겠어요."

"스노 양, 언제나처럼 경우에 맞게 생각하고 이야기를 해주어서 고맙소. 하지만 나한테는 슬픈 일이라오. 딸아이는 나의 전부인데. 그 애는 외동딸이잖소. 브레튼 군이 다른 데서 찾아봤어도 됐을 걸 그랬군요. 내가 보기에는 그에게 호감을 가질 만한 예쁘고 부유한 처녀들이 많이 있을 것 같소. 그는 외모와 행실과 가문이 괜찮으니 말이오. 나의 폴리 말고는 눈에 들어오지 않는다는 거요?"

"그가 백작님의 '폴리'를 보지 못했다면 딴 여자를 보고 반할 수도 있었겠지요. 가령 백작님의 조카인 판쇼 양이라든가……."

"아! 지네브라라면 기꺼이 주겠소. 하지만 폴리는! 폴리는 안 돼. 난 싫소. 브레튼 군은 폴리와 대등한 짝이 아니오."

그의 말투는 퉁명스럽고 단정적이었다.

"어떤 점에서 그가 폴리와 어울린다는 거요? 사람들이 돈 때문이라고 수군거릴 거요! 나는 탐욕스럽거나 이해타산적인 사람이 아니지만 세상 사람들은 재산을 따진단 말이오. 그리고 폴리는 부자가 될 사람이오."

"예, 그건 잘 알려져 있답니다. 빌레트 사람들 모두가 따님이 상속녀라는 걸 알지요."

"사람들이 내 딸을 그렇게 보고 있소?"

"예, 백작님."

그는 곰곰이 무언가를 생각했다. 나는 용기를 내어 입을 열었다.

"백작님, 폴리나의 배필로 생각하고 계시는 사람이 있으세요? 브레튼 선생보다 낫다 싶은 사람이 있나요? 지위가 더 높거나 재산이 더 많은 사윗감이라면 백작님의 마음이 크게 달라질까요?"

"루시 양이 정곡을 찔렀소."

"빌레트의 귀족들을 생각해 보세요. 그 사람들이 마음에 드는 건 아니시죠?"

"그렇소. 공작이고 남작이고 자작이고 다 싫소."

"그런 귀족들 가운데 따님을 마음에 두고 있는 사람이 많다고 들었어요."

바송피에르 씨가 불쾌해 하지 않고 내 말에 관심을 보였으므로 나는 용기를 얻어 말을 계속했다.

"그러니 브레튼 선생을 물리친다 해도 다른 구혼자들이 나타나겠지요. 가시는 곳마다 따님을 얻고 싶어 하는 사람들이 줄을 설 겁니다. 백작의 상속녀라는 점이 아니라도 많은 남자들이 폴리나를 보고 매력을 느끼는 것 같던데요."

"폴리나를 보고? 어떻게 그럴 수가 있소? 그 애가 미인은 아니잖소."

"백작님, 바송피에르 양은 아름다운 아가씨예요."

"말도 안 되는 소리! 미안하지만 스노 양이 너무 편파적인 것 같소. 나도 폴리를 좋아하오. 행동과 모습 하나하나가 다 좋소. 하지만 그거야 아버지니까 그런 거지. 나조차도 그 애가 아름답다는 생각은 해본 적이 없소. 요정처럼 깜찍하고 애교가 많긴 하지만 미인이라는 건 잘못 생각한 게 아니오?"

"백작님, 따님은 매력이 있어요. 백작님의 부와 지위라는 장점이 없어도 매력적이에요."

"나의 부와 지위라! 브레튼 군이 거기에 끌린 거요? 그런 거라면……."

"아시다시피 브레튼 선생은 그런 점들을 잘 알고 있습니다. 그리고 그런 것들의 가치를 인정하죠. 비슷한 처지였더라면 백작님께서도 그러셨을 거예요. 하지만 그가 부와 지위에 끌린 건 아니에요. 그는 따님의 훌륭한 자질들에 감탄하면서 좋은 영향을 받고 있답니다."

"뭐라고요? 그 어린아이한테 '훌륭한 자질들'이 있다는 거요?"

"아, 백작님! 저명하고 박식한 신사들께서 이 집에서 식사를 했던 그날 저녁 따님의 모습을 보셨나요?"

"그날 그 애의 행동거지를 보고 깜짝 놀라긴 했소. 여자답게 행동하는 걸 보니 웃음이 다 나오더군."

"교양 있는 프랑스 신사들이 거실에서 따님 주위에 모여든 것도 보셨겠지요?"

"그것도 봤소. 하지만 그저 머리를 식히려고 그러는 거라고 여겼소. 귀여운 아이와 놀아주면 기분이 좋아지잖소."

"백작님, 폴리나는 훌륭하게 처신했어요. 프랑스 신사들이 폴리나를 두고 '재치와 매력이 철철 넘친다'고 이야기하는 걸 들었는걸요. 존 선생도 같은 생각이에요."

"내 딸이 착하고 사랑스러운 아이인 건 분명하오. 그리고 강인한 면도 있는 것 같소. 언젠가 내가 아팠을 때 폴리가 간호를 했는데, 다들 내가 죽을 거라고 생각했지만 폴리는 내 건강이 나빠질수록 더 강하고 따뜻해졌소. 내가 회복되는 동안 그 애는 병실의 햇빛이었소! 그렇소, 햇빛이었지. 내 의자 주위에서 빛처럼 조용하고 발랄하게 놀고 있었소. 그런데 벌써 신부감이 됐다니! 나는 그 애와 헤어지기가 싫소."

그는 이렇게 말하고 신음소리를 냈다.

"브레튼 모자와는 오래전부터 알고 지내셨잖아요. 따님을 존 선생에게 주시면 다른 사람에게 보내시는 것보다 헤어지는 느낌이 적을 겁니다."

그는 다소 울적해져서 생각에 잠겼다가 낮은 소리로 말했다.

"맞는 말이오. 루이자 브레튼과는 오래 아는 사이였소. 아주 오래된 친구라 할 수 있지. 젊었을 적에 그녀는 착하고 상냥한 아가씨였소. 아까 미인이라는 말이 나왔는데 그녀야말로 인물이 좋았소. 키가 크고 자세가 꼿꼿하고 싱그러운 미인이었지. 어린애나 요정처럼 보이는 나의 폴리와는 달랐소. 열여덟 살 때 루이자는 공주 같은 자세와 자태를 지니고 있었소. 지금은 단정하고 착한 여인이고. 아들인 존 선생도 그녀를 빼닮았더군요. 나는 늘 그렇게 생각하면서 그를 아끼고 그가 잘 되길 빌었소. 그런데 나의 보물을 훔쳐가는 걸로 보답하다니! 내 작은 보물은 나이 든 아버지를 진심으로 소중히 여기고 사랑했는데 이제 다 끝났군요. 나야 거치적거리기나 하겠지."

그때 문이 열리더니 그의 '작은 보물'이 들어왔다. 그녀는 저녁이라 더욱 아름답게 보였다. 날이 저물 때 찾아오는 활기로 눈과 뺨이 달아올라 있었고 여름날의 열기 때문에 얼굴도 발그레하게 빛났다. 백합 같은 목 위로 곱슬머리가 치렁치렁 내려와 있었고 하얀 옷은 6월의 더운 날씨와 잘 어울렸다. 그녀는 내가 혼자 있으리라는 생각에 방금 쓴 편지를 들고 왔다. 나에게 먼저 읽힐 요량이었는지 편지는 접혀 있었으나 아직 봉인하지 않은 상태였다. 아버지를 보자 그녀의 경쾌한 발걸음이 약간 흔들리더니 일순 멈칫했다. 뺨에만 돌던 장밋빛이 얼굴 전체로 퍼져나갔다.

바송피에르 씨는 엄숙한 미소를 지으면서 나지막한 목소리로 말했다.

"폴리, 아빠를 보고 얼굴이 빨개진 게냐? 처음 있는 일이로구나."

폴리나는 다시금 얼굴을 진홍색으로 물들이면서도 이렇게 단언했다.

"빨개지지 않았어요. 저는 절대로 얼굴이 빨개지지 않아요. 아빠가 식당에 계시는 줄 알고 루시를 보러 온 거예요."

"내가 브레튼 선생과 함께 있는 줄 알았던 게지? 브레튼 선생은 조금 전에 호출을 받고 갔는데 곧 돌아온단다, 폴리. 그에게 네 편지를 대신 부쳐달라고 해도 되겠구나. 그러면 매튜가 '심부름'을 다녀오지 않아도 되잖니."

폴리나는 약간 새침한 말투로 대답했다.

"저는 편지를 부치지 않을 건데요."

"그럼 손에 든 건 뭐니? 이리 와서 말해 다오."

그녀는 잠시 주저하며 가만히 있다가 "그래도 되나요?"라고 물으면서 아버지에게 다가갔다.

"언제부터 편지를 쓰기 시작했니, 폴리? 네가 두 손으로 펜을 꽉 쥐고 획 하나를 긋기 위해 낑낑대던 때가 엊그제 같은데."

"아빠, 이건 우리 집 편지 주머니에 넣어서 우체국으로 보낼 게 아니에요. 제가 이따금씩 그 사람에게 직접 건네주는 짧은 편지일 뿐이에요."

"그 사람이라! 스노 양을 말하는 거겠지?"

"아니에요, 아빠. 루시가 아니에요."

"그럼 누구냐? 브레튼 부인?"

"아니에요, 아빠. 브레튼 부인이 아니에요."
"얘야, 그럼 누구라는 게냐? 아빠한테 이야기해 다오."
폴리나가 열정적으로 소리쳤다.
"오, 아빠! 사실대로 다 말씀드릴게요. 아빠한테 말씀드리게 돼서 기뻐요. 그런데 조금 떨리네요."
그녀는 정말로 떨고 있었다. 흥분하고 감정이 고조되고 용기가 솟아나면서 몸이 떨렸던 것이다.
"저도 숨기고 싶지 않았어요, 아빠. 저는 하나님만 빼고는 아빠를 세상에서 가장 사랑하고 가장 무서워하거든요. 편지를 읽어보세요. 주소도 보시고요."
그녀는 아버지 무릎 위에 편지를 올려놓았다. 바송피에르 씨는 편지를 들고 끝까지 읽었다. 그러는 동안 그의 손은 떨렸고 눈은 빛났다.
그는 편지를 도로 접고 나서 묘하면서도 다정하고 슬프면서도 놀랍다는 표정으로 딸을 바라보았다.
"이런 편지를 쓸 수 있단 말이냐? 내 무릎 옆에 작은 꼬마가 서 있던 게 엊그제 일 같은데, 이런 감정이 네게 있다고?"
"아빠, 그게 잘못인가요? 저 때문에 괴로우세요?"
"잘못은 아니다, 순수한 내 딸아. 한데 괴롭긴 하구나."
"아빠, 제 말 좀 들어보세요! 저 때문에 괴로워하시면 안 돼요. 저는 뭐든지 다…… 아니 거의 다(그녀는 말을 정정했다) 포기할 수 있어요. 아빠를 불행하게 하느니 죽는 게 나아요. 그건 너무 못된 짓이잖아요!"
그녀는 몸을 흠칫 떨며 말을 이었다.
"편지 때문에 기분이 언짢으세요? 전하지 말까요? 찢어버릴까요? 명령만 하시면 아빠를 위해서 뭐든 할게요."

"난 명령할 게 없다."

"명령해 보세요. 아빠가 원하시는 걸 말씀하세요. 그레이엄을 아프게 하거나 슬프게 하는 것만 아니면요. 그건 제가 견딜 수 없을 거예요. 저는 아빠를 사랑해요. 하지만 그레이엄도 사랑해요. 왜냐하면……왜냐하면…… 사랑하지 않을 수가 없어요."

"그 대단한 그레이엄은 날강도 같은 녀석이다, 폴리. 지금 아빠한테는 그렇게밖에 보이지 않는구나. 너한테는 놀라운 얘기겠지만 나는 그레이엄을 사랑하지 않는다. 아! 옛날에 그 아이의 눈에서 알 수 없는 뭔가를 봤지. 그의 어머니에게는 그런 게 없었어. 그 깊은 물길에 너무 멀리 발을 들여놓으면 안 된다는 경고였는데. 이제 보니 내가 정수리까지 잠겨버렸구나."

"그렇지 않아요. 아빠는 그 물에 빠지지 않았어요. 안전한 둑 위에 계신다고요. 아빠가 원하시는 대로 뭐든 할 수 있어요. 전지전능한 힘을 가지고 계시죠. 아빠가 잔인한 마음을 먹으면 당장 내일이라도 저를 수녀원에 감금하고 그레이엄의 가슴을 찢어놓을 수 있어요. 자, 독재자이신 아빠, 차르(tsar: 제정 러시아 때 황제의 칭호—옮긴이)이신 아빠, 그렇게 하시겠어요?"

"그를 시베리아로 보내버려라. 붉은 수염도 다 가져가라고 해. 폴리, 나는 그를 좋아하지 않는다. 그러니까 너도 좋아하지 말아야겠지?"

"아빠, 그건 너무하다고 생각지 않으세요? 아빠가 이렇게 까다롭고 불공정하고 앙심까지 품고 계시는 건 처음 봐요. 지금 짓고 계신 표정은 아빠한테 어울리지 않아요."

홈 씨는 약간 침통해 보이긴 했어도 심하게 화가 나거나 짜증이 난 것 같지는 않았다.

"보내 버리라니까! 하지만 그를 시베리아로 보내면 폴리도 짐을 싸서 따라갈 것 같구나. 폴리의 마음은 이미 나이 든 아빠 곁을 떠나 그에게로 갔어."

"아빠, 그런 식으로 말씀하시는 건 너무해요. 게다가 틀린 이야기예요! 아빠에게서 마음이 떠난 게 아니에요. 이 세상의 어떤 사람도, 어떤 힘도 아빠에게서 저를 떼어놓을 수 없어요."

"결혼해라, 폴리! 붉은 수염에게 시집가거라. 딸 노릇을 그만두고 가서 아내가 되란 말이다!"

"붉은 수염이라니요! 그건 또 무슨 말이에요? 그런 편견은 버리셔야 해요. 아빠의 고향인 스코틀랜드 사람들은 편견에 사로잡혀 있다고 종종 말씀하셨죠? 이제 그게 증명된 셈이네요. 빨간색과 짙은 밤색을 구분하지 않으시다니."

"편견에 사로잡힌 늙은 스코틀랜드인 아빠를 버리고 얼른 떠나렴."

폴리나는 잠시 아버지를 바라보며 서 있었다. 아버지의 조롱을 이겨낼 수 있는 확고한 의지를 보여주려는 행동이었다. 아버지의 성격과 한두 가지 단점을 잘 알고 있었던 그녀는 이런 소동이 벌어지리라고 예상하고 있었다. 불시의 사태가 아니었던 만큼 그녀는 위엄을 잃지 않고 현명하게 대응하면서 고비를 넘길 생각이었다. 하지만 더 이상 위엄을 지키기란 불가능했다. 그녀의 마음이 누그러지고 눈빛이 부드러워졌다. 그녀는 아버지의 목에 매달리며 소리쳤다.

"아빠, 저는 떠나지 않아요. 절대로 아빠를 떠나지 않아요. 아빠를 괴롭히지도 않을게요! 절대로요."

그러자 까다롭긴 하지만 딸을 무척 사랑하는 아버지가 대답했다.

"내 아가! 내 보물!"

그는 더 이상 말을 하지 않았다. 사실 "내 아가! 내 보물!"이라는 두 마디도 목멘 소리로 나온 말이었다.

방이 어두워지고 있었다. 밖에서 뭔가 움직이는 소리가 들렸는데 발소리는 나지 않았다. 나는 하인이 촛불을 들고 오는 줄 알고 방해가 되지 않도록 문을 살짝 열었다. 그런데 곁방에 서 있는 사람은 하인이 아니었다. 키 큰 신사가 모자를 탁자 위에 내려놓고 천천히 장갑을 벗고 있었다. 그는 무언가를 기다리며 망설이고 있었다. 손짓이나 말로 나를 부르지는 않았으나 그의 눈이 이렇게 말하고 있었다.

'루시, 이리 와요.'

나는 그에게 다가갔다.

그는 만면에 웃음을 띠고 나를 내려다보았다. 그와 같은 성격이 아니고서는 그렇게 긴장되는 순간에 웃음으로 감정을 표현하기란 불가능했을 것이다.

그가 서재를 가리키며 물었다.

"바송피에르 씨가 안에 계시지요?"

"네."

"저녁식사 때 그분이 나를 보셨소? 내 뜻을 이해하신 것 같소?"

"그래요, 그레이엄."

"그렇다면 내가 심판을 받으러 온 거로군. 그녀도 심판을 받고 있소?"

"홈 씨는(우리는 그를 때때로 홈 씨라고 불렀다) 따님과 이야기를 나누고 계세요."

"아! 떨리는 순간이오, 루시!"

손이 떨리는 걸로 보아 그는 무척 동요하고 있었다. 결정적인 순간(원래는 '치명적인' 이라는 말을 쓰려고 했으나 그처럼 팔팔한 젊은이에게 어울리지 않아서 바꿨다), 위기의 순간을 맞이한 그는 숨을 참았다 급히 내쉬었다 했다. 그 모든 고뇌 속에서도 웃음만은 결코 잃지 않았다.

“백작님이 화가 많이 나셨소, 루시?”

“폴리나가 당신에게 아주 충실하더군요, 그레이엄.”

“나의 운명은 어떻게 될 것 같소?”

“그레이엄, 당신은 행운의 별자리를 타고난 사람이에요.”

“그렇게 생각하오? 친절한 예언자 루시! 당신이 그렇게까지 응원해주는데도 기가 죽는다면 나는 겁쟁이일 거요. 내가 보기에는 모든 여자들이 충실한 것 같소, 루시. 나는 그들 모두를 사랑해야 마땅하고, 또 사랑하고 있소. 우리 어머니는 훌륭한 분이오. 아니 여신이오. 그리고 루시, 당신은 강철처럼 진실한 사람이지요?”

“그래요, 그레이엄.”

“손을 내밀어주시오, 대자매여. 그 작은 손은 나에게 언제나 친절했지요. 커다란 모험을 위해 다시 손을 잡아주시오. 하나님께서 올바른 이들과 함께 계시기를 바랍니다. 루시, 아멘이라고 말해주오!”

그는 돌아서서 내가 아멘이라고 할 때까지 기다렸다. 나는 그를 기쁘게 해주려고 ‘아멘’이라고 말했다. 그런 부탁을 들어주다 보니 예전에 느꼈던 그의 매력이 되살아났다. 나는 그의 성공을 기원했다. 그리고 그가 성공하리라는 걸 알고 있었다. 어떤 사람은 패배자로 태어나지만 그는 승리자로 태어난 사람이었다.

“나를 따라오시오!”

그가 이렇게 말했으므로 나는 그를 따라 바송피에르 씨가 있는 방 안으로 들어갔다.

존 박사가 입을 열었다.

“백작님, 어떤 판결을 내리시겠습니까?”

아버지가 그를 바라보았고, 딸은 여전히 얼굴을 가리고 있었다.

바송피에르 씨가 입을 열었다.

“브레튼 군, 자네가 나의 호의에 이렇게 보답할 줄은 몰랐네. 자네를 반가이 맞아 주었는데 나의 가장 귀한 보물을 빼앗아가다니. 나는 자네를 볼 때마다 기분이 좋았다네. 그런데 자네는 나의 유일한 보물을 보고 기뻐했던 거였군! 자, 자네의 정중한 요청에 대답해 주지. 도둑질이라고 표현하진 않겠네만 자네는 내 것을 빼앗아 갔고, 내가 잃어버린 걸 차지한 것 같네."

"백작님, 전 후회하지 않습니다."

"후회라고! 그럴 리 없지! 자네가 승리했는데 후회가 다 무슨 말인가. 존 그레이엄, 자네는 스코틀랜드 고원지대 추장의 핏줄을 물려받았고 외모와 말투와 사고방식에 켈트 족의 흔적이 남아 있어. 자네는 켈트족의 재치와 매력을 가진 사람일세. 그 빨간 머리(알았다, 폴리야, 금발이라고 하자꾸나), 교활한 말재주, 계략을 잘 꾸미는 머리는 다 조상에게서 물려받은 거라고."

존 선생이 대답했다.

"백작님, 저는 정직하게 행동했다고 생각합니다."

진짜 영국인다운 홍조가 그의 얼굴 전체로 퍼지면서 그의 진심을 명확히 입증해 주었다. 그가 말을 이었다.

"하지만 어떤 면에서는 백작님의 비난이 옳습니다. 저는 백작님과 함께 있을 때마다 어떤 생각을 품고 있었지만 감히 겉으로 드러낼 수가 없었습니다. 정말로 백작님께서는 세상에서 가장 소중한 보물을 가지고 계시다는 생각이었습니다. 제가 그 보물을 탐냈고 손에 넣으려 했습니다. 백작님, 이제 그 보물을 저에게 주십시오."

"브레튼 군, 자네는 지나친 요구를 하고 있네."

"지나친 요구인 줄 압니다. 백작님께서 관대한 마음으로 저에게 선물하셨으면 합니다. 백작님께서 공정하게 판단하셔서 저에게 상으로 주셨으면 합니다. 제 힘만 가지고는 도저히 얻을 수가 없으니까요."

바송피에르 씨가 큰 소리로 말했다.

"아! 스코틀랜드 사람처럼 달변이로군! 봐라, 폴리야! 이 대담무쌍한 구혼자에게 안 된다고 대답해서 내쫓아 버려라!"

폴리나가 고개를 들었다. 그녀는 간절하게 구혼하는 잘생긴 연인을 수줍게 바라보고 나서 얼굴을 찌푸린 아버지에게 애정 어린 눈길을 보냈다.

"아빠, 저는 두 분을 다 사랑해요. 두 분을 다 보살필 수 있어요. 그러니까 그레이엄을 내쫓을 필요가 없지요. 그이가 여기서 살면 되잖아요. 아빠를 불편하게 하지 않을 거예요."

그녀는 때때로 아버지와 그레이엄을 미소 짓게 하는 단순한 어법을 써서 이렇게 말했다. 과연 두 사람은 미소를 짓고 있었다.

바송피에르 씨는 주장을 굽히지 않았다.

"저 친구가 있으면 나는 아주 불편할 게다. 폴리, 아빠는 저 친구랑 같이 살고 싶지 않단다. 키가 너무 커서 거치적거리니까 어서 나가라고 하렴."

"익숙해지실 거예요, 아빠. 저도 처음에는 키가 너무 크다고 생각했어요. 높은 탑처럼 올려다봐야 했으니까요. 하지만 전체적으로 봐서는 지금의 모습이 최고로 좋아요."

"나는 절대 반대다, 폴리야. 난 사위가 없어도 잘 살 수 있단다. 유럽에서 제일 잘난 청년이라 해도 내 사위가 돼 달라고 부탁하진 않았을 게다. 이 신사를 거절하렴."

"하지만 오래전부터 알던 사이잖아요. 아빠하고도 잘 맞고요."

"나와 잘 맞는다고, 나 참! 그래. 지금까지 의견이나 취향이 나랑 비슷한 척을 하긴 했지. 다 이유가 있어서 내 비위를 맞췄던 거였어. 폴리야, 너랑 나는 이 청년과 작별인사를 해야겠구나."

"그럼 내일까지만 작별해요. 그레이엄과 악수를 하세요, 아빠."

"싫다. 친한 사이가 아니니 악수는 하지 않겠다. 둘이서 나를 구워삶을 생각은 하지도 마라."

"아이, 참, 두 분은 친하시잖아요. 그레이엄, 오른손을 내밀어요. 아빠도 손을 내미세요. 자, 이제 손을 잡으세요. 아빠, 그렇게 뻣뻣하게 굴지 마시고 손가락을 오므리세요. 부드럽게! 아니, 그건 제대로 된 악수가 아니잖아요. 이제 됐나요? 아빠, 무슨 연장 잡듯이 너무 꽉 잡으셨잖아요. 그러다 그레이엄의 손이 짓이겨지겠어요. 다치겠어!"

그는 정말로 존 선생의 손에 상처를 냈다. 백작은 다이아몬드가 박힌 커다란 반지를 끼고 있었는데, 다이아몬드의 날카로운 단면이 그레이엄의 살갗을 파고들어 피를 흘리게 했던 것이다. 하지만 존 선생은 조금 전 초조한 마음에 웃음을 지었을 때처럼 상처를 입고도 웃기만 했다.

마침내 바송피에르 씨가 존 선생에게 말했다.

"내 연구실로 가세."

그들은 연구실로 들어갔다. 담화 시간이 길지는 않았지만 결정적인 이야기가 오갔으리라 짐작된다. 구혼자는 여러 가지 일에 대해 심문을 당하고 정밀한 조사를 받았다. 하지만 존 선생이 간혹 교활한 표정이나 말투를 구사했을지는 몰라도 그의 본바탕은 건전했다. 내가 나중에 들은 바에 의하면 존 선생은 지혜와 성실성을 모두 증명하는 답변을 했다. 언제나 자기 일들을 잘 처리했고 난관을 이겨냈던 그의 운이 다시 상승세를 타고 있었다. 그는 자기가 결혼할 자격이 있다는 사실을 입증했다.

아버지와 연인이 다시 서재에 나타났다. 바송피에르 씨는 문을 닫고 딸을 가리키며 말했다.

"저 애를 데려가게. 존 그레이엄 브레튼, 자네가 데려가게. 자네가 저 애를 대하는 그대로 하나님께서 자네를 대하실 걸세!"

* * * * *

그로부터 얼마 지나지 않아서(2주 정도 지났을까?) 나는 바송피에르 백작과 그의 딸과 존 선생이 부아레탕 궁전 정원의 나무 그늘 아래 앉아 있는 모습을 보았다. 여름날 저녁을 즐기려고 외출한 모양이었다. 웅장한 성문 밖에는 그들이 집까지 타고 갈 마차가 기다리고 있었다. 푸른 잔디밭은 고요하고 어슴푸레하게 펼쳐져 있었고, 궁전은 펜텔리쿠스 산(하얀 대리석이 많이 나기로 유명한 아테네 근처의 산—옮긴이)의 바위처럼 저 멀리 하얗게 솟아 있었으며, 궁전 위로 저녁별이 빛났다. 꽃이 핀 울창한 덤불에서 여름날의 향기가 풍겼다. 시간은 조용하고 달콤하게 흘러갔고, 정원에는 세 사람 말고는 아무도 없었다.

폴리나는 두 신사 사이에 앉아서 그들이 이야기를 주고받는 동안 작은 손을 열심히 놀리고 있었다. 꽃다발을 만들고 있는 줄 알았는데 그게 아니었다. 무릎 위에 놓인 반짝이는 조그만 가위로 옆에 앉은 두 남자의 머리카락을 조금씩 잘라낸 것 같았다. 그녀는 회색 머리카락과 금색 머리카락을 하나로 엮으며 땋고 있었다. 비단실을 가지고 있지 않았던 그녀는 자신의 머리카락을 조금 잘라내서 그걸로 땋은 머리카락을 묶었다. 매듭을 짓고 나서는 로켓(기념품 등을 금합에 넣어 목걸이처럼 거는 장신구—옮긴이)에 넣어 목에 걸었다.

"두 분이 늘 사이좋게 지내라고 부적을 만들었어요. 제가 이걸 걸고 다니는 한 두 분이 말다툼을 벌일 일은 없을 거예요."

땋은 머리카락은 정말로 부적 역할을 했다. 사이가 나빠지지 못하도록 하는 마술이 걸렸던 것이다. 폴리나는 두 사람을 엮어주는 매개체였고, 두 사람 모두에게 영향을 미쳐 화합을 이루어냈다. 두 신사는 그녀에게 행복을 주었고, 그녀는 그 행복에 이자까지 쳐서 돌려주었다.

아버지와 딸과 미래의 남편이 하나가 되어 모두가 축복을 받고 서로를 축복하는 모습을 보면서 나는 이런 질문을 던졌다.

"지상에 저런 행복이 있단 말인가?"

그렇다. 그런 행복도 있다. 낭만적인 색깔로 물들이거나 상상력을 동원해 과장하지 않아도 되는 행복이 있다. 어떤 사람들은 며칠 또는 몇 년 동안 천상의 행복을 미리 맛본다. 그리고 선한 사람들(악한 사람들에게는 그런 행복이 오지 않는다)이 그렇게 완벽한 행복을 한 번이라도 느끼고 나면 그 달콤한 맛은 언제까지나 사라지지 않는 법이다. 나중에 어떤 시련이나 병마나 죽음의 그림자가 찾아오더라도 여전히 빛나는 지난날의 영광이 쓰라린 아픔을 위로하고 먹구름을 엷은 빛으로 바꿔준다.

조금만 더 말해 보겠다. 세상에는 그렇게 행복하게 태어나 그렇게 자라는 사람들, 부드러운 요람에서부터 훗날 조용한 무덤까지 행복하게 인도받는 사람들이 있는 것 같다. 그들의 운명에는 커다란 고통이 끼어들지 못하며, 그들의 여행길은 폭풍우로 어두워지지 않다. 그들 대부분은 제멋대로 행동하는 이기적인 사람들이 아니라 창조주의 선택을 받은 상냥하고 조화로운 사람들이다. 자애로운 성품을 가진 온화한 남자와 여자, 하나님의 친절을 행동에 옮기는 친절한 대리인들이다.

행복한 이야기를 굳이 나중으로 미루지는 말자. 존 그레이엄 브레튼과 폴리나 드 바송피에르는 결혼했고, 존 선생은 과연 하나님의 친절한 대리인이었다. 그는 세월이 흘러도 타락하지 않았다. 결점은 줄어들었고 장점은 더 무르익었다. 지적 수준은 더 향상됐고 도덕적으로도 더 훌륭해졌다. 앙금이 다 걸러지고 깨끗한 포도주만 남아 고요히 반짝였다. 선량한 아내의 운명도 밝게 빛났다. 그녀는 언제나 남편의 사랑을 받으면서 그의 발전을 도왔다. 그에게 그녀는 행복의 초석이었다.

그들 부부는 실로 축복받은 한 쌍이었다. 세월이 흐를수록 더욱 번창하고 더욱 선량해졌기 때문이다. 그들은 인색하지 않으면서도 현명하게 베풀었다. 물론 그들도 화를 내고 실망하고 고난을 겪은 적이 없는 건 아니었지만 그런 고비들을 잘 넘겼다. 두어 번인가는 맨 얼굴을 보기만 해도 죽기 십상이라는 '공포의 왕'(욥기 18 : 14 참조—옮긴이)을 만나 그에게 제물을 바쳤다.

때가 되자 바송피에르 백작이 세상을 떠났고 루이자 브레튼 여사는 천수를 누리다 갔다. 한 번은 그들의 집에서 라헬이 슬퍼하며 통곡하는 소리가 울려 퍼지기도 했으나(예레미아 31 : 15 '라마에서 슬퍼하며 통곡하는 소리가 들리니 라헬이 그 자식 때문에 애곡하는 것이라' 참조—옮긴이) 죽은 아이를 대신해서 다른 아이들이 건강하고 활달하게 자라났다. 존 선생은 그의 외모와 기질을 물려받은 아들을 통해 자신의 모습을 한 번 더 보았다. 그와 똑같이 우아한 딸들도 있었다. 그는 아이들을 온화하면서도 엄하게 양육했다. 아이들은 부모에게서 물려받고 교육받은 대로 자랐다.

요컨대 그레이엄과 폴리나 두 사람은 축복받은 삶을 살았다. 야곱이 애지중지했던 아들처럼 '위로 하늘의 복과 아래로 깊은 샘의 복'(창세기 49 : 25 참조—옮긴이)을 받았다고도 할 수 있다. 하나님께서 복을 주고 싶어 하셨기에 그렇게 되었다.

38. 구름

모든 사람이 그렇게 행복한 건 아니다. 그렇다고 별 수 있겠는가? 우리가 겸허하게 체념하든 아니든 하나님의 뜻은 반드시 이루어진다. 창조의 충동이 그걸 촉진하고, 보이는 힘과 보이지 않는 힘이 그 성취를 책임진다. 내세의 증거는 반드시 주어진다. 필요하다면 불과 피(사도행전 2 : 19 '피와 불과 연기' 참조—옮긴이) 속에라도 증거를 새겨 넣게 돼 있다.

우리는 불과 피 속에서 우리의 경험과 교차되는 자연의 모든 기록을 추적해야 한다. 고통 받는 자여, 이렇게 불타는 증거를 보고 무서워서 기절하지 말지어다. 지친 방랑자여, 행장을 단단히 꾸리고 위를 쳐다보면서 앞으로 나아갈지어다. 순례자들이여, 슬퍼하는 형제들이여, 사이좋게 함께 갈지어다. 험난한 이 세상은 우리 대다수의 앞길에 어둠을 드리웠으니, 우리의 발걸음은 한결같고 꾸준해야 한다. 우리가 진 십자가를 우리의 깃발로 삼자. '말씀이 순수하고 도는 완전하신' (시편 18 : 30 '하나님의 도는 완전하고 여호와의 말씀은 순수하니' 참조—옮긴이) 하나님의 약속을 우리의 지팡이로 삼자. '구원하는 방패를 주시며, 온유함으로 우리를 크게 하시는' (시편 18 : 35 참조—옮긴이) 주님의 조화를 오늘의 희망으로 삼자. '높은 하늘에 계시는' (욥기 22 : 12 참조—옮긴이) 하나님의 가슴팍을 최후의 안식처로 여기자. 세상에 없는 영원한 영광(디모데후서 2 : 10 참조—옮긴이)을 최고의 상으로 여기자. 상을 받도록 열심히 달음박질하자(고린도전서 9 : 24 '너희도 상을 받도록 이와 같이 달음질하라' 참조—옮긴이). 좋은 병사가 되어 고난을 견디자(디모데후서 2 : 3 '너는 그리스도 예수의 좋은 병사로 나와 함께 고난을 받으라' 참조—옮긴이). 우리의 달려갈 길을 마치고, 믿음을 지키고, 정복자보다 더 위대한 승리자가 될 수 있다는 말씀을 믿고 의지하자(디모데후서 4 : 7 '나는 선한 싸움을 싸우고 나의 달려갈 길을 마치고 믿음을 지켰으니' 참조—옮긴이). '나의 거룩한 이시여, 주께서는 만세 전부터 계시지 아니하십니까? 우리는 사망에 이르지 아니하리다!' (하박국 1 : 12 참조—옮긴이)

목요일 아침 우리는 교실에 모여 문학 수업이 시작되기를 기다리고 있었다. 시간이 다 됐으므로 폴 선생이 곧 올 것 같았다.

1반 학생들은 매우 조용히 앉아 있었다. 학생들 앞에는 지난 수업 시간부터 써서 깔끔하게 정서하고 리본으로 단정하게 묶어둔 작문이 놓여 있었다. 교수가 책상 사이를 잽싸게 돌아다니며 거둬갈 수 있도록 놓아둔 것이었다. 때는 7월이었고 아침 날씨는 화창했으며, 열어놓은 유리문 틈으로 상쾌한 미풍이 들어왔다. 창 너머에서 자라는 식물들이 무슨 소식이라도 전하려는 것처럼 흔들리고 까딱거리고 교실 안으로 굽어졌다.

폴 선생은 원래 시간을 정확히 지키는 사람이 아니었으므로 약간 늦게 온다고 해서 이상할 건 없었다. 그러나 마침내 문이 열렸을 때 우리는 놀라고 말았다. 재빠르고 성질 급한 폴 선생이 아니라 조심성 많은 베크 부인이 조용히 들어왔던 것이다.

베크 부인은 폴 선생의 책상으로 다가가 그 앞에 섰다. 그러고는 어깨에 두른 얇은 숄을 바짝 끌어당기면서 시선을 한 곳에 고정시키고 나지막하지만 단호한 말투로 이렇게 말했다.

"오늘 아침 문학 수업은 없습니다."

그녀는 약 2분간 멈췄다가 다시 입을 열었다.

"문학수업은 일주일 동안 중지될 겁니다. 폴 에마뉘엘 선생님을 대신할 유능한 교사를 찾으려면 적어도 일주일은 걸릴 테니까요. 그동안 비는 시간은 자습으로 유용하게 보냅시다."

그녀가 말을 이었다.

"여러분, 폴 선생님께서는 되도록 작별인사를 하고 떠나고 싶어 하지만 당장은 그런 자리를 가질 여유가 없으십니다. 긴 항해를 준비하고 계시거든요. 갑자기 급한 임무를 맡아 먼 길을 떠나시게 됐답니다. 이번에 유럽을 떠나면 언제 돌아오실지 몰라요. 아마 여러분에게 직접 말씀해 주시겠지요. 여러분, 폴 선생님과 하던 수업 대신 오늘 아침에는 루시 선생님과 함께 영어 읽기를 하세요."

그녀는 정중하게 고개를 숙이고 숄을 더 바짝 잡아당긴 후 교실에서 나갔다.

무거운 침묵이 흐르는가 싶더니 여기저기서 웅성대는 소리가 났다. 어떤 학생들은 훌쩍이며 울었다.

시간이 흐르면서 학생들이 속삭이는 소리와 흐느끼는 소리가 점점 커졌다. 규율이 느슨해지면서 질서가 흐트러지고 있었다. 학생들은 마치 감시가 해제되고 감독 교사가 교실 안에 없는 것처럼 행동했다. 나는 몸에 밴 습관과 의무감에 힘입어 얼른 기운을 차리고 평소 모습으로 돌아와 보통 때와 같은 말투로 학생들에게 명령을 내렸다. 마침내 교실이 조용해졌다. 나는 영어 읽기 수업을 오랫동안 빡빡하게 진행하면서 학생들을 오전 내내 붙들어놓았다. 흐느끼는 학생들을 보면서 짜증을 냈던 일도 기억난다. 사실 그들의 감정은 병적인 동요일 뿐이어서 대단한 가치도 없었다. 나는 그들을 사정없이 나무라고 반쯤은 조롱했다. 내가 생각해도 심한 처사였지만 솔직히 말해서 그들의 눈물이나 훌쩍이는 소리를 도저히 참고 들어줄 수가 없었다. 다들 울음을 그쳤는데도 마음이 약하고 여린 학생 하나가 계속 흐느꼈다. 나는 그 학생에게 계속 그러면 강제로 울음을 그치게 하겠노라고 소리쳤다. 잔인하긴 했지만 필요한 일이었다.

그 학생이 나를 미워해도 뭐라고 할 말이 없었을 것이다. 하지만 수업이 끝나고 학생들이 돌아갈 때 나는 그 학생에게 남으라고 지시했고, 다른 학생들이 모두 가고 나서 그들 중 누구에게도 해주지 않았던 일을 했다. 그 학생을 끌어안고 뺨에 키스를 해주었던 것이다. 하지만 이렇게 충동적으로 행동한 후에는 그녀를 얼른 교실 밖으로 내보내야 했다. 격렬한 포옹을 하고 나자 그 학생이 더없이 비통한 울음을 터뜨렸기 때문이다.

그날 나는 일분일초도 쉬지 않고 일했다. 양초를 계속 켜둘 수만 있다면 밤새도록이라도 일하고 싶었다. 하지만 결국에는 괴로운 밤을 보냈고, 결과적으로 다음 날 감당하기 어려운 소문에 시달릴 일에 충분히 대비하지 못했다. 새로운 소식을 두고 사람들이 수군거리는 건 당연했다. 처음에는 놀라서 약간 잠잠해졌으나 그런 분위기는 오래 가지 못했다. 저마다 입을 열고 혀를 나불거리며 한마디씩 했다. 교사와 학생들은 물론이고 하인들까지도 '에마뉘엘'이라는 이름을 입에 올렸다. 개교 때부터 언제나 학교 일에 관여했던 그가 갑자기 사라지다니! 모두들 이상하게 여기고 있었다.

사람들은 너무나 많이, 너무나 길게, 너무나 자주 그 이야기를 했다. 헤아릴 수 없이 많은 말과 소문 속에서 마침내 어떤 정보가 나왔다. 사흘째 되던 날 나는 그가 일주일 안에 항해를 떠날 예정이며 서인도제도로 간다는 이야기를 듣고 이 소문의 진위를 확인하기 위해 베크 부인의 얼굴과 눈을 유심히 보았다. 그녀를 유심히 살피며 정보를 얻으려 해보았으나 그녀에게서는 흐트러진 모습이라든가 평소와 다른 모습은 찾아볼 수 없었다.

베크 부인은 교실이나 식탁처럼 사람이 많이 모이는 장소에서 젤리 생피에르 양에게 큰 소리로 이렇게 말하곤 했다.

"이번 학기에는 손실이 컸어요. 빈자리를 어떻게 메워야 할지 난감하군요. 내 오른팔이 된 폴 선생에게 너무나 익숙해져 있었거든요. 그분 없이 어떻게 해나가죠? 내가 가지 말라고 했는데도 폴 선생은 그게 자기 의무라며 나를 설득했지요."

"그게 왜 그의 의무였죠?"라고 내가 나서서 물을 수도 있었다. 베크 부인이 교실에서 침착하게 내 옆을 지나갈 때면 나는 갑자기 손을 뻗어 그녀를 붙잡고 "잠깐만요, 어떻게 된 일인지 우리에게도 알려주세요. 추방당하는 게 어째서 그의 의무라는 거죠?"라고 따지고 싶은 충동을 느꼈다. 하지만 베크 부인은 언제나 다른 선생들에게 말을 걸었고 내 쪽은 쳐다보지도 않았다. 내가 그 문제에 관심을 가질 수 있다고는 꿈에도 생각지 않는 사람 같았다.

더디게 일주일이 흘렀다. 폴 선생이 직접 와서 작별인사를 한다는 이야기는 더 이상 나오지 않았다. 아무도 그가 오기를 간절히 바라는 것 같지 않았고, 아무도 그가 오는지를 묻지 않았다. 그가 모습을 드러내지 않고 조용히 떠나버리면 어쩌나 하고 괴로워하는 사람도 없었다. 사람들은 끊임없이 수다를 떨면서도 작별인사라는 핵심적인 문제는 언급하지 않았다. 베크 부인은 어땠냐고? 그녀는 원하기만 하면 얼마든지 그를 만날 수 있고 이야기를 나눌 수도 있는 사람이었다. 그러니 그가 교실에 나타나건 말건 그녀에게 무슨 상관이 있었겠는가?

일주일이 다 갔다. 그가 출발하는 날짜가 알려졌다. 목적지는 '과달루페의 바스테르'(과달루페는 서인도제도에 있는 과달루페의 수도이자 항구도시로, 당시에는 프랑스 식민지였다—옮긴이)라는 곳이라고들 했다. 그가 외국에 나가는 게 자기를 위한 일이 아니라 어떤 친구를 위한 일이라는 말도 들렸다. 물론 나도 그렇게 짐작하고 있었다.

과달루페의 바스테르! 그 즈음 나는 거의 잠을 이루지 못했다. 혹시 잠이 들더라도 흠칫 놀라 금방 깨어나곤 했다. 베개 위에서 '바스테르'나 '과달루페'라는 음성이 들리거나, 붉은색 또는 보라색의 구불구불한 글자들이 어둠 속을 맴돌다 내 눈앞에 나타났기 때문이다.

내 감정은 나도 어쩔 도리가 없었다. 그렇게 느껴지는데 어쩌란 말인가? 최근에 폴 선생은 나에게 아주 친절했던 터였다. 그는 나날이 더 선량해지고 더 친절해지고 있었다. 한 달 전에 신앙의 차이를 인정한 이후로 말다툼도 한 번 없었다. 우리의 평화는 절교가 낳은 냉담한 딸이 아니었다. 우리는 서먹하게 지내지 않았다. 폴 선생은 전보다 자주 찾아와서 전보다 많은 이야기를 나누었다. 몇 시간씩 나와 함께 있을 때 그의 성미는 누그러졌고 만족스런 눈빛과 편안하고 온화한 태도가 나타났다.

우리는 여러 가지 주제로 화기애애하게 대화를 나눴다. 그가 나의 인생 계획을 묻기에 나는 내 계획을 알려주었다. 학교를 세우겠다는 이야기를 듣고 그는 기뻐하면서 몇 번이나 다시 들려달라고 했다. 비록 알나샤르(천일야화에서 유리그릇을 팔아 부자가 된다는 꿈을 꾸다가 그릇을 깨뜨린 인물—옮긴이)의 꿈이라고 놀리긴 했지만. 충돌은 끝났고, 우리는 서로에 대한 이해를 확고하게 다지는 중이었다. 가슴속 깊이 일체감과 희망이 자리 잡았고 애정과 서로에 대한 존중과 신뢰가 갈수록 단단해졌다.

그즈음의 개인 지도는 얼마나 평온하게 이루어졌던가! 나의 '지성'에 대한 조롱은 없어졌고 공개시험을 치라는 불쾌한 위협도 사라졌다! 질투심에 찬 조롱이나 더 심한 질투심에서 나온 노기 어린 칭찬 대신 조용하고 아낌없는 지원과 다정한 지도와 부드러운 인내가 있었다. 폴 선생은 너그러워졌지만 칭찬을 하지는 않았다. 한참 동안 말없이 함께 앉아 있기만 할 때도 있었다. 그러다 해가 지거나 할 일이 생겨서 헤어져야 할 때가 되면 "휴식이란 달콤하군! 조용한 행복이 소중한 거요!" 따위의 말을 남기고 나갔다.

그로부터 열흘도 지나지 않은 어느 날 저녁, 언제나처럼 오솔길에서 산책하고 있는데 폴 선생이 다가왔다. 그는 내 손을 덥석 잡았다. 그가 내 주의를 끌려는 것 같아서 나도 그의 얼굴을 바라보았다.

그가 부드럽게 말했다.

"착한 친구여! 당신은 나를 위로해 주는 사람이오!"

하지만 내 손에 닿는 감촉과 그의 말이 어우러지자 새로운 감정이 솟고 이상한 생각이 떠올랐다. 혹시 그가 친구나 오빠 이상의 존재가 되려는 게 아닐까? 저 표정에 단순한 우애나 우정을 넘어서는 호감이 담겨 있는 건가?

그는 뭔가를 더 말하려는 표정이었고, 손으로 나를 끌어당기면서 설명을 하려고 입술을 움직였다. 그러나 말할 수가 없었다. 해질녘의 오솔길 안으로 방해꾼이 들어왔던 것이다. 방해꾼은 두 사람이었는데 그들을 보니 불길한 예감이 들었다. 여자 한 사람과 신부 한 사람이 우리 앞에 서 있었다. 베크 부인과 실라스 신부였다.

나는 그때 실라스 신부의 모습을 잊을 수가 없다. 뜻하지 않게 애정 표현의 현장을 목격한 신부는 순간적으로 장 자크 루소식의 공감을 나타냈으나 곧 성직자의 질투와 편견으로 얼굴이 어두워졌다. 그는 나에게 상냥하게 말을 건네고 제자에게는 엄격한 눈길을 보냈다. 베크 부인은 아무것도 보지 못한 척했다. 바로 눈앞에서 자기 사촌이 외국인 이교도의 손을 잡고 있다가 놓기는커녕 더 꽉 잡았는데도 말이다.

이런 사건들이 일어난 후 갑자기 폴 선생이 떠난다는 소식을 들었던 것인 만큼 처음에는 믿기지가 않았다. 주위 사람들 150여 명이 그 이야기를 믿었고 같은 말을 수시로 반복했기 때문에 억지로 받아들였을 뿐이다. 공허하고 애타는 날들의 연속이었던 그 긴장의 일주일, 그에게서 설명 한 마디 듣지 못했던 그 일주일. 나는 그 시간들을 기억하고 있지만 어떻게 지나갔는지 묘사할 수는 없다.

마지막 날이 밝았다. 이제 그가 우리를 찾아오겠지. 직접 와서 작별인사를 하거나, 아니면 조용히 사라져서 다시는 우리 앞에 나타나지 않겠구나.

학교에는 이런 가능성을 점쳐보는 사람이 아무도 없는 듯했다. 모두 보통 때와 똑같은 시각에 일어나서 보통 때와 똑같이 아침식사를 했다. 얼마 전까지 학교에 있었던 교수에 관해서 아무도 이야기하지 않았고 생각하는 것 같지도 않았다. 그저 무기력하게 일상적인 의무를 수행할 따름이었다.

이 학교 학생들이 이렇게 쉽게 잊어버리고, 이렇게 순종적이고, 이렇게 훈련이 잘 되어 있을 줄이야. 나의 예상과는 너무나 다른 모습이었다. 이렇게 무기력하고 답답한 분위기 속에서 어떻게 숨을 쉬어야 할지 막막했다. 나를 대신해서 말해 줄 사람이 아무도 없나? 소원을 빌거나, 한 마디 말을 하거나, 기도를 하는 사람도 없단 말인가? 누가 그렇게 하면 내가 '아멘' 이라고 덧붙일 수 있을 텐데.

간식이나 휴일이나 휴강과 같은 지극히 사소한 요구를 하기 위해 학생들이 한 목소리를 내는 모습은 본 적이 있었다. 하지만 지금 그들은 베크 부인에게 우르르 몰려가 그녀를 둘러싼 후 폴 선생과 마지막으로 한 번만 만나게 해달라고 요구하지 못했다. 아니 그런 요구를 하려고도 하지 않았다. 폴 선생은 분명히 사랑받았고, 적어도 몇 명은 나름대로 그를 사랑했는데. 오! 대중의 사랑이란 이다지도 부질없는 거였나?

나는 폴 선생이 어디 사는지 알고 있었다. 어디에 가면 그의 목소리를 들을 수 있고 대화를 나눌 수 있는지 알고 있었다. 거리는 아주 가까웠다. 하지만 설령 그가 바로 옆방에 있다 해도 부름을 받지 않은 내가 먼저 찾아갈 수는 없었다. 나는 누구를 따라다니고 찾아가고 무엇을 일깨우고 기억을 되살려내는 재주가 없었다.

폴 선생이 바로 옆으로 지나간다 해도 마찬가지였다. 그가 나를 못 보고 조용히 지나간다면 나는 꼼짝도 않고 서서 그가 지나가게 내버려뒀을 것이다.

아침이 다 가고 오후가 됐다. 나는 모든 게 끝났다고 생각했다. 심장이 덜덜 떨리고 피가 제대로 흐르지 못했다. 몸이 아파서 내 자리를 지킬 수도 일을 할 수도 없었다. 그런데도 내 주위의 작은 세계는 무심하게 돌아갔고 모두들 걱정도 두려움도 별다른 생각도 없이 명랑해 보였다. 일주일 전 놀라운 소식을 듣고 신경질적으로 울음을 터뜨렸던 학생들조차 그 중대한 소식과 그들의 감정을 까맣게 잊어버린 모양이었다.

수업이 끝나는 시각인 5시를 조금 남겨놓고 있을 때 베크 부인이 나를 자기 방으로 불렀다. 그녀가 받은 영어 편지를 읽고 해석해서 답장을 대신 써달라는 부탁이었다. 그런데 베크 부인은 일을 시작하기 전에 방문 두 개를 조심스럽게 닫더니 창문도 닫아서 잠가버렸다. 보통 때는 환기를 매우 중요하게 여기는 그녀가 아닌가? 날도 더운데 문과 창문을 다 걸어 잠그는 이유가 뭐지? 불신에 가까운 강한 의심이 솟아났다. 소리를 차단하려고 저러는 걸까? 무슨 소리를?
나는 전에 없이 열심히 귀를 기울였다. 눈 속에서 킁킁거리며 사냥감의 냄새를 맡고 저 멀리 있는 나그네의 발소리도 다 듣는 겨울날 저녁의 늑대처럼 귀를 곤두세웠다. 그렇게 귀를 기울이면서 손으로는 글을 썼다. 편지 중간 부분까지 왔을 때 무슨 소리가 들려서 펜을 멈추고 들어보니 현관에서 나는 발소리였다. 현관 초인종은 울리지 않았다. 로젠이 손님이 올 줄 미리 알고 있다가 명령받은 대로 움직인 게 분명했다. 내가 편지 쓰기를 중단한 걸 알아차린 베크 부인은 기침을 하고 법석을 떨면서 더 큰 소리로 이야기를 했다. 발소리는 교실 쪽으로 넘어갔다.
"계속하세요."
베크 부인이 이렇게 말했다. 하지만 내 손에는 이미 족쇄가 채워졌고, 내 귀는 사슬에 묶였고, 내 생각은 포로로 잡혔다.
교실들은 다른 건물에 있었다. 기숙사 건물과 교실들 사이에는 홀이 있었다. 거리가 상당히 멀고 사이에 벽이 있음에도 불구하고 수많은 사람이 갑자기 움직이는 소리가 들렸다. 학급 전체가 한꺼번에 일어서는 소리였다.
베크 부인이 말했다.
"수업이 끝나고 정리를 하나봐요."
정리할 시간인 건 맞다. 그런데 왜 저렇게 갑자기 조용해졌지? 시끄러운 소리가 일순간 멎은 이유가 뭘까?
"잠깐만요, 부인. 무슨 일인지 보고 올게요."
나는 펜을 내려놓고 베크 부인을 떠났다. 아, 아니었다. 그녀는 나를 순순히 떠나보내려 하지 않았다. 나를 붙잡지 못하게 되자 그녀는 일어서서 나를 따라왔다. 그림자처럼 바짝 붙어서. 나는 계단의 마지막 칸에서 몸을 돌렸다.

"부인도 가시려고요?"

베크 부인은 기묘한 표정으로 내 시선을 맞받으며 어둡지만 단호한 표정으로 대답했다.

"그래요."

우리는 앞으로 나아갔다. 함께 간 게 아니라 베크 부인이 나와 보조를 맞추었다.

폴 선생이 와 있었다. 1반 교실에 들어서는 순간 그가 눈에 들어왔다. 너무나도 친숙한 그 사람이 다시 나타났다. 그들이 오지 못하게 하려고 애썼을 게 분명한데도 그는 왔다!

여학생들이 반원 모양으로 서 있었다. 폴 선생은 돌아다니면서 한 사람씩 손을 잡아주고 뺨에 입을 맞추며 작별인사를 하고 있었다. 이 마지막 예식은 아주 오랜 시간 동안 엄숙하게 거행되는 이 나라의 고별 관습이었다.

베크 부인이 끈질기게 따라다녀서 여간 힘든 게 아니었다. 그녀는 나를 졸졸 따라다니며 가까이서 감시했는데 그녀의 뜨거운 숨결이 닿는 바람에 내 어깨와 목이 다 움츠러들 지경이었다. 끔찍하게 괴로웠다.

폴 선생이 다가오고 있었다. 그는 반원을 거의 다 돌고 마지막 학생 앞에서 몸을 돌렸다. 그런데 내 앞에 있던 베크 부인이 갑자기 앞으로 나갔다. 팔을 벌리고 옷을 넓게 펼쳐서 그의 시야를 최대한 가리려는 듯했다. 그녀 때문에 내가 보이지 않게 됐다. 그녀는 내 약점이 무엇인지 잘 알고 있었다. 위기 상황에서는 내가 정신적으로 완전히 마비되면서 자기주장을 전혀 못하게 된다는 걸 계산에 넣고 있었다. 그녀는 사촌인 폴 선생에게 얼른 달려가 청산유수로 이야기를 늘어놓아 그의 주의를 붙잡아두면서 황급히 그를 유리문 쪽으로 데려갔다. 그 유리문은 정원으로 열려 있었다.

폴 선생은 교실을 둘러보았다. 그와 눈을 마주칠 정도의 용기만 있었더라도 나는 달려 나가서 감정을 표현했을 것이고 그랬다면 구원을 받았을 수도 있다. 그러나 교실 안은 이미 난장판이 돼 있었고 반원은 여러 집단으로 쪼개졌으며 눈에 더 잘 띄는 서른 명 속에서 내 모습은 보이지도 않았다. 베크 부인의 뜻대로 된 셈이었다. 그렇다. 그녀는 폴 선생을 데리고 나가버렸고, 그는 나를 보지 못했다. 내가 오지 않은 줄 알았을 것이다. 시계가 5시를 알렸다. 하교를 알리는 종소리가 크게 울려 퍼지자 학생들은 뿔뿔이 흩어지고 교실은 텅 비었다.

기억을 더듬어보면 나 혼자 있었던 그 몇 분간 완전한 암흑 속에서 넋을 놓고 있었던 것 같다. 견딜 수 없는 상실감에 말로 표현할 수 없는 슬픔이 겹쳤다. 나는 어떻게 해야 하나? 오! 어떻게 해야 하나? 찢기고 짓밟힌 심장에서 일생일대의 희망이 뿌리째 뽑혀 나가는 이 순간에 뭘 해야 하지?

그런 상황에서 어떻게 했어야 할지는 지금도 모르겠다. 나는 마음속으로 격렬한 갈등을 겪고 있었다. 그때 전교에서 가장 어린 학생이 순진무구한 모습으로 그 갈등의 한가운데에 뛰어들었다.

혀 짧은 고음으로 그 학생이 말했다.

"선생님, 이걸 드리러 왔어요. 폴 선생님께서 창고부터 포도주 저장실까지 온 집 안을 다 뒤져서라도 선생님을 찾으라고 하셨어요. 그래서 이걸 주라고 말씀하셨어요."

그 학생은 짧은 편지를 내밀었다. 작은 비둘기가 내 무릎에 올리브나무 잎사귀를 떨어뜨리고 간 셈이었다(창세기 8장에서 비둘기가 감람나무 잎사귀로 노아에게 소식을 전해 준다—옮긴이). 이름도 주소도 없는 편지에는 이렇게 쓰여 있었다.

다른 사람들과 작별인사를 하면서 당신과도 헤어질 생각은 아니었지만 교실에서 당신을 보고 싶었는데 실망스럽구려. 만남을 연기해야겠소. 나를 기다려주시오. 항해를 떠나기 전에 짬을 내서 당신을 만나 길게 이야기를 나눠야 하니 준비하고 있으시오. 나는 일분일초가 급한데다 지금은 한 가지 일에만 마음을 쓰고 있소. 게다가 어느 누구와도 공유할 수 없고 심지어는 당신에게도 털어놓을 수 없는 사적인 볼일이 있다오.

폴

준비하고 있으라고? 그럼 오늘 저녁이란 소리겠구나. 그가 내일 떠난다고 하지 않았던가? 그랬다. 그가 타는 배의 출발 일자 공고를 봤기 때문에 그 점은 확신할 수 있었다. 오! 나야 기꺼이 준비하겠지만, 고대하던 만남이 정말로 이루어질까? 시간이 너무 촉박했을 뿐더러 일을 꾸민 자들이 눈을 부릅뜨고 삼엄한 경계를 펼치고 있었다. 그가 와야 할 길은 협곡처럼 좁고 수렁처럼 깊어 보였다. 무저갱의 사자 아볼루온이 건너편에 떡 버티고 서서 불을 뿜고 있었다. 나의 '그레이트하트' 가 넘어올 수 있을까? 나의 '인도자' 가 나에게 올 수 있을까?(아볼루온, 그레이트하트, 인도자는 〈천로역정〉의 등장 인물—옮긴이)

그걸 누가 알겠는가? 그래도 어느 정도 용기가 나고 마음이 놓이기 시작했다. 아직도 그의 심장이 내 심장의 박동에 맞추어 뛰고 있다는 게 느껴졌다.

나는 영웅을 기다렸다. 아볼루온이 다가왔고 '지옥' 도 뒤따라왔다. 만약 '영원' 한 세상에 고통이 있다면 그 형식은 불타는 고문대가 아니고 그 내용도 절망이 아닐 것이라고 생각한다. 해가 뜨지 않고 저물지도 않던 그즈음의 어느 날 천사가 지옥에 들어왔다. 천사는 가만히 서서 환한 미소를 띠고 조건부 사면을 예언했고, 지금은 아니지만 예기치 않은 날과 시각에 행복이 다가온다는 미심쩍은 희망을 심어주었다. 천사는 자신의 영광과 장엄함을 통해 그 약속의 높이와 넓이를 보여주고 나서 높이 솟아 별이 되어 천국으로 사라졌다. 천사가 가자 조마조마한 마음만 남았다. 그건 절망보다 더 괴로운 선물이었다.

그날 저녁 내내 나는 비둘기가 가져온 올리브나무 잎을 믿으면서도 마음 한가운데에 끔찍한 두려움을 안고 기다렸다. 공포가 나를 무겁게 짓눌렀다. 이렇게 서늘하고 이상한 기운을 느낄 때마다 나의 예감은 거의 맞아떨어졌다. 처음 몇 시간은 느릿느릿 지나가서 길게 느껴졌다. 마음속으로 나는 마지막 시간의 펄럭이는 옷자락을 꼭 붙들었다. 시간은 구름처럼 잘도 흘러갔다. 폭풍이 몰아치기 전에 휙휙 내달리는 조각구름처럼.

시간은 지나가버렸다. 덥고 기나긴 여름날이 크리스마스 전날 때는 장작처럼 다 타버렸다. 장작 끝부분에 남은 붉은색도 사라졌다. 나는 서늘하고 푸른 그림자 사이에 남아서 창백한 잿빛이 도는 밤의 미광 위로 몸을 숙였다.

기도가 끝나고 잠자리에 들 시간이었다. 기숙사 식구들은 모두 자러 갔다. 나는 여태껏 잊어버리거나 무시한 적이 없었던 규칙들을 잊어버리고, 아니 무시하고 캄캄한 1반 교실에 계속 머물렀다.

교실 안에서 얼마나 오랫동안 걸어 다녔는지는 잘 모르겠다. 분명히 몇 시간 동안 서 있었고, 기계적으로 의자와 책상 사이를 오락가락했고, 책상을 일렬로 배열해 길을 만들기도 했다. 그렇게 하염없이 걷던 나는 식구들이 모두 잠자리에 들어서 아무도 듣지 못하리라는 게 확실해졌을 때 마침내 울음을 터뜨렸다. '밤' 에게 의지했고 '고독' 에게 비밀을 털어놓았다. 더 이상 눈물을 참지 않았고 흐느낌에 사슬을 채우지 않았다. 가슴을 들썩이며 울었다. 하지만 그 집 안에 방해받지 않는 슬픔이란 게 있겠는가?

11시면 포세트가에서는 아주 늦은 시각이었다. 그런데 11시가 조금 지났을 때 문이 열렸다. 조용히 열리긴 했지만 숨길 생각은 없는 듯했다. 달빛 사이로 램프 불빛이 파고들더니 베크 부인이 들어왔다. 마치 일상적인 시기에 일상적인 일로 들어온 것처럼 침착한 태도였다. 그녀는 곧바로 나에게 말을 걸지 않고 자기 책상으로 가서 열쇠를 꺼내 뭔가를 찾는 시늉을 했다. 그녀는 지나치게 오랫동안 물건 찾는 시늉을 했고 지나치리만큼 차분했다. 나는 그런 가식적인 태도를 참을 수가 없었다. 화가 단단히 나 있었고 관습적인 존경심과 두려움도 두 시간 전에 날아가버렸다. 보통 때였다면 손짓 한 번에 움직이고 말 한 마디에 복종했겠지만 그 순간에는 어떤 멍에도 지기 싫었고 어떤 고삐에도 묶이기 싫었다.

베크 부인이 입을 열었다.

"잠자리에 들 시간이 지났어요. 기숙사 규칙에 정해진 시간을 너무 많이 벗어났군요."

나는 대답하지 않고 계속 걸었다. 그러고는 내 앞을 가로막으려는 베크 부인을 밀어냈다.

베크 부인은 상냥하게 말하려고 애를 썼다.

"내 말을 듣고 제발 진정하세요. 침실로 데려다줄게요."

"싫어요! 아무도 저를 설득하거나 저에게 명령할 수 없어요."

"침대를 따뜻하게 해놓을게요. 그리고 요리사 고통이 아직 깨 있으니까 선생님 마음이 편해지도록 진정제를 주라고 할게요."

나는 말을 쏟아냈다.

"부인. 당신은 쾌락주의자예요. 무척 침착하고 평온하고 단정하시긴 해도 부인이 쾌락을 추구하는 분이라는 건 자명하죠. 부인의 침대나 따뜻하고 부드럽게 하세요. 진정제와 고기를 드시고, 향료와 설탕을 탄 달콤한 음료를 실컷 마시세요. 부인께서 어떤 일로 슬퍼하거나 실망하실 때(그게 지금일 수도 있죠. 아니, 지금 그러실 테죠)는 부인이 원하는 방식대로 마음을 달래셔야죠. 하지만 저는 그냥 내버려두세요. 저를 건드리지 마시라고요!"

"다른 사람을 보내서 당신을 돌봐주라고 해야겠군요. 고통을 보낼게요."

"그러지 마세요. 혼자 있게 해주세요. 저에게서, 제 인생에서, 그리고 저의 고민거리에서 손을 떼세요. 오, 베크 부인! 부인의 손은 차갑고 독기가 있어요. 그 손으로 독을 발라서 사람을 마비시킨다고요."

"내가 뭘 어쨌다고 그래요? 당신은 폴과 결혼해선 안 돼요. 그는 결혼할 수 없는 몸이에요."

"부인은 여물통 속의 개 같아요!"(자기가 먹지 못하는 여물을 소들도 먹지 못하도록 난동을 부리는 이솝우화 속의 개 이야기—옮긴이)

이렇게 말한 이유는 그녀가 은근히 폴 선생과 결혼하고 싶어 했고 언제나 그를 탐냈다는 사실을 알았기 때문이다. 그녀는 폴 선생을 '참아줄 수 없는' 사람이라고 불렀고 '광신도'라고 놀려댔다. 그를 사랑하지는 않았지만 결혼을 하고 싶어서 자기 이해관계에 그를 묶어놓았던 건지도 모른다. 베크 부인이 깊숙이 숨겨둔 비밀 몇 가지를 내가 알아냈던 것이다. 어떻게 알게 됐는지는 모를 일이다. 어떤 직관 또는 영감이 작용했는데 그게 어디서 왔는지는 모르겠다. 베크 부인과 함께 생활하는 동안 서서히 알아차린 사실이 하나 더 있었다. 베크 부인은 자기보다 열등한 사람을 제외하고는 무조건 경쟁자로 여긴다는 사실이었다. 그녀는 전력을 기울여 나와 경쟁하고 있었다. 하지만 겉으로는 더없이 사근사근하게 행동하면서 은밀하게 경쟁했기 때문에 그녀와 나 자신을 빼고는 아무도 눈치채지 못했다.

나는 2분가량 베크 부인을 내려다보며 서 있었다. 그녀를 완전히 제압할 수 있을 것 같았다. 그때 나의 기분과 예리해진 감각 덕택에 그녀가 항상 덮어쓰고 다니는 가면이 구멍 숭숭 뚫린 그물로밖에 보이지 않았기 때문이다. 그물 밑에 숨겨진 냉혹하고 자기도취적이고 야비한 인격이 훤히 들여다보였다. 그녀는 조용히 물러났다. 그리고 아주 불편해 하면서도 자제력을 잃지 않고 온화하게 말했다.

"누워서 쉬라는 설득이 통하지 않는다면 할 수 없이 그냥 가야겠군요."

그녀는 말을 마치자마자 가 버렸다. 어쩌면 그녀가 사라지는 걸 보고 내가 기뻐했던 것 이상으로 그녀도 기쁜 마음으로 갔을지 모른다.

나와 베크 부인의 만남 가운데 환한 빛 아래 진실을 드러낸 만남은 이때가 유일했다. 그날 밤과 같은 짧은 만남은 다시는 반복되지 않았다. 베크 부인은 이전과 전혀 다르지 않은 태도로 나를 대했다. 그녀가 그 일로 앙심을 품었는지 아닌지는 잘 모르겠다. 내가 잔인하리만치 솔직하게 굴어서 그녀가 나를 더 미워했는지도 잘 모르겠다. 아마 그녀는 강인한 정신의 비밀스런 철학으로 자신을 보호했고 기억하기 싫은 불쾌한 일은 다 잊어버리기로 마음먹었을 것이다. 우리 둘 다 생이 끝나는 날까지 이 격렬한 입씨름을 반복하지도 입에 올리지도 않았다.

그날 밤이 다 지나갔다. 무릇 모든 밤은 영원하지 않다. '여호와의 날이 가까워'(요엘 3 : 15—옮긴이) 별빛조차 없는 밤이라 해도 언젠가는 지나간다. 나는 식구들이 모두 일어나는 시각인 6시쯤 뜰에 나가 차갑고 깨끗한 샘물로 세수를 했다. 홀을 통과해서 들어오다가 자작나무 벽장의 거울에 비친 내 얼굴을 보았다. 거울 속의 내 모습은 변해 있었다. 뺨과 입술이 하얗게 질리고 눈은 흐리멍덩했으며 눈두덩은 보라색으로 부어 있었다.

학생들과 동료 교사들에게 합류하니 그들 모두 나를 물끄러미 바라보았다. 다들 내 마음을 알아차린 것 같았다. 티가 많이 났던 모양이었다. 가장 어린 학생조차도 내가 어떤 이유로, 누구 때문에 절망하고 있는지 안다고 생각하니 비참한 심정이었다.

언젠가 아팠을 때 내가 간호해 준 적이 있는 이자벨이라는 아이가 다가왔다. 이 아이마저 나를 비웃으려 하다니!

"아주 창백해 보이세요! 많이 아프신 것 같네요, 선생님!"

이자벨은 입에 손가락을 갖다 대고 안타까운 얼굴로 나를 바라보았다. 그 순간 내게는 그 아이의 무지가 최고의 지혜보다도 아름답게 보였다.

무지라는 장점을 지닌 사람은 이자벨만이 아니라는 사실이 곧 밝혀졌다. 그날이 가기도 전에 나는 눈이 어두운 이 집 사람들 모두에게 감사하는 마음을 가지게 됐다. 사람들에게는 남의 마음을 읽어내고 어두운 표정을 해석하는 것 말고도 할 일이 많았다. 비밀을 지키고 싶은 사람은 털어놓지 않아도 좋으니, 자기 비밀을 스스로 지배할지어다. 내가 지금 슬퍼하는 이유를 사람들이 짐작조차 못했을 뿐 아니라 지난 6개월간의 정신적 삶이 여전히 나만의 것이라는 증거가 그날 하루 동안 겹겹이 쌓였다.

내가 세상의 모든 사람 중에 단 한 사람을 특별히 소중히 여긴다는 사실은 알려지지도 드러나지도 않았다. 소문은 나를 비껴갔고 호기심은 나를 보지 못하고 지나쳤다. 소문과 호기심의 미묘한 힘은 언제나 주위를 맴돌면서도 결코 나에게 집중되지 않았다. 하긴 어떤 생명체는 열병 환자가 득시글대는 병원에 살면서도 열병을 피해가지 않던가.

지난 몇 달간 폴 에마뉘엘 선생이 수없이 오고 가면서 나를 가르치고 나를 찾았다. 그는 시도 때도 없이 나를 불렀고 나는 기꺼이 그에게 갔다. "폴 선생님이 루시 양을 데려오래요"라든가 "루시 양은 폴 선생님과 함께 있어요"라는 말들이 공개 석상에서 끊임없이 나왔지만 아무도 논평을 하지 않았고 비난은 더더욱 하지 않았다. 빗대어 말하거나 농담을 하는 사람도 없었다. 그 수수께끼를 푼 사람은 베크 부인밖에 없었고 다른 사람은 아무것도 몰랐다. 지금 내가 괴로워하는 건 병 때문이라고, 말하자면 두통이 심해서라고 알려져 있었다. 나는 그 병명을 부인하지 않았다.

하지만 육체의 어떤 병인들 이런 고통과 같을 수 있겠는가? 그가 작별인사도 않고 가버렸다는 확신. 운명과 그 뒤를 따라다니는 분노와 한 여자의 질투와 어느 신부의 편협함 때문에 다시는 그를 보지 못하게 되리라는 확신은 잔인한 고통이었다. 둘째 날 저녁도 첫날과 똑같이 흘러가겠지? 흥분이 가라앉지 않은 괴로운 마음으로 다시 한 번 침묵에 잠겨 쓸쓸한 교실을 거닐면서 보내겠지?

그날 밤 베크 부인은 잠자리에 들라고 채근하기 위해 직접 오지 않았다. 내 근처에 얼씬도 않으면서 지네브라 판쇼를 대신 보냈다. 사실 나를 침대로 보내기 위해 지네브라보다 나은 심부름꾼을 고용할 수는 없었을 것이다.

"오늘 밤에도 두통이 지독해?"(다른 사람들과 마찬가지로 지네브라도 내가 두통을 앓고 있으며, 지독한 두통 때문에 얼굴이 무섭도록 창백하고 미친 사람처럼 계속 걷기만 한다고 생각했다.)

지네브라의 첫 마디를 듣자마자 나는 그녀의 목소리가 들리지 않는 곳이라면 어디로든 달아나고 싶어졌다. 그리고 다음 순간 일어난 일 때문에 당장 교실을 박차고 나왔다. 지네브라가 자기도 머리가 아프다며 불평을 늘어놓기 시작했던 것이다.

나는 위층으로 갔다. 잠시 후 비참한 심정으로 침대에 누워 있는데 재빠른 전갈이 나를 덮쳤다. 누운 지 5분도 되지 않아서 또 심부름꾼이 찾아왔던 것이다. 이번에는 고통이 음료를 가지고 왔다. 마침 목이 탔던 나는 그걸 꿀꺽꿀꺽 마셨다. 음료는 달콤하면서도 약 같은 맛이 났다.

빈 잔을 챙기며 고통이 말했다.

"베크 부인께서 이걸 마시면 잠을 푹 잘 거라고 말씀하셨어요."

아하! 나에게 진정제를 처방했구나. 그들이 내게 먹인 약은 강한 아편이었다. 이제 하룻밤은 푹 자야 할 판이었다.

식구들이 모두 잠자리에 들었다. 야간등이 켜졌고 기숙사가 조용해졌다. 곧 잠이 그곳을 지배했다. 잠은 사람들의 베개 위에서 순조롭게 권좌에 올랐다. 가슴도 머리도 아프지 않은 사람들에게는 기꺼이 군주 노릇을 했지만 마음이 어지러운 사람들은 그냥 지나쳤다.

약은 효과가 있었다. 베크 부인이 약을 너무 많이 넣어서인지 아니면 너무 조금 넣어서인지는 모르겠으나 그녀의 의도와 다른 효과가 났다. 마비가 아닌 흥분이 찾아왔던 것이다. 새로운 생각이 막 떠올랐고 특이한 천연색 백일몽을 꾸었다. 모든 신체 기능에 소집명령이 떨어지면서 나팔이 울리고 때 아닌 트럼펫 소리가 났다. 상상력이 휴식에서 깨어나 무모하고 성급하게 튀어나왔다. 그녀는 동반자인 '육체'를 경멸하듯 내려다보았다.

"빈둥거리지 말고 일어나! 오늘 밤에는 너를 누르고 내 뜻대로 하겠어."

상상력은 다시 소리를 질렀다.

"앞으로 가서 밤 풍경을 봐!"

나는 근처 창의 무거운 블라인드를 올렸다. 그러자 상상력은 그녀 특유의 화려한 손짓으로 나에게 깊고 찬란한 하늘에 떠 있는 아름다운 달을 보여주었다.

모든 감각이 흥분해 있었는데 상상력까지 이렇게 나오니 기숙사의 희미한 어둠과 좁은 공간과 답답한 열기가 못 견디게 싫어졌다. 상상력은 좁은 기숙사를 떠나서 자기를 따라 이슬 맺힌 서늘하고 행복한 곳으로 나오라고 유혹했다.

그녀는 한밤중의 빌레트를 이상한 모습으로 나에게 보여주었다. 특히 조용하고 한적하고 안전한 오솔길들이 있는 여름철의 공원을 보여주었다. 오솔길들 사이에는 돌로 만든 커다란 수반이 놓여 있었다. 나는 그 옆에 종종 서 있곤 했기 때문에 그 수반을 알고 있었다. 나무 그늘 안에 깊숙이 위치한 수반에는 차갑고 깨끗한 물이 찰랑거리고 초록빛 나뭇잎이 수북이 깔려 있었다. 이게 다 뭐지? 공원 출입문은 잠겨 있었고 보초가 지키고 있었다. 다시 말해서 들어갈 수 없는 곳이었다.

정말로 못 들어가나? 여기에 대해서는 다시 생각해 볼 여지가 있었다. 나는 그 점을 곰곰이 생각하면서 나도 모르게 옷을 갈아입었다. 머리끝부터 발끝까지 다 흥분해 있어서 도저히 잠을 자거나 가만히 누워 있을 수가 없는데 옷을 갈아입지 않으면 뭘 하겠는가?

공원 문들은 모두 잠겼고 문 앞에는 군인들이 서 있었다. 그렇다면 공원에 들어가는 건 불가능한 일인가?

요전 날 공원을 지나다가 울타리의 말뚝 하나가 부러져 구멍이 나 있는 걸 보았다. 당시에는 주의 깊게 보지 않았는데 그 순간 그 구멍이 다시 생각나면서 아주 선명하게 눈앞에 떠올랐다. 질서 있게 한 줄로 심어놓은 참피나무 사이의 좁고 불규칙한 구멍 하나. 남자나 뚱뚱한 여자는 들어가지 못하겠지만 나라면 들어갈 수 있을 듯했다. 나는 한번 시도해 보고 싶다는 공상에 빠졌다. 들어가기만 하면 이 시간의 공원이 전부 내 것이 된다. 달빛이 비치는 한밤중의 공원!

기숙사는 얼마나 깊이 잠들어 있었던가! 완전히 곯아떨어져 숨소리마저도 얼마나 조용했던가! 건물 전체가 고요하기 이를 데 없었다! 몇 시나 됐지? 나는 시간을 꼭 알고 싶었다. 바로 아래층 교실에 시계가 있었지. 시계를 보러 내려가지 못할 이유가 뭐 있어? 이렇게 달빛이 밝은 밤이면 시계의 흰 몸체와 새까만 바늘이 똑똑히 보일 게 분명했다.

계단을 내려가는 데 방해가 되는 건 삐걱거리는 경첩이나 딸각거리는 빗장이 전부였다. 무더운 7월의 밤에 바람이 통하지 않으면 견딜 수 없었기 때문에 방문은 활짝 열려 있었다. 발을 디딜 때 기숙사 바닥의 널빤지가 삐걱거리지는 않을까? 괜찮아. 어느 널빤지가 느슨한지 아니까 피해가면 되지. 참나무 계단을 내려가는 동안 삐걱거리는 소리가 나긴 했지만 큰 소리는 아니었다. 나는 어느새 홀에 와 있었다.

커다란 교실 문은 닫혀 있고 빗장도 질러져 있었다. 반면 복도로 나가는 문은 열려 있었다. 그때 내가 본 교실은 통로 저 너머에 있는 거대하고 황량한 지하 감옥 같았다. 그 감옥 안에는 지푸라기와 수갑 사이로 공허하고 괴롭고 비참한 '추억'이 가득했다. 하지만 복도 쪽으로는 기분 좋은 경관이 보였다. 복도를 지나면 위풍당당한 현관을 통해 큰길로 바로 나갈 수 있었다.

쉿! 시계가 울리는구나. 수도원 같은 학교는 으스스하게 깊은 정적에 잠겨 있지만 아직 11시밖에 안 됐네. 마지막 시계 소리의 잦아드는 울림에 귀를 기울이고 있는데 시내에서 종소리 같기도 하고 악대의 연주 같기도 한 소리가 희미하게 들려왔다. 달콤한 가락과 승리의 기운과 애도가 섞인 듯한 소리였다. 오, 이 음악에 더 가까이 갈 수 있다면! 나뭇잎이 깔린 수반 앞에서 혼자 들을 수 있다면! 가자. 그래, 가자! 무엇이 나의 앞길을 가로막는가? 무엇이 나의 자유를 방해하는가?

복도에는 내가 정원에 나갈 때 쓰는 큰 모자와 숄이 걸려 있었다. 커다랗고 육중한 현관문에는 자물쇠가 없었으므로 열쇠를 찾을 필요가 없었다. 현관문은 밖에서는 열리지 않지만 안에서는 소리 없이 풀 수 있는 일종의 용수철 빗장으로 잠겨 있었다. 나도 저걸 열 수 있을까? 빗장은 내 손이 닿자마자 너무나 쉽게 풀렸다. 현관문이 저절로 열린 거나 다름없었다. 문지방을 넘어 포장된 거리로 나아가면서도 이 감옥이 이렇게 쉽게 열린다는 게 이상하다고 생각했다. 보이지 않는 안내자가 미리 길을 닦아놓은 걸까? 어떤 '해체하는 힘' 이 나보다 먼저 지나간 걸까? 내가 거의 힘을 들이지 않고도 나올 수 있었으니 말이다.

조용한 포세트가! 나의 백일몽에 등장했던 밤, 방랑자를 유혹하는 여름밤이 이곳에 있었다. 아까 본 달이 머리 위에 있었고 공기 속의 이슬도 느껴졌다. 하지만 여기에 머물러 있을 수는 없어. 아직도 낡은 기숙사 건물에 너무 가까이 있잖아. 지하 감옥이 너무나 가까워서 죄수들의 신음 소리가 다 들려. 나는 이런 경건한 평화를 얻고 싶은 게 아냐. 이런 건 견딜 수 없어. 저 하늘마저도 세상이 몰락하는 모습을 나에게 보여주는구나. 공원도 곧 조용해지겠지. 단말마의 고요가 사방에 퍼져 있잖아. 그래도 공원으로 가보자.

나는 잘 아는 길을 택했다. 오르막길을 지나 궁전이 있고 왕족들이 사는 구역인 오뜨빌(Haute-Ville)에 들어섰다. 아까 들었던 음악 소리가 흘러나온 곳이 바로 오뜨빌이었다. 이제 잠잠해져 있었지만 좀 있으면 다시 들릴지도 몰랐다. 나는 계속 발걸음을 옮겼다.

나를 맞이하는 악대의 연주나 종소리는 들리지 않았고 다른 소리가 들리기 시작했다. 거센 파도, 거대한 물결 같은 소리가 점점 깊이 울렸다. 불빛이 번쩍 하더니 사람들이 모여들고 아름다운 화음이 울려 퍼졌다. 내가 어디로 가고 있는 걸까? 광장에 발을 들여놓는 순간 나는 갑자기 마술에 걸린 것처럼 명랑하고 생기 있고 즐거운 군중 속으로 빨려 들어갔다.

빌레트는 하나의 불꽃, 하나의 커다란 빛이었다. 세상이 전부 눈앞에 펼쳐진 것만 같았다. 달빛과 하늘은 추방당했고, 도시는 횃불만 켜놓고도 자기 스스로 찬란한 모습을 뽐냈다. 화려한 의상, 으리으리한 마차, 훌륭한 말과 씩씩한 마부들이 환한 거리를 가득 메우고 있었다. 가면을 쓴 사람도 많았다. 이상한 장면이었다. 꿈보다도 더 이상했다. 그런데 공원은 어디지? 나는 공원 근처로 가야 하는데. 도시가 이렇게 휘황찬란해도 공원은 어둡고 조용할 거야. 적어도 횃불이나 램프나 군중은 없을 거 아냐?

이런 질문을 던져보고 있는데 내가 아는 사람들을 가득 태운 무개 마차가 지나갔다. 빽빽이 늘어선 군중 사이를 통과하느라 마차는 천천히 달릴 수밖에 없었고 기운 좋은 말들은 혈기를 억제하느라 짜증을 냈다. 나는 그 마차에 탄 사람들이 잘 보였지만 그들은 나를 보지 못했거나 알아보지 못했다. 내가 큰 숄을 빈틈없이 두르고 밀짚모자로 얼굴을 가리고 있었기 때문이다(알록달록한 옷차림을 한 군중 속에서는 어떤 옷도 이상해 보이지 않았다).

나는 바송피에르 백작을 보았다. 옷을 잘 차려입은 대모님의 곱고 명랑한 자태도 보았다. 그리고 아름다움과 젊음과 행복이라는 세 겹의 후광을 두른 폴리나 메리를 보았다. 기쁨이 가득한 얼굴과 축제 분위기로 빛나는 눈을 쳐다보느라 그녀가 입은 우아한 나들이옷을 눈여겨보지는 못했다. 다만 그녀 주위를 떠다니던 천이 순백색이고 가벼워 보여서 신부 옷 같았다는 게 기억난다. 그녀 맞은 편에는 존 선생이 앉아 있었다. 그를 바라보는 그녀의 모습은 빛났고, 그의 눈에서 나온 빛이 그녀의 눈 속에서 다시 반짝였다.

나는 모습을 드러내지 않은 채 그들이 탄 마차를 따라가면서 묘한 즐거움을 느꼈다. 아마도 그들을 따라 공원까지 갔던 것 같다. 예기치 못한 화려한 풍경 속에서 그들이 마차에서 내렸다. (마차는 공원에 들어갈 수가 없었다) 세상에나! 돌기둥 사이의 철문 위로 수많은 별이 반짝이는 환한 아치가 만들어져 있었다. 나는 폴리나 일행을 따라 조심스럽게 아치를 통과했다. 그들은 왜 이곳에 왔을까? 나는 어디에 있는 걸까?

그곳은 요술나라였다. 아름다운 정원, 색색의 혜성이 흩뿌려진 들판, 자주색과 루비색과 황금색 불빛으로 나뭇잎을 장식한 숲. 나무와 그늘밖에 없던 그곳에 제단과 신전, 피라미드와 오벨리스크와 스핑크스 등의 진기한 건축물이 가득했다. 믿기지 않겠지만 공원 전체가 이집트를 상징하는 경이로운 건축물로 넘쳐났다.

나는 5분 만에 비밀을 알아냈다. 신비의 열쇠를 주워들어 환상의 베일을 벗기자 그토록 멋진 건물들이 목재와 페인트와 두꺼운 판지로 만든 가짜라는 걸 금방 알아차릴 수 있었다. 하지만 그건 문제가 되지 않았다. 어차피 알게 될 사실을 알았다고 해서 그 풍경이 매력을 잃는다거나 그날 밤의 기적이 시시해지지는 않았다. 그렇게 화려한 축제가 벌어진 이유를 내가 알게 됐어도 문제될 건 없었다. 그 축제는 그날 새벽에 시작되어 자정에 가까운 그 시각까지 한창 진행되는 중이었다. 수도원 같은 포세트가에서는 즐긴 적이 없는 축제였다.

빌레트의 역사에 기록된 바에 의하면 옛날 라바세쿠르에 커다란 위기가 닥쳤다고 한다. 잘은 모르지만 용감한 시민들의 권리와 자유를 크게 위태롭게 하는 일이었다고 한다. 실제로 전쟁이 일어나지는 않았지만 곧 전쟁이 발발한다는 소문이 돌았고, 거리에서는 전투에 가까운 소동이 벌어졌다. 사람들이 사방으로 뛰어다녔고 방벽이 세워졌으며 시민 봉기가 일어났다. 군대가 소집되고 벽돌이 날아다니고 약간의 총격전까지 벌어졌다. 전설에 따르면 애국자 진영이 패배했다고 하며, 구시가지인 바스빌의 외딴 곳에 순교자들의 신성한 유골을 경건하게 매장하고 담장을 둘렀다고 한다. 이러한 전설에 의거해 아직도 빌레트에서는 매년 특정 날짜에 진위가 불확실한 전설 속의 애국자와 순교자들을 기리는 축제가 열린다. 아침에는 성 요한 성당에서 경건한 송가가 울려 퍼졌고, 저녁에는 그때 내 눈앞에 있었던 것과 같은 온갖 장관이 펼쳐지고 화려한 장식과 조명이 번쩍였다.

나는 어느 기둥 위의 백색 따오기(옛 이집트의 영조—옮긴이) 조각상을 올려다보고 있었다. 그리고 맨 끝에 스핑크스가 웅크리고 있는 횃불이 밝혀진 길을 바라보며 거리를 가늠해 보고 있었다. 그러다 광장 한가운데서부터 따라다녔던 폴리나 일행을 놓치고 말았다. 아니, 사실은 그들이 한 무리의 유령처럼 사라졌다.

모든 풍경이 꿈같은 느낌으로 다가왔다. 모든 형상이 흔들렸고 모든 움직임이 둥둥 떠다니는 걸로 보였으며 모든 목소리가 아롱거리며 어렴풋이 들려서 메아리 같았다. 폴리나 일행이 사라진 이상 내가 진짜로 그들을 봤다고 단언하기도 어려워졌다. 그들이 혼잡한 가운데 길잡이 역할을 해준 건 아니었고 밤중에 보호자 역할을 해준 건 더더욱 아니었으므로 그들을 놓쳤다고 해서 서운하거나 아쉽지는 않았다.

그날 밤의 축제는 어린아이에게도 전혀 위험할 게 없었다. 빌레트 외곽 지대의 농부들이 절반은 와 있었고, 점잖은 시민들도 모두 나들이옷을 입고 나왔다. 테 없는 모자와 재킷, 짧은 치마, 긴 옥양목 망토 사이에서 내 밀짚모자에 누가 눈길이나 주겠는가. 혹시나 보는 사람이 있을까봐 집시풍의 넓은 모자챙을 아래로 잡아당겨 여분의 리본으로 묶었더니 가면을 쓴 것처럼 마음이 편해졌다.

나는 오솔길들을 무사히 통과해 군중이 밀집한 곳에 섞여 들어갔다. 가만히 있을 수가 없었고 조용히 관찰하기만 할 수도 없었다. 나는 축제의 풍경을 마음껏 즐기며 부드러운 밤공기를 들이마셨다. 점점 커지던 소리와 신비로운 빛은 번쩍이다 사라지기를 반복했다. '행복' 이나 '희망' 과 이미 악수를 나눈 나는 '절망' 을 비웃어주었다.

투명하고 깊은 물과 초록색 잎사귀가 깔린 돌 수반을 찾겠다는 막연한 목표를 가지고 걸었다. 열이 나고 목이 타들어가서 시원한 물과 푸르른 빛깔이 절로 생각났다. 그렇게 번쩍이고 분주하고 사람이 많고 시끄러운 가운데서도 나는 그 둥근 수정 거울에 다가가 표면에 반사된 진줏빛 달을 놀래주고 싶다는 은근한 소망을 품고 있었다.

수반이 있는 곳으로 가는 길은 알고 있었다. 그런데 거기까지 곧장 가기는 굉장히 힘들었다. 한 번은 풍경이, 한 번은 소리가 나를 옆으로 불러내 이 길로 가라든가 저 길로 가라고 유혹했다. 가볍게 흔들리고 물결치는 거울의 테두리를 이루는 무성한 나무들이 어느덧 눈에 들어왔다. 그때 오른쪽 빈터에서 합창이 울려 퍼졌다. 하늘이 열리는 날에 아마 그런 소리가 날 것이다. 예수가 탄생했다는 '큰 기쁨의 좋은 소식' (누가복음 2 : 10 참조—옮긴이)이 전해진 날 밤 베들레헴의 들판에서 울려 퍼진 소리가 그와 같았을 것이다.

그 노래, 그 달콤한 음악은 멀리서 솟아났으나 튼튼한 날개를 타고 빠르게 날아왔다. 폭풍 같은 화음이 그늘을 어찌나 세차게 휩쓸고 지나갔는지, 몸을 기댈 나무가 옆에 없었으면 나는 그 자리에 쓰러졌을 것이다. 수많은 사람들의 목소리가 들렸고 악기 소리도 다양해서 일일이 헤아릴 수 없었다. 내가 가려낼 수 있는 건 나팔과 호른과 트럼펫 소리가 전부였다. 마치 파도를 잔뜩 싣고 몰려온 바다가 부서져서 노래를 만드는 것처럼 들렸다.

춤추는 파도는 이쪽으로 밀려왔다 저쪽으로 밀려갔다 했고, 나는 파도가 물러난 곳을 따라다녔다. 그렇게 가다보니 공원 한가운데에 있는 비잔틴 양식의 매점 건물을 향하게 됐다. 그곳에는 수많은 사람들이 운집해 있었다. 야외에서 대규모 음악회가 열리고 있었던 것이다. 내가 들은 곡은 '사냥꾼의 합창' 이었는데, 밤과 장소와 풍경과 나의 기분이 어우러져 합창 소리가 더욱 크고 강렬하게 들렸을 성싶다.

이곳에 모인 숙녀들도 찬란한 불빛 아래 있으니 더없이 아름다워 보였다. 몇몇은 얇고 투명한 드레스 차림이었고 몇몇은 새틴 광택이 나는 옷을 입었다. 꽃과 레이스가 나풀거렸고 장식 달린 모자 주위로 베일이 펄럭였으며 합창이 우렁찬 소리로 대기를 가르며 손님을 맞이했다. 숙녀들은 대부분 작고 가벼운 공원 의자를 차지했고 그들의 옆이나 뒤에 보호자 격인 신사들이 서 있었다. 바깥쪽 열에 앉은 사람들은 일반 시민과 경찰이었다.

나는 그 바깥 열에 자리를 잡았다. 아무도 나를 몰라보고 말도 걸지 않는 곳에 조용히 있고 싶었다. 그래서 짧은 치마를 입고 나막신을 신은 사람들 옆에 앉았고, 비단옷과 벨벳 망토와 깃 달린 모자로 치장한 사람들을 멀리서 바라보았다. 이렇게 활기차고 명랑한 곳에서는 혼자 있는 게 나에게 어울렸다. (물론 완전히 혼자는 아니었지만) 꽉꽉 들어찬 사람들을 헤치고 앞으로 나아갈 마음도 없었고 그럴 능력도 없었으므로 무대에서 멀찌감치 떨어진 곳에 자리를 잡았다.

소리가 들리긴 했지만 거의 아무것도 보이지 않는 자리였다.

"아가씨, 자리를 잘못 잡으셨군요."

바로 옆에서 누군가의 목소리가 들렸다. 사람들과 어울릴 기분이 추호도 없는 나에게 대체 누가 말을 걸었을까? 나는 대답하기 위해서가 아니라 그 사람을 쫓아버리기 위해서 고개를 돌렸다. 중산층으로 보이는 남자가 눈에 들어왔다. 일순간 낯선 사람인 줄 알았으나 금세 누군지 알아보았다. 포세트가에 책과 문구를 공급하는 서점 주인 미레 씨였다. 우리 기숙사에서 그는 걸핏하면 화를 내고 주요 고객인 우리에게조차 무뚝뚝하게 대하기로 유명했다. 하지만 혼자였던 나는 언제나 그에게 호감을 가지고 있었다. 내가 보기에 그는 예의 바르고 때로는 친절하기도 했다.

한 번은 얼마 되지 않는 외국 돈을 교환하려고 애를 먹던 나를 위해 심부름을 해주었다. 그는 지식이 풍부했고 무뚝뚝하다 싶으면서도 선한 사람이었다. 어떤 면에서는 폴 에마뉘엘 선생과 닮았다는 생각도 가끔 들었다. (서점 주인은 폴 선생과 잘 아는 사이였다. 폴 선생이 미레 씨의 서점 계산대에 앉아 그 달의 간행물을 뒤적이는 모습을 자주 보았다) 내가 본능적으로 서점 주인을 좋게 보았던 이유도 그가 폴 선생과 비슷했기 때문이 아니었을까.

이상한 일이지만 서점 주인은 밀짚모자를 눌러쓰고 숄을 꼭 여미고 있는 나를 알아보았다. 그리고 내가 그러지 말라고 했는데도 굳이 군중 사이를 헤쳐 길을 내며 나에게 더 나은 자리를 찾아주었다. 그의 사심 없는 친절은 여기에 그치지 않았다. 나를 위해 어디에선가 의자까지 가져다주었다. 성격이 삐딱하다고 해서 나쁜 사람이라고 하거나 신분이 낮다고 해서 감정이 메마른 사람도 아니라는 사실을 다시금 확인하는 순간이었다. 서점 주인은 정중하게 행동하면서도 내가 이곳에 혼자 있는 걸 의아하게 여기는 기색이 없었다. 그저 내가 혼자 있으니까 가능한 한 조용히 시중을 들어주려 했을 뿐이다. 그는 적당한 곳에 앉을 자리를 마련해 주고 나서 아무것도 묻지 않고 간섭하지도 않고 불필요한 말을 덧붙이지도 않고 물러났다. 폴 선생이 미레 씨의 휴게실에서 담배를 피우고 그의 서점에서 문예란을 읽는 데는 다 이유가 있었다. 두 사람은 서로 잘 맞을 것 같았다.

앉은 지 채 5분도 되지 않아서 나는 착한 평민 친구가 데려다준 자리가 우연찮게도 친숙한 동포들이 잘 보이는 자리라는 사실을 알게 됐다. 바로 옆에 브레튼 가와 바송피에르 가 사람들이 있었던 것이다. 손만 뻗치면 닿을 곳에 요정의 여왕처럼 고운 사람이 앉아 있었다. 그녀의 티 하나 없는 흰색과 녹색 의상은 백합의 꽃과 잎사귀를 연상시켰다. 대모님도 아주 가까운 자리에 앉아 있었는데 내가 몸을 앞으로 숙이면 대모님의 모자 리본이 내 숨결에 살랑거릴 듯했다. 그들은 너무나 가까이 있었다. 방금 그다지 친하지 않은 사람에게 정체를 들킨 터라 친한 사람들과 이렇게 가까이 있다는 게 불안했다.

브레튼 부인이 갑자기 뭔가 생각난 듯 바송피에르 씨에게 몸을 돌리며 말을 건넸을 때 나는 소스라치게 놀랐다.

"얌전한 우리 루시가 왔으면 이런 광경을 보고 뭐라고 했을지 궁금하네요. 루시도 데려올 걸 그랬어요. 아주 즐거워했을 텐데."

그러자 친절한 신사가 대답했다.

"그래요. 루시 양도 즐거워했을 거요. 진지하고 현명한 태도로 즐겼겠지요. 같이 오자고 권하지 않아서 아쉽군요. 법석을 떨지 않고 조용히 기뻐하는 루시 양의 모습은 참 보기 좋단 말이오."

브레튼 부인과 바송피에르 씨는 내게 소중한 분들이었고, 그들의 후한 인정은 오늘날까지도 내 기억 속에 소중히 간직돼 있다.

그들은 루시가 괴로워하다가 열병에 걸릴 뻔 했으며 흥분과 약기운에 취해 미치기 직전의 상태로 혼자 무모하게 뛰쳐나왔다는 사실을 알지 못했다. 나는 두 어른의 어깨 위로 몸을 구부려 감사의 눈길로 그들의 호의에 답하고 싶은 충동을 약간 느꼈다. 바송피에르 씨는 나를 잘 몰랐지만 나는 그가 어떤 사람인지 잘 알고 있었고, 그의 소박하고 진실한 성격과 따뜻한 마음과 본인도 의식하지 못하는 열정을 존경해 마지않았다.

그 순간 존 선생이 뒤를 돌아보지 않았다면 내가 입을 열어 뭐라고 말했을지도 모르겠다. 존 선생의 당당하고 힘찬 몸짓은 성미 급하고 체구가 작은 폴 선생의 몸동작과 너무도 달랐다. 존 선생의 뒤쪽에는 수많은 사람이 줄지어 앉아 있었다. 그가 눈길을 주고 유심히 관찰할 수 있는 사람이 수천 명은 족히 됐다는 이야기다. 그런데 그는 왜 나에게 시선을 고정하고 있을까? 커다랗고 확고부동한 푸른 눈으로 나를 쏘아보는 이유가 뭐지? 나를 본다 해도 한 번 쳐다보는 걸로 충분하지 않은가? 돌아앉아 의자 등받이에 팔꿈치를 올려놓고 나를 찬찬히 바라보는 이유가 뭘까? 내 얼굴을 알아봤을 리가 없잖아. 나는 고개를 숙였다. 확실해. 그는 나를 알아보지 못할 거야. 나는 허리를 구부리고 고개를 돌렸다. 나를 알아보지 못하게 해야지.

그런데 이게 웬일인가? 존 선생이 자리에서 일어나 이쪽으로 다가오고 있었다. 불과 2분이면 내 비밀을 알아내 난폭하진 않지만 언제나처럼 강력한 손길로 내 정체를 폭로할 것만 같았다. 그를 피하거나 저지할 방법은 단 하나였다. 나는 간청하는 몸짓을 해가며 제발 혼자 있게 해달라는 의사를 표시했다. 내 몸짓을 보고도 계속 다가왔다면 그는 루시가 노발대발하는 진풍경을 보았을 것이다. 그가 멋지고 착하고 다정한 성품(루시는 그런 면들을 충분히 느꼈다)을 십분 발휘하더라도 루시는 더 이상 아무에게도 해를 끼치지 않는 유순한 그림자로 머물지 않았을 것이다.

존 선생은 나를 바라보다가 시선을 돌렸다. 잘생긴 머리를 흔들긴 했지만 말없이 다시 자리에 앉았다. 다시는 고개를 돌리거나 시선을 보내 나를 괴롭히지도 않았다. 딱 한 번 나를 몰래 쳐다보긴 했으나 호기심 어린 눈길이라기보다는 염려하는 눈길이었다. 그 눈길에는 '땅을 고요히 하는 남풍'(욥기 37 : 17 참조—옮긴이)처럼 내 마음을 진정시키는 무언가가 있었다. 그러고 보면 존 선생이 나에게 순전히 무관심하기만 했던 건 아니었다. 말하자면 그는 마음속의 멋진 집에 루시가 찾아오면 언제든 대접할 수 있도록 천창 달린 작은 방을 하나 남겨두고 있었다. 그 방은 그의 남자 친구들이 머무는 방만큼 근사하지는 않았고, 그가 자선사업을 하는 홀과도 달랐고, 그의 학식을 보관하는 서재와도 달랐다. 그가 성대한 결혼 피로연을 벌인 파빌리온과는 아예 닮은 데가 없었다.

하지만 오래도록 변함없이 친절하게 대해주는 그를 보면서 나는 그가 문 위에 '루시의 방'이라고 쓰인 작은 다락방을 마련해 놓고 있다는 사실을 차츰 알게 됐다. 나 역시 그를 위한 방을 하나 간직하고 있었다. 길이나 직경을 재본 적은 없다. 페리바누의 천막(천일야화에서 요정 페리바누가 아흐메드 왕자에게 준 마법의 천막—옮긴이)처럼 커졌다 작아졌다 하는 방이었으니까. 나는 일평생 그걸 접어서 손에 쥐고 다녔지만 그게 애초부터 주인이 기거할 만큼 커질 수 있는 천막이었는지는 잘 모르겠다.

오늘 밤 존 선생이 가만히 있어주긴 했지만 계속 지인들과 가까이 앉아 있을 수는 없었다. 이 위험한 장소와 자리를 포기해야만 했다. 나는 기회를 엿보다 몰래 일어나 빠져나왔다. 아마 존 선생은 숄을 둘러쓰고 밀짚모자 아래 숨은 사람이 루시라고 여겼거나 그렇게 믿었을 것이다. 하지만 내 얼굴을 제대로 보지 못했기 때문에 확신할 수는 없었을 것이다.

이만하면 요동치던 마음이 가라앉지 않았냐고? 모험은 충분히 하지 않았냐고? 흥미를 잃고 기세가 꺾여 안전한 집안에 들어가고 싶지 않았냐고? 그게 그렇지 않았다. 여전히 학교 기숙사의 내 침대가 이루 말할 수 없이 싫었다. 그 생각에서 벗어날 수만 있다면 뭐든 좋다는 심정이었다. 또한 그날 밤의 연극은 이제 시작일 뿐이며 아직 서막도 다 끝나지 않았다는 느낌이 들었다. 무성한 나무와 잔디로 이루어진 극장 구석구석에 신비의 그림자가 드리워져 있었고 뜻밖의 배우들과 사건들이 무대 뒤에서 기다리고 있는 것만 같았다.

사람들의 팔꿈치에 마구 밀리면서 되는 대로 나아가다 보니 나무들이 무리지어 심어져 있거나 한 그루씩 우뚝 솟아 있는 곳까지 왔다. 비교적 적은 수의 사람들이 띄엄띄엄 흩어져 있는 곳이었다. 이 한적한 장소는 음악이 울리는 곳에서 멀었고 램프 불빛과도 뚝 떨어져 있었지만 위안이 될 만한 소리는 충분히 들렸고 높이 뜬 보름달 덕택에 램프도 필요 없었다. 이곳에 자리 잡은 사람들은 대개 가족끼리 함께 온 평민들이었다. 시간이 늦었는데도 아이들에게 둘러싸여 있는 부모들도 보였다. 아이들을 데리고 군중 속으로 들어가는 건 현명한 일이 아니라고 생각한 모양이었다.

꼭 붙어 있는 높다랗고 멋진 나무 세 그루의 줄기가 서로 얽히다시피 해서 초록빛 언덕 위의 의자에 두꺼운 지붕과 그늘을 만들어주고 있었다. 그 의자는 원래 여러 명이 앉을 수 있는데도 한 사람이 독차지하고 있었고, 운 좋게 이 장소를 차지한 일행의 나머지 사람들은 무슨 의무라도 수행하듯 그 사람의 주위에 둥글게 서 있었다. 그런데 그 영예로운 원을 만든 사람들 가운데 어린 여자아이의 손을 잡고 있는 부인이 있었다.

내가 처음 본 순간 이 여자아이는 발꿈치를 땅에 대고 부인의 손에 매달려 빙빙 돌고 이리저리 몸을 돌리며 기묘한 장난을 치고 있었다. 그 고집스러운 동작은 섬뜩할 만큼 익숙한 것이어서 그쪽으로 시선을 돌릴 수밖에 없었다. 자세히 보니 여자아이가 입고 있는 옷도 동작만큼이나 눈에 익었다. 라일락 빛깔 비단 외투, 작은 백조깃털 목도리, 하얀 보닛. 한 마디로 아기 천사의 나들이 복장이었지만 그 전체적인 차림새는 올챙이 같은 데지레 베크의 것이었으므로 나에게 너무나 익숙했다. 그 아이는 데지레 베크였다. 아니면 데지레를 꼭 닮은 요정이거나.

이런 사실을 발견하고 내가 천둥소리를 들은 것처럼 깜짝 놀랐다고 말할 수도 있겠지만 그렇게 과장된 표현을 쓰기는 좀 이르다. 새로운 발견이 절정에 달하려면 아직 한 단계가 더 남아 있었다.

착한 데지레가 누구의 손을 저렇게 멋대로 흔들어대고, 누구의 장갑을 저렇게 함부로 잡아당기고, 누구의 팔을 저렇게 자유롭게 비틀고, 누구의 옷자락을 저렇게 빙빙 돌리며 마구 밟아댄단 말인가? 자기 어머니의 손과 장갑과 팔과 옷이 아니라면 가당키나 하겠는가?

그렇다. 인디언 숄을 걸치고 연녹색 크레이프지 모자를 쓴 토실토실하고 건강하며 행복하고 유쾌한 여인. 그 자리에 서 있는 사람은 베크 부인이었다.

이상하기도 해라! 이 축복받은 시각에 베크 부인은 자기 침대에서, 데지레는 아기침대에서 깊이 잠들어 있어야 할 텐데. 철저히 격리된 포세트가의 신성한 담장 안에서는 마땅히 그래야 하지 않은가. 그들도 '루시 양' 이 잠들어 있지 않으리라고는 상상조차 못할 테지. 그런데 우리 셋 다 한밤중의 축제가 벌어지는 공원에서

훙겹게 놀고 있다니!

사실인즉슨 베크 부인은 평소 습관대로 행동하고 있었을 뿐이다. 그때 나는 교사들 사이에서 돌던 소문을 떠올렸다. 비록 당시에는 특별히 주의 깊게 듣지 않았지만, 소문에 따르면 우리가 베크 부인이 침실에서 자고 있다고 여길 때 그녀가 종종 오페라나 연극이나 무도회에 가서 즐긴다고 했다. 베크 부인은 수도원 같은 생활을 좋아하지 않았으므로 은밀하게나마 자기 삶에 세속적인 맛을 충분히 가미하려고 애썼다.

베크 부인 주위에는 신사 친구들이 대여섯 명 서 있었다. 그 가운데 두셋은 금방 알아볼 수 있었다. 베크 부인의 오빠인 빅토르 킨트 씨가 있었고, 콧수염을 기른 장발의 신사가 하나 더 있었다. 차분하고 과묵한 그 신사의 모습에는 어쩐지 내 마음을 흔들어놓는 특징과 누군가를 닮은 구석이 있었다. 점잖고 침착해 보였고 성격과 표정이 정반대였는데도 그를 보니 누군가의 얼굴이 떠올랐다. 열정적이고 민감한 얼굴, 흐려졌다 도로 밝아졌다 하는 변화무쌍한 얼굴, 내 눈에 보이지 않기 때문에 나의 세상에는 이제 없는 얼굴, 내 생애 최고의 봄날을 밝히기도 하고 어둡게도 했던 얼굴, 천재의 징후로 여겨지는 움직임을 종종 보여주던 얼굴이 떠올랐다. 그 확실한 불꽃, 그 정신, 그 비밀이 왜 환히 빛나지 않는지 도무지 알 수 없었던 얼굴이 떠올랐다. 그렇다. 이 사람은 조제프 에마뉘엘 씨였고, 이 평온한 신사를 바라보며 나는 그의 열정적인 형을 생각했다.

빅토르 씨와 조제프 씨 외에 내가 아는 사람이 하나 더 있었다. 이 제3의 인물은 뒤쪽의 그늘에 몸을 웅크리고 서 있었지만 옷과 희끗희끗한 대머리 때문에 일행 중에서 가장 눈에 잘 띄었다. 그는 성직자였다. 다름 아닌 실라스 신부였다. 독자여, 신부가 이런 축제에 와 있는 게 말이 되지 않는다고는 생각지 마시라. 이 축제는 '허영의 시장'(《천로역정》에 나오는 온갖 허영을 파는 시장—옮긴이)에서 벌어지는 잔치가 아니라 희생된 애국자들을 추모하는 자리로 간주됐으니까. 성당은 짐짓 과시해 가면서 축제를 후원했고 그날 밤 공원에는 신부들이 수두룩했다.

실라스 신부는 언덕 위의 의자와 거기에 앉아 있는 사람을 향해 허리를 구부렸다. 의자 위로 보이는 형상은 이상했다. 볼품이 없는데도 위엄이 느껴졌다. 얼굴 윤곽과 이목구비가 보이긴 했지만 워낙 창백하고 이목구비의 위치도 부자연스러워서, 몸통에서 잘린 머리가 값비싼 물건 더미 위를 아무렇게나 굴러다닌다는 착각마저 들었다. 저 멀리 램프에서 나온 빛이 선명한 목걸이와 굵은 반지 위로 비쳤다. 옷감의 아름다운 빛깔은 청아한 달빛에도 멀리 떨어진 횃불에도 흐려지지 않았다.

이봐요, 발라벤스 부인! 영락없는 마녀 같아 보이네요. 그 훌륭한 노부인은 자신이 시체도 유령도 아닌 사납고 튼튼한 노파라는 사실을 곧 입증했다. 데지레 베크가 자기 어머니에게 매점에 가서 과자를 사달라고 졸라대는 소리가 점점 커지자 그 곱추 노파는 금 손잡이가 달린 지팡이로 갑자기 데지레를 탁탁 쳤다.

그러니까 발라벤스 부인과 베크 부인과 실라스 신부가 모두 거기 있었다. 마법사들의 비밀 회의였다. 그 장면을 목격한 건 나에게 이로운 일이었다. 그 사람들 앞에서 내가 약해졌다거나 당황했다거나 경악했다고도 할 수 없다. 단지 수적으로 우세했던 그들이 승리해서 나를 발로 밟아댔을 뿐이다.

하지만 나는 아직 죽지 않았다.

39. 옛 친구와 새 친구

전설 속의 바실리스크 도마뱀에 홀리기라도 한 것처럼 나는 그 일행을 떠날 수가 없었다. 그들 주위의 땅에서 발이 떨어지지가 않았다. 서로 얽힌 나뭇가지들은 그늘을 만들어주었고, 밤은 자기가 보호해주겠다고 속삭였으며, 친절한 램프는 나에게 어둡고 안전한 자리를 보여주기 위해 단 한 줄기 빛만 잠시 비추고 사라졌다. 여기서 잠깐, 암흑 같았던 지난 2주간 내가 '소문' 에게서 소리 없이 거둬들인 이야기를 독자에게 간략하게 들려주겠다. 그동안 폴 에마뉘엘 선생이 왜, 어떤 목적으로 떠나는가에 대한 소문이 돌았던 것이다. '탐욕' 에서 시작해서 '이해관계' 로 끝나는 짧고 진부한 이야기를 한번 들어보시라.

발라벤스 부인은 힌두교의 우상처럼 무시무시하기도 했지만, 그녀를 숭배하는 사람들의 추측에 따르면 우상이 될 만한 능력도 가지고 있었던 모양이다. 사실 그녀는 한때 대단한 부자였고 그 당시에도 돈을 손에 쥐고 있지 않았다 뿐이지 언젠가는 다시 부유해질 가능성이 높았다. 그녀는 과달루페의 바스테르라는 곳에 넓은 땅을 소유하고 있었다. 60년 전 결혼할 때 지참금으로 받은 땅이었는데 남편이 사업에 실패한 이후로 그 땅도 가압류를 당했다. 하지만 이제 법적 책임이 없어졌고, 성실하고 유능한 대리인이 제대로 돌본다면 그 땅은 몇 년 안에 옥토로 바뀔 수 있다고 여겨졌다. 실라스 신부는 천주교와 성당을 위해 이 땅을 개척하는 일에 관심을 가졌고, 마글리오르 발라벤스 부인은 독실한 천주교 신자였다. 그 꼽추 노파와 먼 친척뻘이었던 베크 부인은 오래 전부터 이 노파에게 가족이 없다는 점을 알고 자기 아이들을 위해 그 땅과 관련된 계산을 하고 있었다. 그래서 발라벤스 부인이 아무리 냉랭하게 대해도 아랑곳하지 않고 끈질기게 그녀의 비위를 맞췄다. 즉, 베크 부인과 실라스 신부는 둘 다 금전적인 이유에서 그 서인도제도의 땅을 돌보는 일에 지대한 관심을 가지고 있었다.

하지만 그곳은 거리가 먼 데다 기후가 험악했다. 그들에게는 유능하고 청렴하면서도 헌신적인 대리인이 필요했다. 발라벤스 부인이 20년 동안 마음대로 부려먹으면서 오래된 곰팡이처럼 기생했던 사람이 바로 그런 인물이었다. (덕분에 그의 삶은 황폐해졌다) 실라스 신부가 가르치고 훈련시키고 감사와 습관과 믿음이라는 끈으로 묶어 둔 제자가 바로 그런 인물이었다. 베크 부인은 그를 잘 알았고 어느 정도 영향력을 행사할 수도 있었다.

실라스 신부는 이렇게 말했다.

"나의 제자는 이교도와 정으로 얽혔기 때문에 유럽에 남아 있으면 배교할 위험이 있소."

베크 부인도 개인적인 의견을 밝혔다. 그녀의 가슴속에는 그를 해외로 보내고 싶어 하는 은밀한 이유가 따로 있었다. 자기가 얻지 못할 것은 남에게도 주기 싫으니 차라리 망가뜨리는 편이 낫다는 심보였다. 발라벤스 부인은 돈과 토지를 원하는 입장이었다. 그리고 그녀는 폴 선생이 마음만 먹으면 '지혜롭고 진실한 청지기' (누가복음 12 : 42 참조—옮긴이)가 될 수 있는 사람임을 익히 알고 있었다.

그래서 세 명의 이기주의자들이 작당해서 한 명의 이기적이지 않은 사람을 공략하기 시작했다. 그들은 설득하고 호소하고 애원했다. 그의 자비심을 이용해 자기들의 이해관계가 걸린 일을 슬쩍 떠넘겼다. 2년 내지 3년만 애써 달라고 부탁하면서 그다음부터는 마음대로 살아도 좋다고 말했다. 셋 중 하나는 그 3년 사이에 그가 죽기를 바라고 있었을지도 모른다.

폴 에마뉘엘 선생은 누구든 몸을 낮추고 그의 발밑에 엎드려 도움을 청하거나 그를 신뢰하면서 임무를 맡기는 사람을 무시하거나 거절하는 법이 없었다. 하지만 그가 왜 유럽을 떠나기를 주저하고 혼자서 괴로워하는지, 그 자신의 미래 계획은 무엇인지에 관해서는 아무도 묻지 않았고 알지도 듣지도 못했다. 이 모든 게 내게는 빈칸으로 남아 있었다. 그와 실라스 신부 사이에 오간 이야기는 나의 추측에 불과할 수도 있고, 의무와 종교를 내세워 설득했으리라는 것도 내가 지어낸 이야기일 가능성이 있다. 그는 아무런 단서를 남기지 않고 떠나버렸다. 그래서 내가 아는 건 이게 다였다.

* * * * *

나는 밑동만 남은 나무와 가지가 울창한 덤불이 모여 있는 곳에 앉아 고개를 숙이고 두 손으로 이마를 받쳤다. 마음만 먹으면 그 사람들이 나누는 이야기를 낱낱이 들을 수 있을 만큼 거리가 가까웠다. 하지만 얼마 동안은 들을 마음이 나지 않았다. 그들은 옷과 음악과 조명과 밤 날씨에 관한 잡담을 하고 있었다. 혹시나 "그의 여행길에 바람이 잔잔하네요. 안티구아호(그가 탈 배의 이름)가 순조롭게 항해하겠어요" 따위의 말이 들리지 않나 하고 귀를 기울였지만 그런 이야기는 없었다. 안티구아라는 단어도, 그 배의 항로도,

그 배에 탈 사람의 이름도 언급되지 않았다.

발라벤스 부인도 그들의 경박한 수다에 관심이 없기는 나와 마찬가지였다. 그녀는 나무 사이를 바라보다 사람들을 살피다 하며 계속 두리번거리고 안절부절못했다. 누군가가 오기를 기다리는데 늦어져서 초조해하는 듯했다. "그 사람들 어디 있어? 왜 오지 않지?"라고 두세 번쯤 불평했으나 아무도 개의치 않자 그녀는 큰 소리로 말했다.

"여러분, 도대체 주스틴 마리는 어디에 있는 거예요?"

이 짧고 단순한 문장을 듣고 나는 큰 충격을 받았다.

'주스틴 마리라니! 그게 무슨 소리죠? 죽은 수녀인 주스틴 마리가 어디에 있느냐고요? 그야 무덤 속에 있겠죠, 발라벤스 부인. 죽은 사람을 갖고 어쩌려고요? 당신이 찾아간다 해도 그녀는 당신에게 나타나지 않을 걸요.'

만약 내가 대답해야 하는 입장이었다면 이렇게 말했을 것이다. 하지만 나와 같은 생각을 하는 사람은 없는 듯했다. 아무도 놀라거나 아연해하거나 당황하지 않았다. 곱사등이 노파가 마치 엔도르의 여인(사무엘상 28장에 나오는 무당—옮긴이)처럼 죽은 자의 이름을 입에 올리며 기묘한 질문을 던졌는데도 대답은 지극히 평범하고 조용했다.

"주스틴 마리는 지금 오고 있습니다. 매점에 있으니까 곧 도착하겠지요."

이러한 질문과 대답이 오가자 사람들의 대화에도 약간의 변화가 생겼다. 여전히 부담 없고 산만하고 통속적인 잡담이긴 했지만 둥글게 선 사람들 사이로 암시와 은유와 논평이 날아다녔다. 그러나 모든 이야기가 한 토막씩 끊어져 있었고 관련된 사람 이름이나 상황이 정확히 나오지 않았으므로 내가 아무리 열심히 들으려 해도

(이제는 필사적인 관심을 가지고 귀를 기울이고 있었다) 알아낸 거라고는 살았는지 죽었는지 모를 그 유령 같은 주스틴 마리와 연관된 모종의 계획이 진행되는 중이라는 사실밖에 없었다.

어떤 이유에선지 이 일당들은 주스틴 마리를 붙잡으려 하는 것 같았고, 누구의 결혼인지는 모르겠으나 결혼과 재산이 걸린 일 같았다. 아직 미혼인 빅토르 킨트 씨나 조제프 에마뉘엘 씨가 아닐까? 일행 가운데 한 명인 금발의 외국 청년에게 농담과 암시가 집중된다는 생각이 얼핏 들었다. 그는 하인리히 뮐러라고 불렸다. 사람들이 농담을 주고받는 동안에도 발라벤스 부인은 쉰 목소리로 퉁명스러운 불평을 불쑥불쑥 내뱉었다. 그녀는 초조한 마음을 달래기 위해 데지레를 무자비하게 감독하는 데 집중하기로 했는지, 꼼짝도 못하는 데지레를 지팡이로 위협했다.

신사들 가운데 한 명이 소리쳤다.

"저기 보십시오! 주스틴 마리가 옵니다!"

그 순간이 내게 특별한 의미가 있었다. 벽에 걸려 있던 그림 속 수녀의 모습을 기억해내자 슬픈 사랑 이야기가 머릿속에 떠올랐다. 다락방에서 본 환영, 오솔길에 나타났던 유령, 정자에서 불쑥 솟아난 이상한 형상이 눈앞에 아른거렸다. 뭔가를 알아낼 것 같은 예감과 모든 게 밝혀지리라는 강력한 확신이 생겼다. 아! 상상력이 한 번 설치기 시작하면 막을 도리가 없지 않은가? 흘러가는 구름과 분투하는 달빛 속에서 '공상'이 영혼의 옷을 입히면 가지 하나 없는 헐벗은 겨울나무도, 풀이나 뜯어먹는 길가의 작은 동물도 모두 유령으로 탈바꿈하지 않겠는가?

수수께끼가 풀린다는 기대와 엄숙한 힘이 가슴을 짓눌렀다. 여태껏 이 유령을 희미하게만 보았는데 드디어 얼굴과 얼굴을 대하여 보게 된 것이다(고린도전서 13 : 12 참조—옮긴이). 나는 몸을 앞으로 내밀고 그쪽을 열심히 바라보았다.

조제프 에마뉘엘 씨가 소리쳤다.

"온다!"

둥글게 서 있던 사람들이 원을 열어 새로 온 사람을 맞이했다. 그 순간 우연히 횃불이 스치고 지나갔다. 횃불의 빛과 창백한 달빛이 합쳐져 이 결정적인 순간을 밝혀주고 다가오는 대단원을 완성했다. 내가 느꼈던 어마어마한 긴장감이 나와 가까이 있던 사람들에게도 조금은 전달됐을 게 틀림없다. 거기 모인 사람들 중 가장 냉정한 사람도 잠시 숨을 멈추었을 것이다. 나는 인생이 정지된 기분이었다.

다 끝났다. 결정적인 순간이 왔고 수녀 유령이 나타났다. 위기와 계시가 지나가고 있었다.

여전히 1미터도 되지 않는 거리에서 횃불이 빛났다. 공원 경비원의 손에 들린 횃불이었다. 활활 타는 불꽃은 긴 혀를 날름거리며 모두가 기다리던 인물을 핥다시피 했다. 저기 그녀가 있다. 나에게 잘 보이는 위치에 그녀가 서 있다. 어떤 모습인가? 어떤 옷을 입고 있는가? 어떻게 생겼는가? 대체 그녀는 누구인가?

그날 밤 공원에는 가면을 쓴 사람들이 많았고 밤이 깊어지면서 기묘한 환락과 신비로운 분위기가 널리 퍼지기 시작했다. 그러므로 독자들은 무조건 내 말을 믿어야 한다. 그녀는 다락방에서 본 수녀와 비슷한 모습이었고, 검정치마에 흰 머릿수건을 쓰고 있었으며, 무덤에서 일어나 부활한 사람 같아 보이기도 했다.

모든 게 환상이었고 공상의 산물이었나? 아니다. 이렇게 쉽게 넘어가지는 말자. 지금까지처럼 소박한 진실의 천에서 잘라낸 조각만 가지고 정직하게 이야기하기로 하자.

하지만 '소박한' 이라는 단어는 잘못 고른 듯하다. 내가 본 광경은 그다지 소박하지는 않았으니까. 그 자리에 서 있었던 사람은 빌레트의 어느 아가씨였다. 이제 막 기숙학교에서 나온 여학생이었는데 이 나라 아가씨답게 아주 어여쁜 미인이었다. 영양상태가 좋아 보이는 하얀 피부에 통통하게 살이 찐 편이었다. 뺨은 둥글고 눈은 선량하며 머리숱이 풍성하고 옷을 잘 차려 입었다. 그녀는 혼자가 아니었다. 보호자가 세 사람이나 있었는데 그중 나이 든 사람 두 명에게는 '아저씨'와 '아줌마'라고 불렀다. 그녀는 웃으며 뭐라고 재잘거렸다. 명랑하고 토실토실하고 싱그러운 모습이 어느 모로 보나 부르주아 아가씨 같았다.

'주스틴 마리' 이야기는 이 정도로 하자. 불가사의한 유령에 관해서도 그만 이야기하자. 유령의 수수께끼가 풀렸다는 이야기는 아니다. 이 아가씨는 내가 본 수녀 유령이 아니었다. 다락방과 정원에서 내가 보았던 수녀 유령은 분명히 이 아가씨보다 한 뼘은 더 컸다.

지금까지 우리는 도회적인 분위기를 풍기는 이 아가씨를 살펴보았고, 존경받는 나이 든 아저씨와 아주머니를 호기심 어린 눈길로 힐끔거렸다. 그런데 일행 중 세 번째 사람에게 눈길을 주었던가? 그에게 한순간이라도 주의를 돌렸던가?

독자여, 그 정도는 했어야 마땅하다. 그는 우리의 주목을 요구할 자격이 있다. 우리가 그를 처음 만나는 게 아니기 때문이다. 나는 양손을 꼭 맞잡고 숨을 깊이 들이쉬었다. 비명이 나오려는 걸 참고 감탄사를 억눌렀다. 깜짝 놀랐지만 자제력을 발휘해 돌처럼 말없이 꼼짝 않고 있었다. 하지만 내가 무엇을 보고 있는지는 알고 있었다. 며칠 밤을 꼬박 울어서 아직도 눈이 흐릿했지만 그를 알아볼 수 있었다. 그가 안티구아호를 타고 떠난다고 다들 이야기했다. 베크 부인도 그렇게 말했다. 그녀가 거짓말을 했거나 상황이 바뀌었는데 정정하지 않은 모양이었다. 안티구아호는 이미 출항했는데 폴 에마뉘엘 선생이 그 자리에 서 있는 게 아닌가.

내가 기뻤냐고? 무거운 짐을 벗기는 했다. 그러면 무조건 기뻐해야 할까? 모르겠다. 우선 그의 출발이 연기된 게 무엇 때문인지 물어야 했다. 그게 나와 어떤 관련이 있을까? 그의 출발이 연기되는 일에 나보다 더 관심을 가질 사람은 없을까?

그러면 주스틴 마리라는 이 소녀는 누구인가?

독자여, 그녀는 낯선 사람이 아니었다. 내가 본 적 있는 얼굴이었다. 그녀는 포세트가를 방문하고 종종 베크 부인의 일요일 파티에도 참석하는 인물이었다. 베크 부인과 발라벤스 부인의 친척이었던 그녀는 살아 있었다면 아주머니라고 불렀을 수녀로부터 세례명을 물려받았던 것이다. 고아가 되어 유산을 물려받은 그녀의 성은 소뵈르였고 폴 선생이 그녀의 후견인이었다. 어떤 사람들은 그가 그녀의 대부라고 말하기도 했다.

이 비밀스런 가족회의에 참석한 사람들은 이 상속녀가 그들 중 한 사람과 결혼하기를 원하는구나. 그게 누군데? 이건 중요한 문제다. 누굴까?

그 달콤한 음료에 들어 있던 약 기운 때문에 내가 침대와 침실을 견디지 못하고 뛰쳐나온 게 얼마나 다행인가. 나는 언제나 진실을 꿰뚫어보는 일을 즐겼다. 사원에 있는 여신을 찾아 베일을 들추고 그 무서운 눈길을 겁없이 맞받았다. 오, 요정들 속에 있는 타이탄의 자매신이여! 가려진 그대의 모습은 불확실한 윤곽만으로도 역겨울 때가 많지만 한 가지 특징이라도 명확히 해주고 생김새 하나라도 똑똑히 보여 다오. 두려운 진실을 선명하게 보여 다오. 전례

없는 공포로 숨을 몰아쉬게 될지라도 우리는 그대의 신성한 숨결을 한 모금 마시겠노라. 가슴이 덜컥 내려앉고 심장에 흐르는 피가 지진 날 때의 강처럼 요동칠지라도 우리는 기운을 얻게 되리라. 최악의 상황을 안다는 건 '공포'로부터 가장 유리한 고지를 빼앗는 일이다.

인원수가 늘어나자 발라벤스 일행은 아주 명랑해졌다. 신사들이 매점에 가서 음료수를 사오자 다들 나무 아래 잔디밭에 앉아 건배를 하고 웃으며 농담을 주고받았다. 베크 부인은 유쾌하면서도 내가 보기에는 악의적인 농담으로 폴 선생을 놀려댔다. 그가 친구들이 동의하지 않고 오히려 반대하는데도 자기 뜻대로 항해를 연기했다는 사실이 금방 드러났다.

그는 안티구아호를 그냥 떠나보내고 2주 후에 출항하는 〈폴과 비르지니〉(18세기 프랑스 작가 생피에르의 연애소설 제목. 여주인공이 난파 사고로 사망한다—옮긴이) 호를 예약했다고 했다. 출발을 연기한 이유를 털어놓으라고 사람들이 놀려대자 그는 "마음이 쓰이는 사소한 일을 해결하기 위해서"라고 모호하게 대답했다. 사소한 일이란 게 뭘까? 아무도 몰랐다. 아, 그의 비밀을 어느 정도 아는 사람이 하나는 있는 듯했다. 폴 선생과 주스틴 마리가 의미심장한 눈빛을 교환했다.

"작은 아가씨가 날 도와줄 거지?"

폴 선생이 이렇게 묻자 주스틴 마리가 신속하게 대답했다.

"그럼요. 힘닿는 데까지 도와드릴게요. 뭐든 말만 하세요, 대부님."

친애하는 '대부님'은 그녀의 손을 잡고 감사의 입맞춤을 했다. 그 광경을 보고 얼굴이 하얀 독일 청년 하인리히 뮐러가 언짢다는 시늉을 하며 안달하더니 뭐라고 불평했다. 폴 선생은 그의 면전에 대고 껄껄 웃으며 확정된 승리의 기쁨을 맛보는 무자비한 정복자처럼 피후견인을 더 가까이 끌어당겼다.

그날 밤 폴 선생은 진정으로 행복해 보였다. 곧 활동 무대가 바뀔 예정인데도 우울해하는 기색은 조금도 없이 그 모임의 분위기를 돋우었다. 그 작은 독재자는 힘든 일뿐 아니라 오락에서도 최고가 되기로 마음먹은 것처럼 매순간 지도력을 여실히 보여주었다. 가장 재치 있는 농담, 가장 유쾌한 이야기, 가장 솔직한 웃음은 다 그에게서 나왔다. 그는 쉴 새 없이 움직이고 여러 사람 몫을 하면서 자기 식대로 모든 사람의 시중을 들었다. 오! 하지만 나는 그가 누구를 가장 아끼는지 알 수 있었다. 그가 잔디밭에서 누구 옆에 앉는지, 밤바람 속에서 누구를 조심스럽게 감싸주는지, 누구를 돌보고 지켜보고 애지중지하는지 확인할 수 있었다.

여전히 암시적인 말과 농담이 활발하게 오가는 가운데 나는 몇 가지 정보를 알아냈다. 폴 선생이 다른 사람들을 위해 일하느라 자리를 비운 동안 그들은 그가 유럽에 남겨둔 보물을 지켜주는 걸로 보답하기로 한 모양이었다. 그가 인도에서 돈을 벌어다주면 젊은 신부와 상당한 재산을 대가로 주겠다는 것 같았다. 성스러운 헌신, 정조의 서약은 까맣게 잊혔다. 활짝 피어나는 매력적인 '현재'가 '과거'를 눌렀고, 마침내 그의 수녀는 진정 세상을 떠난 사람이 됐다.

그렇게 된 거구나. 계시가 진짜였어! '예감'이 잘못된 충동에 휩싸인 게 아니었다. 어떤 종류의 예감은 결코 틀리는 법이 없지 않은가. 잠시 계산을 잘못한 건 바로 나였다. 신탁의 참된 의미를 이해하지 못하고 그저 '예감'이 헛소리를 한다고 여겼지만 실은 그녀의 예언이 진실에 가까웠던 것이다.

내가 본 광경에 대해 조금 더 생각해 보아야 했는지도 모르겠다. 추론을 하기 전에 심사숙고할 필요가 있었을지도 모르겠다. 이런 상황에서 나의 가정들이 의심스럽고 증거가 불충분하다고 여길 사람도 있을 것이다. 신중하고 의심이 많은 사람이라면 이타적이고 가난한 사십 대 남자와 부유한 열여덟 살 피후견인이 결혼하려 한다는 가정을 쉽사리 믿지 않고 재검토했을 것이다. 하지만 나는 그런 땜질식 처방과 일시적인 현실도피를 싫어했으며, 모든 걸 추월하며 빠르게 다가오는 무서운 '사실' 로부터 달아나는 겁쟁이가 아니었다. 유일한 군주인 '사실' 에게 복종하기를 주저하는 나약한 사람이 아니었고, '진실' 을 거부하는 반역자가 아니었으며, 앞으로 나아가며 정복하고 또 정복하는 임무를 띤 '힘' 에게 애매한 태도로 어설프게 저항하는 사람이 아니었다.

그래서 나는 그 모든 추리가 사실이라고 서둘러 인정했다. 이해가 가지 않아도 모든 걸 받아들였다. 갑자기 마음이 급해져서 정보를 마구 긁어모아 내 몸에 둘렀다. 전장에서 쓰러진 군인이 국기를 가슴에 두르는 것과 같은 심정이었다. 그 추론을 나에게 확실히 못 박아 달라고 '확신' 에게 호소했다. 싫어도 받아들일 테니 가장 튼튼한 못을 대고 최대한 세게 쳐서 고정시켜 달라고 했다. 쇠로 된 못이 영혼에 깊이 박혔을 때 나는 새로 태어난 기분을 느끼며 벌떡 일어섰다.

나는 고양된 상태로 혼잣말을 했다.

"진실이여, 그대는 훌륭한 여주인이시고 저는 충실한 종입니다! '거짓' 에게 눌려서 지낸 시간들이 얼마나 고통스러웠는지 모릅니다! '허위' 가 여전히 상냥하게 굴면서 상상에게 아첨하고 감정을 격려하는 동안에도 거짓은 시시각각 저를 괴롭혔습니다. 애정을 얻었다는 믿음은 운명의 수레바퀴가 한 바퀴 더 돌고 나서 그걸 잃을 수 있다는 두려움과 떼어놓을 수 없었습니다. 진실이여, 그대가 '허위' 와 '아첨' 과 '기대' 를 벗겨낸 덕택에 저는 자유의 몸이 됐습니다!"

이제 나의 '자유'를 침실로 데려가서 같이 잠자리에 든 후 얼마나 좋은지 확인하는 일만 남았다. 사실 연극이 다 끝난 건 아니었다. 더 기다리면서 숲속의 구애, 나무 아래의 사랑 장면을 볼 수도 있었다. 설령 그 장면에 사랑이 없었다 해도 그 순간 최고로 풍부하고 창조적이었던 '상상력'이 그걸 역동적인 사랑 장면의 표본으로 만들고 깊은 활력과 선명한 색채를 부여했으리라. 하지만 그걸 보고 싶지는 않았다. 나의 추론을 단단히 못 박긴 했어도 내 본성에 위배되는 일은 하기 싫었다.

바로 그때였다. 속 안에서 뭔가가 나를 사정없이 할퀴고 옆구리를 푹 찔렀다. 나는 단단한 부리와 발톱을 지닌 독수리 한 마리와 혼자 대적해야 했다. 생전 처음 질투라는 감정에 사로잡혔던 것이다. 존 선생과 폴리나가 서로 사랑하는 걸 볼 때와는 다른 기분이었다. 그들의 사랑 앞에서도 눈과 귀를 틀어막고 되도록 생각하지 않으려 애썼지만 그들이 보기 좋다는 사실을 인정할 만한 균형 감각은 유지하고 있었다. 하지만 그 숲 속에서는 모욕감을 느꼈다. 처음부터 아름답게 태어난 사랑은 내 것이 아니었다. 나에게 맞지도 않는 그런 사랑에 함부로 손을 댈 수는 없었다.

하지만 다른 사랑은? 오랫동안 알고 지내다 수줍게 내 삶 속에 들어온 사랑, 용광로 속에서 고통에 단련된 사랑, 지조의 낙인이 찍힌 사랑, 순수하고 견고한 정이라는 합금이 섞여 굳어진 사랑, 지성이 자기 취향에 맞춰 선택하고 나름의 공정을 거쳐 흠 잡을 데 없이 완벽하게 가꾼 사랑. 이 '사랑'은 쉽게 흥분해서 확 달아올랐다 꺼지기 일쑤인 '열정'을 비웃었다. 이 '사랑'에 대해서는 내가 기득권을 가지고 있었다. 따라서 누가 그걸 키우려 하거나 망치려 한다면 내가 무심히 보아 넘길 수는 없는 노릇이었다.

나는 서로 얽힌 나무들과 그늘 아래의 즐거운 사람들을 두고 돌아섰다. 자정이 지난 지 오래여서 야외 음악회는 끝났고 군중이 줄어들고 있었다. 나는 썰물처럼 빠져나가는 사람들을 따라갔다. 번쩍이는 공원과 불이 환히 밝혀진 오뜨빌(아직도 불야성인 이곳은 가히 '빌레트의 잠 못 이루는 밤' 이라 부를 만했다)를 벗어나 어둑어둑한 저지대에 들어섰다.

아니, '어둑어둑한' 이라고 할 수는 없겠다. 공원에서는 잊고 있었던 아름다운 달빛이 다시 자기 존재를 드러내며 밀려왔으니까. 높이 뜬 달은 고요하고 깨끗하게 빛났다. 지난 한 시간 동안 축제의 음악과 환희와 밝은 램프 불빛이 달빛을 압도했으나 이제는 달빛의 영광과 침묵이 승리를 탈환했다. 달과 경쟁하던 램프들은 하나 둘 꺼져 갔지만 달은 새하얀 운명의 여신처럼 자기 행로를 따라 움직이고 있었다. 아까 쨍그랑대던 북과 트럼펫과 나팔은 이내 잊힌 반면 달이 연필 같은 광선으로 하늘과 땅에 새긴 기록은 영원했다. 내가 보기에 달과 별들은 승리하는 진실의 원형이자 증인이었다. 밤하늘은 의기양양하게 빛났다. 느릿느릿 앞으로 나아가며 천천히 승리를 거두고 있었다. 영원에서 영원으로 나아가는 천체의 운동은 과거에도, 현재에도, 미래에도 계속될지어다.

램프 불빛이 반짝이는 거리들은 하나같이 조용했다. 거리들이 낮고 평온해서 좋았다. 집으로 돌아가는 시민들이 이따금씩 나를 스치지만 보행자들이어서 시끄럽지 않았고 금방 사라졌다. 그런 모습의 빌레트가 어찌나 사랑스러운지 다시 실내로 들어갈 마음이 나지 않을 정도였다. 그래도 나의 이상한 모험을 성공적으로 마무리하고 베크 부인이 귀가하기 전에 기숙사의 내 침대로 조용히 돌아갈 작정이었다.

포세트가와 길 하나를 사이에 두고 있을 때였다. 그 길에 들어서자 처음으로 들리는 마차 소리가 깊은 정적을 깨뜨렸다. 마차는 무척 빠른 속도로 이쪽으로 달려왔다. 포장된 길 위에서 달가닥거리는 소리가 어찌나 시끄럽던지! 길 폭이 좁았으므로 나는 보도로만 걸었다. 마차가 천둥처럼 요란하게 지나갔다. 그런데 마차가 휙 지나갈 때 내가 뭘 본 거지? 아니면 내가 상상한 건가? 분명히 마차 창에서 허연 게 펄럭였는데…… 누군가 손을 내밀고 손수건을 흔든 거야. 나에게 보내는 신호였을까? 날 알고 있었다는 건가? 대체 누가 나를 알아볼 수 있었을까? 바송피에르 백작의 마차나 브레튼 부인의 마차는 아니었고 크레시 호텔이나 라 테라스로 가는 방향도 아니었는데. 어찌됐든 추측이나 하고 있을 시간이 없었다. 서둘러 집으로 돌아가야 했다.

포세트가에 들어서서 기숙학교에 당도하니 사방이 고요했다. 베크 부인과 데지레를 태운 사륜마차는 아직 도착하지 않았다. 아까 대문을 열어놓고 나갔는데 지금도 열려 있을까? 바람이 불거나 어떤 우연한 사태로 인해 문이 세게 밀려 용수철 빗장이 덜컥 채워지지는 않았겠지? 만약 그랬다면 내가 들어갈 길이 없어지고 나의 모험은 재앙으로 끝날 것이다. 무거운 문짝을 살짝 밀어보았다. 과연 움직일까?

그랬다. 자비로운 수호신이 현관 안에서 '열려라 참깨'라는 주문을 기다리고 있다가 열어주기라도 한 것처럼 아주 쉽게 소리도 없이 문이 열렸다. 나는 숨을 죽이고 들어가서 조용히 문을 잠근 후 신발을 벗어 들고 계단을 올라가서 내 침대까지 갔다.

* * * * *

휴! 침대에 도착해서 다시 한 번 숨을 마음껏 들이마셨다. 그런데 다음 순간 비명을 지를 뻔했다. 실제로 비명을 지르지 않아서 천만

다행이었다! 그 시간에는 기숙사와 집 전체가 쥐죽은 듯 고요했다. 모두 잠들어 있었는데 너무나 조용해서 꿈꾸는 사람조차 없는 듯했다. 열아홉 개의 침대에 열아홉 명이 몸을 쭉 펴고 누워서 미동도 하지 않았다. 스무 번째인 내 침대에는 아무것도 누워 있지 않아야 했다. 내가 비워두고 나갔다 왔으니 텅 비어 있어야 마땅했다. 그런데 잠깐! 반쯤 드리워진 커튼 사이로 보이는 게 뭐지? 내 자리에 반듯하게 누워 있는 저 이상하고 시커먼 물체는 뭐지? 열린 대문으로 들어온 강도가 저기 누워서 기다리는 걸까? 온통 시커멓기만 한 게 사람이 아닌 것 같아. 거리를 헤매다 기어들어온 떠돌이 개가 내 침대에 보금자리를 마련한 걸까? 내가 다가가면 튀어나오거나 펄쩍 뛰어오를까? 어쨌든 다가가야 한다. 용기를 내자! 한 발짝 더!

머리가 어질어질했다. 예전에 봤던 수녀 유령이 내 침대에 축 늘어져 있는 광경이 희미한 야간등 불빛 아래 눈에 들어왔기 때문이다.

그 순간 비명을 질렀으면 낭패였을 것이다. 아무리 끔찍한 광경을 보더라도 소스라치게 놀라거나 소리치거나 기절하지 말아야 할 상황이었다. 그리고 나는 아직 정신이 멀쩡했다. 근래 있었던 일들로 신경이 담금질을 당해서 그런지 히스테리 증세도 나타나지 않았다. 조명과 음악과 수많은 군중 때문에 흥분한데다 새로운 재앙에 정면으로 난타당한 후였기 때문에 능히 유령과 맞설 수 있었다. 나는 외마디 소리 하나 내지 않고 유령이 누워 있는 침대로 곧장 달려갔다. 아무것도 튀어나오거나 펄쩍 뛰지 않았다. 아무것도 움직이지 않았다. 움직이는 건 나밖에 없고 생명과 실체와 존재와 힘도 나에게만 있다는 걸 본능적으로 감지하고 그 유령을 힘껏 낚아챘다. 나를 괴롭히던 악마! 나는 그녀를 높이 쳐들었다. 악귀 같으니! 나는 그녀를 쥐고 흔들었다. 기괴한 것! 그러자 그녀는 바닥에 떨어졌다. 갈기갈기 찢겨 사방으로 흩어졌다. 나는 그녀를 발로 마구 밟았다.

자, 이쯤에서 잠시 가지 없는 나무, 마구간을 뛰쳐나온 로시난테(돈키호테가 타고 다니는 늙고 앙상한 말—옮긴이)를 생각해보라. 구름이 옅게 깔리고 달빛이 깜박이며 비친다고 생각해보라. 키 큰 수녀의 정체는 길쭉한 베개였다. 베개에 검은 수녀복을 입히고 교활하게 흰 베일을 씌운 것이었다. 희한하게도 그 옷들은 진짜 수녀복이었다. 누군가가 고의적으로 착시 현상을 일으키는 장치를 만들었던 것이다. 이런 옷들이 어디서 났을까? 누가 이런 계략을 꾸몄을까? 이런 의문들이 여전히 풀리지 않았다. 수녀의 머리띠 부분에 꽂혀 있는 종이가 보였다. 거기에는 다음과 같은 조롱의 말이 연필로 쓰여 있었다.

"다락방 수녀가 루시 스노에게 옷을 물려주노라. 그리고 다시는 포세트가에 나타나지 않겠노라."

그렇다면 날 괴롭힌 유령은 뭐였지? 그게 누구였을까? 나는 그녀를 세 번이나 진짜로 봤다. 내가 아는 여자 가운데 그 유령처럼 키가 큰 사람은 없었다. 키로 봐서 그 유령은 여자가 아니었다. 내가 아는 남자 중에도 잠시라도 그런 음모를 꾸몄을 법한 사람은 없었다.

아직도 형언할 수 없을 만큼 혼란스럽긴 했으나 저 세상의 유령과 관련된 모든 감각에서 순식간에 완전히 해방된 셈이었다. 별 일도 아닌데 그동안 불가해한 수수께끼에 매달려 골머리를 썩였다고 생각하니 쓴웃음이 나왔다. 나는 수녀복과 베일과 머리띠를 함께 뭉쳐 베개 밑에 쑤셔 넣고 누웠다. 밖에서 나는 소리에 귀를 기울이다가 베크 부인이 돌아오는 마차 소리를 듣고 나서 돌아누웠다. 며칠 내내 밤잠을 못 자서 피곤한데다 뒤늦게 효력을 발휘하기 시작한 약 기운 덕에 깊은 잠을 잤다.

40. 행복한 한 쌍

이 놀라운 한여름 밤의 다음 날 역시 평범하지 않았다. 천국에서 계시가 내려왔다거나 저 아래 지옥에서 신호가 왔다는 뜻은 아니다. 폭풍, 홍수, 회오리바람과 같은 기상 현상을 에둘러 말한 것도 아니다. 날씨는 지극히 정상적이었다. 태양은 7월의 얼굴을 하고 명랑하게 떠올랐다. 아침은 아름다운 얼굴을 루비로 치장하고 무릎에 장미꽃을 한가득 올려놓고 있다가 꽃잎을 소나기처럼 떨어뜨리며 그녀가 가는 길을 붉게 물들였다. 시간은 그리스 신화에 나오는 님프처럼 상큼하게 깨어나 일찍부터 병에 든 이슬을 언덕 위에 뿌리고 나서 밖으로 나가 뿌연 안개를 걷어냈다. 그늘진 데 하나 없이 푸른색으로 빛나는 시간의 여신은 태양의 준마들을 구름 한 점 없이 이글거리는 길로 몰았다.

날씨가 더할 나위 없이 좋은 여름날이었다. 그러나 포세트가에서 이 유쾌한 사실을 의식했거나 기억한 사람은 나밖에 없었을 듯하다. 모두들 다른 일로 머리를 굴리느라 바빴으니까. 사실은 나도 그 일을 생각하고 있었다. 하지만 사람들의 관심이 쏠리는 그 일이 내게는 신기한 일도 아니었고 청천벽력 같은 일도 아니었으며 난해한 수수께끼는 더더욱 아니었다. 그래서 다른 사람들보다는 내가 다른 데 눈을 돌리고 음미할 여유를 더 많이 누렸다고 할 수 있다.

하기야 나도 꽃피우고 자라나는 식물들을 보며 정원을 거닐고 햇빛을 받으면서 온 집안 사람들이 논의하고 있는 문제를 곰곰이 생각하긴 했다.

무슨 문제였냐고?

말하자면 이런 거였다. 아침 기도를 할 때 기숙사생들이 앉는 첫째 줄에 빈자리가 하나 있었다. 아침식사 시간에는 아무도 손대지 않은 커피 잔이 하나 있었다. 침대를 정돈하던 가정부는 나이트캡과 가운을 덮어씌운 막대기가 세로로 놓여 있는 걸 발견했다. 그리고 지네브라 판쇼 양의 음악선생이 평소대로 아침 교습을 하려고 일찍 왔는데 재능이 뛰어난 제자는 온데간데없었다.

지네브라를 찾기 위해 구석구석 뒤지고 온 집안을 샅샅이 수색했지만 허사였다. 발자국 하나, 단서 하나, 작은 나무토막 하나도 발견되지 않았다. 지네브라 판쇼 양은 요정처럼 사라졌다. 어둠 속에 묻힌 별똥별처럼 지난밤에 자취를 감췄다.

감독 교사들은 크게 당황했고 과실을 범한 여교장은 완전히 공포에 질렸다. 베크 부인이 그렇게 창백한 얼굴로 황망해하는 모습을 보기는 처음이었다. 그녀는 허점을 찔리고 금전적으로도 손해를 입었다. 그런데 그 불미스러운 사건이 어떻게 일어났단 말인가? 대체 어느 문으로 도망쳤을까? 잠겨 있지 않은 여닫이창은 하나도 없었고 깨진 유리창도 없었다. 문은 모두 안전하게 빗장이 질러져 있었다. 오늘날까지도 베크 부인은 이 점에 대해 만족할 만한 답을 얻지 못했다. 다른 사람들도 진상을 모르기는 마찬가지였는데 단 한 사람, 루시 스노만은 예외였다.

그날 밤 대문 한 짝이 상인방까지 밀려가 있었고, 문에 빗장이 채워지거나 고정되지 않고 허술하게 닫혀 있어서 도망치기에 딱 좋았다는 사실을 내가 어찌 잊겠는가. 천둥소리처럼 시끄럽게 지나가던 쌍두마차를 보았던 일이나, 누군가 손수건을 흔들며 뜻 모를 신호를 보냈던 일도 새삼 기억났다.

다른 사람들은 모르고 나만 아는 두세 가지 가설들로부터 내가 이끌어낼 수 있는 결론은 하나였다. 지네브라는 남자와 함께 야반도주를 했다! 이러한 추리에 자신이 있었던 나는 베크 부인이 너무나 난처해하는 모습을 보고서 마침내 그녀에게 알렸다. 아말 대령의 구애를 넌지시 언급했더니 베크 부인은 내 예상대로 그 일을 완전히 꿰고 있었다. 전부터 숄몽들레 부인과 그 문제를 의논해 왔던 그녀는 자기가 책임질 부분까지 그 부인 탓으로 돌렸다. 그리고 숄몽들레 부인과 바송피에르 씨에게 도움을 청했다.

크레시 호텔에서는 이미 사태를 파악하고 있었다. 지네브라가 사촌인 폴리나에게 편지를 써서 결혼하려 한다고 모호하게 알렸기 때문이다. 아말 백작의 집에서도 연락이 왔다. 바송피에르 씨가 도망친 남녀를 추적했지만 잡았을 때는 이미 늦어 있었다.

그 주가 지나기 전에 나는 짧은 편지를 한 통 받았다. 그걸 그대로 옮기는 게 나을 것 같다. 그 편지로 여러 가지 일이 설명되기 때문이다.

친애하는 팀(타이먼의 약자) 할멈, 보시다시피 난 떠났어. 총알처럼 사라졌지. 알프레드와 난 처음부터 이런 식으로 결혼하려고 마음먹고 있었어. 다른 사람들처럼 단조로운 혼례를 올릴 생각은 추호도 없었거든. 알프레드처럼 생기발랄한 사람이 그럴 수는 없지. 나도 마찬가지고. 다행한 일이야! 참, 언니를 '괴물'이라고 부르던 알프레드가, 지난 몇 달간 언니를 워낙 자주 만나다 보니 호감을 느끼기 시작했다는 걸 모르지? 자기가 사라졌다고 너무 그리워하지 말라고 전해 달래. 혹시 언니가 괴로웠다면 정말 미안하대. 언젠가 다락방에 있는 언니 앞에 불쑥 나타나 폐를 끼친 것 같다는데? 언니가 대단히 재미있어 보이는 편지를 읽고 있었는데, 편지를 쓴 사람에게 홀딱 반한 것 같아서 깜짝 놀라게 하고 싶은 유혹을 떨치지 못했대. 하지만 한번은 언니가 그를 기겁하게 만들었다던데? 나를 기다리는 동안 조용히 시가나 한 모금 피우려고 불을 붙인 찰나에 옷인지 숄인지 레이스인지를 가지러온 언니가 불쑥 뛰어들었다는 거야.

이제 아말 백작이 다락방의 수녀 유령이었고 그가 나를 만나러 왔다는 걸 이해하기 시작했어? 그가 어떻게 그런 일을 해냈는지 알려줄게. 그 사람이 아테네 대학에 드나들 수 있는 건 알지? 큰누나 멜시 부인의 아들인 조카 두세 명이 그 대학 학생이거든. 아테네 대학의 교정은 언니가 즐겨 찾는 '금단의 오솔길'을 둘러싼 높은 담 너머에 있지. 춤과 검술은 물론이오, 담 넘기에도 소질이 있는 알프레드는 우리 기숙학교로 넘어오는 걸 즐겼어.

담을 넘고 나서는 큰 정자 위로 가지를 뻗은 높은 나무에 의지했지. 그 나무의 가지 몇 개가 우리 학교 건물의 낮은 건물들 지붕 위에 늘어져 있어서 1반 교실과 강당에도 올라갈 수 있었대. 그러던 어느 날 밤 그 나무에서 떨어져 가지 몇 개를 부러뜨렸는데 하마터면 그 사람도 목을 부러뜨릴 뻔했대. 그리고 혼비백산해서 도망치다가 오솔길을 산책하던 두 사람(베크 부인과 폴 선생 같다고 하더라)에게 붙잡히기 일보 직전이었대. 그런데 큰 홀에서 다락이 있는 맨 위층까지 올라가는 건 그다지 어렵지 않고, 알다시피 다락방 천창은 환기 때문에 밤이고 낮이고 반쯤 열어놓잖아. 그 천창으로 그가 들어간 거야. 일 년쯤 전에 우리 학교의 수녀 유령 전설을 이야기해 줬더니 그는 유령으로 변장한다는 낭만적인 생각을 해낸 거지. 그가 아주 영리하게 행동했다는 건 언니도 인정하겠지?

검은 수녀복과 하얀 베일이 아니었으면 그 사람은 언니와 그 호랑이 같은 예수회 신자 폴 선생에게 몇 번이나 잡혔겠지. 알프레드는 언니와 폴 선생 둘 다 유령을 보고도 훌륭하게 처신하는 용감한 사람들이래. 하지만 난 용기보다는 비밀을 지킨 게 더 신기해. 그렇게 키가 큰 유령이 번번이 찾아오는데 어떻게 소리도 지르지 않고 모두에게 떠벌리지도 않고 학교와 온 동네를 발칵 뒤집어놓지도 않았는지 말이야.

오, 침대에 누워 있었던 수녀 유령은 마음에 들었어? 그렇게 옷을 입힌 건 나야. 그럴듯한 작품이었지? 언니가 그걸 보고 비명을 질렀을까? 나 같으면 미쳐버렸을 거야. 하지만 언니는 대담무쌍하니까 괜찮겠지! 언니의 신경은 진짜 강철 아니면 질긴 가죽일 거야. 언니한테는 느낌이란 게 없고 나 같이 예민한 구석도 없잖아. 내가 보기에 언니는 고통과 두려움과 슬픔을 느끼지 못하는 것 같아. 늙은 철학자 디오게네스라는 별명이 딱 맞지.

친애하는 할머니! 내가 달빛 아래 도망쳐 깜짝 결혼을 했다고 노한 건 아니겠지요? 얼마나 재미있었는지 몰라. 이런 일을 벌인 데는 말괄량이 폴리나와 곰 같은 존 선생에게 복수하려는 심사도 있었지.

잘난 척하는 그들에게 나도 결혼할 수 있다는 걸 보여주고 싶었거든. 바송피에르 아저씨는 이상하게도 알프레드를 보자마자 대뜸 화를 내면서 '미성년자 유괴'인가 뭔가 하는 명목으로 고발하겠다고 협박하셨어. 짜증이 날 정도로 진지하게 나오셔서 내가 신파극을 잠깐 보여드릴 수밖에 없었지. 무릎 꿇고 흐느껴 울고 소리치면서 손수건 석 장을 흠뻑 적셨더니 아저씨는 금방 넘어오시던걸. 사실 이렇게 야단법석을 떨 필요가 뭐 있어? 난 결혼을 했고 그게 다인걸. 아저씨는 아직도 내가 미성년자라서 우리 결혼이 합법적인 게 아니라고 말씀하시지만, 그런 말을 한다고 달라지는 게 뭐람! 나는 백 살에 결혼해도 이렇게 할 텐데.

어쨌든 우리 결혼식을 다시 올릴 예정이야. 혼수를 마련해야 하는데 숄몽들레 부인이 봐주시기로 했지. 바송피에르 아저씨도 지참금을 넉넉히 주시면 좋겠는데. 나의 알프레드에게는 태어날 때부터 물려받은 작위와 월급밖에 없으니까 지참금을 받아야 생활이 넉넉할 거야. 아저씨가 조건을 달지 않고 신사답고 후하게 나오시기를 바랄 뿐이지. 돈을 받는 그날로 알프레드가 카드나 주사위 노름에서 손을 뗀다는 서약서를 써야만 지참금을 주겠다고 하신 건 정말 별로야. 다들 나의 천사가 도박을 좋아한다고 비난한다니까. 나는 그런 건 잘 모르지만 알프레드가 멋지고 사랑스러운 남자라는 건 확실히 알지.

도피 작전을 성공으로 이끈 알프레드의 천재적 재능을 칭찬하려면 어떤 말로도 모자랄 거야. 축제날 밤을 택하다니 영리하기도 하지. 베크 부인이 공원에서 열리는 연주회에 가느라 집을 비울 게 분명하다고 하더라. (그는 부인의 습성을 알거든) 언니도 부인과 함께 나간 거지? 11시 쯤에 일어나서 기숙사를 나가는 걸 봤어. 돌아올 때는 왜 혼자서 걸어왔는지 모르겠네. 오래된 성 요한 가의 좁은 길에서 마주친 사람이 언니 맞지? 마차 창문에서 내가 손수건을 흔드는 걸 봤어?

안녕! 나의 행운을 기뻐해 줘. 내가 최고의 행복을 얻은 걸 축하해 줘. 냉소주의자에 인간혐오주의자인 언니지만 내가 아주 건강하고 기분도 최고라는 걸 믿어줘.

지네브라 로라 드 아말, 미혼명 판쇼

추신: 이제 내가 백작 부인이라는 걸 명심해. 아빠와 엄마와 집에 있는 동생들이 들으면 기뻐하겠지. '내 딸이 백작 부인이라니!' '우리 언니가 백작 부인이래!' 근사하지? 존 브레튼 부인보다 훨씬 듣기 좋지 않아?

* * * * *

지네브라 판쇼 양이 남긴 기록을 다 읽은 독자는 그녀가 나중에 가서 젊은 시절의 어리석은 행동에 대한 대가를 톡톡히 치렀다는 이야기를 기대할 것이다. 물론 그녀의 앞날에는 적지 않은 고통이 기다리고 있었다.

지네브라에 관해 내가 더 알고 있는 사실을 짤막하게 설명하겠다.

결혼한 지 한 달이 다 됐을 때쯤 지네브라를 만났다. 베크 부인을 찾아온 그녀가 사람을 보내 나를 내실로 불렀던 것이다. 그녀는 깔깔 웃으며 내 품으로 뛰어들었다. 한창 피어나는 꽃처럼 아름다운 모습이었다. 곱슬머리가 더 길어졌고 뺨은 전보다 더 진한 장밋빛이었다. 하얀 보닛과 플랑드르산 레이스로 만든 베일과 주황색 꽃과 신부복은 그녀에게 썩 잘 어울렸다.

"드디어 내 몫을 받았어!"

그녀가 다짜고짜 소리쳤다. (지네브라는 늘 물질적인 것에 집착했다. 그녀는 '부르주아'를 비웃었지만 내가 보기에는 그녀에게도 장사꾼 기질이 적잖게 있었다)

"바송피에르 아저씨도 마음이 좀 풀리셨나봐. 아저씨가 알프레드를 '멍청이'라고 불러도 개의치 않기로 했어. 아저씨의 거친 스코틀랜드 혈통 때문일 테니까. 폴리나는 나를 부러워하고 존 선생은 머리가 터질 만큼 질투가 나겠지. 어쩜 이렇게 행복할까! 진짜로 (마차와 호텔만 빼고는) 더 바랄 게 없다는 생각이 든다니까. 아, 참! 언니한테 '몽 마리'(mon mari : 내 남편)를 소개해야지. 알프레드, 이리 와요!"

그러자 내실에서 베크 부인과 이야기를 나누며 축하와 훈계가 섞인 말을 듣고 있던 아말 대령이 나왔다. 지네브라는 나를 괴물, 디오게네스, 타이먼 등의 각종 별명으로 소개했다. 젊은 대령은 아주 정중하게 행동했다. 그는 멋지게 다듬어진 번드르르한 말로 유령 소동을 비롯한 여러 가지 일들에 대해 사과하더니 마지막에는 자기 아내를 가리키며 "제 악행에 대한 최고의 변명은 저 사람입니다!"라고 덧붙였다.

그러고 나서 지네브라는 그를 베크 부인에게 돌려보냈다. 그녀는 나를 독차지하고 유치하고 엉터리 같은 이야기를 되는 대로 늘어놓아 문자 그대로 나를 숨 막히게 했다. 그녀는 야단스럽게 반지를 자랑하고 스스로 아말 백작 부인이라고 칭하면서 듣기에 어떠냐고 스무 번쯤 물어보았다. 나는 별 말을 하지 않았다. 속을 터놓지 않고 딱딱한 태도로 그녀를 대했지만 그녀도 더는 기대하지 않았으므로 문제가 없었다. 나를 익히 알고 있었던 그녀는 찬사를 바라지도 않았다. 내가 무뚝뚝하게 핀잔을 주면 흡족해했고 내가 따분하고 재미없다는 기색을 보이면 더 신나게 웃어댔다.

결혼한 지 얼마 되지 않아 아말 대령은 해로운 친구들과 습관을 끊는 가장 확실한 방법은 군대를 떠나는 거라는 충고를 받아들였다. 대사관에 자리가 하나 마련됐고, 그는 어린 아내와 함께 출국했다. 외국에 나가면 지네브라가 나를 잊어버릴 줄 알았는데 그렇지도 않았다. 그녀는 몇 년에 걸쳐 변덕스럽고 불규칙하게 편지를 보냈다. 첫 한두 해 동안은 자기 자신과 알프레드 이야기가 전부였으나 얼마 후 알프레드는 희미한 배경이 되고 그녀 자신과 새로운 등장인물이 전면에 나섰다. 알프레드 판쇼 드 바송피에르 드 아말이 그의 아버지를 대신해 주인공 노릇을 하기 시작했다.

편지에는 아이에 대한 장황한 자랑과 아이가 기적처럼 조숙하다는 과장된 설명이 가득했다. 내가 그런 자랑을 쉽사리 믿지 않고 냉담하게 군다는 맹렬한 비난도 섞여 있었다. 내가 '엄마가 된다는 게 어떤 건지' 모르고 있으며 '차가운 사람이어서 모성애라는 감정을 그리스어나 히브리어처럼 난해하게 여긴다' 는 식의 비난이었다. 어린 신사는 자연의 섭리대로 성장하면서 차츰 이가 났고 홍역과 백일해를 치렀다. 그 시기는 내게도 끔찍했다. 아이 엄마의 편지들은 그야말로 고통에 찬 절규였다. 편지에 따르면 그런 재앙을 겪은 여자는 일찍이 없었다. 그렇게 가긍한 처지에 놓인 인간도 일찍이 없었다. 처음에는 나도 깜짝 놀라서 안타까워하며 답장을 썼으나, 별일 아닌데 소리만 요란하다는 걸 알고는 다시 '타고난 차갑고 무신경한 태도'를 취했다. 고통 받는 어린 신사는 폭풍이 불어올 때마다 영웅처럼 이겨냈고, 다섯 번이나 '죽음의 문턱'까지 갔다가 다섯 번 다 기적처럼 되살아났다.

그러던 중에 알프레드 1세에 관해 좋지 못한 소문이 돌았다. 바송피에르 씨가 하소연을 들어주고 빚도 갚아주어야 했는데 그 중 몇 가지는 지저분하고 음침한 '노름빚'이라고들 했다. 한심한 불평과 아쉬운 소리도 잦아졌다. 지네브라는 나이가 들어서도 어려워질 때마다 어떤 종류의 일이건 가리지 않고 기운차게 동정을 구하고 도움을 청했다. 그녀에게는 자기 힘으로 고난을 헤쳐 나간다는 개념이 아예 없었다. 대신 어떤 형태로든, 어떤 사람을 통해서든 자기 목적을 반드시 달성했다.

인생의 힘든 일들을 다른 사람에게 다 떠넘겼으므로 전체적으로 볼 때 그녀는 내가 아는 어떤 사람보다도 고생을 덜 한 셈이다.

41. 포부르 클로틸드

이야기를 끝내기 전에 축제날 밤에 내가 얻은 '자유' 와 '갱생' 이라는 친구들에 관해서 설명을 좀 해야 하지 않을까? 환하게 밝혀진 공원에서 집으로 데려온 용감한 두 친구와 내가 얼마나 친하게 지냈는지 이야기해야 하지 않을까?

나는 바로 다음 날 그들을 시험해 보았다. 그들은 사랑의 굴레에 묶여 있던 나를 되찾았다며 큰 소리로 힘자랑을 했다. 그러나 나는 말이 아닌 행동을 요구했다. 나에게 더 큰 위안이 된다는 증거를 보여주거나 더 마음 편히 살아가게 해달라고 요구했다. 그러자 '자유' 는 자기도 가난하고 허약해서 당분간은 도와줄 수 없다며 양해를 구했다. '갱생' 은 말없이 있다가 그날 밤 돌연 사망했다.

나는 다른 방법이 없었다. 내가 너무 성급하게 과도한 추측을 했다는 은밀한 믿음을 가지는 수밖에. 질투라는 마법이 끊임없이 과거를 왜곡하고 변색시켜 보여주는 답답한 시간들을 견디려면 그렇게라도 해야 했다. 잠시 사투를 벌였으나 소용이 없었다. 나는 다시금 포로로 잡혀 불안이라는 고문대에 예전보다 더 단단히 묶였다.

그가 떠나기 전에 만날 수 있을까? 그는 내 생각을 하고 있을까? 나를 찾아올 마음이 있을까? 오늘, 아니 한 시간 내에 오지는 않을까? 그가 오지 않으면 나는 오랫동안 집중적으로 마음을 좀먹다가 끝내는 가슴을 찢어놓는 잔인한 이별의 아픔을 다시 겪어야 하는가? 희망과 의혹을 단숨에 뿌리 뽑으며 삶을 뒤흔드는 조용하면서도 치명적인 고통을 다시 겪어야 한단 말인가? 그런 폭력을 행사하는 손을 어루만지며 가엾게 여겨 달라고 호소할 수도 없다. 그가 없는데 누구에게 호소하란 말인가?

성모승천 대축일(8월 15일—옮긴이)이어서 학교 수업은 없었다. 기숙사생들과 교사들은 아침 미사에 참석했다가 시골로 산책을 나가서 농가에서 간식 혹은 오찬을 들었다. 나는 그들과 동행하지 않았다. '폴과 비르지니' 호가 닻을 올릴 날이 이틀밖에 남지 않았으므로 나의 마지막 희망에 매달리고 있었다. 난파선에서 살아남아 물에 떠다니던 사람이 마지막 남은 뗏목이나 닻줄에 악착같이 매달리는 것과 비슷했다.

1반 교실에는 목수가 와서 일을 하기로 되어 있었다. 의자나 책상을 수리하는 일이었다. 교실에 학생들이 꽉 차 있을 때는 그런 일을 하기가 어려웠으므로 종종 휴일을 활용했다. 나는 교실 안에 혼자 앉아 있었다. 원래는 방해가 되지 않도록 정원으로 나갈 작정이었으나 기운이 없어서 그대로 있었는데 목수들이 오는 소리가 들렸다.

라바세쿠르의 기술자나 하인들은 무슨 일이든 두 사람이 함께 하는 습관이 있다. 이 나라에서는 못을 하나 박으려고 해도 목수 두 명이 있어야 할 것이다. 여태껏 느릿느릿 손을 놀리고만 있다가 비로소 보닛의 리본을 묶고 있는데, 일꾼 한 사람의 발소리만 들리는 게 이상하다는 막연한 생각이 스쳐갔다. 지하감옥에 갇힌 죄수들이 쓸쓸히 시간을 보내다 지극히 사소한 일에 주의를 기울일 때가 있듯이, 나는 교실 쪽으로 오고 있는 일꾼이 나막신이 아니라 구두를 신고 있다는 사실에 주목했다. 그러다 그 사람이 수석 목수이고 조수를 불러오기 전에 먼저 둘러보려 한다는 결론을 내리고 얼른 스카프를 둘렀다. 그가 와서 교실 문을 열었다. 나는 문을 등지고 있었는데 미미한 전율이 느껴졌다. 너무 빠르게 지나가서 분석할 수도 없는 희한한 감각이었다. 내가 몸을 돌리자 수석 목수라고 생각했던 사람과 마주보게 됐다. 문 쪽을 바라보니 누군가가 서 있었다. 폴 선생의 형상이 나의 눈에 잡혔다가 뇌리에 새겨졌다.

우리가 녹초가 되도록 수없이 기도해도 하늘은 소원을 들어주지 않는다. 하지만 일생에 단 한 번은 황금의 선물 하나가 무릎 위에 떨어지게 마련이다. 그 선물이야말로 '결실'의 보고에서 나온 충만하고 완벽하고 빛나는 행운이다.

폴 선생은 벨벳으로 장식한 남자용 외투를 입고 있었다. 여행길에 입으려고 장만한 옷 같았다. 곧 떠나려고 준비한 사람처럼 보였지만 나는 그의 배가 떠나려면 아직 이틀이나 남았다는 사실을 알고 있었다. 그는 건강하고 기분 좋고 친절하고 다정해 보였다. 기운차게 들어와 순식간에 내 곁으로 다가오는 모습이 아주 밝았다. 신랑이 된다는 생각에 이렇게 얼굴이 환해진 걸까?

이유가 뭐든 간에 그에게서 나오는 햇살을 구름으로 맞이할 수는 없었다. 이게 그와 나의 마지막 순간이라면 억지로 부자연스럽게 거리를 두면서 시간을 낭비하지는 않을 작정이었다. 나는 그를 너무나 사랑했기 때문에 설령 '질투'가 기승을 부리며 다정한 작별인사를 방해한다 해도 흔들리지 않을 자신이 있었다. 그가 해주는 따뜻한 말이나 그가 보내는 부드러운 눈길은 평생 기억 속에 간직되어 나에게 좋은 영향을 미치고 최후의 쓸쓸한 협곡에서도 위안이 될 것 같았다. 그러니 기꺼이 그걸 받아야 했다. 그 만병통치약을 맛보아야 했다. 자존심 때문에 잔을 쏟아버리는 일은 없어야 했다.

물론 만남은 길지 않을 것이다. 그는 지난번에 모였던 학생들에게 해준 이야기와 똑같은 이야기를 나에게 하고 2분간 내 손을 잡고 있다가 처음이자 마지막으로 내 뺨에 딱 한 번 입술을 갖다 댈 것이다. 그러면 끝이다. 진짜 작별을 하고 나면 내가 건너갈 수 없는 거대한 심연이 우리를 갈라놓을 것이다. 심연 너머에서 그는 나를 바라보지 않고 기억하려 하지도 않을 것이다.

그는 한 손으로 내 손을 잡고 다른 한 손으로는 내 보닛을 뒤로 넘겼다. 그러고는 내 얼굴을 들여다보고 환히 웃으며 입으로는 아이가 앓거나 굶주리다 예상 밖의 몰골로 변했을 때 어머니가 할 것 같은 말을 늘어놓았다. 물론 그때 누군가가 들어와서 방해를 했다.

다급한 여자 목소리가 뒤쪽에서 들렸다.

"폴, 폴! 응접실로 와요. 아직 할 말이 많이 남았어요. 온종일 이야기를 나눠야 할걸요. 빅토르도 할 말이 많대요. 조제프도 와 있고요. 자, 폴, 친구들이 기다리는 곳으로 오세요."

베크 부인은 감시를 하고 있었든가 아니면 불가사의한 본능에 이끌려 이곳으로 왔을 것이다. 그녀는 바짝 다가와 나와 폴 선생 사이에 끼어들다시피 하면서 다시 말했다.

"이리 와요, 폴!"

그녀는 강철로 만든 단검처럼 냉혹한 눈빛으로 나를 쏘아보며 자기 친척을 밀어냈다. 폴 선생이 뒤로 물러서는 것 같았다. 그가 가버릴 것만 같았다. 견딜 수 있는 것보다 더 깊이 단검에 찔린 나는 억눌렸던 감정이 되살아나는 걸 느끼며 냅다 소리쳤다.

"가슴이 찢어질 것 같아요!"

문자 그대로 가슴이 찢어지는 아픔이 느껴졌다. 하지만 너무 긴장한 탓에 이번에는 막혀 있던 눈물샘이 터지고 말았다. 폴 선생의 숨결과 "날 믿어요!"라는 속삭임 한 번에 샘의 무거운 뚜껑이 열리고 눈물이 콸콸 흘러나왔다. 서럽게 흐느끼는 동안 왠지 마음이 놓이면서 전율과 오한에 온몸이 부들부들 떨렸다. 급기야 나는 엉엉 울고 말았다.

베크 부인이 냉정하게 말했다.

"루시 양은 나한테 맡기세요. 발작을 일으키는 거니까 진정제를 주면 나을 거예요."

나를 그녀에게 맡기고 진정제를 먹이는 건 독약을 든 암살자에게 넘기는 거나 다름없었다. 폴 선생이 낮은 목소리로 짧게 소리쳤다.

"간섭하지 마시오!"

그의 무자비한 말투가 내게는 특이하고 강렬하고 생기 넘치는 음악처럼 들렸다.

그는 코를 벌름거리고 얼굴 근육을 있는 대로 떨면서 같은 말을 반복했다.

"간섭하지 마시오!"

베크 부인이 엄격하게 말했다.

"그렇게 해서는 낫지 않아요."

폴 선생은 더욱 엄격하게 말했다.

"여기서 나가시오!"

그래도 베크 부인은 끈질기게 그를 협박했다.

"당장 사람을 보내서 실라스 신부님을 부르겠어요."

폴 선생이 다시 소리쳤다.

"이보시오! 누이! 당장 나가란 말이오!"

이번에는 낮은 소리가 아니었다. 흥분이 극에 달해 목소리가 높아져 있었다.

그가 격하게 반응하자 나는 일찍이 느껴보지 못했던 강렬한 사랑의 감정에 휩싸였다.

베크 부인이 계속 말했다.

"폴, 그건 잘못된 행동이에요. 당신처럼 무책임하고 상상력이 풍부한 사람들이 흔히 저지르는 실수라고요. 충동적이고 무분별하고 일관성도 없이 행동하시니 참 곤란하네요. 착실하고 결단력 있는 성격을 지닌 사람들의 입장에서는 도저히 이해할 수 없는 일이에요."

"그건 내가 얼마나 착실하고 결단력이 강한지 몰라서 하는 소리요. 하지만 앞으로 알게 될 거요. 그럴 만한 일이 생길 테니까."

그는 약간 온화해진 목소리로 말을 이었다.

"모데스트, 점잖고 자비로운 여자답게 구시오. 이 사람의 상한 얼굴을 보고 가엾게 여겨주시오. 내가 당신 친구이며 당신 친구들의 친구라는 걸 알잖소. 지금 나를 조롱하고 있지만 내가 믿을 수 있는 사람이라는 건 당신도 잘 알잖소. 나 자신을 희생하는 건 문제도 아니지만 지금 이 사람의 얼굴을 보니 가슴이 아프다오. 이 사람을 위로해주어야 하오. 그리고 나도 위안을 받고 싶소. 그러니까 간섭하지 마시오!"

이번에 그의 입에서 나온 "간섭하지 마시오"는 명령조였고 너무나 비통하게 들렸으므로 아무리 베크 부인이라도 지체 없이 복종할 것만 같았다. 그러나 그녀는 꼿꼿이 서서 대담하게 그를 쏘아보았다. 폴 선생도 바위처럼 흔들림 없는 무서운 눈길로 그녀를 마주보았다. 그녀가 반박하려고 입을 여는 순간 폴 선생의 얼굴이 확 붉어지면서 활활 타올랐다. 그의 움직임을 뭐라고 표현해야 할지 모르겠다. 난폭해 보이거나 예의에 어긋나지는 않는 몸짓으로 손을 뻗었는데 그녀에게 닿지도 않았다. 그녀는 휙 돌아서서 교실을 뛰쳐나갔다. 순식간에 그녀가 사라지고 문이 닫혔다.

짧은 흥분은 금방 가라앉았다. 폴 선생은 싱긋 웃으며 눈물을 닦으라고 말하고는 내가 차분해질 때까지 조용히 기다렸다. 이따금씩 나를 달래고 위로하는 말을 하기도 했다. 잠시 후 나는 다시 그의 옆에 앉았다. 이제 안심이 됐다. 절망적이지도 외롭지도 않았다. 친구가 없지도 않았고, 희망이 없지도 않았고, 삶에 염증이 나지도 않았고, 죽음을 갈구하지도 않았다.

폴 선생이 물었다.

"친구를 잃는다고 슬퍼했던 거요?"

내가 대답했다.

"저를 잊어버리신 줄 알고 죽도록 괴로워했어요. 지루한 요 며칠 내내 선생님께 한 마디 말도 듣지 못했잖아요. 작별인사도 않고 떠나실 수도 있다고 생각하다가 틀림없이 그럴 거라는 생각이 들어서 완전히 좌절했지요."

"모데스트 베크에게 했던 말을 다시 해야겠소? 당신이 날 몰라서 그렇다고 해야 하오? 당신에게 내 성격을 보여주고 들려줘야 하오? 내가 충실한 친구가 될 수 있다는 증거라도 요구할 작정이오? 명확한 증거가 없으면 내 손을 잡지도 않고, 내 어깨에 마음 놓고 손을 올리지도 않겠다 그거요? 좋소, 증거를 준비했다오. 이렇게 해명하러 왔잖소."

"뭐든 말씀하세요. 뭐든 보여주시고 뭐든 해명하세요, 선생님. 이제 차분하게 들을 수 있어요."

"우선 멀리 떨어진 시내로 같이 나갑시다. 일부러 당신을 데리러 온 거요."

나는 그게 무슨 뜻이냐고 묻거나 그의 계획을 떠보거나 반대하는 시늉을 하지 않고 보닛 끈을 다시 묶었다. 외출 준비가 끝난 셈이었다.

폴 선생은 양옆에 가로수가 심어진 대로로 갔다. 몇 번인가 라임 나무 아래의 의자에 나를 앉히기도 했다. 힘드냐고 물어보지도 않고 자기 혼자 눈짐작으로 판단해서 그렇게 했다.

그는 내가 했던 말을 상냥하고 정답게 따라했다.

"지루한 요 며칠 내내 말이오."

그가 내 목소리와 영국식 억양을 흉내 내며 말하는 건 처음 있는 일이 아니었다. 하지만 그런 장난스러운 놀림에 속이 상했던 적은 없었다. 내가 프랑스어를 글로는 잘 쓸지 몰라도 말로 할 때는 언제나 더듬거리고 틀린다고 놀려댈 때도 마찬가지였다.

"지루한 요 며칠 내내, 나는 한시도 당신을 잊은 적이 없었소. 지조 있는 여자들이 하나님의 피조물 중 자신들만이 지조 있는 존재라고 자처하는 건 잘못이오. 나 역시 얼마 전까지는 나에게 매우 강렬하고 생생하게 다가오는 어떤 진실을 감히 인정하지 못했소. 그런데…… 나를 좀 보시오."

나는 행복한 눈을 들었다. 행복한 눈이 아니었다면 내 마음을 제대로 전달하지 못한 것이다.

잠시 내 얼굴을 뜯어보던 폴 선생이 입을 열었다.

"흠, 부인할 수 없는 흔적이 있소. '지조'가 철필로 글씨를 썼구먼. 그게 고통스러웠소?"

나는 사실대로 말했다.

"아주 고통스러웠어요. 지조의 손을 치워주세요, 선생님. 제 마음을 꾹꾹 누르며 글자를 새기는 걸 더는 못 견디겠어요."

그가 혼잣말을 했다.

"안색이 저렇게 창백해서야 원. 저 얼굴을 보는 게 괴로워."

"아! 제 모습이 보기 싫다는 말씀이세요?"

이런 말이 저절로 튀어나왔기 때문에 막을 도리가 없었다. 그렇지 않아도 나의 외모에 대한 걱정이 뇌리를 떠난 적이 없었는데 그 순간에는 그런 두려움이 유독 세게 나를 짓눌렀다.

그의 얼굴에 더없이 부드러운 표정이 스쳐갔다. 스페인 사람처럼 짙은 속눈썹 아래 보랏빛 눈에 물기가 어려 반짝이고 있었다. 그가 벌떡 일어나며 말했다.

"계속 걸읍시다."

나는 용기를 내어 그를 다그쳤다. 내게는 대단히 중요한 문제였기 때문이다.

"제가 그렇게 보기 흉한가요?"

그는 걸음을 멈추고 짧지만 힘차게 대답했다. 나는 그 기세에 눌려 입을 다물었지만 아주 만족스러웠다. 그 말을 들은 후로 내가 그에게 어떤 존재인지 확실히 알았다. 그리고 나머지 사람들에게 내가 어떤 존재인지는 조금도 신경이 쓰이지 않았다. 외모에 대한 의견을 그렇게 중시한 게 어리석은 일이었을까? 그렇다. 내가 어리석었던 것 같다. 솔직히 말해서 나는 그 어리석은 일에 적잖이 열을 올리고 있었다. 폴 선생에게 추하게 보일까봐 겁이 났고, 그에게 예쁘게 보이고 싶은 마음이 꽤나 간절했다.

어디로 걸어가고 있는지 나는 잘 몰랐다. 긴 산책이었으나 내게는 짧게만 느껴졌다. 길은 쾌적했고 날씨도 화창했다. 폴 에마뉘엘 선생은 여행 이야기를 꺼냈다. 3년간 나가 있을 예정이고 과달루페에서 돌아오면 의무에서 벗어나 자유롭게 살아가고 싶다는 이야기였다. 그러더니 그가 없는 동안 나는 뭘 할 거냐고 물었다. 전에는 독립해서 작은 학교를 손수 운영하고 싶다고 말하지 않았냐면서 혹시 그 꿈을 포기했냐고 물었다.

"어머, 포기하지 않았답니다. 꿈을 실현하는 데 필요한 돈을 모으기 위해 최선을 다하고 있어요."

“나는 당신을 포세트가에 남겨두고 가기가 싫었소. 당신이 거기서 나를 너무 많이 그리워하고 외로워하면서 울적하게 지낼까봐 걱정했소.”

나는 분명히 그러리라고 생각하면서도 최선을 다해 참아보겠다고 약속했다.

그가 나지막한 소리로 말했다.

“그래도 당신이 지금 사는 곳에 그대로 있는 건 반대요. 가끔 당신에게 편지를 쓰고 싶은데 무사히 전달되리라는 보장이 없단 말이오. 포세트가에서는…… 그러니까 우리 천주교 교리가 대체로 타당하고 편리하긴 하지만 어떤 특별한 상황에서는 잘못 적용되기가 쉽고 어쩌면 오용될 수도 있단 말이오.”

내가 대답했다.

“하지만 선생님이 편지를 쓰신다면 반드시 제가 챙길 거예요. 교장이 열 명, 여교장이 스무 명 있어도 제 편지를 빼앗지 못하게 할게요. 저는 신교도라서 그런 교리는 용납할 수 없어요, 선생님. 절대로요.”

“조용, 조용. 이따가 계획을 짜봅시다. 다 방법이 있으니까 진정하오.”

그는 이렇게만 말하고 입을 다물었다.

우리는 긴 산책에서 돌아오는 길이었다. 어느 깨끗한 포부르(교외의 ‘지구’ 내지 ‘구역’에 해당한다—옮긴이)의 중간까지 왔는데 그곳의 집들은 작지만 쾌적해 보였다. 폴 선생은 아주 깔끔해 보이는 집의 하얀 현관 계단 앞에서 발길을 멈추고 말했다.

“여기 들를 거요.”

그는 문을 두드리지 않고 주머니에서 열쇠를 꺼내 문을 열고 바로 들어갔다. 내가 안으로 들어서자 그는 문을 닫았다. 하인은 나타나지 않았다. 집이 작은 만큼 현관 로비도 아담했지만 고상한 색깔로 새로 칠해져 있었다. 프랑스식 창문으로 바깥 경치가 보였는데 창틀 주위로 덩굴식물이 자라고 덩굴손과 녹색 잎들이 유리창에 살짝 닿아 있었다. 온 집안이 고요하기 이를 데 없었다.

폴 선생이 안쪽 문을 열고 거실 혹은 응접실에 해당하는 방을 보여주었다. 작지만 예쁜 방이었다. 우아한 벽지에는 붉은 색이 살짝 감돌았고 왁스칠이 된 마룻바닥 한가운데에는 화사한 사각 양탄자가 깔려 있었다. 작은 원탁이 난로 위의 거울과 함께 빛났고 작은 소파와 서랍 달린 장식장도 있었다. 장식장의 진홍색 비단을 씌운 문이 반쯤 열려 있었는데 그 틈으로 선반에 놓인 도자기가 보였다. 프랑스식 시계와 램프와 광택 없는 자기 장식품이 있었다. 넓은 창가의 벽감을 메운 초록색 받침대 위에는 꽃이 핀 아름다운 식물들이 자라는 초록색 화분이 세 개 놓여 있었다. 한쪽 구석에는 상판이 대리석으로 된 바퀴 달린 탁자가 있고 그 위에 반짇고리와 물을 채워 제비꽃을 가득 꽂아둔 유리잔이 놓여 있었다. 격자로 된 창문이 열려 있어서 신선한 바깥 공기가 들어왔고 달콤한 제비꽃 향기가 은은하게 풍겼다.

내가 소리쳤다.

"예뻐요. 정말 예쁜 곳이네요!"

폴 선생은 내가 좋아하는 모습을 보고 빙그레 웃었다.

나는 집 안에 깊게 배인 정적에 압도되어 조그맣게 속삭였다.

"여기서 누구를 기다려야 하나요?"

그가 대답했다.

"우선 이 집의 방들을 한두 개 더 구경합시다."

"선생님이 마음대로 돌아다녀도 되는 집인가 보죠?"

내 물음에 그가 조용히 대답했다.

"그렇소."

나는 그의 안내를 받으며 작은 화덕과 오븐, 윤기 나는 놋그릇 몇 벌, 의자 두 개와 식탁이 있는 작은 부엌을 구경했다. 작은 찬장에는 작지만 편리한 자기 그릇 한 벌이 들어 있었다.

초록색과 흰색의 정찬용 식기 여섯 개와 접시 네 개, 그리고 색깔이 어울리는 주전자와 잔들을 바라보는 나에게 폴 선생이 말했다.

"응접실에는 도자기로 된 찻잔과 주전자가 있소."

우리는 좁지만 깨끗한 계단으로 올라갔다. 나는 작고 예쁜 사실처럼 된 침실 두 개를 들여다보았다. 마지막으로 다시 아래층으로 내려갔다. 우리는 지금까지 열어본 문들보다 더 큰 문 앞에 의식이라도 치르듯이 잠시 서 있었다.

폴 선생이 두 번째 열쇠를 꺼내 문의 자물쇠에 넣었다. 문이 열리자 그는 나더러 먼저 들어가라고 했다.

그가 큰 소리로 말했다.

"자, 보시오!"

그 넓은 방은 그전까지 본 방들에 비하면 밋밋하지만 먼지 하나 없이 청결했다. 잘 닦인 마룻바닥에는 양탄자가 깔려 있지 않았다. 초록색 긴 의자와 책상이 두 줄로 놓여 있었고 가운데에 통로가 있었으며 한쪽 끝에는 교단과 교사 의자와 책상이 있었다. 교사용 책상과 의자 뒤로는 칠판이 있었다. 벽에는 지도가 두 장 걸려 있었고 창가에는 가꾸기 쉬운 식물들이 몇 그루 심어져 있었다. 한 마디로 완벽하고 깔끔하고 산뜻한 작은 교실이었다.

내가 물었다.

"이 집은 학교였군요? 누가 운영하는 거죠? 이 교외에 학교가 있다는 말은 들어본 적이 없는데요."

그러자 폴 선생은 외투 주머니에서 전단지 몇 장을 꺼내 내 손에 쥐어주며 말했다.

"내 친구를 대신해서 나눠주려고 만든 학교 안내서를 너른 마음으로 승인해주길 바라오."

나는 읽기 쉬운 글자체로 인쇄된 전단지를 들여다보고 읽어나갔다.

"여학교. 포부르 클로틸드 7번지. 교장 마드무아젤 루시 스노."

* * * * *

그럼 나는 폴 선생에게 뭐라고 대답했던가?

인생에는 좀처럼 기억이 나지 않는 대목이 있는 법이다. 어떤 시점, 어떤 중요한 순간, 기쁨이나 슬픔이나 놀라움과 같은 어떤 감정들은 나중에 되돌아보면 빠른 속도로 빙빙 도는 수레바퀴처럼 흐릿하게 보일 뿐이다.

어린 시절에 관한 기억이 없는 것과 마찬가지로 그 엄청난 사실을 알게 된 직후에 내가 어떤 생각을 하고 뭐라고 말했는지도 거의 기억나지 않는다. 그나마 명료하게 떠오르는 건 내가 속사포처럼 빠른 속도로 같은 말을 하고 또 했다는 사실이다.

"선생님이 준비하신 거라고요? 폴 선생님, 이게 선생님 집이에요? 직접 집을 꾸미셨어요? 전단지도 직접 만드셨나요? 저를 염두에 두신 건가요? 교장이 저예요? 혹시 루시 스노가 또 있나요? 어서요, 뭐라고 말 좀 해보세요."

하지만 그는 아무 말도 하려 들지 않았다. 그의 흐뭇한 침묵과 눈을 내리깔고 웃음 짓는 모습과 몸짓이 지금도 눈에 선하다.

내가 큰 소리로 외쳤다.

"어떻게 된 거예요? 전부 알아야겠어요. 전부 다 이야기해 주세요."

종이 뭉치가 바닥에 떨어졌다. 그가 손을 내밀었고, 나는 다른 일을 모두 잊고 그의 손을 잡았다.

"세상에! 당신은 지루한 요 며칠 내내 내가 당신을 잊었다고 말했지. 불쌍한 늙은 에마뉘엘! 끔찍한 3주 동안 페인트공에서 실내장식업자로, 목수에서 잡역부로 변신하며 돌아치고도 고작 그런 말밖에 듣지 못하다니. 내 머릿속에는 루시와 '루시의 집'(Lucy' s cot: 워즈워스의 시 '내가 겪은 기이한 열정들Strange fits of passion have I known' 에 나오는 구절—옮긴이) 생각밖에 없었단 말이오!"

나는 어찌할 바를 모르고 있다가 부드러운 벨벳으로 된 그의 소맷부리를 쓰다듬었다. 그러고는 벨벳에 둘러싸인 그의 손을 어루만졌다. 그의 선견지명과 관용과 조용하면서도 강력하고 효과적인 친절이 생생한 현실로 입증되니 정신이 멍했다. 그가 밤잠을 아껴가며 나를 생각해주었다는 확신이 하늘에서 내려온 빛처럼 나에게 쏟아졌다. 그의 애정이 넘치는(과감하게 이런 표현을 쓰겠다) 온화한 표정이 형언할 수 없는 힘으로 나를 마구 흔들고 있었다. 그런 와중에 겨우 마음을 다잡고 현실적인 문제로 시선을 돌렸다.

"선생님이 이런 수고를 하시다니요! 비용은 또 어떻고요! 돈을 가지고 계셨던가요, 폴 선생님?"

그는 솔직히 털어놓았다.

"돈이야 많았지! 여기저기서 하던 수업을 정리하니 상당히 많은 돈이 수중에 들어왔소. 그 돈의 일부로 나 자신에게 지금까지 없었고 앞으로도 없을 가장 값비싼 선물을 하기로 결심했소. 그러길 잘했지. 근래에는 밤낮으로 이 순간을 머릿속에 그리며 살았소. 당신 근처에 얼씬하지 않았던 건 미리 말하지 않으려고 그랬던 거요. 미덕인지 악덕인지는 모르겠지만 뭘 숨기는 재주가 내게는 없잖소. 당신의 힘이 미치는 영역에 발을 들여놓았다면, 당신이 의아한 표정으로 '어디에 계셨어요, 폴 선생님? 뭘 하고 계셨어요? 숨기시는 게 뭐죠?' 라고 물었다면, 나의 처음이자 마지막 비밀이 그 자리에서 낱낱이 밝혀졌을 거요. 이제 당신이 여기 살면서 학교를 운영하시오. 내가 멀리 가 있는 동안 혼자 사업을 하는 거요. 가끔씩은 내 생각도 해야 하오. 나를 위해서 당신의 건강과 행복에 유의하시오. 그리고 내가 돌아오면……."

그는 여기까지 말하고 멈췄다.

나는 그의 말대로 다 하겠다고, 기쁜 마음으로 열심히 일하겠다고 약속했다.

"당신의 충실한 청지기(누가복음 12, 16장에 충실한 청지기와 정직하지 못한 청지기 이야기가 나온다—옮긴이)가 되겠어요. 당신이 언제 오셔도 장부가 맞아떨어지게 할게요. 선생님은 너무나 좋으신 분이에요!"

내 감정을 표현하려고 애썼지만 그런 말로는 부족했다. 적절한 말을 찾기가 불가능했다. 언어는 딱딱하고 깨지기 쉽고 차가운 얼음 같아서 내가 노력하는 동안 녹아버리거나 부서져 버렸다. 그는 말없이 나를 바라보았다. 내 머리를 쓰다듬으려고 부드럽게 올라가던 그의 손이 내 입술에 닿았다. 나는 그 손에 입을 맞추며 경의를 표했다. 그는 나의 왕이었다. 그 손이 베푼 은혜는 존귀한 것이었고 경의를 표하는 일은 기쁨인 동시에 의무였다.

* * * * *

오후가 지나가고 고요한 저녁 시간이 찾아와 조용한 포부르에 그늘을 드리웠다. 폴 선생은 아침부터 바쁘게 돌아다녔으니 뭘 좀 먹어야겠다면서 내가 여주인 노릇을 해야 한다고 말했다. 그는 나더러 황금색과 흰색의 예쁜 도자기 잔에 코코아를 따라달라고 하고는 근처 식당에 가서 필요한 물건을 사왔다. 덩굴식물로 덮인 프랑스식 창문 밖의 발코니에는 작은 원탁과 의자 두 개를 놓았다. 나는 약간 수줍으면서도 기쁜 마음으로 여주인 역할을 수락해 탁자에 쟁반을 올려놓고 후원자 겸 손님을 대접했다.

발코니는 집 뒤편에 있었다. 우리를 에워싼 교외의 정원 너머로 넓은 들판이 펼쳐져 있었다. 대기는 고요하고 온화하고 신선했다. 포플러와 월계수와 사이프러스와 장미꽃 위로 아주 사랑스럽고 아주 행복한 달이 보였는데 달이 미소를 짓자 내 심장도 떨렸다. 달 옆에는 별 하나가 시종처럼 빛났다. 시기심 없는 순수한 사랑의 빛이었다. 근처의 넓은 정원에서는 연못에서 물이 뿜어져 나왔고 물줄기 위로 창백한 조각상이 허리를 구부리고 있었다.

미풍은 은빛으로 속삭이고, 샘에서는 물이 솟아오르고, 나뭇잎은 음악처럼 살랑거리며 나지막한 저녁기도를 읊조리고 있었다. 나에게 이야기하는 폴 선생의 온화한 목소리는 이곳의 분위기와 썩 잘 어울렸다.

행복한 시간이여, 잠시만 더 있어다오! 깃털을 늘어뜨리고 날개를 쉬게 하라! 하늘이여, 그대의 눈썹을 내 쪽으로 기울여다오! 하얀 천사여, 그대의 빛이 조금만 더 머물게 해다오! 곧 따라올 구름에게 그 빛의 반사광을 남겨주고, 시간에게도 추억에 잠길 때 필요한 빛 한 줄기를 보내주길!

우리의 식사는 소박했다. 코코아와 롤빵과 신선한 여름 과일 한 접시와 초록색 나뭇잎 위에 올린 버찌와 딸기가 전부였다. 하지만 우리에게는 진수성찬보다도 훌륭한 식사였고, 나는 폴 선생의 시중을 들면서 무한한 기쁨을 맛보았다. 나는 그에게 친구들도 아는 일이냐고 물었다. 실라스 신부와 베크 부인은 그가 무슨 일을 했는지 알고 있을까? 그들이 나의 집을 보았을까?

그가 대답했다.

"나의 친구여, 당신과 나 말고는 아무도 모른다오. 누구와도 나누지 않고 세상의 때가 묻지도 않은 우리 둘만의 신성한 즐거움이오. 솔직히 말하자면 나는 이 일에서 고상한 즐거움을 누렸기 때문에 사람들에게 알려서 통속적인 일로 만들고 싶지 않았소. 더욱이 (여기서 그는 미소를 지었다) 나도 비밀을 지킬 줄 아는 사람이라는 걸 루시 양에게 보여주고 싶었다오. 루시 양은 나에게 자제력과 조심성이 없다고 번번이 비웃었잖소! 내가 무슨 일을 하면 온 세상 사람들이 다 안다고 은근히 놀려댄 적이 얼마나 많았소!"

그건 틀림없는 사실이었다. 나는 그 점에 대해 그를 가차 없이 놀렸고 다른 단점들도 빠짐없이 지적했다. 고결하고 마음 넓고 사랑스러운 결점투성이의 작은 남자여! 당신이 속마음을 터놓을 가치가 있는 분이었기에 언제나 솔직하게 대한 거랍니다.

나는 계속해서 질문을 던졌다. 집의 소유주는 누구인가요? 누구에게 집세를 내야 하나요? 집세는 얼마죠? 그러자 그는 이런 사항들이 수록된 문서를 내게 건넸다. 모든 걸 예상하고 미리 준비해 뒀던 것이다.

짐작했던 대로 집은 폴 선생 소유가 아니었다. 그는 집주인이 될 만한 사람이 아니었다. 애석한 일이지만 내가 보기에 그에게는 저축하는 능력이 없는 게 분명했다. 돈을 벌 줄은 알아도 모을 줄은 모르는 사람이라 회계사가 필요했다. 폴 선생은 집주인이 바스빌에 사는 부유한 평민이라고 설명한 후 이렇게 덧붙여 나를 깜짝 놀라게 했다.

"당신 친구이자 당신을 무척 존경하는 사람이라오."

나는 뜻밖의 유쾌한 사실을 알게 됐다. 집주인은 바로 파란만장했던 그날 밤 공원에서 나에게 친절하게 자리를 잡아주었던 성질

급하고 마음씨 좋은 서점 주인 미레 씨였다. 사람들의 존경을 받는 부유한 평민이었던 미레 씨는 이쪽 포부르에 집을 몇 채 가지고 있다고 했다. 임대료는 비싸지 않았다. 빌레트 중심가에 위치한 비슷한 규모의 집을 빌리는 돈의 절반도 되지 않는 액수였다.

폴 선생이 말했다.

"나는 일이 잘 될 거라고 생각하지만, 혹시 행운이 따라주지 않는다 해도 좋은 사람에게 당신을 맡기고 간다고 생각하니 마음이 놓이오. 미레 씨는 부당한 요구를 하지 않을 거요. 첫해의 집세는 당신이 저축해 둔 돈으로 낼 수 있소. 그 이듬해부터는 하나님을 믿고 루시 양, 당신 자신을 믿으시오. 그건 그렇고 학생은 어떻게 모집할 거요?"

"전단지를 배포해야겠죠."

"옳소! 나는 시간을 낭비하기 싫어서 어제 미레 씨에게 한 장을 줬소. 프티 부르주아인 미레 씨의 세 딸을 맨 처음 받아들이는 데 반대하진 않겠지? 그들을 당신에게 맡기기로 했는데."

"어느 것 하나 빠뜨리지 않으시는군요. 선생님은 정말 대단해요. 방금 반대라고 하셨나요? 반대라는 게 가당키나 한가요? 작은 주간 학교를 시작하면서 처음부터 귀족 학생들이 몰려올 거라고 기대하지는 않아요. 귀족이 영영 오지 않아도 관계없어요. 미레 씨의 딸들을 맡게 된다니 영광이네요."

그러자 폴 선생이 말했다.

"그리고 학생이 하나 더 있소. 매일 와서 영어 수업을 받겠다고 하는구려. 부유한 아가씨니까 수업료도 많이 낼 거요. 나의 대녀이자 피후견인인 주스틴 마리 소뵈르 양이오."

그 이름이 대체 뭐기에 그랬을까? 주스틴 마리 소뵈르라는 세 단어가 그렇게도 싫었을까? 그전까지 기쁨에 넘쳐 귀를 기울이다가 매번 유창하게 대답하던 나였지만 그 이름을 듣는 순간 꽁꽁 얼어붙고 말았다. 주스틴 마리 소뵈르라는 세 단어에 말문이 막혔다. 나는 그런 반응을 숨기려 애쓰지 않았고 사실상 숨길 수도 없었다.

폴 선생이 물었다.

"갑자기 왜 그러오?"

"아무것도 아니에요."

"아무것도 아니긴! 안색이 바뀌었는데. 얼굴이 창백해지고 눈빛이 흐려졌잖소. 아파 보이는데 아무것도 아니긴 무슨! 뭔가 괴로운 일이 있구려. 나에게 말해보시오."

나는 아무 말도 할 수 없었다.

폴 선생이 의자를 바짝 끌어당겼다. 내가 말없이 냉랭하게 있었는데도 그는 짜증 한 번 내지 않고 내가 입을 열게 하려고 노력했다. 그는 끈기 있게 졸라댔고 참을성 있게 기다렸다.

"주스틴 마리는 착하고 유순하고 붙임성도 있는 아가씨라오. 영리하진 않지만 당신도 그녀를 좋아하게 될 거요."

"그렇지 않을 걸요. 주스틴 마리는 받지 않을래요."

"나를 어리둥절하게 만들고 싶소? 주스틴 마리를 아시오? 아하, 뭔가 있구려. 또 조각상처럼 얼굴이 창백해졌소. 이 폴 카를로스를 믿고 걱정을 털어놓으시오."

그의 의자가 내 의자에 닿았다. 그는 조심스럽게 손을 뻗어 내 얼굴을 그에게로 돌리고 재차 물었다.

"주스틴 마리를 아시오?"

그의 입에서 다시 그 이름이 나오자 나는 뭐라고 설명하기 어려운 압박을 느꼈다. 그렇다고 기가 죽은 건 아니었고 오히려 흥분이 되면서 뜨거워진 피가 혈관 속에서 빠르게 흘렀다. 날카로운 고통의 시간들, 마음의 병을 앓던 수많은 밤과 낮이 떠올랐다. 이제 그가 내 곁에 앉아 있는데, 오래전부터 단단하고 긴밀하게 얽힌 삶을 살아온 우리 둘의 마음과 애정이 비로소 서로에게 가까워졌는데, 방해나 이별을 암시하는 말을 들으니 화가 나면서 격렬한 고통과 오만한 결의와 분노와 반항심이 막 솟아났다. 그런 상황에서는 누구도 눈과 뺨의 불꽃을 감출 수 없고 어떤 진실한 사람도 터져 나오는 비명을 억제할 수 없을 것이다.

나는 입을 열었다.

"말씀드릴 게 있어요. 다 말할게요."

"말해 보오, 루시. 가까이 와서 이야기하시오. 내가 아니면 누가 당신을 아껴주겠소? 폴 에마뉘엘이 아니면 누가 당신 친구가 되겠소? 말해 보시오!"

그래서 나는 말했다. 모든 걸 털어놓았다. 이제는 어휘가 부족하지 않았다. 재빠르고 유창하게 이야기를 풀어냈다. 혀끝에서 말이 줄줄 흘러나왔다. 공원에 갔던 그날 밤으로 돌아가서 약을 탄 음료를 마시게 된 이야기며, 약 기운에 흥분해서 머리맡의 휴식을 내던지고 침대에서 벌떡 일어났던 이야기며, 화려하면서도 장엄한 환상에 이끌려 밖으로 나간 이야기며, 시원하고 깊은 호숫가의 나무 그루터기에 앉아 혼자 여름밤을 보낸 이야기를 했다. 군중과 가면, 음악과 램프, 휘황찬란한 빛, 멀리서 들려온 조총 소리와 높은 곳에서 울려 퍼지던 종소리 이야기도 했다. 내가 경험했던 것, 내가 보고 듣고 알아낸 것들을 빠짐없이 상세히 이야기했다. 어떻게 하다 그를 발견하고 지켜보게 됐는지, 어떤 이야기를 얼마나 듣고 어떤 추측을 했는지도 이야기했다.

간단히 말해서 나를 믿어주는 그에게 모든 걸 털어놓았다. 진실하고 정확하게, 열정적으로, 쓰라린 마음으로 황급히 이야기를 쏟아냈다.

폴 선생은 내가 그런 식으로 이야기해도 말을 막지 않고 오히려 손짓과 미소와 짧은 대답으로 계속하라고 격려했다. 이야기가 반도 끝나지 않았을 때 그는 내 두 손을 잡고 전에 없이 뜨거운 눈빛으로 내 눈을 바라보았다. 그의 얼굴을 보니 나를 진정시키려는 것도 아니고 내 말을 막으려는 것도 아닌 것 같았다. 그는 자기 원칙을 잊어버렸고 내가 정면으로 도전하는데도 특유의 방식으로 억누르지 않았다. 나는 혹독한 비난을 받아 마땅했다. 그러나 언제는 인과응보가 제대로 실현됐던가? 가혹한 벌을 받아도 할 말이 없는 상황이었지만 그는 그냥 눈감아주었다.

주스틴 마리를 학교에 받지 않겠다고 우겼던 건 내가 생각해도 독단적이고 비합리적인 처사였다. 폴 선생은 즐거운 듯 껄껄 웃었다. 그전까지는 알지도 못했던 흥분과 질투와 오만이 내 본성에 숨어 있었을 줄이야! 폴 선생은 나를 가슴팍에 끌어안았다. 나는 결함이 많은 사람이었지만 그는 그런 나를 있는 그대로 받아들였다. 반란이 가장 격해지는 순간에 쓰려고 심오한 평화의 마법을 간직하고 있었던 모양이다. 내 귓가에서 그의 음성이 부드럽게 울렸다.

"루시, 내 사랑을 받아주시오. 언젠가는 삶을 함께해 주오. 지상에서 내게 가장 소중한 사람이 되어 주시오."

우리는 달빛을 받으며 포세트가로 돌아갔다. 에덴동산에도 그런 달빛이 비쳤으리라. 에덴의 그늘진 곳들을 구석구석 비추다가 이름 모를 신이 거룩한 발걸음을 내딛는 영광스러운 길을 황금빛으로 물들였을 법한 달빛이었다. 어떤 남녀는 평생에 한 번은 우리의 시조 아담과 이브가 살았던 신선한 태초의 날들로 돌아가서 그 위대한 아침의 이슬을 맛보고 햇빛에 몸을 담근다.

걸어가는 동안 폴 선생은 나에게 주스틴 마리 이야기를 들려주었다. 그는 언제나 주스틴 마리를 딸처럼 여기고 사랑했으며, 그의 동의하에 그녀가 부유한 상인인 독일 청년 하인리히 뮐러와 몇 달 전에 약혼했고 그해 안으로 결혼할 예정이라는 이야기였다. 사실 폴 선생의 친척과 지인들 가운데 몇몇은 유산을 차지하려는 속셈에서 그를 주스틴 마리와 결혼시키고 싶어 했다. 하지만 정작 폴 선생은 그런 계략을 역겹게 여기고 절대로 받아들일 수 없는 이야기라고 일축했다고 한다.

우리는 베크 부인의 집 대문에 도착했다. 성 요한 성당의 시계가 9시를 쳤다. 18개월 전 이 시간에, 이 집에서, 이 사람이 몸을 굽혀 내 얼굴과 눈을 들여다보고는 내 운명을 결정했다. 그리고 그날 저녁, 그는 다시 한 번 몸을 굽혀 나를 들여다보며 판결을 내렸다. 그때와 판이하게 다른 눈길로, 완전히 달라진 운명을 선포했다!

그는 나를 자기와 같은 별 아래 태어난 사람으로 간주했다. 그리고 자기의 별빛을 내 위에 깃발처럼 펼치고 있었다. 그를 잘 알지 못하고 사랑받지 못했을 때는 그가 냉혹한 괴짜로만 보였다. 작은 키, 뻣뻣하고 깐깐한 인상, 각진 얼굴, 까무잡잡한 피부, 거동이 다 눈에 거슬렸다. 하지만 그에게 깊은 감명을 받고, 그의 애정으로 살아가고, 그의 가치를 머리로 이해하고, 그의 훌륭한 인격을 가슴으로 느끼게 된 그때는 이 세상 누구보다도 그가 좋았다.

우리는 헤어졌다. 그는 나에게 언약을 하고 나서 작별인사를 했다. 다음 날 그는 항해를 떠났고, 우리는 진짜로 헤어졌다.

42. 끝

사람은 앞일을 내다볼 수 없다. 사랑은 신의 약속이 아니다.

우리는 때때로 두려운 마음에 헛된 상상을 한다. 그가 없는 3년! 그날들을 예상하며 얼마나 몸서리를 쳤던가! 그 3년 동안 닥칠 고통은 죽음처럼 불가피한 걸로 보였다. 나는 그 시간들이 어떻게 흘러갈지 알고 있었다. 그렇게 세월이 흐르는 동안 얼마나 괴로울지 확신하고 있었다. 크리슈나 신의 마차에 불길한 짐이 가득 쌓여 있었다(힌두교 제례에서 크리슈나 신의 우상이 거대한 수레를 타고 지나가면 신자들이 그 바퀴 밑에 몸을 던졌다고 전해진다—옮긴이). 나는 엎드린 신자의 입장이었는데, 커다란 마차 바퀴로 흙을 짓이기며 크리슈나가 가까이 다가오는 모습을 보니 으드득거리는 소리가 귓가에 울리는 것 같았다.

이건 이상한 이야기지만 진실이다. 살다 보면 이상한 일들이 참 많지 않은가. 바퀴에 깔리는 건 내가 예상했던 지독한 고문이 아니라 그것과 '비슷한' 경험이었다. 사륜마차에 고고하게 앉은 크리슈나 신은 요란한 소리를 내며 성난 얼굴로 질주해 왔다. 그런데 막상 와서는 정오의 하늘을 휩쓰는 그림자처럼 조용히 지나갔다. 눈에 보이거나 느껴지는 건 오싹한 어둠뿐이었다. 나는 고개를 들었다. 사륜마차와 악마 마부는 가 버렸고, 엎드린 신자는 아직 살아 있었다.

폴 에마뉘엘 선생은 3년간 떠나 있었다.

독자여, 그 3년이 내 인생에서 가장 행복한 시간이었다고 하면 역설이라고 코웃음을 치겠는가? 들어보라. 나는 학교를 열어서 일을 시작했다. 그리고 열심히 일했다. 폴 선생의 재산을 관리하는 청지기로서 하늘이 허락하는 한 좋은 실적을 거두려고 마음먹고 있었기 때문이다. 처음에는 평민의 자녀들이 왔지만 머지않아 신분이 높은 학생들도 왔다. 두 해째 되던 해의 중반에는 뜻밖에 100파운드가 더 생겼다. 어느 날 영국에서 100파운드짜리 수표가 동봉된 편지를 한 통 받았던 것이다. 편지를 보낸 사람은 세상을 떠난 그리운 고용주의 사촌 마치몬트 씨였다. 그는 심각한 병을 앓다가 회복된 직후였는데 마음의 평화를 얻기 위해 그 돈을 내게 보냈다. 자세히는 모르지만 그는 친척 아주머니가 죽은 후에 발견된 서류에 루시 스노라는 이름이 언급됐거나 부탁의 말이 있었는데 제대로 처리하지 않았다는 양심의 가책을 느끼다가 배럿 부인을 통해 내 주소를 알아낸 모양이었다. 나는 그가 얼마나 양심에 거리끼는 일을 했는지 알려고 하지 않았다. 아무것도 묻지 않고 그저 돈을 받아서 유용하게 썼다.

나는 100파운드로 내가 머무는 집의 옆집을 샀다. 폴 선생이 골라준 집을 떠날 생각은 없었다. 그는 나를 그 집에 남겨두고 떠났으며 돌아와서도 내가 그 집에 있는 모습을 보기를 기대했으니까. 나의 주간학교는 기숙학교로 발전했고 여전히 번창하고 있었다.

나의 성공 비결은 나 자신에게 있지 않았고 기부금이나 나의 어떤 능력도 아니었으며 새로운 환경과 멋지게 바뀐 삶과 편안해진 마음에 있었다고 생각한다. 나를 움직이는 활력의 원천은 바다 건너 저 멀리 서인도제도에 있었다. 그와 작별할 때 내가 물려받은 재산이 있었다. 현재에 대한 사색과 미래에 대한 희망, 인내심을 가지고 근면하고 진취적이고 용감한 태도로 꾸준히 앞으로 나아가려는 의지였다. 나는 빈둥거릴 수가 없었다. 이제 웬만한 일에는 마음이 흔들리지 않았다. 당황하거나 겁을 먹거나 우울해질 일도 거의 없었다. 무엇이든 즐거웠고 사소한 일에서도 재미를 찾았다.

이 따스한 불꽃이 저절로 타올랐다거나, 그가 남겨두고 떠난 희망과 헤어질 때 나눈 약속에만 의존해서 유지됐다고 생각지는 마시라. 자비로운 공급자가 연료를 넉넉히 채워주었기에 가능한 일이었다. 나는 추위에 떨거나 궁핍하게 살지 않았다. 가난을 걱정하지도 않았고 불안에 시달리지도 않았다.

폴 선생은 배편이 있을 때마다 편지를 보냈다. 그는 모든 걸 진심으로 주었고 사랑이 넘치는 편지를 썼다. 그는 정말로 쓰고 싶어서 편지를 썼다. 그리고 편지가 짧아지지 않게 하려고 정성을 기울였다. 그는 루시를 사랑했고 루시에게 하고 싶은 말이 많았기 때문에, 사려 깊고 신의가 있었기 때문에, 다정하고 진실했기 때문에 책상 앞에 앉아 펜과 종이를 들었다. 그에게는 거짓이나 속임수나 허위가 없었다. 그의 입에서는 번드르르한 사과의 말이 나오지 않았고, 그의 펜에서는 비굴한 아첨이나 공허한 문장이 나오지 않았다. 그는 떡을 달라는데 돌을 주지 않았고(마태복음 7 : 9 사람을 우롱하지 않았다는 뜻—옮긴이), 변명을 하지 않았으며, 알을 달라는데 전갈을 주지도 않았고(누가복음 11 : 12—옮긴이), 사람을 실망시키는 법도 없었다. 그의 편지는 영양이 풍부한 진짜 음식이었고 원기를 찾아주는 생명수였다.

내가 감사했느냐고? 그건 하늘이 아신다! 이렇게 살뜰히 기억해

주고 도와주고 한결같이 친절하게 대해주는 훌륭하고 고귀한 이에게 평생토록 감사하지 않는 사람이 어디 있겠는가?

그는 자신의 신앙을 고수하면서도(그는 쉽게 배교할 사람이 아니었다) 나더러는 마음 놓고 순결한 신앙을 지키라고 했다. 그는 나의 신앙을 조롱하거나 시험하지 않았다. 그는 이렇게 말했다.

"신교도로 남으시오. 나의 작은 영국인 신교도여, 나는 당신 안에 있는 신교를 사랑하오. 그게 엄청나게 매력적이라는 점도 인정하오. 신교의 예식에는 무언가가 있소. 나는 그걸 받아들이기 어렵지만 루시에게 맞는 건 그 신앙이 유일하오."

로마 교황청이 달려들어도 그를 편협한 구교도로 만들 수 없었고, 해외포교성성(海外布教聖省)이 나서도 그를 진짜 예수회 신자로 만들 수 없었다. 그는 태생적으로 정직한 사람이었고 교활한 구석 없이 소박했으며 자유인이었다. 인정이 많아서 신부의 손에 놀아나는 경향이 있었고, 헌신적 애정과 열정적인 신심으로 인해 가끔 눈이 멀어 자신을 제대로 돌보지 못하면서까지 동료들의 일을 대신해주고 변질된 목적을 위해 봉사하기도 했다. 하지만 이런 결점들은 희귀하고 당사자가 상당히 비싼 대가를 치러야 하는 것인 만큼 언젠가는 값진 보물로 인정받을 날이 올지도 모르겠다.

* * * * *

3년이 지났다. 폴 선생의 귀국이 확정됐다.

때는 가을이고, 11월의 농무가 끼기 전에 그가 나와 함께 있을 예정이다. 나의 학교는 잘 굴러가고 집은 그를 맞아들일 준비가 돼 있다. 나는 그를 위해 작은 서재를 만들어 그가 맡겨놓고 간 책으로 책꽂이를 가득 채웠다. 그를 사랑하는 마음에서 그가 아끼던 식물들을 가꾸었는데(원래 나는 꽃 가꾸기에 취미가 없었다) 몇 그루는 지금 꽃이 피어 있다. 그가 떠날 때 나는 그를 사랑한다고 생각했다. 지금은 그를 더욱 사랑한다. 그가 내 사람임을 더 명확히 느낀다.

추분이 지났다. 낮이 짧아지고 나뭇잎이 시들었다. 하지만 그가 곧 돌아올 것이다.

밤에 서리가 끼기 시작했다. 11월이 오기도 전에 안개가 자욱하다. 가을바람이 윙윙거리며 불어댄다. 하지만 그가 곧 올 것이다.

구름 가득한 하늘이 어둡다. 서쪽에서 난파선 한 척이 오고 있다. 구름들이 이상하게 쪼개져 아치 모양이 되거나 방사형으로 넓게 퍼진다. 눈부신 아침이 밝아온다. 군주처럼 당당하게, 장엄한 자줏빛으로 빛나는 아침. 하늘은 하나의 불꽃이다. 불길이 어찌나 사나운지 치열한 혈전을 방불케 한다. 오만한 승리의 여신도 체면을 구길 정도로 유혈이 낭자하다. 나는 하늘의 징조를 몇 가지 알고 있다. 어린 시절부터 눈여겨봤기 때문이다. 하나님, 저 배의 항해를 돌봐주소서! 부디 지켜주소서!

바람이 서쪽으로 옮아간다. 창문마다 대고 통곡하는 죽음의 요정 밴시여, 조용히 해라. 제발 조용히 해라! 바람이 더 세지고 파도는 더 높아질 것 같다. 강풍이 길게 비명을 지른다. 내가 집 안에서 밤새도록 걸어 다녀도 돌풍을 잠재울 수는 없다. 이후 몇 시간 동안 더 세찬 바람이 분다. 자정이 되자 잠을 이루지 못하고 지켜보던 사람들이 모두 두려운 마음으로 거친 남서풍에 귀를 기울인다. 폭풍은 7일 동안이나 미친 듯이 포효했다. 난파선의 잔해가 대서양에 흩뿌려지고 나서야 멈췄다. 깊은 바다가 다 차도록 양분을 실컷 섭취하고 나서야 잠잠해졌다. 파괴적인 폭풍의 천사는 일을 완벽하게 마치기 전까지 날개를 접으려 하지 않았다. 그 날개가 한번 퍼덕이면 천둥이 쳤고, 날개의 깃털이 한번 떨리면 바람이 몰아쳤다.

잠잠하라, 고요하라!(마가복음 4 : 39 '예수께서 깨어 바람을 꾸짖으시며 바다더러 이르시되 잠잠하라 고요하라 하시니 바람이 그치고 아주 잔잔하여지더라' —옮긴이) 오, 해변에서 기다리며 고통스럽게 기도를 올리던 사람들은 그 말이 나오기를 간절히 기다렸지만 주님은 입을 여시지 않았다. 마침내 주님의 음성이 울리고 사방이 고요해졌을 때 몇몇 사람은 그 고요를 느끼지 못했다. 해가 다시 떠올랐을 때도 몇몇 사람에게는 여전히 캄캄한 밤이었다!

여기서 멈추자. 당장 멈춰야 한다. 이만하면 충분히 이야기했다. 착하고 마음이 평온한 사람들을 괴롭히지 말자. 낙천적인 상상을 잘 하는 사람들에게 희망을 남겨두자. 격심한 공포에 시달리다 환생한 기쁨과 위험에 처했다가 구조된 감격과 불안으로부터의 놀라운 해방과 성공적인 귀환을 상상하게 해주자. 다시 만나서 행복하게 사는 모습도 그려보게 해주자.

베크 부인은 한평생 유족하고 풍요롭게 살았다. 실라스 신부도 마찬가지였다. 발라벤스 부인은 아흔까지 살다가 세상을 떠났다.

안녕.

"빌레트! 빌레트! 읽어보셨나요?
〈제인 에어〉보다 훨씬 놀라운 책입니다.
불가사의한 힘이 느껴져요."

샬럿 브론테의 세 번째 소설이자 마지막 소설인 〈빌레트(Villette)〉가 1853년 출간됐을 때 영국 소설가 조지 엘리엇이 했던 말이다. 뿐만 아니라 20세기 소설가인 버지니아 울프 역시 〈빌레트〉를 가리켜 샬럿 브론테의 "가장 훌륭한 소설"이라 평가한 바 있다.

이 소설의 무대인 '빌레트'는 벨기에의 수도 브뤼셀을 모델로 삼은 가상의 지명으로 알려져 있다. 샬럿 브론테는 실제로 1842년부터 1844년까지 브뤼셀의 어느 기숙학교에 체류한 경험이 있었으므로, 〈빌레트〉는 샬럿 브론테의 자전적 소설이라고도 할 수 있겠다.

〈빌레트〉는 소극적이고 내성적인 주인공 루시 스노가 14세 때 대모인 브레튼 부인과 그녀의 아들 그레이엄 브레튼, 그리고 폴리나 홈이라는 꼬마 손님을 관찰하는 데서 시작된다.

'폴리'라는 애칭으로 불리는 폴리나는 성격이 특이한 꼬마여서 곧 그녀보다 나이가 많은 그레이엄에게 강렬한 애착을 보였고, 그레이엄은 그녀에게 아낌없는 관심을 쏟아주지만 폴리나의 아버지가 와서 그녀를 데려가 버린다.

그로부터 몇 년 후, 루시는 분명하게 서술되지 않은 가정상의 불행 때문에 당장 일자리를 구해야 하는 처지가 된다. 그녀는 프랑스어를 한 마디도 못했지만, 새로운 곳에 가면 무언가를 찾을 수도 있으리라는 막연한 기대를 품고 23세의 나이에 홀로 '라바세쿠르'라는 가상의 나라로 간다.

라바세쿠르의 수도인 빌레트에 도착한 루시는 베크 부인의 여자 기숙학교에서 교사로 일하게 되고, 교직원과 학생들에 대한 베크 부인의 지속적인 감시 속에서도 그럭저럭 잘 해나간다.

베크 부인의 기숙학교에는 존 선생이라는 잘생긴 영국인 의사가 자주 온다(이 존 선생이 바로 어린 시절의 그레이엄 브레튼이라는 사실이 나중에 밝혀진다). 그가 자주 오는 이유는 이기적이고 허영심 많은 지네브라에게 반했기 때문이다. 지네브라가 그렇게 훌륭한 여성이 아님을 깨닫고 나서 존 선생은 루시에게 마음에서 우러난 우정과 친절을 베풀고, 두 사람은 가까운 친구처럼 지낸다. 루시는 주위 사람들에게 차분하고 자제력 있는 성격으로 알려져 있지만 존 선생과의 우정 어린 시간들은 다소 들뜬 어조로 서술하고 있다.

그 무렵 바송피에르 백작의 딸인 '폴리'가 다시 등장한다. 어느 날 극장에서 사람들의 발에 밟힐 뻔한 그녀를 존 선생이 구해 준 사건을 계기로 두 사람은 다시 만나게 되고 옛날의 정을 되살리는데, 그 정은 곧 다른 감정으로 발전한다. 루시가 예상했던 대로 두 사람은 사랑에 빠지고 결국 결혼하게 된다. 루시는 그들의 평온한 행복을 이해하면서도 그런 행복은 자기 것이 될 수 없다고 여긴다.

한편 루시는 성미가 불같고 독단적인 면이 있는 동료 선생인 폴 에마뉘엘과 가까워진다. 두 사람은 서로의 마음을 확인하지만 베크 부인과 실라스 신부와 발라벤스 부인이 작당해 둘을 갈라놓기 위한 음모를 꾸미고, 마침내 폴 선생은 서인도제도로 떠나게 된다. 그는 떠나기 전에 루시에게 사랑을 고백하고 루시가 자신의 학교를 세워 여교장으로서 독립적인 삶을 살아갈 여건을 마련해 준다.

소설의 마지막 부분은 조금 모호하게 처리돼 있다. 루시는 독자에게 행복한 결말을 상상할 자유를 주겠다고 했지만, 실은 폴 선생이 3년 만에 서인도제도에서 돌아오다가 난파 사고로 사망했음을 강하게 암시한다.

〈빌레트〉는 공간적 배경 면에서는 사뭇 독특한 면이 있으나 주제의식 면에서는 샬럿 브론테의 다른 작품들과 일맥상통한다. 보답받지 못하는 사랑, 스스로 생활을 꾸려가야 하는 독신 여성의 어려움, 교육 문제, 의무와 욕구 사이의 갈등. 특히 여주인공 루시가 겪는 갈등은 당시의 사회적 제약 속에서 '여자가 한 남자의 아내로 살아가는 동시에 자유로운 삶을 추구하는 게 가능한가?'라는 문제를 제기하고 있다. 이 소설의 배경이 19세기라는 점을 감안할 때 루시는 앞선 문제의식을 지닌 현대적 여주인공인 셈이다.

〈빌레트〉는 줄거리도 탄탄하지만 심리묘사가 탁월한 작품으로 널리 인정받고 있다. 루시의 감정 상태와 내적 갈등, 마음의 고통이 생생하고 치밀하게 표현되어 있으며, 루시의 눈에 비친 여타 등장인물들의 성격 묘사도 일품이다.

전체적으로는 잔잔하면서도 우울하고 비관적인 분위기가 작품을 관통하고 있다. 〈빌레트〉를 집필할 때 샬럿 브론테가 자매인 에밀리와 앤의 죽음으로 인한 슬픔에서 헤어나지 못했기 때문이라는 해석도 있다. 하지만 샬럿 브론테 특유의 섬세한 유머와 경쾌한 장면이 곳곳에 숨어 있는 것도 부정할 수 없는 사실이다.

참고로 이 책은 옥스퍼드 대학 출판사에서 2000년에 발행한 〈Villette〉를 토대로 번역했다.

빌레트 • 2

초판 1쇄 인쇄일 ▌2010년 1월 10일
초판 1쇄 발행일 ▌2010년 1월 15일

지은이 ▌샬럿 브론테
옮긴이 ▌안진이
교　정 ▌이현정
발행처 ▌현대문화센타
발행인 ▌양장목
출판등록 ▌1992년 11월 19일
등록번호 ▌제3-448호
주소 ▌경기도 고양시 일산동구 백석동 1309
대표전화 ▌031-907-9690～1　　팩시밀리 ▌031-813-0695
이메일 ▌hdpub@hanmail.net
ISBN 978-89-7428-366-7 (04840)
978-89-7428-364-3 (전2권)

값 12,000원